Zum Buch:

Ausgerechnet in der romantischen Vorweihnachtszeit zerbricht Miriams Glück – beruflich wie privat. Da kommt ihr der Hilferuf von Tante Juliane gerade recht: Sie muss in die Reha, und Miriam soll sich um ihren Vintage-Shop und um ihre Katze Kaila kümmern. Miriam hat zwar weder Erfahrung mit Vintage-Mode noch mit Katzen, sagt aber ihre Unterstützung zu. Das Führen des Ladens gestaltet sich allerdings leichter als der Umgang mit Kaila. Ist es wirklich nur Zufall, dass die Katzendame immer ausgerechnet dann ausbüxt, wenn der attraktive Nachbar Sascha in der Nähe ist?

Zur Autorin:

Bevor sie anfing, sich Geschichten auszudenken, hat Ira Panić sich hauptberuflich mit dem wahren Leben beschäftigt – als Reporterin, Redakteurin und Textchefin bei verschiedenen Tageszeitungen und Magazinen. Seit der Jahrtausendwende lebt und arbeitet sie als freie Autorin und Publizistin. Am liebsten in Wassernähe, meist in Hamburg und gelegentlich (vor allem im Winter) auch in Florida.

Alle Rechte, einschließlich das des vollständigen oder
auszugsweisen Nachdrucks in jeglicher Form, sind vorbehalten.

Alle handelnden Personen in dieser Ausgabe sind frei erfunden.
Ähnlichkeiten mit lebenden oder verstorbenen Personen wären rein zufällig.

Der Preis dieses Bandes versteht sich einschließlich
der gesetzlichen Mehrwertsteuer.

Umwelthinweis:
Dieses Buch wurde auf chlor- und säurefreiem Papier gedruckt.

Ira Panić

Die Liebe kommt auf Samtpfoten

Roman

MIRA® TASCHENBUCH
Band 25968
1. Auflage: Oktober 2016

MIRA® TASCHENBÜCHER
erscheinen in der HarperCollins Germany GmbH,
Valentinskamp 24, 20354 Hamburg
Geschäftsführer: Thomas Beckmann

Copyright © 2016 by MIRA Taschenbuch
in der HarperCollins Germany GmbH

Originalausgabe

Konzeption/Reihengestaltung: fredebold&partner GmbH, Köln
Umschlaggestaltung: büropecher, Köln
Redaktion: Laura Oehlke
Titelabbildung: Denis Tabler, Romolo Tavani,
Dmytro_Skorobogatov/Thinkstock
Satz: GGP Media GmbH, Pößneck
Druck und Bindearbeiten: GGP Media GmbH, Pößneck
Printed in Germany
Dieses Buch wurde auf FSC®-zertifiziertem Papier gedruckt.
ISBN 978-3-95649-601-1

www.mira-taschenbuch.de

Werden Sie Fan von MIRA Taschenbuch auf Facebook!

PROLOG

Das kann nicht gut ausgehen, dachte Kaila und erhob sich mit einer geschmeidigen Bewegung von ihrem sonnigen Lieblingsfensterplatz. Ihre Ohren zuckten, und ihre Schwanzspitze bebte vor Anspannung.

Da es schon ihr dritter Winter hier war, wusste sie, dass der glitzernde Schimmer auf den Steinplatten, die zwischen den Beeten verliefen, und die spitzen Zapfen unter Julianes sogenannten Stiefelchen, mit denen sie über den Pfad tapste wie ein neugeborener Welpe, keine vorteilhafte Kombination waren.

Was hatte ihr Mensch überhaupt in dieser Aufmachung im Garten verloren? Heute war doch der Tag, an dem Juliane sich sonst immer in ihre stinkende Rollmaschine setzte und damit hinter dem Horizont verschwand. Wohin auch immer, Kaila machte sich keine großen Gedanken über den Verbleib ihres Menschen, solange sie sicher sein konnte, dass er wieder zurück war, wenn es dunkel wurde. Sie selbst meldete sich schließlich auch nicht ab, wenn sie ihre Runden durch die Nachbargärten machte oder mit dem grau getigerten Kater von gegenüber flirtete.

Na ja, was man so Flirten nennen konnte, wenn der andere eine dermaßen hohe Meinung von sich hatte, dass er es von vornherein für selbstverständlich hielt, dass man ihn anhimmelte, als sei er das größte Geschenk an die Welt.

Ein Eindruck, der ihm offensichtlich von seinem (männlichen!) Menschen vermittelt wurde. Andererseits konnte der Graugetigerte tatsächlich sehr charmant sein, und er war ein großer Fan von Kaila, was doch wieder für ihn sprach. Vielleicht sollte sie ja mal wieder bei ihm vorbeischauen?

Bevor sie diesen Gedanken weiterverfolgen konnte, ertönte von draußen ein schriller Schrei, und Kailas böse Vorahnung bestätigte sich. Ihr Mensch lag rücklings zwischen den kahlen Beeten und stieß jammernde Laute aus. So ähnlich hatte der Graugetigerte geklungen, als sein Mensch ihm mit einer zweirädrigen Rollmaschine, die weder stank noch lärmte, aber immer mit Füßen getreten werden musste, versehentlich über den Schwanz gefahren war.

Kaila flitzte, so schnell sie konnte, durch die Klappe in den Garten, um die wimmernde Juliane zu trösten. Zärtlich schmiegte sie ihr Köpfchen an Julianes schlaffe Hand. Aber dann kam schon der weibliche Mensch von nebenan durch die Pforte gelaufen, die die beiden Gärten verband. In sehr vernünftigen Schuhen mit dicken, geriffelten Sohlen, wie Kaila erleichtert feststellte; sie hätte nicht gewusst, wie sie mit zwei gefallenen Menschen fertigwerden sollte.

Die Frau kauerte sich neben Juliane und schob ihr eine Hand unter den Rücken. Dabei sprach sie beruhigend auf sie ein. Juliane stöhnte nur gequält. Die Frau hob den großen Beutel auf, in dem Juliane immer Kailas Leckerlis und Spielmäuse mit sich herumtrug, wenn sie länger zusammen unterwegs waren, und der bei ihrem Sturz in weitem Bogen davongeflogen war. Sie holte eine dieser flachen Scheiben heraus, die die Menschen sich immer vors Gesicht oder ans Ohr hielten – und die irgendeinen albernen Namen hatten, den Kaila sich nicht merken konnte –, und redete hastig darauf ein.

Julianes Finger gruben sich in Kailas Fell. Was ziemlich wehtat, aber Kaila kauerte sich ergeben neben sie und hielt den ungewohnt festen Griff tapfer aus. Sie wollte ihrem Menschen unbedingt zeigen, dass sie für ihn da war, und sie hatte das Gefühl, dass es Juliane half, ihre Nähe zu spüren. Dafür ließ sich der kleine Schmerz doch aushalten, dachte Kaila und unterdrückte ein gepeinigtes Maunzen. Aber ehrlich gesagt war sie dann doch erleichtert, als zwei Menschen in rot-gelber Kleidung mit einer Trage in den Garten kamen und sich um Juliane kümmerten.

„Was machen Sie bloß für Sachen, Frau Klausner!", sagte einer von ihnen, aber es klang gar nicht böse, eher mitfühlend. So, wie Juliane geklungen hatte, als Kailas Bauch einmal ganz hart und fest gewesen war und sie einen ganzen Tag lang nicht fressen mochte, obwohl Juliane sie mit den schönsten Leckerlis gelockt und ihr all ihre Lieblingsspeisen serviert hatte. „Wie es aussieht, ist das Becken gebrochen. Das kann sich hinziehen. Für die nächsten Monate sollten Sie sich mal besser nichts anderes vornehmen, als wieder fit zu werden."

Juliane Klausner stieß einen tiefen, schmerzerfüllten Seufzer aus. „Ach Kaila…" Ihre Stimme war ganz rau und so leise, dass man sie kaum verstehen konnte. „Was soll ich bloß mit dir machen?"

1. KAPITEL

„Ich hasse die Kasseler Berge", murmelte Miriam vor sich hin, während sie hinter einem Lkw abbremste, der bei acht Prozent Steigung und Graupelschauern unbedingt den vor ihm fahrenden Laster überholen musste, weil er ungefähr zwei Stundenkilometer mehr draufhatte als die Konkurrenz. Zwar verfügte die Autobahn ausnahmsweise mal wieder über drei Spuren – jedenfalls bis zur nächsten Baustelle –, aber links vorbeiziehen ging nicht. Dafür war Miriams alte Klapperkiste zwischen all den Power-Volvos und BMWs auf der Überholspur definitiv zu schwach auf der Brust.

Zumal sie ihn so vollgestopft hatte wie nur irgend möglich, schließlich sollte ihr Aufenthalt in Beerfelden nicht nur eine Auszeit von ein paar Monaten sein, um Tante Juliane zu helfen, sondern vielleicht – hoffentlich – sogar der Auftakt zu einem Neuanfang, der sie überallhin führen konnte.

Natürlich würde sie nie auch nur denken, wie gut Tante Juliane ihren Glatteis-Unfall getimt hatte. Dafür mochte sie die exzentrische große Schwester ihres spießigen Vaters viel zu gern. Aber tatsächlich hätte der ebenso kleinlaute wie wortreiche Anruf aus der Uniklinik Heidelberg zu keinem besseren Zeitpunkt kommen können. Er riss Miriam nicht nur aus ihren selbstmitleidigen Grübeleien, sondern versprach auch genug Abstand von dem Desaster, das sich ihr Leben nannte, sodass sie in Ruhe die Trümmer ihrer Existenz sortieren konnte.

Beim Gedanken an das, was ihr Mistkerl von Ex sich zum bitteren Ende ihrer privaten und geschäftlichen Partnerschaft so alles geleistet hatte, trat Miriam so heftig aufs Gaspedal, dass ihr altersmüder Polo förmlich an dem endlich wieder rechts eingescherten Lastwagen vorbeischoss, was nur deshalb klappte, weil es gerade mal wieder abwärts ging. Wütend drückte sie auf den Senderknöpfen des Radios herum, aber das gab hier auf der Grenze zwischen Niedersachsen und Hessen nur ein nerviges Rauschen von sich. Schließlich schaltete Miriam auf CD um. Rihanna, ungekrönte Queen of Bad Boyfriends, passte ohnehin gerade besser zu ihrer Stimmung als Inforadio in Endlosschleife. Die poppigen, trotzigen Liebesballaden und die helle Stimme der Sängerin brannten scharf und hoffentlich desinfizierend in den Wunden ihres gebrochenen Herzens.

Fast sieben Jahre war sie mit Richard zusammen gewesen; sie hatten sich während des Fotografiestudiums kennengelernt und – bis über beide Ohren verknallt – beschlossen, sich auch beruflich zusammenzutun. Gleich nach dem Abschluss gründeten sie ein kleines Studio für Food- und Produktfotografie.

Dass die Mini-Firma sich zunächst ganz vielversprechend anließ, lag vor allem daran, dass Miriam, angetrieben von ihrem väterlicherseits geerbten Sicherheitsbedürfnis, alle künstlerischen Ambitionen auf Eis gelegt und sich mit Feuereifer in die Aufgabe gestürzt hatte, Aufträge an Land zu ziehen. Dass Richard sich immer wieder „Auszeiten" für diverse abgedrehte Projekte nahm und dann leider für die appetitliche Inszenierung eines veganen Geschnetzelten „Zürcher Art" oder das ansprechende Arrangement der neuen Kampagne für Feuchtklopapier mit Kamillenessenz nicht zur Verfügung stand, fing erst an, sie zu stören, als die erste – und zweite und dritte – Verliebtheit abgeklungen war.

Großer Gott, um Richard nicht bei seiner künstlerischen Entfaltung zu behindern, hatte sie sogar noch eine Teilzeit-Assistentin angeheuert. Wie blöd konnte man eigentlich sein?

Steffi, von Miriams bester Freundin Jana auch „das blonde Gift" genannt, war nicht nur ziemlich effizient mit Licht, Kamera und Photoshop, sie hatte auch ein bemerkenswert gutes Händchen im Umgang mit ihrem Boss. Statt wie sonst meist durch Abwesenheit zu glänzen, tauchte Richard plötzlich verdächtig oft im Studio auf. Und kam abends immer später nach Hause.

Tja, dass die beiden partout nicht die Finger voneinander lassen konnten, auch nachdem Miriam die allzu diensteifrige Assistentin in hohem Bogen gefeuert und ein zerknirschter Richard ihr mit tränenerstickter Stimme „nun aber wirklich" ewige Treue geschworen hatte, war schon schlimm genug.

Aber was ihr endgültig den Rest gab, als die Beziehung schließlich doch mit einem Riesenknall (und ziemlich viel zerschlagenem Geschirr) in die Brüche ging, war die Entdeckung, dass ihr zum Arschloch mutierter Traumprinz sich auch noch schamlos vom Firmenkonto bedient hatte.

Im Spätsommer war Miriam nichts anderes übrig geblieben, als Insolvenz anzumelden. Jetzt stand sie mit ihrer Fotoausrüstung und einer Menge Schulden da, denn sie hatte nicht nur ihre gesamten Ersparnisse in das Studio gesteckt, sondern war auch noch auf einem privat abgeschlossenen Kredit sitzen geblieben, der allein auf ihren Namen lief – womit Richard fein raus war. Wie gesagt, schön blöd.

Nach drei verheulten Nächten mit Wein, Ben & Jerry's „Peanut Butter Cup" und einem hirnerweichenden „Downton Abbey"-Marathon mit Jana hatte Miriam ihre Wohnung in Eimsbüttel gekündigt – zu groß, zu leer, zu teuer –, ihr Bett und ihre Regalwand an Freunde verkauft, den restlichen Kram über eBay verscherbelt, ein paar Kisten mit Klamotten und persönlichen Dingen gepackt und war bis auf Weiteres zu ihren Eltern nach Bahrenfeld gezogen, wo sie ihr altes

Kinderzimmer wieder in Beschlag nahm, abwechselnd Zukunftspläne schmiedete und wieder verwarf und Trübsal blies.

Mama und Paps gaben sich zwar redlich Mühe, Begeisterung darüber zu verströmen, dass ihre einzige Tochter mit achtundzwanzig Jahren wieder bei ihnen untergekrochen war, konnten aber nicht ganz verbergen, dass sie bei Gelegenheit doch ganz gern ihre hart erarbeitete Privatsphäre wiederhätten.

Höchstens bis Jahresende, das hatte Miriam sich fest vorgenommen. Länger würde sie ihnen nicht zur Last fallen. Vielleicht würde sie sich für den Übergang eine WG suchen, auch wenn sie nicht wirklich der Typ für Gruppenwohnen war. Aber viel wichtiger war, dass sie sich darüber klar wurde, wie es beruflich weitergehen sollte.

Die öde Produktfotografie war nie ihr Traum gewesen, es schien damals nur der beste Weg zu sein, sich ein Leben mit Richard aufzubauen. Eine nicht gerade brillante Idee, wie sich im Nachhinein herausgestellt hatte …

Aber Miriam war wild entschlossen, aus ihren Fehlern zu lernen. Nie wieder würde sie Privates und Berufliches mischen! Und sie würde auch keine Frühstücksflocken mehr fotografieren. Sondern ihren künstlerischen Ambitionen folgen, sobald sie etwas mehr Klarheit darüber hatte, was genau sie gern machen würde.

Mode vielleicht? Wäre schon spannend, keine Frage, aber es war verdammt schwierig, ohne Beziehungen einen Fuß in diese hart umkämpfte Szene zu kriegen.

Fotoreportagen über interessante Ecken der Welt? Kunstvolle Landschaftsinszenierungen? Auch eine Möglichkeit. Aber dafür müsste sie reisen, und wer sollte das bezahlen?

Tiere? Die verkauften sich immer gut, aber Miriam war

keine Hundeflüsterin und konnte einen Vogel nur dann vom anderen unterscheiden, wenn es sich bei dem ersten um einen Storch, beim zweiten um ein Rotkehlchen handelte. Außerdem hatte sie einen Heidenrespekt vor jedem Lebewesen, das größer als ein Schaf war, womit Pferde – und leider auch Büffel und Zebras vor der atemberaubenden Kulisse der afrikanischen Savanne – schon mal durchs Raster fielen. Tauchen konnte sie nicht, vor Spinnen und Schlangen hatte sie Angst, für Schnecken und Schmetterlinge fehlte ihr die Geduld. Nein, eine Tierfotografin war wohl nicht an ihr verloren gegangen.

Mitten in diesen immer wieder von Heulattacken unterbrochenen Grübeleien war Miriam von ihrem vibrierenden Handy unterbrochen worden, und auf dem Display erschien das Bild einer rothaarigen Frau in mittleren Jahren, mit einem riesigen Strohschlapphut auf dem Kopf und einer zierlichen schwarz-weißen Katze auf der Schulter.

Natürlich war Miriam rangegangen. Einen Anruf von Tante Juliane ignorierte man nicht, Liebeskummer plus Zukunftsangst hin oder her.

„Dummheit schützt vor Strafe nicht", hatte Juliane geächzt, nachdem sie sich in allen Einzelheiten über ihren Unfall ausgelassen hatte. „Wie konnte ich nur denken, es wäre eine gute Idee, mit Satinpumps aus den Sechzigerjahren – übrigens von Bally – in den gefrorenen Garten zu gehen? Aber ich wollte nur noch mal rasch nach den Christrosen sehen, die mir ein bisschen schwächlich vorkamen, und dann zu Susi nach Darmstadt düsen, erst Lunch, dann Theater, unser übliches sonntägliches Kulturprogramm halt. Und wer hätte denn auch mit derart frühem Frost gerechnet? Ende Oktober? Letztes Jahr um diese Zeit haben wir noch draußen sitzen können. Ohne Mantel! Nun ja, ein falscher Schritt und plumps, da lag ich und sah Sterne. Meine Liebe, du kannst dir nicht vorstellen, wie hart so ein Winterbeet sein kann."

Miriam war noch dabei, ihrem Mitgefühl Ausdruck zu verleihen, als Juliane ihr energisch das Wort abschnitt. „Ich brauche deine Hilfe, meine Liebe. Denn wie mein gut aussehender junger Arzt mir gerade mitgeteilt hat, komme ich erst in eine Spezialklinik nach Bayern und anschließend dort in die Reha – offenbar die erste Adresse für komplizierte Beckenbrüche, da will ich natürlich nicht protestieren. Wofür zahle ich schließlich jeden Monat ein Vermögen an die Krankenkasse? Wenn ich wieder halbwegs zugange bin, steht eventuell noch ein Kuraufenthalt am Gardasee an. Warum auch nicht, dann ist dort schon wieder Frühling!"

Tante Juliane holte noch einmal tief Luft, bevor sie endlich, aber für ihre Verhältnisse doch ziemlich zügig auf den Punkt kam. „Vor Ende Februar, Anfang März stehe ich auf keinen Fall wieder im Laden. Wahrscheinlich dauert es sogar noch länger, schließlich haben meine Knochen schon etliche Jährchen auf dem Buckel. Ich weiß, dass du dich gerade bei meinem langweiligen Bruder und seiner Frau verkriechst, die Ohren hängen lässt und diesem wahnsinnig attraktiven Mistkerl nachtrauerst, der dein Konto leer geräumt hat. Das kannst du genauso gut in Beerfelden erledigen, das Haus hüten und nebenbei den Laden zumindest halbtags öffnen, denn ein bisschen was vom Weihnachtsgeschäft würde ich trotz Unfall gern mitnehmen.

Aber noch wichtiger wäre mir, dass jemand für Kaila da ist, die war noch nie allein zu Hause. Im Moment schaut die Nachbarin nach dem Rechten, aber die ist eher ein Hundemensch. Außerdem hat sie zwei Kinder, einen Halbtagsjob und einen nervigen Ehemann, daher würde ich sie gern so bald wie möglich von der Pflicht der Nächstenliebe entbinden. Und in eine Tierpension mag ich meine Prinzessin nicht geben, dort würde es ihr gar nicht gefallen."

Dem konnte Miriam nur aus vollem Herzen zustimmen. Keiner, der jemals von Tante Juliane verwöhnt worden war, würde sich je mit einer *Pension* abspeisen lassen. Selbst ein Fünfsternehotel könnte da nur schwer mithalten.

„Natürlich entschädige ich dich für deine Mühe, keine Widerrede. Wir sind Geschäftsfrauen, Miriam, da arbeitet man nicht für nichts. Schick mir deine Kontonummer, dann richte ich für die Zeit meiner Abwesenheit einen Dauerauftrag ein. Um die laufenden Kosten für Haus und Geschäft brauchst du dich nicht zu kümmern, das geht alles seinen geregelten Gang."

Miriam hörte verdattert zu, wie die nächsten Wochen – vielleicht sogar Monate – ihres Lebens durchgeplant wurden. Ein paarmal öffnete sie den Mund, um Bedenken anzumelden. Würde es nicht reichen, für ein paar Tage nach Beerfelden zu kommen, bis Kaila und die Nachbarin miteinander warm geworden waren? Wäre es nicht besser, eine professionelle Vertretung für die Boutique zu finden? Da gab es doch sicher Möglichkeiten. Und wie sollte sie es schaffen, sich ums Geschäft, die Katze und die Wohnung zu kümmern, ohne ihre eigenen Angelegenheiten zu vernachlässigen?

Aber sie wusste aus Erfahrung, dass es einfacher war, einen ICE in voller Fahrt aufzuhalten, als ihre Tante zu unterbrechen, wenn die erst mal richtig losgelegt hatte.

Außerdem ... vielleicht war dieser Anruf ja auch ein Wink des Schicksals! Sehr viel länger mochte sie ihren Eltern nicht mehr zumuten, sie zu ertragen, und ein bisschen Abstand von der gewohnten, aktuell durch bittere Erinnerungen belasteten Umgebung konnte ihr eigentlich nur guttun, oder?

Schließlich gab es kein besseres Mittel gegen Trübsal als neue Herausforderungen.

Ganz plötzlich war ein zaghaft prickelndes Gefühl der Erwartung in ihr aufgestiegen; definitiv die positivste Emotion, die sie seit Wochen gehabt hatte. Und während sie weiter Tante Julianes Wortschwall lauschte, reifte der Entschluss in Miriam, diese unvermutete Chance auf Veränderung zu ergreifen.

„Nach Weihnachten ist auch meine bewährte Perle Maria wieder im Land, die gerade auf Enkelbesuch in den USA weilt. Sie kommt einmal pro Woche zum Putzen vorbei, bei Bedarf auch öfter. Ich hab ihr gemailt, sie soll sich einfach bei dir melden, wenn sie wieder da ist. Den Schlüssel für die Wohnung kannst du dir bei Frau Jäger nebenan abholen, ich schicke dir gleich ihre Kontaktdaten und auch die der Schneiderin, falls eine Kundin was ändern lassen will. Die Ladenschlüssel findest du am üblichen Ort ..."

Damit war die Angelegenheit geklärt gewesen.

Miriam hatte nicht die geringste Ahnung von Katzen. Keine ihrer Freundinnen besaß eine, und im Stadtbild waren sie viel weniger sichtbar als die offenbar stetig wachsende Hundepopulation der Freien und Hansestadt. *Warum haben eigentlich plötzlich alle einen Labrador?* Aber da Kaila deutlich kleiner war als ein Schaf, würde sie schon mit ihr klarkommen, hoffte Miriam.

Die Kasseler Berge lagen längst hinter ihr, und als das nächste blaue Autobahnschild in Sicht kam, stellte sie erleichtert fest, dass es nur noch fünfzig Kilometer bis zum Frankfurter Kreuz waren.

Miriam war als kleines Mädchen öfter in den Ferien bei Tante Juliane gewesen und mochte die liebliche Mittelgebirgslandschaft, die märchenhaften Wälder und Burgen, die vielen verwinkelten Gassen, die Brunnen, Mühlen und Fachwerkhäuser im Südhessischen. Es war so ganz anders als der platte Norden mit seinem weiten Horizont. Und schön weit weg von den immer noch rauchenden Trümmern ihrer Beziehung.

Wenn sie ehrlich war, musste sie zugeben, dass sie sich schon ein bisschen vor ihrem ersten Single-Weihnachten seit Langem gefürchtet hatte. Allein in der großen Stadt, die sich ab Ende November in einen einzigen Weihnachtsmarkt zu verwandeln schien. Umgeben von glücklichen Paaren und Familien im Shoppingrausch. Verfolgt von schönen – und nicht so schönen – Erinnerungen, die vor jedem geschmückten Schaufenster und an jedem Glühweinstand lauerten. Da konnte ein Ortswechsel nur guttun – selbst wenn er mitten in die Provinz führte.

Beerfelden galt zwar offiziell als Kleinstadt – Betonung auf *klein* –, war aber mit seinen nicht mal siebentausend Einwohnern im Vergleich zu Hamburg ein richtiges Kuhdorf. Gut, ein hübsches, naturnahes, historisch wertvolles Kuhdorf, aber doch recht überschaubar, was Freizeitaktivitäten und Sozialleben betraf, vor allem im Winter. Wer wollte sich bei Eis und Schnee schon dauernd ins Auto oder in den Zug setzen, um ins Konzert oder Kino oder irgendein angesagtes Restaurant zu gehen? Daheim in Eimsbüttel musste sie nur ein paar Schritte laufen, um mitten im Leben zu landen, egal, wie spät es war.

Doch sie war schließlich nicht zum Vergnügen hier, sondern um der armen Tante Juliane zu helfen und den Laden am Laufen zu halten. Zum Glück wusste Miriam über Vintage-Mode besser Bescheid als über Katzen. Sie würde sich zwar nicht unbedingt als Expertin bezeichnen, schwärmte aber seit ihren Teenagerjahren für Retro-Schick und Fashion-Geschichte.

Außerdem hatte sie während des Studiums mal in einer Eppendorfer Edelboutique gejobbt und daher zumindest ein bisschen Erfahrung im Umgang mit anspruchsvollen Kundinnen. Und sie liebte Tante Julianes kleinen, feinen Laden, in dem nicht etwa schnöde Secondhand-Klamotten den Besitzer wechselten, sondern Designerteile aus dem neunzehnten und zwanzigsten Jahrhundert.

Seit Jahrzehnten jagte Juliane Klausner auf internationalen Auktionen nach klassischen und ausgefallenen Modellen. Wer über das entsprechende Kleingeld und die richtige Figur verfügte, konnte bei ihr sogar echte Haute Couture früherer Epochen bekommen. Aber dazu musste er oder vielmehr sie sich schon persönlich nach Beerfelden bemühen, die höchstgelegene Stadt des Odenwaldes, denn den Vertrieb per Onlineshop lehnte Juliane vehement ab. Natürlich hatte sie eine verführerisch gestaltete Homepage, aber die diente nur als Lockmittel. „Ich muss meine Kundinnen sehen und anfassen können, um das Richtige für sie herauszusuchen, sagte sie immer. „Außerdem ist das hier nun mal ein anachronistisches Sortiment, das passt schon." Wie sie immer wieder betonte, war ihre Boutique mit einem renommierten Antiquitätenladen oder Oldtimerhändler zu vergleichen. Es gab Sammler, die von weit her anreisten, um sich ein bestimmtes Stück zu sichern, koste es, was es wolle. Und es gab die „Gebrauchskunden", die sich einfach nur den Alltag mit einer schönen Jugendstillampe, einem Fünfzigerjahre-Benz oder einem Vintage-Etuikleid von Dior verschönern wollten. Im Großen und Ganzen rechnete es sich.

Über Mangel an Nachfrage hatte „Lady J.s Vintage Boutique" also nicht zu klagen, aber natürlich war der Handel mit „Fashion-Antiquitäten" kein Massengeschäft. Verständlich, dass Juliane die umsatzträchtige Weihnachtszeit nicht ungenutzt vorbeiziehen lassen wollte. Damit Miriam nicht ständig im Laden stehen musste, hatte ihre Tante noch dafür gesorgt, dass bei Bedarf eine Frau aus dem Ort einspringen würde, die seit Jahren aushalf, wenn es mal eng wurde. Aber Miriam hatte sich fest vorgenommen, wirklich nur im äußersten Notfall Unterstützung anzufordern. Sie traute sich durchaus zu, den Laden auf eigene Faust zu schmeißen.

Miriam war seit fast sechs Jahren nicht mehr in Beerfelden gewesen. Richard, das Studium und später das Studio hatten sie zu sehr in Beschlag genommen, um an so etwas wie Verwandtschaftsbesuche auch nur zu denken. Selbst ihre Eltern sah sie manchmal nur alle paar Wochen. Aber sie telefonierte und mailte hin und wieder mit Tante Juliane, daher kannte sie Kaila natürlich von vielen Fotos und Erzählungen.

Die schlanke, schwarz gefleckte Samtpfote hatte einen Stammplatz auf Frauchens Schulter und eine geradezu magische Verbindung zu deren Seele. Sie war Julianes Ein und Alles. Von daher war ihre Betreuung ebenso eine Herausforderung wie die Übernahme der Boutique – aber es würde schon klappen mit ihnen beiden. Hoffentlich.

Tante Juliane liebte das Besondere. Das galt nicht nur für ihre stilvollen Waren und ihre wunderschöne vierbeinige Prinzessin, sondern genauso für ihr Haus, in dem sich auch die Boutique befand. Es war mehr als vierhundert Jahre alt; ein liebevoll restauriertes Fachwerkgebäude am Ortsrand, das so viel sagenumwobene Vergangenheit ausstrahlte, dass einem fast ein bisschen mulmig zumute werden konnte.

„Seit Jahrhunderten fest in Odenwälder Hexenhand", behauptete Juliane gern scherzhaft – oder vielleicht auch nur halb scherzhaft. Sie hatte das Anwesen vor ungefähr dreißig Jahren von einer eigenwilligen alten Dame geerbt, mit deren Enkel sie in jungen Jahren mal liiert gewesen war. Die Beziehung hatte nicht lange gehalten, aber zwischen den beiden temperamentvollen – ihr Vater würde sagen: „überkandidelten" – Frauen hatte sich trotz des Altersunterschieds eine tiefe Seelenverwandtschaft entwickelt, und Juliane war bis zum Tod der alten Dame ihre engste Vertraute gewesen. Mit der eigenen Familie hatte die Frau sich heillos zerstritten, und zwischen ihr und einer – inzwischen längst verstorbenen – Nachbarin schwelte Jahrzehnte lang eine Art Kleinkrieg. Nach besonders heftigen Streitigkeiten hatte es angeblich immer mal wieder unerwartete Missernten und mysteriöse Beulen-Ausbrüche bei einer von ihnen gegeben.

Miriam würde, vor allem an dunklen Winterabenden am knisternden Kamin, nicht die Hand dafür ins Feuer legen, dass die, nun ja, zauberhafte Tradition des Hauses durch Julianes Übernahme gebrochen worden war.

Im kleinen Garten hinter dem Haus wuchsen verdächtig viele Kräuter und Tollkirschen, von Frühling bis Herbst blühten die Wildrosen *unheimlich* üppig, und nun hatten die fest mit der Hexenfolklore verwurzelten Christrosen ihre Gebieterin auch noch wie von Geisterhand zu Fall gebracht ... Außerdem: Welcher normale Mensch trug seine Katze auf der *Schulter* durch die Gegend?

Als Kind hatte Miriam sich jedenfalls oft ausgemalt, dass ihre Tante tatsächlich ein paar magische Tricks beherrschte. Schade, dass sie inzwischen vom Hexenglauben abgefallen war. Es wäre doch zu praktisch, jemanden zu kennen, der Richard die Pest an den Hals wünschen könnte ...

Es war schon fast Mitternacht, als Miriam die Autobahn endlich hinter sich ließ und die B 45 entlangzuckelte. Noch eine knappe Stunde, dann war sie am Ziel. Alles zurück auf Anfang, dachte sie. *Willkommen auf dem Lande.*

2. KAPITEL

Kaila war nervös. Seit ihre Juliane von den Männern in Rot-Gelb weggetragen worden war, fühlte sie sich nicht mehr wohl in ihrem Haus. Sie konnte zwar weiter durch ihre private Klappe in der Hintertür nach draußen schlüpfen und ihre Runden durch die Nachbargärten drehen, und wenn sie zurückkam, stand immer frisches Wasser und Futter für sie bereit. Aber Juliane kam nicht nach Hause, und der schöne Raum mit den vielen bunten Stoffen und goldenen Spiegeln blieb ihr verschlossen.

Ein- oder zweimal hatte Kaila den weiblichen Menschen von nebenan dabei überrascht, wie er in den Schränken unter der Decke herumstöberte oder den riesigen Kälte-Kasten öffnete, um etwas herauszuholen.

Kaila hatte nichts gegen die Frau. Sie durfte ruhig ihre Dosen öffnen, aber in der aktuellen Situation wollte sie sich nicht von ihr streicheln lassen. Sie war untröstlich, weil ihre Juliane weg war, und so übellaunig, dass der Graugetigerte von gegenüber ihr bis auf Weiteres die Freundschaft gekündigt hatte. Egal, sie hatte jede Menge andere Chancen, wenn sie es darauf anlegte, mit einem Kater anzubandeln.

Aber das war im Moment das Letzte, was sie interessierte. Kaila wollte bitte schön ihren eigenen Menschen wiederhaben, der einfach so, ohne Erlaubnis, aus ihrem Leben verschwunden war. Irgendwann hatte die Frau von nebenan ihr eine dieser Glasscheiben ans Ohr gedrückt, aus der Laute kamen, die ein bisschen wie Julianes Stimme klangen.

„Ich komme wieder, meine Süße", sagte die körperlose Stimme. „Schon ganz bald. Bis dahin benimm dich gefälligst wie eine Lady, und zeig dich Miriam von deiner besten

Seite. Heitere sie ein bisschen auf. Dann ist Mama stolz auf dich."

Kaila zuckte skeptisch mit den Ohren. Sie hob eine Vorderpfote und legte sie vorsichtig an das sprechende Ding. Sie hatte keine Ahnung, wovon die Stimme sprach, wie lange „ganz bald" dauerte und wer oder was diese Miriam war, aber sie spürte instinktiv, dass sich hier in ihrem Haus etwas ändern würde – eine Veränderung, zu der man sie nicht gefragt hatte.

Okay, sie hatte schon verstanden, dass Juliane sich nicht aus Spaß in die kahlen Beete geworfen hatte, und sie wusste auch, dass Menschen unglaublich zerbrechliche, schwächliche und langsame Wesen waren, die sich ständig verletzten und jede Hilfe brauchten, die sie bekommen konnten.

Womöglich hätte ihr Mensch sie ja noch um Erlaubnis gebeten, sich auf unbestimmte Zeit zurückziehen zu dürfen, wenn diese Beete-Sache nicht ganz so plötzlich gekommen wäre.

Aber das war noch lange kein Grund, sie hier mutterseelenallein in diesen alten, nach Geheimnissen duftenden Mauern zurückzulassen, die so vieles ausstrahlten, das sie nicht verstand. Es war nicht etwa so, dass Kaila sich fürchtete – nur dumme Katzen taten so etwas. Nein, sie hätte nur gern ihre gewohnte Gesellschaft gehabt, um sie dann nach Lust und Laune ignorieren zu können. Was nutzte es schließlich, sich ungnädig zu geben, wenn keiner da war, um es entsprechend zu würdigen? Und einem dann die köstlichsten Leckerlis, weichsten Kissen und lustigsten Spielzeuge hinterhertrug, bis man sich schließlich doch dazu herabließ, ein bisschen zu kuscheln und zu schnurren – und zwei oder drei der delikaten Leckerlis zu kosten.

Von draußen hörte sie das Geräusch einer stinkenden Rollmaschine. Es näherte sich und verstummte dann, wie immer, kurz bevor Juliane von einem ihrer mysteriösen Ausflüge zurückkam.

Endlich, dachte Kaila, sprang von der Rückenlehne des Sofas und sauste durch den Flur zur Eingangstür. Eine Weile blieb alles still, dann hörte sie rasche, leichte Schritte, und jemand machte sich am Schloss zu schaffen. Während der Schlüssel sich knarzend drehte, überlegte sie, ob sie gleich vor Freude außer sich sein oder doch, um ihr Gesicht zu wahren und zur Strafe für die Vernachlässigung, erst ein bisschen beleidigt tun sollte. Bevor sie sich zu einer Entscheidung durchgerungen hatte, sprang die Tür auf, und ein komplett fremder Mensch trat über die Schwelle.

Kaila war so verblüfft, dass sie vergaß, den Eindringling anzufauchen, und zog sich blitzartig unter die Kommode zurück. Von dort aus beäugte sie den Eindringling angespannt. Ein weiblicher Mensch, viel jünger als Juliane, aber auch auf diesen gemeingefährlichen hohen Zapfen-Schuhen unterwegs. Falls Kaila sich herablassen würde, mit ihr zu reden, würde sie das als Erstes in Angriff nehmen müssen. Aber im Moment war sie eher geneigt, diese Invasion hier unten auszusitzen. Irgendwann würde dieses hochhackige Wesen hoffentlich wieder verschwinden, wenn es merkte, dass niemand zu Hause war.

*

Miriam stellte ihre Taschen ab, zog den Mantel aus und hängte ihn an die Garderobe. Dann ging sie vor der Kommode in die Knie und spähte ins Dunkle, aus dem ihr ein paar grüne Augen entgegenleuchteten.

„Hallo, Kaila", sagte sie und kam sich dabei ein bisschen albern vor. „Ich bin Miriam. Julianes Nichte. Wir kennen uns noch nicht, aber ich bin deiner Mutter ein paarmal begegnet. Oder war es deine Großmutter?" Die Katze gab keinen Mucks von sich, und Miriam zuckte mit den Schultern und stand wieder auf. „Wir werden uns schon aneinander gewöhnen", versicherte sie zuversichtlicher, als sie sich fühlte, und machte sich daran, ihr neues Zuhause auf Zeit genauer unter die Lupe zu nehmen.

Irgendwas ist anders, dachte Miriam nach dem Aufwachen und blinzelte verschlafen erst in das gedämpfte Licht, das durch die halb geöffneten Rollläden drang, dann auf ihr Handy, das auf dem Nachttisch lag. *Gleich acht. Komisch, dass Mama gar nicht unten in der Küche rumwerkelt.*

Dann fiel es ihr schlagartig wieder ein: Sie war nicht in Hamburg, sondern im Odenwald, um Tante Julianes Haus, Laden und Katze zu hüten und hoffentlich endlich ihren Liebeskummer zu vergessen. Ein volles Programm also – höchste Zeit, damit loszulegen.

Sie sprang aus dem Bett, öffnete die Tür des Gästezimmers, das für die nächsten vier Monate ihr Reich sein würde, und lief quer über den Flur in das geräumige, mit allen Schikanen ausgestattete Bad. Juliane hielt nichts von kargen Nasszellen – eine große Whirlwanne sowie eine gemauerte Duschkabine mit Brausekopf, Typ "Tropischer Regen" waren das Mindeste, um den Tag stilvoll zu beginnen beziehungsweise zu beenden. Miriam hatte keine Einwände.

Nach einer ausgiebigen Badesession, die die letzten Muskelverspannungen nach der endlosen Autofahrt löste, wickelte sie sich in den herrlich weichen Bademantel ihrer Tante und tapste auf bloßen Füßen in die Küche hinunter, um sich erst einen Kaffee zu machen und dann Tag eins ihres neuen Lebens in Angriff zu nehmen.

*

Irgendwas ist anders, dachte Kaila, als sie leise Schritte auf der Treppe hörte, und blinzelte verschlafen in den trüben Sonnenschein, der durchs Küchenfenster auf den Holzboden fiel. Genauer gesagt auf die Stelle, an der sonst ihr frisch gefüllter Napf und eine Schale voll Wasser auf sie warteten, sobald sie die Augen aufschlug. Doch jetzt waren beide Gefäße vollkommen leer, so leer, wie sie sie vor dem Einschlafen zurückgelassen hatte. Die Frau von nebenan hat offenbar ihre Dienstleistungen eingestellt, dachte Kaila bestürzt. Und was nun? Sollte sie etwa im kahlen Garten auf Mäusejagd gehen? Aus Pfützen trinken?

Sie sprang aus dem Korb und rannte empört miauend zur Küchentür, um dem unwillkommenen Wesen, das gerade die Treppe runterkam und auf die Küche zusteuerte, gründlich die Meinung zu sagen. Wenn die hochhackige Frau jetzt hier lebte, warum nahm sie dann ihre Pflichten als Dosenöffner nicht ernster?

*

„Meine Güte, habe ich dich geweckt?" Ratlos starrte Miriam auf die lautstark schreiende Kaila und streckte vorsichtig die Hand aus. *Vielleicht muss sie mich ja erst mal beschnuppern.*

Aber so viel Nähe war der Katze des Hauses offenbar zu intim, jedenfalls zuckte sie zurück, und ihr Schreien verwandelte sich in ein Fauchen.

„Oh Mann, das fängt ja super an", murmelte Miriam und machte einen Schritt auf die Kaffeemaschine zu, die hoffentlich pflegeleichter war als ihre neue Mitbewohnerin. Ein weicher Fellball zwischen ihren Beinen brachte sie jedoch zum Stolpern, und sie streckte hastig einen Arm aus, um sich an der Arbeitsfläche abzustützen. „Verdammt noch mal", fluchte sie. „Habe ich dir wehgetan?", fragte sie dann ängstlich und kniete sich neben Kaila, die ungerührt zu ihr hochstarrte. Oder doch auffordernd?

„Hör mal, für mich ist es noch ein bisschen früh", erklärte Miriam. „Ich bin heute Nacht erst gegen zwei Uhr ins Bett gekommen. Lass mich erst mal eine Tasse Kaffee inhalieren, und dann versuchen wir noch mal … Ach, verdammt, mir schwant da was." Sie zog rasch ihr Handy aus der Bademanteltasche und rief die E-Mail von Tante Juliane mit der Betreffzeile „Raubtierfütterung" auf.

Kaila braucht ihre drei Mahlzeiten am Tag plus Betthupferl, sonst wird sie unleidlich. Und ihr Essen muss immer frisch sein.

Morgens mag sie am liebsten Trockenfutter, zwei Hände voll reichen. Mittags gebe ich ihr ein bisschen rohes Rinderherz (portionsweise eingefroren, schon morgens aus dem Tiefkühlschrank nehmen), und abends kriegt sie eine Dose Nassfutter (siehe Schrank über der Spüle). Das Betthupferl sind zwei oder drei Leckerlis.

Bitte darauf achten, dass immer frisches Wasser bereitsteht.

Kailas Esszimmer ist die Ecke neben der Anrichte. Wenn sie speist, möchte Madame nicht gestört werden.

Verflixt, irgendwie hatte Miriam total verdrängt, dass Katzen irgendwann auch mal Hunger und Durst bekamen.

„Tut mir schrecklich leid, Kaila", beteuerte sie beschämt. „Wird nicht wieder vorkommen, ganz bestimmt nicht." Suchend schaute sie sich in der Küche um. Am Boden neben der Anrichte entdeckte sie zwei leere Schüsseln. Sie nahm beide hoch und trug sie zur Spüle. „Erst mal was zu trinken", murmelte sie. Vermutlich sehnte Kaila sich ebenso verzweifelt nach ihrem frischen Wasser wie Miriam nach ihrer ersten Tasse Kaffee. Sie stellte die gefüllte Schüssel vor Kaila ab, die mittlerweile beleidigt in ihrer „Essecke" kauerte. Dann reckte sie sich zu dem Hängeschrank, nahm ein angebrochenes Paket mit Trockenfutter heraus und schüttelte zwei Hände voll davon in den anderen Napf. „So, meine Süße, hier kommt endlich dein Frühstück."

Die Katze leckte zweimal durch das Wasser. Dann hob sie das Köpfchen, warf Miriam einen verächtlichen Blick zu, zog sich schmollend auf die Fensterbank zurück und fing an, sich betont ausgiebig das Fell zu lecken.

„Hast du denn gar keinen Hunger?", fragte Miriam verzweifelt. *Was mache ich bloß, wenn sie jetzt aus Protest gar nicht mehr frisst?*

Wie konnte man einen hungerstreikenden Stubentiger zum Fressen animieren? Vielleicht wie ein kleines Kind? *Hmmm, sieh mal das Leckerchen. Sieh mal, wie gut es Tante Miriam schmeckt ...* Brrr. Sie schüttelte sich. In der allergrößten Not würde sie sich vielleicht ein Stück von dem Trockenfutter in den Mund stecken, aber bei rohem Rinderherz und matschigem Dosenfutter zog sie die Grenze.

Seufzend verschob sie die Suche nach einer Lösung auf später. Jetzt brauchte sie erst mal eine kräftige Dosis Koffein. Sie schaltete Tante Julianes Kaffeevollautomaten an und drückte auf „zwei große Tassen". Dann durchforstete sie den Kühlschrank nach Dingen, die als Menschenfutter herhalten konnten. Offenbar hatte ihre vorausschauende Tante die Nachbarin gebeten, ein paar Grundnahrungsmittel einzukaufen – es gab Milch, Butter, Marmelade, Camembert, Eier und Tomaten. Außerdem zwei Flaschen Mineralwasser und eine Flasche Weißwein. Auf der Anrichte lagen eine Packung Toast und eine Packung Knäckebrot.

Miriam machte sich zwei Scheiben Toast mit Quittengelee, setzte sich mit ihrem Frühstück an den Küchentisch und scrollte noch einmal in aller Ruhe durch die Katzen-Gebrauchsanweisungen in ihrem Handy. Schließlich wollte sie sich von der verwöhnten Herrin des Hauses nicht noch einmal bei einer Nachlässigkeit erwischen lassen.

*

Sobald der neue Mensch *endlich* aufgehört hatte, sie anzustarren, stellte Kaila ihre demonstrative Katzenwäsche ein und näherte sich vorsichtig dem Napf. Der sah zwar genauso aus wie immer und roch auch so, aber man konnte nie wissen. Sehr viel Ahnung von Katzen und deren Bedürfnissen schien der Eindringling jedenfalls nicht zu haben, auch wenn er genauso duftete wie Juliane, was aber vermutlich an diesem wuscheligen Kleidungsstück lag, das die Frau um sich herumgewickelt hatte.

Da der Hunger sich immer heftiger meldete, überwand Kaila ihr Misstrauen und knabberte versuchsweise an dem Futter, wobei ihr nicht entging, dass der fremde Mensch ihr verstohlene Seitenblicke zuwarf und seltsam erleichtert wirkte.

Als sie satt war, begann Kaila ihrerseits, diesen Menschen neugierig anzustarren, der ihr offenbar zugelaufen war und anscheinend tatsächlich vorhatte, sich hier häuslich einzurichten. Vor allem die Füße der jungen Frau hatten es ihr angetan. Sie waren kleiner als Julianes, hatten aber auch diese lustigen bunten Spitzen. Und sie krümmten sich zusammen, als seien sie lebendig, und versuchten, Kailas Jägerinnenblick zu entkommen. Aber natürlich hatten sie keine Chance.

*

Wie still es war! Die Leute, die zur Arbeit oder Schule mussten, waren offenbar schon weg, die anderen machten sich rar. Wer nichts auf der Straße zu suchen hatte, blieb bei den kalten Temperaturen im Haus. So war das halt auf dem Lande, dachte Miriam. In Hamburg waren immer Tausende auf den Beinen, egal, ob morgens, mittags oder abends. War es wirklich so eine gute Idee gewesen, sich mitsamt ihren Sorgen zur trübsten Jahreszeit hier im Odenwald zu vergraben? Würde ihr nicht binnen Tagen die Decke auf den Kopf fallen?

Plötzlich spürte sie einen stechenden Schmerz am großen Zeh.

„Autsch!" Miriam sprang auf, wie von der Tarantel gestochen, zog ein Bein an und hüpfte auf dem anderen herum. „Hast du sie noch alle?", fuhr sie das Wollknäuel an, das unschuldig zu ihr hochblinzelte und in einem Katzengrinsen alle spitzen Zähnchen zeigte. Unwillkürlich musste Miriam lachen. „Versuch bloß nicht, mir weiszumachen, dass du dich das bei Tante Juliane auch traust." Sie rieb ihren malträtierten Zeh – der eigentlich gar nicht so wehtat. Sie hatte sich bloß furchtbar erschrocken, als sie so unsanft aus ihren destruktiven Gedanken gerissen wurde.

Vermutlich sollte sie dem frechen kleinen Biest dankbar sein, dass es die dunklen Wolken vertrieben hatte, die sich gerade über Miriams Kopf zusammengeballt hatten.

„Okay, ich nehme es mal als Kompliment, dass du meine Pediküre so unwiderstehlich findest. Aber beim nächsten Mal bitte nur mit Zunge." Sie kauerte sich auf den Boden und versetzte der Katze einen zarten Stups auf die Nase.

*

Kaila, die sich diebisch freute, dass sie diesen neuen Menschen so kalt erwischt hatte, hätte fast wohlig geschnurrt, rief sich aber gerade noch rechtzeitig zur Ordnung und machte stattdessen ein herzhaftes Gähnen daraus. Dann drehte sie sich stolz um und war mit einem Satz aus der Küche verschwunden. Höchste Zeit für die Morgentoilette.

Danach würde sie vielleicht eine Runde durch die Gärten drehen, jetzt, da sie nicht mehr ganz allein auf das Haus aufpassen musste. Eventuell könnte sie sich sogar dazu durchringen, dem Graugetigerten gegenüber so etwas wie Zerknirschtheit zu zeigen, weil sie ihn ein- oder zweimal ein ganz klein wenig angefaucht hatte.

Natürlich würde sie nur so tun, als ob sie Reue empfand, um seiner Eitelkeit zu schmeicheln. Tief in ihrem Inneren war sie nämlich davon überzeugt, dass es ihm nur guttun konnte, hin und wieder zusammengestaucht zu werden. Sein Mensch war ihm nämlich voll und ganz ergeben, bediente ihn von vorn bis hinten und ließ ihm jede Laune durchgehen. Kein Wunder, dass er so verwöhnt war. Aber immerhin: Wenn ihm der Sinn danach stand, konnte er sehr geduldig zuhören, und Kaila brannte geradezu darauf, jemandem von dem Neuankömmling in ihrem Haus zu erzählen, den sie noch nicht so recht einschätzen konnte.

*

Miriam war fast ein bisschen traurig, dass Kaila keinen Wert mehr auf ihre Gesellschaft zu legen schien. Irgendwie fühlte es sich besser an, mit einer Katze zu sprechen als mit sich selbst. Außerdem hätte sie ihren „Dienstantritt" gern noch ein klein bisschen länger hinausgezögert, denn wider Erwarten war ihr nun doch etwas mulmig zumute.

Vielleicht war es doch falsch gewesen, auf ihren Stolz zu hören und die Hilfe der Frau aus dem Ort gar nicht erst anzufragen? Zumindest wäre sie dann an ihrem ersten Tag nicht so allein gewesen … Plötzlich spürte Miriam einen Kloß im Hals. Sie musste daran denken, wie liebevoll ihre Eltern sich von ihr verabschiedet hatten. „Ruf jederzeit an, wenn du was brauchst", hatte ihre Mutter gesagt. „Oder wenn das Heimweh sich meldet", hatte Paps hinzugefügt. „Wenn was ist, sind wir sofort da."

Aber wonach sollte sie Heimweh haben? Nach ihrem alten Kinderzimmer und ihren geplatzten Träumen? Nein, dieser Neustart war längst überfällig. Sie war nur nicht sicher, ob sie mit der Ruhe und Abgeschiedenheit hier klarkommen würde.

Schluss jetzt mit der Selbstmitleidsnummer, dachte sie und schob entschlossen ihren Stuhl zurück. *Nichts hilft besser gegen schwere Gedanken als ein Sprung ins kalte Wasser.*

Sie räumte das gebrauchte Geschirr in die Spülmaschine, holte die Mittagsportion Rinderherz aus dem Gefrierschrank, wechselte das Wasser in Kailas Trinkschale – *sicher ist sicher* – und lief dann rasch die Treppe hoch, um sich anzuziehen. „Lady J.s" öffnete zwar nie vor elf Uhr, aber sie wollte sich vorher noch ein bisschen im Laden umsehen. Schließlich sollte sie wenigstens ungefähr wissen, wo was war, wenn die erste Kundschaft kam. Vielleicht war ihr hier ja ein besserer Start vergönnt als bei Kaila.

„Lady J.s" war für Augenmenschen wie Miriam so was wie eine begehbare Schatztruhe. Das Geschäft bestand aus einer zauberhaft dekorierten Ladenfläche, einem winzigen Atelier für Änderungen und einem kaum größeren Büro. Zur Straße hin gab es vier relativ schmale Fenster, die allerdings keinen kompletten Einblick in den Laden boten. Drinnen waren die

Objekte nach Designern, Jahren, Anlässen und Konfektionsgrößen geordnet, zum Teil auf avantgardistisch – oder surrealistisch – anmutenden Schaufensterpuppen ausgestellt, zum Teil an langen, raumumlaufenden Stangen aufgereiht.

Jedes Modell steckte in einer transparenten Plastikhülle; die Kunden durften gerne stöbern, sich aber nicht selbst bedienen. Wenn sie sich für ein Teil interessierten, wurde es ihnen hinter den antiken Paravent gereicht, der eine Ecke des Raums zur stilvollen Umkleidekabine machte.

Sechs deckenhohe goldgerahmte Spiegel vergrößerten die Verkaufsfläche optisch und boten Gelegenheit, sich von allen Seiten zu bewundern. In einer Vitrine waren Ohrringe, Ketten, Ringe und Armreifen ausgestellt, überwiegend Designer-Modeschmuck und Accessoires aus verschiedenen Jahrzehnten: poppige Kunststoff-Armreifen aus den Swinging Sixties, Jugendstil-Broschen aus Perlmutt, zierliche Art-déco-Armbanduhren, Dreißigerjahre-Zigarettenspitzen aus Elfenbein, Perlenketten, breite Stretchgürtel und Schmetterlingsbrillen aus den Fünfzigerjahren. Ein Regal war für Schuhe reserviert, meist Pumps und Sandaletten, aber auch einige Ballerinas und andere flache Modelle – alles Vintage natürlich.

Das ganze Sortiment musste schon einiges wert sein, aber Miriam wusste, dass Tante Juliane oben im Haus noch einen Extraraum für die besonders wertvollen Couture-Modelle hatte.

Nachdem Miriam sich mit dem aktuellen Angebot einigermaßen vertraut gemacht hatte, setzte sie sich hinter den antiken Schreibtisch und blätterte durch den Kalender, um nachzusehen, was für heute anstand. „Lady J.s" war kein Geschäft, das hauptsächlich auf Laufkundschaft setzte, das hatte Tante Juliane ihr noch mal ausdrücklich ans Herz gelegt. Die meisten Kunden kamen gezielt, mit bestimmten

Vorstellungen und viel Zeit für ein ausgiebiges Beratungsgespräch. Und diejenigen, die eine längere Anreise hatten, machten vorher sicherheitshalber einen Termin aus.

Für elf Uhr hatte sich eine Gesine Marder angesagt, für sechzehn Uhr eine Vera von Glinten, dazwischen war nichts anderes zu tun, als den Laden zu hüten und sich bereitzuhalten, falls doch jemand vom Zufall hereingeweht wurde.

„Wenn du was verkaufst, was ich natürlich sehr hoffe", hatte Tante Juliane gesagt, „gib es einfach in die Kasse ein, so wie in deiner Boutique damals in Eppendorf. Um die Buchhaltung kümmert sich seit dreißig Jahren mein Steuerberater Doktor Bäumer. Der gute Mann hat einen Schlüssel zum Laden und zum Büro und kommt ein- bis zweimal im Monat vorbei, um sich um die Buchhaltung zu kümmern. Bring ihm netterweise einen Kaffee, wenn du gerade da bist, und lass ihn ansonsten einfach in Ruhe machen."

Jetzt, wo noch nichts los war, holte Miriam erst mal sich selbst einen Kaffee, ein paar mitgebrachte Foto-Fachzeitschriften und ihre Nikon. Dann machte sie es sich in der kleinen Sitzecke zwischen zwei zurückhaltend elegant gestylten Schaufensterpuppen gemütlich. Die eine trug ein „kleines Schwarzes" von Givenchy, die andere einen smarten Hosenanzug von Armani und dazu den grauen Trenchcoat, in dem der junge Richard Gere als „Ein Mann für gewisse Stunden" so eine gute Figur gemacht hatte. Sehr cool, dachte Miriam. *Schade, dass ich im Moment so pleite bin.*

Gerade wollte sie sich in den Artikel über dieses neue, astronomisch teure Super-Objektiv vertiefen, als sie ein Kratzen an der Verbindungstür zur Wohnung hörte. Als sie nicht schnell genug reagierte, kam ein ungeduldiges Maunzen dazu.

Miriam ließ die Zeitschrift auf den niedrigen Teetisch fallen und sprang auf, um die Tür zu öffnen. Kaila schob sich lautlos an ihren Beinen vorbei, landete mit einem graziösen Sprung – und eingezogenen Krallen, wie Miriam erleichtert feststellte – auf der Schulter einer Puppe, die ein Siebzigerjahre-Wickelkleid von Diane von Furstenberg trug, und zuckte mit den Ohren. Dabei drehte sie den Kopf aufmerksam von einer Seite zur anderen.

Als ob sie erst mal nach dem Rechten schauen müsste, dachte Miriam belustigt und schüttelte den Kopf. Sie wusste, dass Tante Julianes Katzen ausdrücklich Aufenthaltserlaubnis im Laden hatten und stets so gut erzogen waren, dass sie keinen Schaden anrichteten. Falls man eine Katze überhaupt erziehen konnte … Vielleicht waren die Samtpfoten auch einfach nur von Natur aus modeaffin.

Zum Glück haarte Kaila nicht übermäßig. Tante Juliane bürstete ihr seidiges Fell regelmäßig, um es von losen Haaren zu befreien, bevor sie sich anderweitig festsetzen konnten. Sie beteuerte, dass Kaila dieses „Wellness-Treatment" jedes Mal sehr genoss, aber Miriam war nicht sicher, ob sie sich trauen würde, der kleinen Diva eine pflegende Ganzkörperbehandlung anzudienen.

Die Türglocke ertönte, und Kaila schoss wie der Blitz von der Puppenschulter unter den Ständer mit den Chanel-Kostümen, wo sie sich anmutig zusammenrollte und die Augen schloss.

„Guten Tag, ich bin um elf mit Frau Klausner verabredet", trompetete eine kleine rundliche Frau und war mit drei Trippelschritten bei der Puppe mit dem Givenchy-Cocktailkleid. „Oh ja, genau so etwas schwebt mir vor."

Miriam, die gar nicht dazu gekommen war, den Gruß zu erwidern, schaute ihre erste Kundin verdutzt an. „Für unsere Motto-Party?", fügte die hinzu, in einem Ton, als wüsste das doch nun wirklich jeder.

„Wie ist denn das Motto?", erkundigte Miriam sich vorsichtig, Böses ahnend.

„Frühstück bei Tiffany", verkündete Frau Marder – die Julianes besagter Elf-Uhr-Termin war – begeistert. „Ich gehe als Holly Golightly. Die Vintage-*Wayfarer* habe ich auch schon." Sie wühlte in ihrer riesigen Handtasche herum, zog ein Ray-Ban-Sonnenbrillenetui hervor und schwenkte es triumphierend. „Ende der Fünfzigerjahre. Habe ich online ersteigert, war ein richtiges Schnäppchen." Ihre Augen glitzerten vor Freude über diese Eroberung, und Miriam brachte es nicht übers Herz, sie darauf hinzuweisen, dass Audrey Hepburn in dem Film gar keine *Wayfarer* getragen hatte, sondern eine *Manhattan* von Oliver Goldsmith. Es war schon schlimm genug, dass sie der begeisterten Kundin taktvoll klarmachen musste, dass das „kleine Schwarze", das sie im Auge hatte, zwar ein bisschen zu weit für Audrey Hepburn gewesen wäre, aber trotzdem mindestens drei Nummern zu klein für sie war.

„Hatten Sie denn schon mit Frau Klausner darüber gesprochen?", tastete sie sich vorsichtig an das Thema heran. „Sie hatte leider einen Unfall und fällt für längere Zeit aus. Ich bin ihre Nichte und vertrete sie so lange."

Nach vielen Mitleidsbekundungen und guten Wünschen für Tante Juliane kam Frau Marder auf Miriams Frage zurück. „Ihre Tante meinte, sie hätte da zwei, drei Teile, die infrage kämen." Sie betrachtete sehnsüchtig die Puppe mit dem kleinen Schwarzen von Givenchy und seufzte. „Ja, ich weiß schon, da werde ich wohl nicht ganz reinpassen." Einen Moment schwieg sie versonnen. „Vielleicht, wenn ich ganz doll den Bauch einziehe und bis zur Party nur von Wasser und Salat lebe?" Sie schaute Miriam hoffnungsvoll an.

Die schüttelte bedauernd den Kopf. „Selbst wenn Sie es

schaffen, den ganzen Advent hindurch auf Lebkuchen, Gänsebraten und Glühwein zu verzichten, wird das wohl nichts werden. Sie haben etwas zu, äh, kurvige Hüften für diesen extrem schmalen Schnitt. Aber ich kann mir schon vorstellen, an was Tante Juliane da gedacht haben könnte … Hier, dieses Modell zum Beispiel wirkt doch auch viel eleganter …"

Zweieinhalb Stunden später sank Miriam erschöpft in den Zweisitzer in der Sitzecke. Gesine Marder hatte ihr buchstäblich ein Loch in den Bauch geredet, der nun laut und vernehmlich knurrte. Aber immerhin war die Kundin glücklich mit ihrem etwas *größeren Schwarzen*, ebenfalls aus dem Hause Givenchy, davongerauscht. Miriam hatte vorsichtshalber unter den Tisch fallen lassen, dass es sich bei dem Modell um ein Teil aus der Achtzigerjahre-Umstandsmodenkollektion handelte. Das stand zumindest auf dem sorgfältig beschrifteten Anhänger, den sie schnell und unauffällig entfernt hatte, bevor sie Frau Marder das Kleid zur Anprobe reichte.

„Ich habe Hunger", sagte sie laut Richtung Kaila. „Du doch bestimmt auch. Ich finde, nach diesem Vormittag haben wir beide uns was Leckeres verdient." Sie hängte das international verständliche „Closed"-Schild an die Ladentür, sperrte zu und ging in die Küche. Die Verbindungstür zur Boutique ließ sie hinter sich angelehnt, für den Fall, dass Ihre Hoheit sich diesmal dazu herablassen würde, in ihrer Gesellschaft zu speisen.

Während ihr Rührei auf niedriger Stufe stockte, schnitt Miriam das inzwischen aufgetaute Stück Rinderherz in kleine Streifen, die sie mit dem Messer in Kailas Napf schob. Dann wusch sie sich die Hände und stürzte sich ausgehungert auf ihr eigenes Mittagessen.

Dabei schaute sie hin und wieder zur Tür, aber Kaila ließ

sich nicht blicken. Anscheinend bin ich hier nicht erwünscht, dachte Miriam. *Klar, sie vermisst Tante Juliane. Aber was hat sie bloß gegen mich? Eigentlich müsste sie sich doch über menschliche Gesellschaft freuen, oder? Hält sie mich womöglich für einen Eindringling in ihr Königreich? War ich nicht unterwürfig genug?*

Seufzend kratzte sie mit der Gabel den Rest ihres Rühreis zusammen und schob ihn sich in den Mund. Sie fühlte sich durch Kailas ablehnendes Verhalten auf merkwürdige Art gemaßregelt, hatte aber keine Ahnung, warum.

Immerhin war es eine angenehme Abwechslung, darüber nachzudenken, wie sie an ihrem Verhältnis zu Tante Julianes Katze arbeiten könnte – und nicht über ihre gescheiterte Beziehung mit Richard.

Da sie nicht vorhatte, den Laden vor sechzehn Uhr wieder zu öffnen, und dringend mal an die frische Luft musste, drehte Miriam nach dem Essen eine kleine Runde auf Tante Julianes Fahrrad. Vorbei an dem Gehöft auf der anderen Straßenseite, das schon bei ihrem letzten Besuch vor ein paar Jahren leer gestanden hatte. Aber jetzt tat sich dort offenbar gerade was. Jedenfalls parkten ein paar kleine Transporter davor, und durch das geöffnete Tor sah sie, dass ein Teil des Hauptgebäudes eingerüstet war.

Sie radelte aus dem Ort heraus, durch die winterkahlen Felder und Wiesen. Einem Impuls folgend, bog sie auf die Landstraße Richtung Airlenbach ab und radelte bis auf die Anhöhe, auf der sich Beerfeldens bekannteste Sehenswürdigkeit befand: der berühmte, aus Stein gebaute Dreischläfrige Galgen.

Als kleines Mädchen hatte sie sich hier wohlig gegruselt, heute war die malerische Stelle für sie nur noch eine historische Kuriosität. Die paar Touristen, die sich in den „staatlich anerkannten Erholungsort" Beerfelden verirrten, starteten von hier aus gern zu ihren Wandertouren durch die einladenden Hügel des Odenwalds, die man von der Anhöhe aus wunderbar überblicken konnte.

Vielleicht bin ich ja im Frühling noch hier, wenn alles anfängt zu blühen, dachte Miriam. *Und vielleicht bin ich dann ja tatsächlich darüber hinweg, dass der Typ, an den ich sieben Jahre meines Lebens verschwendet habe, mich nie wirklich geliebt, sondern einfach nur eiskalt ausgenutzt hat.*

Tränen brannten in ihren Augen. Sie atmete ein paarmal tief ein und aus, dann schwang sie sich wieder in den Sattel. Es war frisch heute, aber nicht unangenehm kalt, und nach einer knappen Stunde waren die düsteren Gedanken weggeweht, und Miriam war bereit für die nächste komplizierte Kundin. Aber vorher schaute sie noch rasch in der Küche vorbei. Kailas Napf war leer.

Wie immer zog sich der erste Tag in neuer Umgebung gefühlt endlos dahin, daher war Miriam heilfroh, als sie endlich ins Bett gehen konnte. Vorher hatte sie noch versucht, Kaila mit ein paar Extra-Leckerlis auf ihren Schoß zu locken, doch Madame ließ sich die köstlichen Multi Bites zwar gnädig anreichen, zog sich aber anschließend auf die Fensterbank zum Garten zurück. Macht nichts, tröstete sich Miriam. *Morgen ist auch noch ein Tag.*

Der Rest der Woche brachte schon fast so etwas wie Routine. Und tatsächlich auch ein paar spontane Kunden, die der Vorweihnachtswind hereinwehte. Meist Männer, die im Internet über „Lady J.s" gestolpert waren und hofften, hier endlich mal ein genial ausgefallenes Geschenk für die Freundin oder Frau zu finden.

Gelegentlich kollidierten dabei Welten, wie bei dem adrett gegelten Mittdreißiger – Typ Filialleiter Volksbank, eins Komma sieben Kinder, iPhone 6 plus – und der zierlichen Jugendstil-Armbanduhr, die er ratlos hin und her wendete. „Wo kommt denn da die Batterie rein?", erkundigte er sich skeptisch. „Oder zieht die sich automatisch beim Tragen auf, wie eine Rolex?" Das Konzept „am Rädchen drehen" schien ihm nicht recht einzuleuchten, aber seine Frau hatte eine Schwäche „für so alte Sachen". Ob man vielleicht trotzdem noch mal über den Preis reden könnte?

Miriam ließ ihn bis auf Weiteres vor der Vitrine schmoren und half einer aufgeregten, aufdringlich parfümierten Kundin, die sich als Frau Weber und großer Juliane-Fan vorgestellt hatte, aus einem wild gemusterten Cavalli-Kleid mit Raffung und reichte ihr ein knallrotes Etui-Dress von Dior.

„Ich kann mich einfach nicht entscheiden", jammerte Frau Weber, nachdem sie sich ungefähr zehn Minuten lang seufzend vor den Spiegeln hin und her gedreht hatte, und zupfte versonnen an einem neongrünen A-Linien-Kleid von Rabanne. „Vielleicht sollte ich das auch noch mal …"

*

In diesem Moment beschloss Kaila, die seit dem Mittag neben einem Stapel Seidentüchern döste, die Angelegenheit selbst in die Pfoten zu nehmen. Dieses ewige Hin und Her machte sie ganz wuschig. Warum konnten Menschen sich bloß nie entscheiden? Na gut, vielleicht würde es ihr ja genauso gehen, wenn die Natur sie nicht mit diesem glänzenden Fell ausgestattet hätte. Wer so nackt und schutzlos unterwegs war wie die armen Menschen, musste sich natürlich was einfallen lassen, um diesen Makel zu kaschieren.

Aber womöglich würde diese unentschlossene, ununterbrochen plappernde und streng riechende Person, die sogar der guten Juliane schon öfter den letzten Nerv geraubt hatte, sich gar nicht zu einer Entscheidung durchringen. Und Kaila hatte lange genug Julianes Stimmungen beobachtet, um zu wissen, dass es ihr nicht gefiel, wenn jemand ohne einen dieser Papierbeutel in der Hand wegging.

Der neue Mensch ... *Miriam?* ... war mit der Situation natürlich heillos überfordert, was Kaila überraschenderweise nicht kaltließ. Sie war zwar noch immer nicht versöhnt mit der lästigen Veränderung in ihrem Leben, musste Miriam jedoch zugutehalten, dass sie sich große Mühe mit den Mahlzeiten gab und angemessen bescheiden um ihre Gunst warb. Gestern Abend hatte sie beispielsweise versucht, Kaila für das Angelspiel zu begeistern. Fast hätte sie nachgegeben – sie liebte es, nach dem blauen Federdings zu haschen. Das war viel mehr Action, als allein die Schmusemäuse zu jagen, die immer nur so weit wegrannten, wie Kaila sie schubsen konnte.

Vielleicht hatte sie ja nun doch lange genug geschmollt, um ihre Missbilligung rüberzubringen, jedenfalls wurde diese vornehme Zurückhaltung langsam langweilig. Und dieses Gestümpere hier in dem Raum mit den vielen bunten Stoffen konnte sie auf keinen Fall länger mit ansehen. Schon allein deshalb musste sie Miriam aus der Patsche helfen.

*

Das A-Linien-Kleid hing wie ein Zelt an Frau Webers zierlichem Körper.

„Ich finde das Geraffte für Sie am schönsten", verkündete Miriam in hoffentlich überzeugendem Ton. „Das grelle Grün ist doch ziemlich gewöhnungsbedürftig ... Da haben Sie sich schnell dran sattgesehen."

„Meinen Sie?" Frau Weber schaute sehnsüchtig in den Spiegel, drehte und wendete sich noch ein paarmal davor, bevor sie sich seufzend hinter den Paravent zurückzog. Als sie wieder hervorkam, trug sie erneut das Dior-Kleid. Der satte Rotton biss sich schmerzhaft mit ihren kupferfarbenen Haaren. „Beim letzten Mal hatte Frau Klausner noch so ein blaues Cocktailkleid, ich weiß nicht mehr von welchem Designer, aber es hatte so türkise Pailletten am Ausschnitt. Ob Sie mir das wohl noch mal rasch raussuchen könnten?" Sie nahm das geraffte Kleid, das sie als Erstes anprobiert hatte, und hielt es vor sich. Dann schaute sie nach unten. „Was meinst du denn, Kaila?"

Verblüfft sah Miriam zu, wie die hochmütige Katze ihrer Tante sich an die Beine der unschlüssigen Kundin schmiegte, sich willig betätscheln ließ und überhaupt eine Riesenniedlichkeitsshow abzog. Du lieber Himmel, sie *schnurrte* sogar, während sie für Miriam noch nicht mal ein Maunzen übrig hatte. Dann stellte sie sich auf die Hinterbeine, stützte die Vorderpfoten an Frau Webers Knien ab und stupste mit dem Kopf auffordernd die Hand an, die das geraffte Cavalli-Modell hielt. Dabei blinzelte sie die Kundin an und ... grinste begeistert. Anders konnte man ihren Gesichtsausdruck in diesem Moment kaum bezeichnen.

„Hach, meine Schöne, du hast ja recht, wie immer", flötete Frau Weber und reichte Miriam das Kleid.

„Ich habe es noch nie bereut, auf Kaila zu hören", erklärte sie. „Sie hat so einen unheimlichen sechsten Sinn für Mode. Sagt Frau Klausner auch immer."

Miriam biss sich auf die Unterlippe, um nicht zu lachen, und ging zur Kasse. Während sie den Preis einscannte, das Kleid sorgfältig zusammenfaltete, in Seidenpapier einschlug und in eine schicke „Lady J.s"-Tragetüte schob, spielte Frau

Weber weiter verzückt mit Kaila, die total hingerissen tat und der hochbeglückten Kundin am Ende sogar noch bis zum Ausgang nachlief. *Schnurrend.*

Als die Tür sich klingelnd hinter der Frau geschlossen hatte, warf das verlogene kleine Biest Miriam einen triumphierenden Blick zu, sprang auf die Schulter der Puppe mit dem Furstenberg-Wrap-Dress und rollte sich dort betont desinteressiert zusammen, nach dem Motto: *Den Rest schaffst du ja wohl allein.*

Miriam beschloss, diesen filmreifen Auftritt als Zeichen dafür zu deuten, dass die kleine Eiskönigin langsam auftaute. Sonst wäre sie ihr ja wohl kaum zu Hilfe gekommen, sondern hätte schadenfroh mit angesehen, wie sie sich mit der Kundin abmühte.

Nachdem der gegelte Filialleiter sich endlich zum Kauf der schmucken kleinen Uhr durchgerungen hatte – Miriam ließ sich keinen Cent herunterhandeln – und mit dem weihnachtlich verpackten Stück und der wohltuenden Aussicht auf eine besinnliche Weihnachtszeit ohne Geschenke-Panik davongeeilt war, beschloss Miriam, Feierabend zu machen.

Ihre gute Laune von vorhin war verflogen. Sie kam sich plötzlich allein und verloren vor, und die inzwischen vertraute Bitterkeit stieg in ihr auf. Der Mann hatte sie ein bisschen an Richard erinnert, weniger optisch als durch sein selbstgefälliges Gehabe. Und daran, dass in diesem Jahr keiner nach einem beziehungsreichen Geschenk für sie fahnden würde.

Klar, Mama würde sich gewiss nicht lumpen lassen, und auf Jana konnte sie auch bauen. Aber das war doch was anderes, als in trauter Zweisamkeit auszupacken, was man mit Liebe für den anderen ausgesucht hatte. Oder mit schlechtem Gewissen, weil man schon wieder mit der Assistentin seiner Freundin ins Bett gegangen war …

Ihr graute vor dem ersten einsamen Wochenende hier in Beerfelden. Der Wetterbericht hatte zwar für morgen Sonnenschein versprochen, aber in Miriams Inneren war es trüb, mit tief hängenden schwarzen Wolken. Sie konnte sich kaum dazu aufraffen, Kailas Napf zu füllen und ihre Rennmaus aufzuziehen, wollte aber nicht riskieren, die Katze erneut zu verärgern, wo sie doch offenbar gerade beschlossen hatte, ihren Miriam-Boykott aufzugeben.

Danach kuschelte sie sich auf dem breiten Sofa im Wohnzimmer unter die dicke Kaschmirdecke, in die sie sich schon als kleines Mädchen gern gewickelt hatte, wenn die Welt draußen böse zu ihr war, und ließ ihren Tränen freien Lauf.

Es war einfach nicht fair! Während sie hier allein in diesem gottverlassenen Nest hockte, machte Richard sich mit ihrem Geld ein schönes Leben. Jedenfalls nahm sie das an. Vielleicht hatte er auch schon wieder die nächste Dumme gefunden, die ihm seine „Ambitionen" finanzierte und die er mit irgendeiner willigen Blondine hinterging.

Wie hatte sie nur so blöd sein können, einem derart egozentrischen Mistkerl ihr Herz anzuvertrauen? Und warum hatte sie so lange zugelassen, dass er auf ihren Gefühlen herumtrampelte? Na, jedenfalls war sie jetzt klüger. Noch mal würde sie sich nicht so schnell auf jemanden einlassen. Auch wenn die Einsamkeit noch so wehtat.

Plötzlich spürte sie etwas Warmes, Weiches an ihrem Gesicht, und dann leckte eine kleine raue Zunge über ihre feuchte Wange. Schniefend drehte Miriam sich auf den Rücken, und Kaila kletterte auf ihre Brust, schmiegte sich eng an sie. Dabei stieß sie ein tiefes kehliges Schnurren aus, das Miriam ebenso hören wie fühlen konnte und das eine unglaublich beruhigende, tröstliche Wirkung hatte.

Unwillkürlich fing sie an, Kaila zu streicheln, genoss das seidige Gefühl unter ihren Fingern, das wohlige Brummen, die feuchte kleine Nase. Sie rieb ihre Wange an Kailas Köpfchen, und ohne dass sie es bewusst wahrnahm, versiegte ihr Tränenstrom, und Richards Gesicht verschwand aus ihren Gedanken, löste sich auf und nahm die dunklen Wolken mit.

3. KAPITEL

„Oh nein, was willst du denn schon wieder?" Miriam stieß einen tiefen Seufzer aus, der irgendwo zwischen Lachen und Verzweiflung lag, und ging zum fünften Mal an diesem sonnigen Samstagnachmittag mitten auf dem Bürgersteig in die Knie. Wenn das so weiterging, würde sie nie zum Supermarkt kommen. Dabei brauchte sie dringend Milch und neues Dosenfutter für Kaila.

Klare grüne Augen starrten indigniert zu ihr hoch. „Kaila, du darfst mir nicht dauernd nachlaufen! Das ist viel zu gefährlich. Du kommst mir noch unter die Räder, und wie sollte ich das Tante Juliane erklären? Unser kleiner Spaziergang heute Morgen war eine Ausnahme!"

Katzen gehörten ins Haus oder maximal in den eigenen Garten, da waren sie sicher und konnten ungestört auf dem Sofa oder der Fensterbank herumliegen oder durch die Büsche streifen, bis ihr Dosenöffner Zeit zum Spielen oder für Streicheleinheiten hatte. So kannte Miriam das jedenfalls von den wenigen Katzenliebhabern unter ihren Freunden in Hamburg. Die ließen ihre Stubentiger so gut wie gar nicht nach draußen.

Dass Kaila frei umherstreifen konnte, bereitete Miriam Kopfschmerzen. Schließlich würde sie kaum auf „bei Fuß" oder „Platz!" reagieren, oder? Was wäre denn, wenn sie auf einmal eine Maus oder einen Vogel oder so was witterte und plötzlich auf und davon wäre? Wenn sie sich dann verirrte und nie wieder zurückfand? Oder auf einen Baum kletterte und sich nicht mehr traute runterzukommen? Davon hörte man doch immer wieder, und dann musste jemand die Feuerwehr rufen, um die Katze zu retten. Aber wenn niemand wusste, wo Kaila war? Dann würde sie vor Hunger irgendwann so schwach werden, dass sie herunterfiel und sich schlimm verletzte. Und was wäre, wenn sie einem wildfremden Menschen hinterherlief, der sie dann für eine Streunerin hielt und mit zu sich nach Hause nahm?

Vor lauter potenziellen Gefahren, die Tante Julianes Augapfel in der freien Wildbahn drohen könnten, wurde es Miriam ganz schwindelig. In Beerfelden steppte zwar nicht gerade der Bär (außer auf dem Stadtwappen), aber die Hauptstraßen waren doch einigermaßen befahren. Außerdem schlängelte sich die Bundesstraße direkt um den Ort herum.

Sie hob die Katze, die sich ungnädig schwer machte, hoch und schleppte sie ein weiteres Mal zurück zum Laden.

Ich nagele diese verdammte Katzenklappe zum Garten zu, schwor sie sich, wohl wissend, dass das nicht infrage kam. Schließlich hatte sie keine Ahnung, was ein aufgebrachter Stubentiger in geschlossenen Räumen so alles anrichten konnte. Vermutlich eine ganze Menge. Und Tante Juliane hatte einen teuren Geschmack in Sachen Inneneinrichtung, sowohl im Laden als auch in der Wohnung.

Im Bad oder in der kleinen Küche wollte sie Kaila nicht einsperren, das wäre ja Freiheitsberaubung ... Die vordere Eingangstür schloss sie immer gewissenhaft ab, denn von Tante Juliane wusste sie, dass Kaila die Klinke runterdrücken konnte. Aber das half auch nichts. Das clevere kleine Biest wusste ganz genau, wie man hintenrum durch die Gärten auf die Straße kam.

„Bleib jetzt bitte hier, meine Süße", schmeichelte sie. „Ich bin ja bald wieder da, bis dahin wird dir bestimmt nicht langweilig." Betont geschäftig wuselte sie noch eine Weile im Laden herum, zupfte hier, räumte da, bis Kaila schließlich wie erhofft das Interesse verlor und sich auf ihrem Lieblingsplatz unter den Sechzigerjahre-Chanel-Kostümen zusammenrollte.

Sie weiß genau, dass die Pastelltöne super zu ihrem schwarz-weißen Fell passen, dachte Miriam belustigt und griff zu ihrer Kamera, die wie immer griffbereit auf dem Sekretär lag, falls sie spontan eine Inspiration hatte.

Miriam war noch immer nicht sicher, wie es beruflich weitergehen sollte, aber vielleicht kam ihr ja beim Rumexperimentieren die zündende Idee. Sie machte rasch ein paar Aufnahmen von der dösenden Kaila, legte die Nikon dann so geräuschlos wie möglich zurück auf den Tisch und stahl sich auf Zehenspitzen davon.

So, jetzt schnell für ein ausgedehntes Sonntagsfrühstück einkaufen und danach vor die Stadt und eine Jogging-Runde durch die nackten Weinberge drehen. Danach würde sie seelisch und körperlich gerüstet sein für ihr erstes einsames, beziehungsverarbeitendes Winterwochenende auf dem Lande.

*

Kaila seufzte gottergeben. Für einen imaginären unbeteiligten Beobachter hätte der Laut zwar eher nach tiefem Maunzen geklungen, aber es *war* ein Seufzer. Warum war dieser neue Mensch – Miriam, rief sie sich in Erinnerung – nur so unstet? Jetzt musste sie ihr schon wieder nachlaufen, und kaum hätte sie sie eingeholt, wäre der Ausflug auch schon wieder vorbei, wie beim letzten Mal. Und beim vorletzten Mal. Und dem Mal davor.

Sie hatte durchaus kapiert, dass Miriam offenbar nicht wollte, dass sie ihr folgte, aber darauf konnte sie nun wirklich keine Rücksicht nehmen. Menschen wussten *nie*, was gut für sie war. Und nachdem sie nun mal beschlossen hatte, sich für ihren neuen Menschen verantwortlich zu fühlen, blieb ihr nichts anderes übrig, als Miriam Gesellschaft zu leisten und sie von ihrem Kummer abzulenken.

Den hätte Kaila selbst dann gespürt, wenn sie nicht so unglaublich sensibel gewesen wäre, sondern ein grober Klotz wie der Graugetigerte. Schließlich war kaum auszuhalten, wie Miriam den ganzen Abend herumschluchzte und ständig schniefte und in diese Papierlappen hineinblies, die sich so lustig abrollen ließen und mit denen man prima spielen konnte. Wenn sie nicht gerade vollgeheult wurden.

Miriam tat Kaila wirklich leid, aber das Geschluchze ging ihr auch wahnsinnig auf die Nerven. Schon aus reinem Selbsterhaltungstrieb musste sie also etwas gegen Miriams Traurigkeit unternehmen. Wie hervorragend sie das konnte, hatte sie ja gestern Abend bewiesen, was ein schönes Gefühl gewesen war.

Kaila fühlte sich gerne nützlich und geschätzt, vermutlich ein Überbleibsel aus jener grauen Vorzeit, als ihre Urururururgroßmutter die Speisekammer ihrer Menschen mäusefrei gehalten hatte. Und gegen ein Lob, begleitet von einem leckeren Extra, war auch nichts einzuwenden. Juliane war da immer sehr großzügig.

Aber die Aufgabe, Miriam zu trösten, schien doch schwieriger als gedacht. Erstens versank sie immer wieder unvermutet in unfrohe Grübeleien. Und zweitens versuchte sie ständig, ihr zu entkommen.

Kaila seufzte noch einmal, streckte sich und glitt dann elegant und – im Unterschied zu Miriam – wirklich vollkommen lautlos erst durch die angelehnte Hintertür in die Wohnung, dann durch ihren privaten Ausgang ins Freie.

*

Miriam kam nur langsam voran, da Jana per SMS gefragt hatte, wie ihr „das Kuhdorf da unten" bekam und ob sie sich schon einen „mutwilligen Milchbauern", „lebenslustigen

Landwirt" oder „wollüstigen Winzer" geangelt hatte. Ihr zweifelhafter Geschmack für die absurdesten Dokusoaps trieb wirklich seltsame Blüten.

Sie arbeitete noch an einer geistreichen Antwort, als sie plötzlich einen sanften Druck an ihrem rechten Bein spürte. Ein kurzes, etwas ungehaltenes Maunzen bestätigte den Verdacht, dass es ihr auch diesmal nicht gelungen war, Kaila zu entkommen. Und jetzt stand sie mit ihr auch noch direkt an der Hauptstraße, die mitten durch den Ort führte.

Was macht man mit einer Katze, die einem dauernd nachläuft? schrieb sie an Jana.

An die Leine nehmen :-), so kam es prompt zurück.

Miriam knabberte nachdenklich an ihrer Unterlippe. Daheim in Hamburg hatte sie das tatsächlich schon ein paarmal gesehen – Katzen, die im Geschirr spazieren geführt wurden. Tante Juliane würde sich vermutlich über solchen Firlefanz kaputtlachen, aber die war ja schließlich gerade weg. Außerdem hatte man leicht reden, wenn man bereits die dritte Katzen-Generation huckepack durch die Gegend trug. Bei aller – täglich größer werdenden – Liebe für Kaila verspürte Miriam jedoch nicht das geringste Bedürfnis, sie auf ihrer Schulter zu transportieren, und sie war ziemlich sicher, dass Kaila auch nicht erpicht darauf war.

„Was würdest du denn davon halten, wenn ich dich an die Leine lege, meine Süße?", erkundigte sie sich.

Kailas Blick wirkte skeptisch, und sie legte ein Ohr an.

„Ja, ich weiß auch nicht so recht", räumte Miriam ein. „Aber einen Versuch ist's ja vielleicht wert. Dann kannst du immer mitkommen, wenn du willst, und ich brauche mir nicht ständig Sorgen zu machen, dass du überfahren wirst oder verloren gehst. Weißt du was, wir probieren es einfach mal aus."

Sie hockte sich neben die Katze, hob sie mit dem inzwischen vertrauten Griff hoch – eine Hand hinter den Vorderbeinen, die andere am Hinterteil – und rappelte sich ächzend auf. Verdammt, wie konnte ein so zartes Wesen nur derartig viel wiegen?

Immerhin erlaubte Kaila ihr widerstandslos, sie zurück zum Haus zu tragen. Dort steuerte Miriam die Garage an, wo Tante Julianes klassischer Mercedes SL 280 wohnte – und bis auf Weiteres auch Miriams alter Polo Unterschlupf gefunden hatte, wie ein schäbiger kleiner Bruder, aus dem nie was werden würde.

Miriam holte Kailas Transportbox aus dem Mercedes, setzte die Katze hinein und schob die Box dann auf den Rücksitz ihres Wagens.

Aus Tante Julianes ellenlangen E-Mails mit Aufgaben, Eventualitäten und Adressen wusste sie, dass es in der nächsten *etwas* größeren Stadt ein gut ausgestattetes Tierbedarfsgeschäft gab, „Pet Shop Girls" oder so ähnlich. Sie würde ihrer Adoptiv-Katze ein Geschirr mit Leine besorgen. Das war jetzt wichtiger als ihre Jogging-Runde.

Miriam stieg aus und holte die Transportbox mit der zeternden Kaila vom Rücksitz. Die Katze fuhr definitiv *nicht* gern Auto und hatte daraus während der knapp halbstündigen Fahrt nach Michelstadt absolut keinen Hehl gemacht.

„Hallo, Kaila! Wie geht's denn meiner kleinen Süßen? Und wen hast du mir denn da mitgebracht?" Eine ältere Frau, die ihre üppigen Formen geschickt und figurschmeichelnd von einem weinroten Cape umwallen ließ, kam aus dem Laden, öffnete die Box und kraulte liebevoll Kailas Köpfchen. Sofort fing die eben noch so aufgebrachte Katze glücklich an zu schnurren.

Die Frau blickte auf und lächelte. „Ich bin Vera Grünberg", stellte sie sich Miriam vor. „Ich schmeiße den Laden hier zusammen mit meiner Schwester, die sich aber gerade unter der karibischen Sonne aalt. Kaila kenne ich praktisch seit ihrer Geburt."

Sie streckte einladend die Arme aus. Kaila sprang anmutig hinein und kuschelte sich zärtlich an Veras ausladenden Busen. Da ist's auch deutlich besser gepolstert als bei mir, dachte Miriam selbstkritisch.

„Ich bin Miriam Klausner", erwiderte sie. „Frau Klausners Nichte. Meine Tante ist böse gestürzt und muss jetzt auf unbestimmte Zeit in die Reha. Die Ärzte meinen, dass sie erst im Frühjahr wieder richtig fit ist. So lange", sie konnte sich ein Lächeln nicht verkneifen, *„schmeiße* ich für sie den Laden. Und sorge für Kaila. Und da die offenbar beschlossen hat, mir überallhin zu folgen, ich aber keine Ahnung habe, wie ich sie im Zweifelsfall dazu bewegen könnte, bei mir zu bleiben, wollte ich, äh, also, ich dachte, man könnte sie vielleicht … ich weiß nicht, anleinen oder so?" Oh Gott, die Frau muss mich für total bescheuert halten, dachte sie. *Aber da muss ich jetzt durch. Kaila zuliebe.*

„Sie wollen ein Katzengeschirr?" Vera zog die Brauen hoch. „Damit fallen Sie im Ort bestimmt auf. Und ich bin nicht sicher, ob Kaila damit einverstanden wäre. Aber für den Anfang, bis ihr beide euch ein bisschen besser kennt, ist das vielleicht gar keine so dumme Idee. Kommt rein, ihr zwei Hübschen, wir probieren mal ein paar Modelle aus."

*

Kaila sonnte sich in der allgemeinen Aufmerksamkeit. Jeder, wirklich jeder Mensch, dem sie begegneten, starrte sie bewundernd an. Kein Wunder: Das weiche sommergrasfarbene

Dings, das Miriam ihr übergezogen hatte, schmiegte sich nicht nur angenehm weich um ihren Hals und Bauch, es sah auch sehr chic aus, davon hatte sie sich vor den Spiegeln im Laden überzeugen können. Kaila mochte zarte helle Töne. Und schmeichelnde Stoffe, deshalb fühlte sie sich im Vintage-Shop auch so wohl.

Die lange Schnur, die das grasfarbene Dings irgendwie an Miriam befestigte, war ihr allerdings ein bisschen unheimlich. So etwas hatte sie bislang nur zwischen Hunden und deren Menschen gesehen. Und Hunde, das wusste schließlich jeder, waren geborene Befehlsempfänger, die es vermutlich als besondere Auszeichnung empfanden, sich von ihren „Herrchen" oder „Frauchen" durch die Gegend zerren zu lassen. Was für dumme, primitive Geschöpfe! Keine Katze würde sich jemals herumkommandieren lassen.

Und natürlich würde sie sich auf gar keinen Fall irgendwohin zerren lassen. Da hatte sie ihren Stolz. Aber solange es ihre Mission war, Miriam aufzumuntern und ihr Gesellschaft zu leisten, war sie gern bereit, ein paar Zugeständnisse zu machen. Auf diese Weise, das hatte die Erfahrung der letzten Tage gelehrt, wurden die Ausflüge auch länger, und mit jedem Schritt unter freiem Himmel wurde Miriams Aura heller, die dunkle Traurigkeit verschwand dann fast vollständig, auch wenn sie abends oft wiederkam.

Und da Miriam ihre Begleitung augenscheinlich nur dann zuließ, wenn sie diese Schnur an ihr befestigt hatte, arrangierte Kaila sich mit der seltsamen Kette. Und tröstete sich mit den Worten, die sie oft von Juliane gehört hatte, wenn eine Kundin beim Anprobieren über Atemnot oder Zwicken klagte: *Wer schön sein will, muss leiden.*

Kaila musste zugeben, dass sie lange nicht mehr so viele anerkennende Blicke und derart hingerissene Laute geerntet hatte. Außerdem war die Schnur so lang, dass sie jederzeit auf Mauern springen oder vor vielversprechendem Buschwerk lauern konnte, in denen sich sehr wahrscheinlich Mäuse herumtrieben. Miriam würde sich doch bestimmt freuen, wenn sie eine für sie fangen würde.

Nur neben dem breiten Asphaltstreifen, auf dem ständig diese riesigen, stinkenden, lärmenden Rollmaschinen vorbeibrausten, wurde die Leine immer so kurz, dass Kaila direkt neben Miriams Knöcheln herlaufen musste. Aber damit konnte sie prima leben. Die lauten Rolldinger waren ihr nicht geheuer, und schließlich *wollte* sie ja in Miriams Nähe bleiben. Nicht dass der noch etwas passierte!

*

Meine Güte, habt ihr noch nie eine Katze an der Leine gesehen?! So langsam kam Miriam sich wie eine Tierquälerin vor. Oder wie eine total durchgeknallte Exzentrikerin, die ihr Schoßkätzchen mit teuren Pralinen fütterte und am juwelenbesetzten Halsband durch Pöseldorf führte. Als ob es so viel unauffälliger oder unexzentrischer war, mit einer Katze auf der Schulter durch die Provinz zu stolzieren wie Tante Juliane.

Finster schaute sie den beiden pudelmützentragenden Teenagern hinterher, die nach ein paar verstohlenen Blicken auf Kaila in ihrem schicken Katzengeschirr, Modell „Velours de luxe", kichernd und prustend an ihr vorbeigehuscht waren. *Wenn die jetzt noch ihre Handys zücken, können sie was erleben.*

Wahrscheinlich fehlt es mir einfach an Selbstbewusstsein, dachte Miriam verdrießlich. Letztes Jahr um diese Zeit war sie noch Hand in Hand mit Richard durch die weihnachtlich geschmückte Hamburger City gelaufen und hatte sich am

Glühweinstand an ihn gekuschelt. Er war so liebevoll gewesen, beinahe wie früher am Anfang ihrer Beziehung, und sie hoffte damals, dass vielleicht doch noch alles gut werden könnte. Dabei hatte er heimlich schon längst wieder mit Steffi rumgemacht ... *Jetzt reiß dich mal zusammen, Klausner!*

Sie schluckte die Wut, die bei dem Gedanken an ihre eigene Blödheit in ihr aufstieg, energisch herunter und lächelte einen älteren Mann, der in jeder Hand einen prall gefüllten Jutebeutel trug, so strahlend an, dass seine einkaufsgestresste Miene sich zu einem wohlwollenden Schmunzeln entspannte. Er zwinkerte ihr sogar zu, der alte Schwerenöter. *Na also, geht doch ...*

※

Verdammt, warum hatte er nicht das Auto genommen, auch wenn es nur ein paar Hundert Meter bis zu dem Tante-Emma-Supermarkt im historischen Stadtkern waren? Oder wenigstens den lächerlichen Fahrradanhänger benutzt, der im Geräteschuppen stand? Sascha wuchtete einen Kasten Bier auf den Gepäckträger und versuchte leise fluchend, die wackelige Angelegenheit irgendwie zu stabilisieren.

Hastig zurrte er das Spanngummi um Kiste und Fahrradgestell, die Augen starr nach unten gerichtet, um den bösen Blicken der vormittäglichen Weihnachtseinkäufer auszuweichen, deren Weg er blockierte. Gleichzeitig versuchte er, sicherzustellen, dass das verfluchte Rad nicht umkippte.

Am Rand seines Gesichtsfelds tauchte eine zierliche schwarz-weiße Katze auf, die in zwei grell grüne Riemen geschnallt war. Den flauschigen Schwanz munter in die Luft gereckt, tänzelte sie förmlich neben einem Paar ziemlich teuer aussehender Stiefel her.

Saschas Blick folgte dem weichen anschmiegsamen Leder nach oben. In den braunen, bis über die Knie reichenden Stiefeln steckten die schärfsten Beine, die er seit Langem gesehen hatte, und der von einem weich fallenden hellbraunen Mantel umhüllte Rest war auch nicht von schlechten Eltern.

Die junge Frau musste von auswärts sein, sonst wäre sie ihm in den drei Monaten, die er mehr oder weniger hier im Ort verbracht hatte, garantiert aufgefallen.

Sie war ungefähr Mitte zwanzig, schlank, aber nicht Model-dünn. Unter ihrer Mütze quoll eine wellige Masse honigblonder schulterlanger Haare hervor. Der sorgfältig geschminkte Mund sah aus, als ob er gern lächelte, auf der durchaus markanten Nase prangten ein paar Sommersprossen und eine absurd große Sonnenbrille.

Die Sonne schien heute zwar tatsächlich mal wieder, aber war das wirklich ein Grund, hier in diesem Provinznest herumzulaufen wie Puck die Stubenfliege auf dem Weg zur nächsten Fashion Week? Noch dazu mit einer aufgebrezelten *Katze* im Schlepptau? So was war wohl gerade der letzte Schrei als modisches Accessoire.

Normalerweise hatte er mit solchen Albernheiten nichts am Hut, aber die Frau war wirklich umwerfend. Er hätte sie gern mal ohne diese gigantischen dunklen Gläser im Gesicht gesehen. Und noch lieber ohne diese Katze.

Sascha war eher der Hunde-Typ. Er verabscheute Katzen. Verschlagene, falsche Biester, die nur ihren eigenen Vorteil im Sinn hatten und keine Treue kannten. Und sobald ihnen etwas nicht in den Kram passte, fuhren sie die Krallen aus.

Er musste unwillkürlich grinsen. Hatte er etwa gerade an Sylvia gedacht? Die war nun wirklich eine falsche Katze in Frauengestalt. Klar, dass ihr kein Hund ins Haus kommen würde, obwohl Bennie sich so sehr einen wünschte. Wie enttäuscht würde der Kleine sein, wenn er Weihnachten wieder keinen süßen Welpen bekam. Aber nächstes Jahr, wenn der Hof endlich fertig war, würde Sascha sich nicht mehr in seine Geschenke-Auswahl reinreden lassen. Bennie sollte seinen Hund bekommen. Der würde dann eben bei Sascha leben, dagegen konnte Sylvia schließlich nichts sagen.

Die grässliche Katze kam immer näher. Hübsch war sie ja, das ließ sich nicht leugnen. Genau wie dieses Modepüppchen, das sie *an der Leine* spazieren führte. Oder vielleicht war es auch umgekehrt … Sascha schnaubte abfällig und wandte sich wieder seinem schwankenden Biertransport zu.

Für den sich plötzlich auch die Katze sehr zu interessieren schien, jedenfalls schlich sie leise schnurrend immer wieder um das Fahrrad herum, bis ihre Leine sich hoffnungslos in den Rädern und dem Gestell verheddert hatte und die ganze Konstruktion gefährlich ins Wanken geriet.

„Verdammt, wenn Sie Ihr aufdringliches Vieh nicht im Griff haben, dann sollten Sie damit auch nicht so aufgedonnert in der Öffentlichkeit herumstolzieren!", blaffte er, nachdem es ihm gerade noch soeben gelungen war, den rutschenden Bierkasten aufzufangen. Er versuchte ungeschickt, die Katze mit seinem rechten Fuß wegzuschieben, aber die schien das Ganze für ein lustiges Spiel zu halten und rannte ein paarmal zwischen seinen Beinen hindurch und um ihn herum, bis er buchstäblich ans Rad gefesselt war.

*

„Wenn Sie sich so aufführen, erschrecken Sie sie nur noch mehr!", fauchte Miriam entnervt. Was bildete dieser Fatzke sich eigentlich ein? Erst starrte er sie aus irritierend attraktiven blauen Augen unverhohlen an, dann wandte er sich so verächtlich ab, als habe sie irgendeine Prüfung nicht bestanden, und jetzt schaffte er es nicht mal, eine Katze davon abzuhalten, seinen schäbigen Drahtesel zu überfallen.

Es tat ihr kein bisschen leid, dass Kaila mit ihrem ungestümen Verhalten das selbstgefällige Grinsen aus seinem Gesicht gewischt hatte.

Wer morgens um elf schon so dringend eine Kiste Bier brauchte, dass er sich den Stoff ungekämmt, unrasiert und vermutlich ungewaschen besorgen musste, hatte jegliches Recht verwirkt, den Stil anderer Leute zu kritisieren. Wie konnte man sich nur so gehen (und sehen) lassen?

Seine zerschlissene Jeans war mit blauen, gelben und rostroten Flecken übersät, der ausgeleierte Kapuzensweater von undefinierbarer Farbe, den Sneakers sah man kaum mehr an, dass sie ursprünglich wohl mal weiß gewesen waren, und sein Mindestens-fünf-Tage-Bart hatte das Stadium „cool" längst hinter sich gelassen.

Umso ärgerlicher, dass der fadenscheinige Denimstoff den knackigsten Hintern bedeckte, den sie seit David Beckhams Unterwäsche-Werbung gesehen hatte. Und als sie ihm bei dem hektischen Versuch, Katze, Fahrrad und Mann voneinander zu lösen, ungewollt nahe kam, stellte sie fest, dass der Typ nicht etwa streng roch, sondern geradezu verführerisch frisch duftete, als sei er gerade aus der Dusche gekommen, mit nichts als einem Handtuch um die Hüften ... Wow, plötzlich passierten Dinge in ihrem Körper, die sie seit der Trennung von Richard nicht mehr gespürt hatte.

Miriam musste schlucken, weil ihr Mund trocken geworden war, und in ihrem ganzen Körper begann es, angenehm zu kribbeln. Es juckte ihr förmlich in den Fingern, das dichte dunkle Haar des Mannes noch mehr zu zerzausen. Hallo?! Konnte es etwa sein, dass dieser biersüchtige Rüpel sie antörnte? Höchste Zeit, dass sie wieder mehr unter Leute kam...

„Jetzt halten Sie gefälligst mal still", herrschte sie ihn an. „Heben Sie den rechten Fuß." Er zog eine gequälte Grimasse, gehorchte aber glücklicherweise widerspruchslos. „Oben lassen, damit ich das hier abwickeln kann. Okay, jetzt dürfen Sie ihn wieder abstellen. Und das Gleiche mit links." Sie ging in die Knie. „Jetzt bitte das Rad hinten mal anheben. Und wenn Sie sich tatsächlich keine halbe Minute von dieser dämlichen Bierkiste trennen mögen, halten Sie sie wenigstens so fest, dass sie mir nicht auf den Kopf fällt. So, und du bleibst jetzt hier, Kaila."

Als die Flexi-Leine endlich wieder frei war, wollte Miriam sie eigentlich so weit einziehen, dass sie die aufgeregt keckernde Katze ohne Umschweife und mit einer halbherzig gemurmelten Entschuldigung aus der Gefahrenzone führen konnte. Doch die Kurbel klemmte, und die Leine blieb hartnäckig mehrere Meter lang. Bevor Miriam sie von Hand aufrollen konnte, ging Kaila zum nächsten Angriff über.

Sie sprang den Mann an und krallte sich hingebungsvoll in seine breite Brust.

4. KAPITEL

Kaila blinzelte angetan in das struppige Gesicht dieses spannend riechenden, unterhaltsamen Menschen. Schön warm war er auch, und der Stoff, den er über sich gezogen hatte, um die Kälte fernzuhalten, war herrlich weich und so dick, dass sie ihre Krallen genüsslich hineinbohren konnte. Okay, vielleicht etwas *zu* genüsslich, denn der Mensch machte einen – für Menschen – ziemlich beachtlichen Sprung nach hinten und riss aufgeregt an seinem Oberteil. Es kam ihr fast so vor, als ob er versuchte, sie abzuschütteln. Kaila schnurrte begütigend – vielleicht musste er sich ja erst an sie gewöhnen – und zog sich noch ein Stück höher, sodass sie ihren Kopf an der nackten Haut über dem Stoff reiben konnte.

Sie würde diesen Menschen gern ein Stück mitnehmen, der einen äußerst belebenden Einfluss auf Miriam ausübte. Kaila hatte sie noch nie so engagiert und leidenschaftlich gesehen wie eben. Und dann war da noch etwas äußerst Interessantes in ihrer Aura aufgeflackert, das Kaila nur schwer einordnen konnte, obwohl es ihr irgendwie bekannt vorkam … Vielleicht könnte diese neue Bekanntschaft sich ja an ihrer Mission beteiligen und mithelfen, Miriam aufzuheitern? Aber warum klammerte er sich so verzweifelt an sein Rolldings? Und weshalb schrie er plötzlich so?

*

Miriam hatte die allergrößte Mühe, sich das Lachen zu verkneifen. Wie konnte ein erwachsener, knapp einen Meter neunzig großer Mann bloß so panisch auf eine Katze reagieren? Erst hatte er wie wild an seinem Pulli gezerrt, als ob er sich nicht traute, Kaila direkt anzufassen, und dann angefangen, wie ein Irrer herumzuzappeln.

Obwohl seine größte Sorge nach wie vor der Bierkiste auf dem Gepäckträger zu gelten schien, was Miriam durchaus nachvollziehen konnte. Sie hatte auch keine Lust auf klebrigen Schaum und scharfe Scherben auf dem Gehsteig.

„Meine Güte, stellen Sie sich doch nicht so an", zischte sie und streckte die Hände nach Kaila aus, um die lächerliche Szene zu beenden, bevor er sich – und als Nebenwirkung auch sie – noch mehr zum Affen machte.

„Wenn Sie mir nicht auf der Stelle Ihre Bestie vom Hals schaffen, garantiere ich für nichts", schnauzte er. „Los, hau ab, du Mistvieh." Er funkelte Miriam wütend an. „Und sagen Sie jetzt bloß nicht: ‚Die will nur spielen.'"

„Ich habe offen gestanden keine Ahnung, was sie von einem ungehobelten Klotz wie Ihnen wollen könnte." Endlich hatte sie Kaila so fest zu fassen gekriegt, dass sie sie von der Brust des Grobians losreißen konnte. „Komm her, meine Süße", flötete sie. „Lass den bösen Mann in Ruhe, damit er endlich sein Bier trinken kann." Sie drückte die Katze leicht an sich, strich ihr beruhigend über den Rücken und setzte sie dann sanft ab.

Schnell wickelte sie sich die immer noch verhakte Flexi-Leine so oft um den Arm, dass sie Kaila nah bei sich behalten konnte und einem hastigen, aber würdevollen Abgang nichts mehr im Wege stand. Außer dem Rüpel, der an sich herumklopfte, als rechne er damit, Flöhe gefangen zu haben, und seinem dämlichen Bier-Fahrrad.

Mit eisigem Blick schob sich Miriam an beiden vorbei und rauschte, Kaila bei Fuß, entnervt davon. Allerdings nicht so schnell, dass sie dem Gedanken entfliehen konnte, wie fest und warm seine Brust gewesen war.

✳

Sascha starrte der Frau so lange verärgert hinterher, bis sie samt ihrer Bestie um eine Ecke gebogen war. Vorsichtig zog er seinen verkrumpelten Sweater glatt. Seine Brust brannte höllisch. Diese Katze hatte verdammt scharfe Krallen. Und ein verdammt scharfes Frauchen. Mit verdammt scharfer Zunge.

Schade, dass er sie nicht unter anderen Umständen kennengelernt hatte, aber jetzt musste er wirklich mal langsam los. Er schwang sich in den Sattel und sah zu, dass er Land gewann. Es gab viel zu tun, und die Jungs würden schon auf ihn warten. Das lächerliche Katzen-Intermezzo hatte wertvolle Zeit gekostet. Aber die Hände der Frau hatten sich gut angefühlt an seinem Hals, und er hatte noch immer ihren Duft in der Nase …

„Mensch, Sascha, wo bleibst du denn? Wir stehen uns hier die Beine in den Bauch", begrüßten ihn Frank und Sebastian ungeduldig, als er gerade in die Einfahrt fuhr. Die beiden waren heute früh eigens aus Heidelberg gekommen, um ihn beim Ausbau des alten Hofs am Ortsrand zu unterstützen. Dafür hatten sie sich extra ein paar Tage freigenommen, damit es hier endlich mal zügig voranging.

Vor fast vier Monaten hatte Sascha das völlig heruntergekommene Anwesen gekauft – für kleines Geld, denn das Gemäuer musste praktisch von Grund auf erneuert werden. Genau das hatte das Angebot – abgesehen vom niedrigen Preis – ja so attraktiv gemacht. An Ideen, was man aus dem Hof herausholen konnte, mangelte es Sascha nun wirklich nicht. Er war selten um eine kreative Lösung verlegen. Was ihm auch bei seinem Job in einem angesehenen Architekten-Büro sehr zugutekam.

Es hatte ihn schon immer aufs Land gezogen, und dieser Hof – oder vielmehr das, was er mal sein würde – war sein Lebenstraum. Hier würde er leben und arbeiten. Der Wohnbereich im Inneren des historischen Fachwerkhauses war schon fast bezugsfertig. Die beiden Ställe wollte er zu einem eleganten Atelier ausbauen, in dem er auch mal Kunden empfangen konnte.

Die Lage war ideal – beinahe dörflich, aber in Pendelnähe zum Heidelberger Büro, für das er weiterhin bestimmte Projekte betreuen wollte, sodass seine Anwesenheit auch in Zukunft hin und wieder nötig sein würde.

Und auch die Mischung stimmte: Nach hinten raus nur Felder, Wälder und Weinberge, aber schräg gegenüber gab es einen ziemlich mondän wirkenden Klamottenladen, der ein Bruch zum ländlichen Ambiente war. Außerdem hatte er schon drei wirklich nette Kneipen entdeckt, die bequem zu Fuß zu erreichen waren, und auch sonst war alles da, was man brauchte – wenn nicht hier in Beerfelden, dann fünfzehn Kilometer weiter in Michelstadt. Genauso hatte er sich das vorgestellt.

Solange er mit Sylvia zusammen gewesen war, konnte von einem Umzug in die „Provinz" natürlich keine Rede sein, aber nun war er wild entschlossen, die neue Freiheit zu nutzen. Er würde sich keine Fesseln mehr anlegen lassen, schon gar nicht von einer verzärtelten Großstadtpflanze wie Sylvia, für die schon Heidelberg eine Zumutung gewesen war – nur seinetwegen, das hatte sie immer wieder betont, hatte sie es so lange „am Arsch der Welt" ausgehalten. Vermutlich würde sie lieber heute als morgen zurück nach Berlin gehen, aber Bennie hatte seine Schule und seine Freunde hier und sie ihren guten Job. Zumindest die nächsten Jahre musste sie es wohl oder übel noch in Heidelberg aushalten, bevor es vielleicht wieder in die Hauptstadt ging.

„Ich hatte einen kleinen Zusammenstoß mit einer zickigen Katze", erklärte er seinen Freunden und hievte die Bierkiste vom Gepäckträger. Die ebenso zickige Besitzerin, die immer noch durch seine Gedanken spukte, erwähnte er lieber nicht. Spöttische Blicke hatte er für heute wahrlich genug geerntet. „Aber jetzt ist ja für Sprit gesorgt. Los, ihr Weicheier, an die Arbeit."

*

Unzufrieden ließ Miriam die Nikon sinken. Sie hatte sich angewöhnt, den „Leerlauf" zwischen ihren Kunden für künstlerische Experimente zu nutzen. Die Boutique bot jede Menge stylishe Motive dafür. Aus den gesichtslosen Kleiderpuppen ließ sich so ziemlich alles machen, vom Zwanzigerjahre-Vamp bis hin zum Jahrtausendwende-Yuppie, und sie hatte auch schon diverse Stillleben aus Accessoires, Blumen und modernen Gebrauchsgegenständen inszeniert. Aber irgendwie ließen die Ergebnisse zu wünschen übrig. Entweder wirkten sie zu verkopft, zu abgedreht. Oder zu spießig und langweilig. Etwas ganz Entscheidendes fehlte. Aber was?

Seufzend legte sie die Kamera beiseite und überlegte, was sie den Puppen als Nächstes anziehen sollte.

Tante Juliane, die mittlerweile glücklich – oder zumindest so glücklich, wie die Umstände erlaubten – in der Reha weilte, hatte sie gebeten, alle zwei Wochen umzudekorieren.

Da der erste Advent mit Riesenschritten näher rückte und die Stadt bereits weihnachtlich aufgerüstet hatte, mit Lichterketten in den Bäumen, leuchtenden Sternen über den Straßen und Christbäumen auf jedem freien Platz, war es wohl angebracht, die gesichtslosen Damen in festliche Gewänder zu hüllen. Vielleicht ein paar stimmungsvolle Sterne oder so was aufzuhängen. Und einen Adventskranz musste sie auch noch dringend besorgen.

Miriam warf einen letzten Blick auf die Homepage mit den weihnachtlichen Deko-Vorschlägen, stand auf und ging zu der Stange mit den Abendroben und Cocktailkleidern. Etwas Rotes brauchte sie, etwas Grünes und jede Menge Gold und Glitzer. Während sie noch unschlüssig ihre Finger über die Modelle wandern ließ, hörte sie hinter sich ein leises auffordernes Miauen. Sie drehte sich um.

Kaila kauerte auf der Armlehne des Sessels in der Sitzecke und blinzelte sie an. Dann schaute sie weg. Miriam war auf diversen Katzenseiten im Internet unterwegs gewesen, um ein bisschen mehr über die Körpersprache der Stubentiger zu erfahren. Daher wusste sie inzwischen, dass das keine ablehnende Geste war, sondern reine Höflichkeit. Katzen hassten es offenbar, angestarrt zu werden, und wollten das den Menschen, denen sie gewogen waren, ebenfalls nicht zumuten.

„Na, meine Schöne, was ist denn? Ist dir langweilig? Eigentlich müsstest du doch todmüde sein, nach dem Radau, den du heute Nacht veranstaltet hast."

Miriam hatte auf die harte Tour lernen müssen, dass Kaila eine geschlossene Schlafzimmertür offenbar als fiese Beleidigung empfand und sich nicht zu schade war, so lange daran zu kratzen und dabei lautstark zu miauen, bis eine schlaftrunkene Miriam ihr murrend Einlass gewährte. Dann hatte sie sich befriedigt ans Fußende des Bettes gekuschelt, und ein paar Stunden später war Miriam davon aufgewacht, dass spitze Katzenzähne begeistert an ihren Zehen knabberten.

Und jetzt wollte Madame offenbar an die frische Luft, und zwar in Begleitung. Fehlt nur noch, dass sie mit der Leine im Maul hier angetrabt kommt, dachte Miriam belustigt. Da sie ohnehin zu selten rauskam, hatte sie nichts dagegen, ein bisschen durch die Gegend zu streunen. Sie könnte die Kamera mitnehmen. Ein paar stimmungsvolle Landschaftsaufnahmen waren ihr bereits gelungen – wer weiß, vielleicht war das ja doch der richtige Weg in ihre berufliche Zukunft!

Zumindest würde sie ein bisschen Bewegung kriegen, nachdem ihre guten Vorsätze, täglich zu laufen, bisher den ungemütlichen Temperaturen zum Opfer gefallen waren. Auch aus geschäftlicher Sicht sprach nichts gegen einen kleinen Abstecher in die Natur. Für heute Nachmittag hatten sich keine Kunden angesagt, und fürs Umdekorieren hätte sie den Laden ohnehin dichtgemacht. *Aber das kann ich auch heute Abend noch erledigen.*

Vielleicht hatte Kaila ja gespürt, dass ihr gerade ein bisschen die Decke auf den Kopf fiel. Vor allem abends fehlte ihr die Möglichkeit, sich mal eben auf ein Bier oder einen Cappuccino mit Freunden zu treffen oder spontan bei Jana zu klingeln und eine Runde zu quatschen. Klar, es war auch schön, sich mit einem Glas Rotwein auf die Couch zu kuscheln und zu telefonieren, vor allem, wenn Kaila beschloss, dass Miriams Schoß der aktuell behaglichste Platz in der Wohnung war. Trotzdem vermisste sie ihr gewohntes soziales Umfeld.

Vermutlich musste sie sich einfach an den ruhigeren Rhythmus des Kleinstadtlebens gewöhnen, abends früher ins Bett – mangels Alternativen –, morgens früher raus, dank Kailas Knabberattacken. Natürlich könnte sie mal nach Heidelberg fahren oder nach Darmstadt, um mal wieder Großstadtluft (na ja, „Größerstadtluft") zu schnuppern, aber da kannte sie keinen, und die Vorstellung, dann wieder durch den langsam gefrierenden Odenwald zurückzugurken, über kurvenreiche schmale Straßen, die nicht allzu gut beleuchtet waren, hatte sie bislang immer abgeschreckt.

Aber es war definitiv ein Vorteil des Landlebens, dass die freie Natur immer nur ein paar Schritte entfernt lag. Und genau dahin würde sie jetzt aufbrechen, bevor Kaila noch vor Ungeduld platzte.

*

Warum sind Menschen nur so schwer von Begriff? dachte Kaila. Alles musste man dreimal sagen, mindestens. Und immer in dieser affektierten Miau-Sprache, die häuslich gesinnte Katzen über viele, viele Generationen im Umgang mit ihren Zweibeinern entwickelt hatten, untereinander aber so gut wie nie verwendeten. Schließlich gab es von Katze zu Katze sehr viel feinere Töne.

Kaila seufzte ergeben, machte einen Buckel – mit angelegtem Fell und in entspannter Haltung, damit Miriam merkte, dass sie es freundlich meinte – und streckte ihren Schwanz kerzengerade in die Luft. Dann forderte sie, langsam und deutlich miauend, dass Miriam jetzt doch bitte schön das grasfarbene Dings und die Schnur holen möge, ohne die Kaila sie nirgends mit hinnehmen konnte. Mit Juliane, die sie nie mit einer Schnur an sich befestigen musste, waren solche Ausflüge wesentlich unkomplizierter. Allerdings war ihr eigentlicher Mensch auch schwerer zu führen, während sie Miriam nach Belieben an dieser Schnur lenken konnte. Und genau darum ging es Kaila jetzt. Einfach nur rausgehen konnte sie schließlich auch allein. Aber bei ihrem letzten Streifzug durch die Gärten bis an den Ortsrand war ihr etwas aufgefallen, das sie nun gezielt für ihre Mission, Miriam aufzumuntern, einsetzen wollte.

Die wirkte zwar längst nicht mehr so bedrückt wie in den ersten Tagen, was gewiss auch daran lag, dass Kaila ihre Zurückhaltung aufgegeben hatte. Aber ihre Aura war immer noch recht trübe, vor allem abends, wenn sie gebannt auf diese flimmernde Kiste starrte und dabei etwas Kaltes, süß Duftendes aus einem hohen Pappnapf in sich hineinstopfte (natürlich nicht direkt mit der Zunge, wie jede vernünftige Katze das getan hätte, sondern mit diesem kleinen silbernen Schäufelchen, das Menschen dazu benutzten, ihr Futter zum Mund zu transportieren).

Und Kaila hatte sich nun mal in den Kopf gesetzt, dass der interessante männliche Mensch von neulich für Miriams Aura wahre Wunder wirken könnte. Sie konnte es förmlich riechen – und ihre Sinne hatten sie noch nie getrogen. Jetzt musste sie nur noch Miriam auf den rechten Weg bringen ... Die endlich kapiert zu haben schien, dass Kaila sie zu einem Ausflug ausführen wollte. Jedenfalls klappte sie endlich diesen langweiligen Leuchtkasten zu, in den sie offenbar liebend gern hineinstarrte, und lief in die Wohnung. Und als sie zurückkam, schwenkte sie das schicke grüne Dings und die Schnur in der Hand.

*

Kaila schien ein ganz konkretes Ziel vor Augen zu haben. Kaum standen sie vor dem Laden, wandte sie sich nach links, zum Ortsausgang, und Miriam, der der Sinn auch eher nach freier Natur als nach weihnachtlich geschmückten (und traurige Erinnerungen weckenden) Dorfstraßen stand, ließ sich willig mitziehen. „Du hast wohl Appetit auf frische Feldmaus, was?"

Doch die Katze strebte über die Straße, auf den leer stehenden Hof zu, machte sich dann ganz platt und schlüpfte geschmeidig unter dem geschlossenen Tor hindurch, das zu hoch war, um darüber hinwegblicken zu können. Damit blieben Miriam genau drei Möglichkeiten: Leine loslassen, hier draußen stehen bleiben wie der Ochs vorm Scheunentor oder sich unbefugten Zutritt auf ein wildfremdes Grundstück verschaffen. Vielleicht gab es ja sogar einen Wachhund?

Aber dann wäre Kaila wohl nicht so sorglos auf unbekanntes Territorium vorgedrungen. Falls es für sie überhaupt unbekanntes Territorium war.

Fürs Erste ließ Miriam der Flexi-Leine freien Lauf und spähte nach oben, wo sich gerade Kailas schwarz-weißes Köpfchen über die Torkante schob. Die Katze miaute auffordernd und blinzelte sie an, beide Ohren nach vorn gelegt.

Nun komm schon, sollte das wohl heißen. *Worauf wartest du noch?*

*

Vielleicht hätte sie doch noch ein bisschen an ihrem Plan feilen sollen, dachte Kaila. So kam sie jedenfalls nicht weiter, da sie Miriam ja schlecht unter dem Tor durchziehen konnte. Jetzt musste ihr zögerlicher Mensch schon selbst aktiv werden. Aber Miriam stand wie angewurzelt da und starrte unentschlossen zu ihr hoch.

Kaila maunzte, um ihrer Aufforderung mehr Nachdruck zu verleihen. Miriam streckte langsam die Hand nach dem Torknauf aus … als plötzlich hinter Kaila eine entgeisterte Stimme ertönte.

*

„Du schon wieder!", rief Sascha verblüfft aus. Das gefleckte Katzenvieh von neulich kauerte auf seinem Hoftor, mit dem Gesicht zur Straße, sodass er nur den aufgerichteten, leicht zuckenden Schwanz und eine schwarz-weiße Rückseite sehen konnte. Und die bekloppte Leine, die auf seiner Seite des Tors bis zum Boden reichte und dann unter dem Schlitz am Boden nach draußen verschwand.

Er hatte da so einen Verdacht, wer sich am anderen Ende dieser Leine befinden würde, und erstaunlicherweise fand er den Gedanken an eine weitere Konfrontation mit dem bissigen Modepüppchen vom Supermarkt gar nicht so unangenehm.

Mit drei langen Sätzen war er am Tor, zog vorsichtig oben an der Leine und fing die ihm entgegenkommende Katze ungeschickt auf, um sie so schnell wie möglich auf dem Boden abzusetzen – bevor sie Gelegenheit hatte, ihm noch einmal ihre Krallen in die Haut zu rammen. Dann schob er vorsichtig das Tor auf.

Wie erwartet stand die heiße Blondine mit der Pudelmütze vor ihm. Enttäuschenderweise trug sie diesmal jedoch eine ausgeleierte Jogginghose, einen grob gestrickten XXL-Pulli, unter dem ihre erfreulichen Kurven sich nicht mal erahnen ließen, einen unsexy Rucksack über der Schulter und ein Paar von diesen grässlichen unförmigen Lammfellstiefeln, die aussahen wie umgestülpte Schafe. Nun ja, dachte er resigniert. *Das Dorfleben holt irgendwann jeden ein.*

„Ich glaube, das ist Ihre." Er deutete auf die Katze, die irgendwie sehr zufrieden mit sich wirkte. „Warum führen Sie das Vieh eigentlich an der Leine, wenn Sie es doch nicht kontrollieren können? Um Aufmerksamkeit zu erregen?" Er ließ seinen Blick abschätzend über sie gleiten. „Haben Sie doch gar nicht nötig, nicht mal in dieser Flodder-Aufmachung." Er lächelte süffisant und in dem beruhigenden Bewusstsein, sich seinerseits gerade von seiner allerbesten Mann-von-Welt-Seite zu präsentieren.

Zugegeben, es war reiner Zufall, dass er gerade auf dem Weg zu einem wichtigen Kundentermin und entsprechend gekleidet war. Und gewiss war es nicht die feine englische Art, eine Dame auf die Unzulänglichkeiten ihres Outfits hinzuweisen. Aber das halb empörte, halb verlegene „Oh", das ihr voller Mund formte, war es allemal wert, den Mistkerl zu geben. Rache war süß, und es war ihm keinesfalls entgangen, wie verächtlich sie bei ihrer ersten Begegnung – als ihre Katze ihn angefallen hatte – sein Outfit beäugt hatte.

*

Miriam hatte es tatsächlich die Sprache verschlagen. Wow, wenn der Typ sich ein bisschen Mühe gab, konnte er jegliche Konkurrenz locker ausstechen. Schmal geschnittener anthrazitfarbener Anzug, definitiv *nicht* von der Stange, dazu ein blaues Hemd in exakt demselben Ton wie seine Augen, zwei Knöpfe offen und keine Krawatte. Damit war er zwar ein bisschen dünn angezogen für das Wetter, aber der Autoschlüssel in seiner Hand deutete darauf hin, dass er wohl keine längere Wanderung plante. Jedenfalls: ein Bild von einem smarten Geschäftsmann. Nur die Katzenhaare auf dem Jackett störten ein bisschen …

Während Miriam noch an der unverschämten *Flodder*-Bemerkung kaute, verschwand das überhebliche Grinsen aus seinem Gesicht, und er fing an, hektisch an sich herumzuklopfen.

„Verdammt, das hat mir gerade noch gefehlt", knurrte er. „Der absolut überlebenswichtige Klient, mit dem ich in …", er warf einen Blick auf seine Armbanduhr, „… genau achtundsiebzig Minuten in der Heidelberger Innenstadt zum Mittagessen verabredet bin, hat eine Katzenallergie. Und ich habe nur diesen einen Anzug hier in Beerfelden." Er wirkte richtig bestürzt. Miriam konnte nachfühlen, wie ihm zumute war, schließlich hatte sie sich in den letzten Jahren selbst oft genug sorgfältig für ein entscheidendes Meeting zurechtgemacht und dann im letzten Moment den Coffee to go auf ihrer mintgrünen Seidenbluse verspritzt. Oder sich eine autobahngroße Laufmasche gerissen.

„Wäschetrockner", rutschte ihr heraus, bevor sie sich auf die Zunge beißen konnte. Warum hatte sie das bloß gesagt? Was gingen sie die Styling-Nöte dieses ungehobelten Katzenhassers an? Okay, sie hatte ein bisschen Schuld an seinem aktuellen Dilemma. Schließlich hatte sie erstens immer noch nicht gewagt, Kaila eine Behandlung mit der Wellness-Bürste anzutragen, und zweitens wieder mal vor sich hin gebrütet, statt ihre Katze an der kurzen Leine zu halten.

Außerdem war bald Weihnachten, das Fest der Liebe und so, da war Nachbarschaftshilfe praktisch Pflicht. Ein paar positive Karma-Punkte konnten ihr nur guttun, nachdem ihr Leben gerade in Trümmern lag. Und ob sie wollte oder nicht, irgendwie fühlte sie sich zu diesem Kerl hingezogen. Offenbar stand sie einfach auf Typen mit zweifelhaftem Charakter.

Er runzelte verwirrt die Stirn. „Wäschetrockner?", echote er.

„Alter Trick gegen Katzenhaare", erläuterte sie in einem Ton, als müsste das nun wirklich jeder wissen. Dabei hatte sie den Hinweis auch nur aus Tante Julianes aufschlussreicher „Gebrauchsanweisung", allerdings schon erfolgreich getestet, weil die bereits seit Längerem ungestriegelte Kaila es sich als erste Amtshandlung nach Ende der Kalte-Schulter-Phase auf Miriams dunkelgrüner Lieblingshose gemütlich gemacht hatte. „Zweimal durchs Kurzprogramm laufen lassen und man kann die Haare aus dem Flusensieb sammeln."

Er schaute sie skeptisch an. „Woher soll ich denn jetzt einen Wäschetrockner nehmen? In spätestens fünfundzwanzig Minuten muss ich los, sonst geht mir der lukrativste Auftrag des Jahres flöten!" Er warf Kaila einen wütenden Blick zu. „Kleines Mistvieh."

„Wenn Sie aufhören, meine Katze zu beleidigen, dürfen Sie meinen Wäschetrockner benutzen." Miriam kam sich wirklich großzügig vor, dass sie dem aufgebrachten Schnösel nun auch noch den Tag rettete. Am liebsten hätte sie sich umgedreht und ihn in seinem Elend stehen lassen.

Aber da er offenbar hier auf dem alten Hof wohnte, würde sie ihm sicher noch öfter begegnen, und sie hatte keine Lust auf einen nervigen Zwist unter Nachbarn.

Dass er der heißeste Mann war, den sie seit Langem gesehen hatte, spielte bei ihrer Entscheidung, ihm zu helfen, natürlich *überhaupt* keine Rolle.

Sie deutete mit dem Kopf hinter sich. „Gleich gegenüber, in drei Minuten sind wir da. In zwanzig Minuten kriegen Sie Ihr enthaartes Sakko wieder, bleibt ein Puffer von zwei Minuten. Es sei denn, Sie wollen sich die Sache noch etwas länger überlegen …"

„Akzeptiert", unterbrach er sie und knallte das Hoftor hinter sich zu. „Sie wohnen in der Boutique da drüben?"

„Hinter der Boutique", präzisierte sie und lief los. Kaila trabte verdächtig bereitwillig neben ihr her. Der Typ – vielleicht sollte sie doch langsam mal seinen Namen herausfinden? – folgte auf dem Fuße.

Da er nichts sagte, schwieg Miriam ebenfalls. Schließlich musste sie nicht auch noch Konversation betreiben, wenn sie schon für ihn ihren Ausflug platzen ließ.

Sie führte ihn rechts am Laden vorbei zur Haustür. Im Flur legte sie die Leinenkurbel auf der Kommode ab und streckte auffordernd die rechte Hand aus. „Los, her mit dem Jackett."

Mit einer geschmeidigen Bewegung schlüpfte er aus dem Sakko und reichte es ihr. Sie ließ ihren Blick verstohlen über seinen wirklich sehenswerten Oberkörper gleiten. Oh Mann, offenbar hatte ihm irgendjemand auch das Hemd auf den

Leib geschneidert. Es saß wie eine zweite Haut und ließ bezüglich seiner definierten Muskeln keine Fragen offen.

Plötzlich schien der Flur zu eng für zwei Leute zu sein. Wie konnte die körperliche Nähe eines praktisch Fremden sie nur derartig nervös machen? Es war ja nicht so, dass sie noch nie einen atemberaubend gut aussehenden Kerl getroffen hätte. Sie war schließlich jahrelang mit einem zusammen gewesen.

Sie ließ ihren Nachbarn in der Diele stehen, öffnete die Tür zur winzigen Wirtschaftsküche, stopfte das Jackett in den Hightech-Wäschetrockner und stellte den Timer auf „Schonprogramm 10 Minuten" ein. „Läuft", verkündete sie dann.

Unbehagliches Schweigen legte sich über den schmalen Flur. Miriam spürte einen sanften, aber energischen Druck am Knöchel. *Ach ja, Kaila ist ja immer noch angeleint.* Erleichtert, etwas zu tun zu haben, ging sie in die Knie und schnallte die Katze aus dem Geschirr, in der Annahme, dass ihre samtpfotige Mitbewohnerin sich sofort aus dem Staub machen würde. Immerhin war der versprochene Spaziergang ja radikal verkürzt worden, woran Kaila natürlich selbst schuld war, aber so viel Selbsterkenntnis traute Miriam ihr dann doch nicht zu.

Doch Kaila war wieder mal für eine Überraschung gut. Denn statt davonzupreschen, schien sie sich in der für Miriams Geschmack ohnehin schon überfüllten Diele häuslich einrichten zu wollen. Angelegentlich maunzend, streckte sie sich ziemlich genau in der Mitte zwischen den beiden verlegenen Zweibeinern aus, schaute erwartungsvoll zwischen ihnen hin und her und streckte sich mit einer eleganten Bewegung am Boden aus, eindeutig in Erwartung von Streicheleinheiten, die einer Katze wie ihr gebührten.

Gehorsam strich Miriam der kleinen Tyrannin über das

seidige Fell, froh, ihre Hände, die sich am liebsten auf die schmalen Hüften ihres Gegenübers gelegt hätten und von dort aus auf Wanderschaft gegangen wären, mit etwas Unverfänglicherem beschäftigen zu können.

Ihr Besucher räusperte sich nervös. „Ich bin übrigens Sascha. Sascha Treusch. Schließlich sollten Sie wissen, wen Sie an Ihren Wäschetrockner lassen. Und, äh, vielen Dank für Ihre Hilfe."

Sieh an, da hat offenbar jemand seine Manieren entdeckt. Immerhin, dachte Miriam. *Mehr hätte ich mir an seiner Stelle auch nicht abringen können.* Schließlich hatte er nicht darum gebeten, zum zweiten Mal ihrer Katze zum Opfer zu fallen.

Sie spürte, wie ihre Lippen zuckten, und biss sich hastig auf die Zunge, um das dämliche Grinsen zurückzuhalten, das Anstalten machte, sich auf ihrem Gesicht auszubreiten. „Miriam", sagte sie. „Miriam Klausner. Und keine Ursache, schließlich bin ich ja nicht ganz unschuldig an dem Dilemma."

Sascha hob die Brauen. „Haben wir etwa so was wie einen zivilisierten Wortwechsel? Wunder gibt es immer wieder ... Aber schließlich ist ja auch bald Weihnachten, die Zeit der Nächstenliebe, da sind alle schrecklich nett zueinander. Mindestens bis zum ersten Feiertag."

Miriam musste wider Willen lächeln. „Kann sein. Möchten Sie einen Kaffee?" Sie richtete sich auf. „Um die Wartezeit sinnvoll zu nutzen?"

„Gern, danke."

Sie nickte auffordernd Richtung Küche, und er folgte ihr.

„Der alte Hof stand eigentlich immer leer, solange ich zurückdenken kann." Miriam reichte ihm einen Becher Kaffee und stellte Milch und Zucker auf den Tisch. Dann nahm sie ihre eigene Tasse, und sie setzten sich einander gegenüber.

„Allerdings war ich seit Jahren nicht mehr hier. Wie lange wohnen Sie denn schon da?"

„Also, wohnen würde ich das noch nicht nennen." Er rührte exakt einen halben Teelöffel Zucker in seinen Kaffee und nahm einen Schluck. Keine Milch, registrierte Miriam automatisch. „Ich baue den Hof aus, seit ein paar Monaten schon. Das alte Gemäuer musste total entkernt werden, und so langsam nimmt das Ganze Formen an. Letzte Woche habe ich angefangen, nach und nach Sachen aus Heidelberg herzubringen, und ich hatte eigentlich gehofft, dass ich die Zeit vor den Feiertagen dazu nutzen kann, zumindest das Hauptgebäude einigermaßen fertig zu kriegen. Aber jetzt sind doch ein paar Projekte dazwischengekommen. Kann also sein, dass ich noch ein bisschen länger warten muss, bis ich richtig einziehen kann ... Aber dafür wird's auch genauso, wie ich es mir vorgestellt habe." Er lächelte, und in seinen blauen Augen war plötzlich eine Wärme, die sich bis in Miriams Körper ausbreitete. Das Prickeln von vorhin meldete sich mit Verstärkung zurück. Großer Gott, jetzt fand sie den Typ nicht mehr nur scharf, sondern auch noch *sympathisch*.

„Und Sie?", fragte er. „Was hat Sie nach all den Jahren, in denen Sie nicht mehr hier waren, doch wieder in dieses wunderschöne alte Haus verschlagen?"

Miriam lächelte schief. „Perfektes Timing von Schicksalsschlägen. Meine Hamburger Fima ist in die Knie gegangen, und meine Tante, der die Boutique hier gehört, hatte einen Unfall und ist länger nicht einsatzfähig, wahrscheinlich bis zum Frühjahr. Sie hat mich gebeten, für sie einzuspringen – im Laden und bei Kaila." Sie grinste. „Die haben Sie ja schon näher kennengelernt. Keine Ahnung, warum, aber offenbar hat sie einen Narren an Ihnen gefressen."

„Oder auf Anhieb gerochen, dass ich nicht gerade Katzenfan bin." Um seine Augen bildeten sich Lachfältchen und neben seinen Mundwinkeln diese winzigen Grübchen, die darauf hindeuteten, dass er oft lächelte, auch wenn er das bei ihren bisherigen Begegnungen eher nicht so hatte raushängen lassen. Miriam konnte gar nicht anders, als zurückzulächeln, und ihre Blicke trafen sich über den Küchentisch hinweg für einen Moment, der etwas zu lange andauerte, um noch als unverbindlich durchgehen zu können.

Sie spürte, wie ihre Wangen heiß wurden. *Hoffentlich laufe ich nicht rot an.* Was war nur los mit ihr? Sascha hatte doch eigentlich nur gesagt, dass er keine Katzen mochte. Okay, und dass er dabei war, einen alten Bauernhof nach seinen Vorstellungen auszubauen, was sie ziemlich cool fand. Und dann dieses Lächeln …

„Wieso können Sie das eigentlich?", platzte sie heraus. „Ein verfallenes Anwesen restaurieren, meine ich." Supergeschmeidig, Miriam, dachte sie spöttisch. *Da hätte ich ja gleich fragen können: Und was machen Sie so beruflich?*

Er setzte zu einer Antwort an, aber bevor er etwas sagen konnte, piepte der Trockner, laut und schrill. Miriam sprang hastig auf. „Halbzeit. Ich werfe das Ding eben schnell für die zweite Runde an. Bin gleich wieder da."

Sascha grinste. „Ich kann es kaum erwarten."

※

Kaila überlegte kurz, ob sie die Sache weiter im Auge behalten sollte, entschied sich aber dann dagegen. Immerhin waren die beiden jetzt im selben Raum, und der Stimmlage nach war bis auf Weiteres nicht mit weiteren Streitereien zu rechnen.

Damit war sie mit ihrer Mission, Miriams Kummer zu vertreiben, einen unerwartet großen Sprung weitergekommen. Gut hatte sie das gemacht. Miriam konnte wirklich von

Glück sagen, dass Kaila so selbstlos und sensibel war. Andere Katzen (sie wollte da jetzt keine näheren Angaben machen) hätten niemals all diese Mühen auf sich genommen, um ihren Menschen auf den richtigen Weg zu manövrieren. Und sie hatte das starke Gefühl, dass Miriam zumindest schon mal die Richtung ansteuerte, die Kaila vorschwebte.

Ein heimlicher Blick durch die offen stehende Küchentür bestätigte ihre Annahme. Miriam und der spannend riechende Mann schauten einander beim Reden in die Augen – Kaila wusste aus ihren Beobachtungen, dass Menschen das nicht aufdringlich oder unhöflich fanden, sondern meist sehr freundlich meinten, jedenfalls wenn sie dabei lächelten. Und mal lächelte sie, dann lächelte er, und einmal legte Miriam den Kopf schräg, ganz so, wie Kaila das immer machte, wenn sie einen Menschen für sich einnehmen wollte. Ein gutes Zeichen.

Vorerst konnte Kaila nichts weiter tun, um die Sache voranzutreiben, was ihr auch ganz gut in den Kram passte. Höchste Zeit, mal wieder durch die Gärten zu streifen. Draußen roch es nass und schwer. Vermutlich würden bald kalte weiße Flöckchen durch die Luft tanzen, und Kaila konnte sich noch gut daran erinnern, wie viel Spaß es ihr gemacht hatte, danach zu haschen, und wie lustig sie auf der Zunge gekitzelt hatten.

5. KAPITEL

Verdammt, jetzt hatte es auch noch angefangen zu schneien. Was bedeutete, dass ungefähr achtzig Prozent aller Verkehrsteilnehmer in den Schleichmodus schalteten, als ob so ein paar Flocken die Straßen gleich in gefährliche Rutschbahnen verwandeln würden. *Wie machen das eigentlich die Finnen? Oder die Leute in Alaska? Oder die Eskimos?*

Seufzend schaltete Sascha einen Gang runter und formulierte im Kopf schon mal ein paar überzeugend klingende Entschuldigungen für seine Verspätung. Sein Chef – auch bekannt als Thilo, der Pedant – war vermutlich längst am vereinbarten Treffpunkt eingetroffen. Und würde wieder mal über Saschas Entscheidung lästern, sich in der Blüte seiner Jugend aufs Land zurückzuziehen. Aber wenigstens war sein Sakko wieder enthaart, und die Viertelstunde in Miriam Klausners Küche war keinesfalls als Zeitverschwendung zu betrachten.

Sascha spürte, wie sich ein zufriedenes Grinsen über sein Gesicht legte. Wer hätte gedacht, dass die scharfzüngige Tussi mit dem Katzenfimmel sich als so warmherzige und charmante junge Frau entpuppen würde? Als sie ihm erzählte, was sie nach Beerfelden verschlagen hatte, erinnerte er sich auch wieder an die exzentrisch gekleidete Dame mittleren Alters, die er gelegentlich auf der Straße getroffen hatte, wenn er mit Einkäufen oder anderen Besorgungen unterwegs zum oder vom Hof gewesen war.

Er hatte damals schon vermutet, dass ihr der schicke Secondhand-Laden – oder was immer das sein sollte – gehörte. Mehr als ein paar freundliche Grußworte hatte er mit seiner zukünftigen Nachbarin allerdings nicht gewechselt, und in der Zwischenzeit war so viel los gewesen, im Job und auch privat, dass ihm die paar flüchtigen Begegnungen völlig entfallen waren.

An die Katze konnte er sich überhaupt nicht erinnern, auch wenn Miriam steif und fest behauptete, dass ihre Tante das Vieh ständig auf der Schulter durch die Gegend trug. Wahrscheinlich hatte die Frau ihre kleine Bestie einfach besser im Griff, sodass sie ihm nicht weiter unangenehm aufgefallen war.

Natürlich tat ihm das mit dem Unfall von Miriams Tante leid, aber zum Glück war mit bleibenden Schäden ja wohl nicht zu rechnen. Deshalb hatte er auch kein *sehr* schlechtes Gewissen, weil er sich doch ziemlich darüber freute, dass die geschäftstüchtige Frau Klausner ihre hübsche Nichte in die südhessische Provinz gelockt hatte. Das kurze Gespräch mit ihr hatte seine Stimmung jedenfalls so nachhaltig gehoben, dass er für den dichter werdenden Schneefall und sogar die fahruntüchtigen Blindschleichen vor ihm auf der Bundesstraße ungewöhnlich viel Toleranz aufbrachte.

Gut, es war nur ein Geplänkel unter Termindruck gewesen, aber immerhin hatte er erfahren, dass sie Fotografin war, irgendwie Pech mit ihrer Agentur gehabt hatte und hier nun bis zum Frühjahr die Stellung hielt. Und sie war nett (und kokett) genug gewesen, um die zarte Hoffnung auf einen kleinen unverbindlichen Flirt unter Nachbarn in ihm zu wecken. Höchste Zeit, dass er mal wieder seinen Charme aufpolierte. Nach dem Desaster mit Sylvia hatte er schon viel zu lange den Einsiedler gespielt. Und all seine Kraft darauf verwendet, eine Möglichkeit zu finden, weiter an Bennies Leben teilhaben zu können. Falls Sylvia ihm überhaupt erlauben würde, ihren Sohn weiterhin regelmäßig bei sich zu haben ...

Verdammt, jetzt habe ich es doch tatsächlich mal geschafft, ein paar Tage nicht an die Bennie-Situation zu denken, und kaum fahre ich nach Heidelberg, kommt alles wieder hoch ...
Seufzend stellte er das Radio an, um sich von seinem komplizierten Privatleben abzulenken und mental auf die bevorstehenden und erfahrungsgemäß knallharten Verhandlungen mit ihrem wichtigsten Kunden einzustellen. *Wenn es uns heute nicht gelingt, den Mann von unseren Plänen zu überzeugen, war's das mit dem Auftrag.*

*

„Viel Spaß mit dem Partykleid. Sieht wirklich super an Ihnen aus." Miriam schloss die Tür der Boutique hinter der kleinen zierlichen Blondine, die sich spontan in einen glitzernden Charleston-Fummel aus den Zwanzigerjahren verguckt hatte, der schon auf dem besten Weg zum Ladenhüter gewesen war, weil sich bislang niemand gefunden hatte, der in das superschmal geschnittene Modell hineinpasste. Die Frau, die eigentlich nur nach einem Abendtäschchen gesucht hatte, war ganz begeistert über ihren unverhofften „Fang" und gönnte sich sogar noch das passende Flapper-Haarband dazu. *Süßer die Kassen nie klingeln ...*

Tante Juliane konnte sich da unten in Bayern ganz entspannt zurücklehnen, sofern ihre Reha-Maßnahmen das zuließen. Heute hatten die Kunden einander praktisch die Klinke in die Hand gedrückt. Offenbar schürten die nahenden Weihnachtstage die Lust auf festliche Klamotten und besondere Accessoires.

„Aber jetzt ist Feierabend, stimmt's, Kaila?"

Miriam hängte das „Closed"-Schild ins Fenster, drehte den Schlüssel im Schloss um und griff nach ihrer Kamera, die sie ungern über Nacht im Laden liegen ließ. Immerhin handelte es sich um ihren derzeit wertvollsten Besitz und war für mögliche Einbrecher vermutlich interessanter als ein paar Vintage-Roben, die man nicht so schnell wieder loswurde.

Außerdem könnte sie wieder mal ihre Speicherkarte synchronisieren. Die letzten Tage waren zwar so stressig gewesen, dass sie kaum zu ihren Foto-Experimenten gekommen war. Aber für ein paar, wie sie selbst zugeben musste, hinreißende Aufnahmen von Kaila zwischen Vintage-Fashion hatte es doch gereicht. Wer hätte nach dem holprigen Anfang gedacht, dass ihre anmutige Stubentigerin sich zu einem derart dankbaren Model entwickeln würde?

Im Moment war von ihrem neuen Lieblingsmotiv allerdings nicht mal die schwarz-weiße Schwanzspitze zu sehen. War es der geselligen Kaila etwa während des ausgiebigen Beratungsgesprächs von eben so langweilig geworden, dass sie sich freiwillig in die leere Wohnung zurückgezogen hatte, wo keiner da war, der sie bewundern konnte?

Aber die Katze war weder oben im Schlafzimmer noch unten in der Küche oder im Wohnzimmer. Miriam schaute auf die Uhr. Noch nicht mal sechs. Irgendwie kam es einem immer viel später vor, wenn es so früh dunkel wurde.

Sie erwischte sich kurz bei dem Gedanken, wie sich Sascha wohl die stillen, langen Abende auf seiner „Baustelle" vertrieb. Hatte er da immer noch ständig was zu schrauben oder zu streichen, oder konnte er schon vor dem riesigen Kamin entspannen, von dem er erzählt hatte? Und war er da alleine oder kriegte er vielleicht manchmal Besuch aus der Stadt – weiblichen Besuch? Es war schließlich kaum vorstellbar, dass ein Typ, der aussah wie er und dann auch noch wirklich nett zu sein schien, Single war. Erwähnt hatte er keine Freundin, aber so was brachte man ja auch nicht gleich bei der ersten Unterhaltung aufs Tapet.

Eigentlich hatte Miriam sich fürs Erste mit einer Tasse Tee und einem Fotoband gemütlich auf der Couch einrichten wollen, aber ohne ihre grünäugige Mitbewohnerin fehlte dem behaglichen Arrangement irgendwas. *Lustig, wie schnell ich mich an ihre Gesellschaft gewöhnt habe.*

Miriam machte sich eine Weile in der Küche zu schaffen, aber nachdem sie die Spülmaschine leer geräumt, die Waschmaschine gefüllt und die auf dem Küchentisch verstreuten Zeitungsseiten eingesammelt und auf den Altpapierstapel gelegt hatte, gab sie auf.

Ich brauche sowieso noch Milch. Und ein paar Schritte laufen ist jetzt auch nicht verkehrt. Wenn ich zurückkomme, ist Madame ja wohl hoffentlich wieder da. Falls nicht, würde sie sie wohl suchen gehen müssen.

Wenn bloß diese verflixte Katzenklappe nicht wäre! Selbst wenn Kaila nur durch die Hintergärten stromerte, konnte alles Mögliche passieren. Vielleicht hatte irgendjemand sich einen neuen Hund angeschafft, der über sie herfiel. Oder sie kam in einer Einfahrt unter die Räder ...

Sie atmete tief durch, um die aufsteigende Panik zu verdrängen, und machte sich auf den Weg zum Supermarkt.

Eine Dreiviertelstunde später stand sie mit zwei viel zu vollen Tüten am Arm vor der Haustür und versuchte vergeblich, den Schlüssel ins Loch zu fummeln. Hoffentlich ist Kaila wieder da, dachte sie.

„Kann ich helfen?", ertönte es von hinten. Miriam zuckte erschrocken zusammen, und der Schlüssel fiel klirrend zu Boden. Sie drehte sich hastig um, gerade noch rechtzeitig, um Kaila an sich vorbei zum Hintereingang mit der Katzenklappe flitzen zu sehen.

Erleichtert atmete sie auf und versuchte, ihr wild schlagendes Herz wieder unter Kontrolle zu kriegen. Was nicht klappte, denn sobald ihr nach der einen Schrecksekunde klar wurde, dass die Stimme hinter ihr zu Sascha gehörte, fand ihr Herz einen neuen Grund zum Stakkato-Klopfen.

„Entschuldigung, ich wollte Sie nicht erschrecken", sagte Sascha. „Aber was Sie da mit der Tür vorhatten, schien ein hoffnungsloses Unterfangen zu sein." Er bückte sich nach dem Schlüssel, schob ihn ins Schlüsselloch und öffnete die Haustür. Dann trat er einen Schritt zurück, um Miriam vorbeizulassen.

„Diese vorwitzige Katze scheint eine Vorliebe für meinen Hof entwickelt zu haben. Wahrscheinlich gibt's dort mehr Mäuse als in den gepflegten Gärten hier oben an der Straße. Aber weil es so kalt und dunkel ist, dachte ich, ich bringe sie Ihnen schnell vorbei, bevor Sie sie womöglich zur Fahndung ausschreiben."

„Danke, das ist sehr nett von Ihnen." Vorige Woche hätte er das bestimmt noch nicht gemacht. Und irgendwie mochte sie nicht glauben, dass sein plötzliches Entgegenkommen nur auf Kailas Charme zurückzuführen war. Demgegenüber hatte er sich schließlich bislang auch eher immun gezeigt. Sie drehte sich zu ihm um und grinste. „Kaila schafft es noch, Sie zum Katzenfreund zu machen."

Er grinste ebenfalls. „Nee, keine Chance. Meine Antipathie ist tief verwurzelt. Ich hatte als kleiner Junge ein traumatisches Erlebnis, bei dem ein dicker Cousin, ein riesiger, übellauniger Kater und eine Tiefkühltruhe tragende Rollen spielten. Fragen Sie lieber nicht, Sie wollen das ganz bestimmt nicht wissen."

„Und ob ich das wissen will!" Schließlich hatte sie das Geplänkel mit einem Mann schon lange nicht mehr so genossen. „Und eines Tages mache ich Sie so betrunken, dass Sie mir die Geschichte freiwillig erzählen."

„Ist das ein Versprechen oder eine Drohung?" Er schaute sie hoffnungsvoll an. „Vielleicht können wir uns ja mal auf einen Drink treffen? Das wäre schon mal ein Anfang. Ich meine, wenn Sie Lust haben. Hier ist es abends ziemlich ruhig, vor allem für versprengte Großstadtpflanzen wie Sie."

„Klar, warum nicht?", erwiderte sie betont beiläufig. Sie wollte ja nicht zu erpicht wirken. Aber andererseits, wenn er schon mal da war ... Sie holte tief Luft, umklammerte ihre Tüten fester und zögerte kurz. „Da wir ja offenbar gerade dabei sind, gute Nachbarn zu werden, warum kommen Sie nicht einfach jetzt mit rein? Ich habe einen guten Rotwein offen, Tante Juliane hat einen ziemlich erlesenen Geschmack. Und ich habe eben an der Käsetheke definitiv zu gierig zugeschlagen, falls Sie also Hunger haben ... Die pulsierende Kneipenlandschaft von Beerfelden können wir ja ein anderes Mal erkunden."

Sascha zuckte mit den Schultern und sah sie bedauernd an. „Würde ich schrecklich gern, aber leider muss ich noch mal los. Wir haben im Büro ein Projekt, das unbedingt vor Weihnachten abgeschlossen werden soll. Mir bleibt also nichts anderes übrig, als meine Zelte hier bis zum Wochenende abzubrechen und nach Heidelberg zu düsen."

Er schwieg unbehaglich, und Miriam fiel auch kein geschmeidiger Gesprächsausstieg ein. War das eben ein Korb gewesen? Aber er schien ehrlich betrübt zu sein, dass er keine Zeit für sie hatte. Und immerhin hatte er gesagt, er müsste noch arbeiten. Nicht: *Ich bin noch verabredet.* Trotzdem spürte sie, wie die Enttäuschung ihr den Hals zuschnürte. „Na dann ...", murmelte sie verlegen. „Gute Fahrt. Und frohes Schaffen. Und noch mal danke, dass Sie Kaila heimgebracht haben."

„Keine Ursache." Er lächelte ein bisschen kläglich. „Manchmal hasse ich meinen Job. Aber ich hoffe, wir können das ganz bald nachholen."

Nachdem die Tür hinter ihr ins Schloss gefallen war, raufte Miriam sich verzweifelt die Haare. „Mannomann, das war ja eine hochelegante Anbahnung, Klausner. Wein und Käse. Warum hast du ihn nicht gleich gefragt, ob er mit dir auf der Couch kuscheln will?" Sie schüttelte ungläubig den Kopf. „Meine Flirttechniken sind auch nicht mehr das, was sie mal waren. Galoppierende Verlandeierisierung nennt man das wohl. Puh."

Dabei hätte sie, wenn sie ehrlich war, *wirklich* gern mit Sascha gekuschelt. Und geredet. Und zugehört. Sie hatte den Eindruck, dass man sich toll mit ihm unterhalten konnte. Okay, man konnte sich auch prima mit ihm streiten, *das* wusste sie ja schon. Aber er war zumindest nicht nachtragend, wie sich gezeigt hatte, *und* er konnte über sich selbst lachen. Ganz anders als Richard ...

Erst jetzt fiel ihr auf, dass sie seit Tagen nicht mehr an ihren Ex gedacht hatte. Unwillkürlich wartete sie auf den brennenden Schmerz, der sich immer eingestellt hatte, sobald die Erinnerungen an ihr altes Leben hochkamen. Aber sie spürte nichts – keine Wut und keine Phantom-Sehnsucht nach einer längst verwelkten Liebe. Sogar der Ärger über ihre eigene Schafsköpfigkeit hielt sich in Grenzen.

Konnte es sein, dass sie – mit ein bisschen nachbarschaftlicher Hilfe – tatsächlich anfing, über ihre gescheiterte Beziehung hinwegzukommen?

Sie verstaute ihre Einkäufe in der Küche, schenkte sich ein Glas von Tante Julianes köstlichem Saint-Émilion ein und ging damit ins Wohnzimmer, wo sie sich seufzend in ihren Lieblingssessel plumpsen ließ.

„Willst wenigstens du mit mir kuscheln?", fragte sie Kaila, die sich auf der Sofalehne gemütlich zusammengerollt hatte. Doch ihre samtpfotige Schutzbefohlene gönnte ihr nur einen kurzen Blick, der irgendwie ... enttäuscht wirkte. Vielleicht sogar ein bisschen verächtlich. Alles Einbildung, oder? dachte Miriam unsicher. *Ich projiziere wohl einfach meine eigenen Gefühle auf Kaila. Was sonst? Aber wenn partout niemand mit mir spielen will ...* Sie angelte sich die Fernbedienung vom Couchtisch und stellte den Fernseher an. Irgendwas Interessanteres als ihre fruchtlosen Grübeleien würde sie wohl auf einem der zahllosen Sender und Streamingdienste finden, die Tante Juliane abonniert hatte.

※

Warum stellten diese Menschen sich bloß bei den einfachsten Dingen an wie unbeholfene Welpen? Kaila drehte Miriam ungnädig den Rücken zu. Da hatte sie diesen spannenden Menschen ... Sascha, das sollte sie sich wohl endlich mal merken ... da hatte sie diesen spannenden Sascha durch geschickte Zeitplanung und das ein oder andere hilflose Miauen eigens hierhergelotst, hatte ihn Miriam praktisch direkt vor die Haustür geliefert – und auch noch in exakt dem Moment, als sie mit diesen knisternden Beuteln, die so verführerisch rochen, herumhantiert hatte ... Und dann hatte Miriam ihre Beute entwischen lassen.

Unfassbar. Ihr selbst wäre so was nie passiert. Wenn sie jemanden mochte, dann zeigte sie es, und wenn das Objekt ihrer Zuneigung andere Pläne hatte, ließ sie nicht locker, sondern drängte dem oder der Betreffenden ihre Gesellschaft auf. Am Ende waren dann immer beide zufrieden. Und dass der ... dass Sascha und ihre Miriam einander mochten, das sagte ihr ihre Nase. Und Kailas Nase irrte nie. Niemals.

Doch jetzt war Sascha irgendwohin verschwunden, und Miriam kauerte trübsinnig vor dieser flimmernden Kiste und starrte auf die bunten lauten Bilder.

Nun ja, da konnte man jetzt wohl nichts machen. Wie ärgerlich! Aber Kaila würde nicht aufgeben, bis ihre Mission erfüllt war. Bei Menschen musste man eben geduldig sein; die waren viel langsamer und schwerer von Begriff als Katzen.

Ein Anfang war immerhin gemacht: Ihr Adoptiv-Mensch war jetzt aus *anderen* Gründen unzufrieden als vorher. Das war schon mal ganz vielversprechend. Denn vorher, als Miriam immer so viel weinte, konnte sie ihr nicht wirklich helfen, sondern sie nur trösten. Auch damit sie endlich wieder fröhlich genug war, um etwas mit Kaila zu unternehmen.

Aber nun hatte sie ja auf ihre feinsinnige und kompetente Art dafür gesorgt, dass sich Miriams Interesse auf etwas anderes richtete als auf diesen dummen Verlust, den sie betrauerte. Nämlich auf etwas Neues, Vernünftiges, das man auch wirklich haben konnte.

Natürlich durfte man sie jetzt mit dieser Entwicklung nicht allein lassen. Aber Kaila war ja auch noch da. Ihr würde schon was einfallen, um Miriam in die richtige Richtung zu stupsen. Vorher jedoch würde sie sie noch ein bisschen ärgern. Strafe musste sein.

*

Viel zu früh riss der Wecker Miriam am nächsten Morgen aus dem heißesten Traum seit der Trennung von Richard. Noch während sie in die Dämmerung blinzelte, verschwanden die erregenden Bilder aus ihrem Bewusstsein. Mist, warum konnte man seine Träume nicht besser konservieren?

Sie konnte sich nur noch an das Gefühl seiner warmen Haut und seiner festen Muskeln erinnern. Miriam hatte irgendwo an einem deckenhohen Fenster gestanden, mit Blick auf endlose grüne Hügel, und er hatte sich von hinten an sie geschmiegt und ihren Nacken geküsst, ihre Schultern, ihren Rücken. Sie spürte seine langen schlanken Finger an ihren Brüsten, ihrem Bauch. Wie sie sich einen Weg zwischen ihre Schenkel bahnten ...

Die Nacht war auch deshalb definitiv zu kurz gewesen, weil Kaila bis in den frühen Morgen hinein randaliert hatte – was sie nach den ersten paar Nächten eigentlich nicht mehr gemacht hatte, selbst wenn Miriam sie aus dem Schlafzimmer aussperrte. Was war bloß mit ihr los?

Als das Kratzen und Maunzen gar nicht verstummen wollte, hatte Miriam sich aufgerappelt, war im Halbschlaf zur Tür gestolpert und hatte sie um des lieben Friedens willen einen Spalt geöffnet. Aber Kaila war nicht auf Kuscheln aus, sondern hatte mit beinahe schon verdächtiger Begeisterung so lange an ihren nackten Zehen geknabbert, bis Miriam wieder hellwach war. Nur um dann, als sie sich schlaflos auf der Matratze wälzte, selig schnorchelnd zu entschlummern.

Jetzt fehlte jede Spur von dem schwarz-weißen Biest. Vermutlich bediente sich Kaila unten in der Küche schon am Wassernapf. Miriam war eher nach Kaffee zumute, viel und stark und heiß.

Eigentlich hatte sie früh in den Laden gehen und vor dem Öffnen noch ein paar Fotos von den frisch umdekorierten Puppen schießen wollen, aber als sie durchs Küchenfenster sah, wie die ersten Sonnenstrahlen über eine noch unberührte Schneedecke tanzten, änderte sie spontan ihre Pläne.

Sie stürzte ihren Cappuccino herunter, rannte nach oben und zog sich rasch was Praktisches an: Jeans, Grobstrickpulli, Daunenweste. Dann schlüpfte sie barfuß in ihre mollig warmen UGGs, schnappte sich die Kamera und trat vor die

Haustür – mitten hinein in ein Winter-Wunderland aus Zuckerwattedächern, glitzernden Eiszapfen und jungfräulichem Weiß.

Die Straßen waren wie mit Puderzucker überhäuft, an den Fensterscheiben blühten Eisblumen, die kahlen Äste der Bäume und Büsche bogen sich unter ihrer pulvrig weißen Last, die Zaunpfosten hatten runde Hauben auf, und man konnte nicht mehr erkennen, wo der Gehsteig aufhörte und die Fahrbahn begann. Die parkenden Autos am Straßenrand waren nur noch als konturlose Hügel zu erkennen.

Der Himmel war in einem kühlen glasklaren Hellblau, über das sich einzelne rosige Wolkenstreifen zogen, gefärbt. Es war bezaubernd schön, und über allem lag eine weiche dichte Stille, die offenbar sämtliche Alltagsgeräusche verschluckt hatte – lediglich durchbrochen von ein paar aufgeregt plappernden Kindern, die ihre Schlitten hinter sich herzogen.

Die Freude der kleinen Rodler war ansteckend und rief Erinnerungen an Miriams eigene Kindheitstage wach. In den Wochen vor Weihnachten hatte sie mit ihrer Oma immer begeistert Plätzchen gebacken. Die Fenster waren mit Sternen geschmückt, die sie in der Schule aus Stroh und Goldpapier gebastelt hatte. Damals hatte sie jeden Tag ihren Wunschzettel aktualisiert, weil ihr ständig was Neues eingefallen war.

Sieht ganz so aus, als ob es endlich mal wieder weiße Weihnachten geben könnte, dachte Miriam versonnen, und unvermutet wurde ihr warm ums Herz. Vielleicht würden die Feiertage ja doch nicht so grauenhaft und traurig werden, wie sie befürchtet hatte. Wer in diesem glitzernden Wunderland Trübsal blasen konnte, bei dem war wirklich Hopfen und Malz verloren.

Nachdem Miriam die Winterwunderstraße mit ihren im Weiß versinkenden Fachwerkhäusern und Weihnachtsdekorationen aus jeder denkbaren Perspektive fotografiert hatte, ging sie ums Haus herum. Das Wasserreservoir des Vogelhäuschens hatte sich in eine zackige, vielschichtige Eisinstallation verwandelt, die Meisen-Kugeln wirkten wie kandiert, und Beete und Pfad lagen unter ihrer dicken Decke in tiefem Winterschlaf.

Allerdings blieben sie da nicht lange ungestört – Kaila hatte die weiße Pracht wohl von ihrem Lieblingsplatz auf der Fensterbank aus entdeckt und fand, dass es nun auch mal gut war mit der Unberührtheit. Munter pflügte sie durch die mindestens zehn Zentimeter dicke Pulverschneeschicht, bis nur noch ihr Köpfchen und eine aufgeregt zuckende Schwanzspitze zu sehen waren.

Sie sprang hoch in die Luft, um sich gleich wieder in die weiche Masse fallen zu lassen, tobte um das Vogelbecken herum, schlich sich an die noch höheren Schneewehen am Gartenzaun an, rollte sich hin und her, als ob sie einen Katzen-Schnee-Engel machen wollte, und hüpfte fröhlich maunzend über die kleine, frisch zugeschneite Treppe, die vom Garten zum Keller führte.

Miriam lachte laut auf und zückte erneut die Kamera. Offenbar war ihre kleine Kaila ein richtiges Schneekätzchen. Was für ein entzückendes Motiv – die schönsten Bilder würde sie noch heute an Tante Juliane schicken, das würde sie von ihrem Heimweh ablenken.

Nur widerwillig brach sie schließlich die spontane Fotosession ab. Aber sie musste den Laden öffnen. Gleich um zehn hatte sich eine Kundin angemeldet, die ein Silvesterball-Outfit benötigte und sicher stundenlang stöbern und anprobieren würde. Frauen, die nach besonderen Roben für festliche Anlässe suchten, brauchten meist ewig, bis sie sich zu einer Entscheidung durchringen konnten.

Miriam tröstete sich damit, dass sie auf jeden Fall die beste Zeit des Tages für ihre Aufnahmen erwischt hatte. Die märchenhafte Stimmung begann ohnehin langsam, sich aufzulösen – die ersten Nachbarn brachten mit ihren Schneeschippen Ordnung in die ausufernde weiß glitzernde Herrlichkeit, Autobesitzer rückten ihren vom Winter befallenen Fahrzeugen mit Handbesen und Eiskratzern zu Leibe und ließen die Motoren warm laufen. Aber wenigstens kamen hier nicht gleich die Räum- und Streukommandos und verwandelten die schimmernde Pracht in grauen Matsch, wie daheim in Hamburg, wenn es denn dort mal so heftig geschneit hatte.

Sie atmete tief durch. Die saubere kalte Luft brannte scharf in ihren Lungen. Schön war es hier, keine Frage. An die Stille hatte sie sich inzwischen gewöhnt, wahrscheinlich wäre ihr ihre alte Wohnung direkt an einer Hauptstraße inzwischen fast schon zu laut. Natürlich nur in den ersten paar Tagen, dann würde sie sich schon wieder rasch einleben.

Doch für den Moment fühlte sie sich hier eigentlich ganz wohl, und ihr Heimweh machte sich kaum noch bemerkbar. Zuletzt, nach der Trennung von Richard und vor dem Umzug zu ihren Eltern, war sie dort ohnehin viel einsamer gewesen als hier in Tante Julianes behaglichem Haus.

In Hamburg hatte sie keine Kaila gehabt, die auf ihren Schoß kroch, sobald sie spürte, dass Miriam traurig war (oder sobald sie das Gefühl hatte, sich wieder mal in den Mittelpunkt des Geschehens bringen zu müssen). Und keinen alten Bauernhof in der unmittelbaren Nachbarschaft, an dem sie jederzeit ganz unauffällig vorbeilaufen konnte, weil sich das nun mal nicht vermeiden ließ, wenn man auf kürzestem Weg auf seine Lieblingsjoggingstrecke kommen wollte. Falls man dabei Sascha über den Weg laufen sollte, wäre das natürlich reiner Zufall ...

„Kommst du mit rein, meine Süße?" Miriam hatte keine Ahnung, wie lange so ein zart gebautes Kätzchen es im Schnee aushalten konnte. Andererseits hatte Kaila ein dickes Fell, in jeder Hinsicht, und würde hier draußen bestimmt nicht freiwillig frieren. Jedenfalls machte sie keine Anstalten, ihr fröhliches Treiben zu unterbrechen, und Miriam ließ sie gewähren. Sie hatte inzwischen begriffen, dass ihre Adoptiv-Samtpfote kein verzärtelter Stubentiger war, sondern sich gern auf eigene Faust durch die umliegenden Gärten bewegte und dabei auch auf sich aufpassen konnte. Sie würde schon ins Warme kommen, wenn der Reiz des Neuen verflogen war.

Miriam vergewisserte sich noch einmal, dass die Katzenklappe frei von Schnee war, und ging dann ins Haus, um sich umzuziehen – ein bisschen stylisher als im Moment wollte sie schon aussehen, wenn sie ihre stets makellos gekleidete Tante im Geschäft vertrat.

6. KAPITEL

Das kalte weiße Zeug hatte offenbar vor, länger zu bleiben. Das konnte Kaila nur recht sein; so oft kam es ja nicht vor, und sie fand es jedes Mal spannend, sich da durchzugraben oder hineinfallen zu lassen. Die Mäuse machten sich zwar rarer als sonst und waren unter der pulvrigen Schicht auch schwieriger zu riechen, aber dafür drängelten sich die Vögel um diese grässlichen klebrigen Körnerkugeln, die an den Zweigen hingen, und in dem kleinen Häuschen, in das Miriam jetzt jeden Morgen irgendwelche Leckerlis streute, die nicht für sie bestimmt waren.

Miriam schien das weiße Zeug auch Freude zu machen, sie war jetzt fast gar nicht mehr traurig und ließ sich ohne größeres Zureden an dieser grünen Schnur ausführen. Dass ihre Schritte auf dem Weg in die verschneiten Felder immer dann langsamer wurden, wenn sie an dem Territorium des interessanten Sascha vorbeikamen, kam Kaila ebenfalls gelegen, schließlich hatte sie mit ihm noch einiges vor.

Auf ihren Miriam-freien Entdeckungsreisen hatte sie das Gehöft hinter dem hohen Tor schon längst ausgiebig erkundet, dabei allerdings leider feststellen müssen, dass der Mann, der inzwischen zu ihrer Mission gehörte, seit mehreren Sonnenaufgängen ausgeflogen war. Vielleicht gefiel ihm das kalte Zeug nicht? Das wäre schade, denn bis zu den warmen grünen Tagen war es noch lange hin, das wusste sie aus Erfahrung.

Ob sie noch mal rasch nachschauen sollte, ob er wieder da war? Sie war ohnehin mit dem Graugetigerten zum Herumtoben und Vögeljagen verabredet, da konnte sie auf dem Weg in seinen Garten einen kleinen Abstecher machen. Mit Miriam war bis auf Weiteres wohl nicht zu rechnen, sie hockte am Küchentisch und redete mit dieser flachen leuchtenden Scheibe, die sie immer bei sich hatte.

Kaila schlüpfte durch ihre Klappe nach draußen, sprang auf die Pforte und glitt leichtfüßig auf Zäunen und Mäuerchen hinter den Häusern entlang, bis sie auf der Höhe ihres Ziels angekommen war. Dann sprang sie in den fremden Garten und lief nach vorn zu dem harten grauen Streifen, der jetzt aber unter dem Weiß verschwunden war, das auch all die stinkenden Rollmaschinen vertrieben hatte, die das Überqueren sonst immer so heikel machten. Sie rannte rasch darüber hinweg, und schon stand sie vor dem vertrauten hohen Tor, unter dem sie hindurchschlüpfte.

Früher, als Kaila noch fast ein Kätzchen gewesen war, aber schon allein herumstreifen durfte, hatte hier alles staubig und modrig gerochen, und überall waren Ritzen gewesen, durch die man reinschlüpfen konnte. Und wie viele Mäuse damals hier gewohnt hatten … Aber jetzt roch es scharf und sauber, und die Mauern waren viel heller und ohne Löcher.

Das weiße kalte Zeug im Hof war nicht mehr unberührt – außer Kailas Spuren gab es zwei endlos lange, parallel verlaufende Fährten, die sich vom Tor zu einem offenen Verschlag zogen, in dem ein riesiges stinkendes Rollding stand. Von dem Verschlag zum größten Gebäude führte eine versetzte Zweierreihe der Abdrücke, die Menschen auf weichem Untergrund hinterließen. Die Spuren waren deutlich größer als Miriams, selbst wenn sie diese riesigen weichen Felltüten übergestülpt hatte, und erst recht größer als die Fährten, die die spitzen Zapfen hinterließen, auf denen Juliane und auch Miriam so gerne durch die Gegend trippelten.

Noch interessanter war jedoch die Tatsache, dass die Tür, hinter der die Spuren verschwanden, einen Spalt offen stand.

Was man ja wohl nach allen Regeln der Katzen-Etikette als Einladung verstehen durfte. Kaila glitt lautlos durch den schmalen Schlitz und fand sich in einem offensichtlich alten, aber ganz neu riechenden Raum wieder, von dem vier Türen abgingen, leider allesamt fest geschlossen, außerdem zwei Treppen – eine führte nach oben, die andere nach unten, dorthin, wo in Kailas Haus der Keller war, in dem man immer mal wieder eine arglose Maus entdecken konnte.

Da sie keine Ahnung hatte, wie sie weiter vorgehen sollte, setzte sie sich erst mal hin und fing an, sich zu putzen. Dabei konnte sie besonders gut nachdenken.

Plötzlich hörte sie Schritte auf den Stufen, die nach oben führten, und hob erwartungsvoll den Kopf. Erst tauchten ein paar Füße in ihrem Gesichtsfeld auf, dann zwei Beine, die in blauem Stoff steckten, breite Schultern, und schließlich sah sie, wie Saschas fassungsloser Blick sich in ihr Fell bohrte.

*

„Was willst du denn schon wieder? Und wie kommst du überhaupt hier rein?" Er näherte sich vorsichtig diesem verdammten Katzenvieh, das einen Narren an ihm gefressen zu haben schien. Betonung auf *schien*, dachte er kritisch. Katzen waren trügerische Wesen, heute umschmeichelten sie einen, morgen guckten sie einen nicht mal mehr mit dem Allerwertesten an. Wie manche Frauen. Eben noch schmiegten sie sich an, im nächsten Moment zeigten sie ihre Krallen. Und die konnten einem verflucht wehtun.

Er seufzte leise. Es war wohl nicht fair, die kleine Kaila seinen Brass auf Sylvia ausbaden zu lassen. Schließlich hatte sie ihm nicht nur nichts getan, sie war auch noch mit einem bezaubernden Frauchen gesegnet. Dem er sicher nicht sympathischer wurde, wenn er ihre Katze beleidigte.

Und da Miriam seit Tagen immer wieder in seinen Gedanken auftauchte und er dabei oft unwillkürlich lächeln musste, wollte er auf keinen Fall bei ihr in Ungnade fallen. Und nicht nur, weil er sie so wahnsinnig attraktiv fand, das war ja immer das Einfachste.

Das ehrliche Interesse, das in ihren bernsteinfarbenen Augen aufgeleuchtet war, als er von seinem Traum mit dem Bauernhof erzählte, die Leidenschaft, mit der sie über ihre Fotografie gesprochen hatte, die Verletzlichkeit, die er spüren konnte, als sie bekannte, wie unsicher sie sich war, welchen Weg sie da künftig einschlagen sollte ... Das gehörte alles zu ihrer Persönlichkeit und zu dem Reiz, den sie fraglos auf ihn ausübte.

Er war neugierig auf sie. Wie auch immer sich diese Sache entwickeln würde – er wollte Miriam auf jeden Fall näher kennenlernen.

Aber hoffentlich erwartete Kaila nicht, dass er mit ihr schmuste. Er mochte keine Katzen, basta. Und wenn sie ihn noch so seelenvoll aus ihren grün leuchtenden Augen anstarrte. Oder vielleicht weniger *seelen*voll als *unheil*voll. Sascha wand sich unbehaglich. Es musste doch Gründe geben, dass sich jede Hexe aus jedem grimmschen Märchen eine Katze hielt. Okay, die war dann meist schwarz und machte einen Buckel, und wenn sie vor einem über die Straße lief, brachte das Pech.

Aber diese Katze hier war nicht schwarz. Jedenfalls nicht *nur* schwarz. Und sie machte auch keinen Buckel, wobei er natürlich nicht den Hauch eines Schimmers hatte, ob ein Katzenbuckel grundsätzlich als aggressiver Akt einzuschätzen war. Vielleicht wollten sie damit ja nur höfliches Interesse signalisieren ... Kailas Ohren zuckten und richteten sich spitz auf, dann legten sie sich leicht nach vorn. Sie kniff die Augen zusammen und zeigte ihm ihre spitzen Zähne, was er als aufmunterndes Grinsen zu interpretieren beschloss.

Vorsichtig ging er vor Kaila in die Knie und musste unwillkürlich lächeln, als sie ihm zögernd eine samtweiche Pfote auf den Schenkel legte. Zaghaft fuhr er mit einem Zeigefinger über ihr Köpfchen, dann über ihren Rücken, und prompt *machte* sie einen Buckel, warum auch immer. Hastig stand er auf und wischte die Handfläche an seiner Jeans ab.

„Willst du was trinken?", fragte er und kam sich dabei unglaublich blöd vor, weil er mit einer Katze redete. Aber irgendwas an Kailas prüfendem, hoheitsvollem Blick weckte seinen Diensteifer. „Was mögt ihr Katzenviecher denn so? Milch? Oder lieber Wasser?" Wasser ist sicherer, beschloss er. *Nicht, dass sie mir hier noch in den Flur reihert.* „Dann komm mal mit in die Küche."

Er ging zur Küchentür und öffnete sie weit. Dann machte er eine schwungvolle einladende Geste. Kaila schritt anmutig über die Schwelle, und er folgte ihr gehorsam.

Was für eine schräge Situation, dachte er, während er im Schrank nach einer Schale oder Ähnlichem suchte. Schließlich fand er einen tiefen Teller, füllte ihn mit Wasser und stellte ihn vor seinen unerwarteten Gast auf den Boden. Kaila tauchte ihre Zunge ein und trank ein paar Schluck. Dann hob sie erwartungsvoll den Kopf.

„Ich muss jetzt mal weitermachen", erklärte Sascha und räusperte sich verlegen. Was wollte diese Katze bloß von ihm? „Bleib gern noch ein bisschen, wenn du magst", fügte er hinzu. Er war zwar ziemlich sicher, dass sie das auch ohne seine Erlaubnis tun würde, wollte aber doch noch mal seine Position als Herr des Hauses untermauern. „Trink in Ruhe aus. Den Rückweg findest du ja dann wohl allein." Sie miaute zustimmend. Oder triumphierend?

Im Rausgehen schüttelte Sascha den Kopf über sich selbst. Er konnte sich des seltsamen Eindrucks nicht erwehren, dass Kaila eben auf eine sehr subtile Art ihr Territorium abgesteckt hatte. Er spürte förmlich, wie ihr Blick ihm folgte, und hatte wider jede Vernunft das Gefühl, als sei gerade von ihm Besitz ergriffen worden.

*

Kaila schaute Sascha nach, bis er durch die Haustür verschwunden war, hin- und hergerissen, ob sie ihm nachlaufen oder noch ein wenig hier herumstöbern sollte. Sie entschied sich für eine rasche Runde durch die Küche, die ergab, dass hier nichts Interessantes oder Verlockendes auf sie wartete, und einen kleinen Abstecher in den Keller, der aber einfach nur ein leerer dunkler Raum war, in dem ein paar fest verschlossene Kartons herumstanden. Keine Maus weit und breit, soweit sie das auf die Schnelle feststellen konnte.

Als sie gerade wieder hochflitzen wollte, um herauszufinden, ob Sascha da draußen im Schnee aufregende Dinge trieb, hörte sie wieder Schritte, diesmal von mehreren Zweibeinern gleichzeitig. Sie spähte über den Rand der obersten Stufe. Sascha kam wieder ins Haus und stampfte ein paarmal mit den Füßen auf. Er trug einen schweren Behälter, aus dem ein paar Röhren nach oben ragten.

Hinter ihm tauchten zwei weitere männliche Menschen auf, die ebenfalls schwer bepackt waren. Sascha rief ihnen etwas zu und nickte zu der Treppe, die nach oben führte. Die anderen ächzten, und dann stapften alle drei ins obere Stockwerk, dorthin, wo Sascha vorhin hergekommen war.

Die Haustür blieb angelehnt, und Kaila kam zu dem Schluss, dass sie ihre Forschungen für heute getrost beenden konnte. Menschen, die große Sachen hin und her schleppten, waren nie zu spaßigen Dingen aufgelegt, das kannte sie schon von ihrer Juliane. Miriam war in dieser Beziehung übrigens ähnlich berechenbar: Je unförmiger der Kram war, mit dem sie sich abmühte, desto schärfer wurde ihre Stimme.

Aber Kaila hatte ihr Ziel für heute erreicht: Sie wusste nun, dass Sascha wieder da war, und konnte von hier aus weiterplanen. Aus Höflichkeit trank sie noch etwas von dem angebotenen Wasser, dann schlüpfte sie durch den Türspalt in den Hof, wo die weiße kalte Schicht inzwischen völlig zertrampelt war, vorbei an einer weiteren Rollmaschine, die irgendwer hier abgestellt hatte, und schob sich unter dem geschlossenen Tor hindurch auf die Straße.

Sie war sehr zufrieden mit sich, das musste sie in aller Bescheidenheit zugeben. Normalerweise neigte sie ja nicht dazu, sich zu loben, aber wie sie diesen merkwürdig katzenscheuen Sascha dazu gebracht hatte, ihr zu huldigen, war geradezu meisterhaft gewesen.

Nun ja, vielleicht hätte er noch ein wenig überschwänglicher sein können in seiner Bewunderung, aber er war eben ein bisschen schüchtern. Doch nun, da er ja praktisch in ihren Besitz übergegangen war, würde er schon noch zutraulicher werden. Und der nächste Schritt ihrer Mission, nämlich ihn wieder – und diesmal für länger – in Miriams Nähe zu locken, wäre dann das reinste Kätzchenspiel, da war Kaila ganz sicher.

*

Am Sonntagmorgen strahlte die Sonne auf eine immer noch unberührte Schneedecke, und Miriam beschloss, sich diese einmalige Chance auf stimmungsvolle Winterlandschaftsaufnahmen nicht entgehen zu lassen und ein paar Stunden mit der Kamera durch die Gegend zu streifen. Natürlich allein –

für Kaila war es bestimmt viel zu kalt, sie hatte ja nur ihr dünnes Fell, und auf Dauer würde das kaum reichen bei diesen Temperaturen. Sie durfte gern durch die Gärten tollen oder mit dem Schneemann spielen, den Miriam in einer sentimentalen Anwandlung gebaut hatte, so richtig mit Karottennase, dunklen Augen und Knöpfen aus Steinen und einem Strohbesen. Aber zu ihrer eigenen Beruhigung brauchte Miriam das Wissen, dass ihre vierbeinige Mitbewohnerin jederzeit die Möglichkeit hatte, durch ihre Katzenklappe ins Warme zu flüchten, und das wäre bei einem längeren Ausflug nicht möglich gewesen.

Herrlich, so ein vorweihnachtlicher Spaziergang im Neuschnee. Miriam atmete die klare kalte Luft tief ein und genoss das Knirschen unter den Sohlen ihrer Fellstiefel. Sonst war kein Geräusch zu hören, und bislang war sie noch keiner Menschenseele begegnet. *In Hamburg wären mir jetzt schon die ersten Jogger um die Alster entgegengekommen ...*

Die Ruhe hatte etwas geradezu Meditatives, und in diesem Moment wäre Miriam nirgends auf der Welt lieber gewesen. Ihre Sehnsucht nach Hamburg und dem Großstadtleben war längst nicht mehr so groß wie in den ersten Tagen. Die Arbeit im Laden machte meist Spaß, selbst wenn manche Kundinnen nervten, und nach Geschäftsschluss hielt Kaila sie so auf Trab, dass sie gar nicht mehr dazu kam, so was wie Heimweh zu empfinden.

Genau genommen hielt Kaila sie immer dann besonders auf Trab, wenn Miriam ins Grübeln kam. Mal maunzte sie übellaunig in ihrer Essecke und lief immer wieder zwischen Miriam und dem leeren Napf hin und her, obwohl eigentlich gar keine „Fütterung" anstand. Oder sie schleppte ihre Spielmaus oder einen der Bälle an und ließ sich partout nicht abwimmeln, ehe Miriam nicht ein paar Runden mit ihr durchs

Wohnzimmer getobt war. Und danach waren die dunklen Wolken in ihren Gedanken, die sowieso immer seltener kamen, meist wie weggeblasen.

Sie hatte inzwischen anderes im Kopf. Ihre Fotos, ob Landschaftsaufnahmen oder stylishe Katzenbilder, wurden immer besser. Damit war sie definitiv auf einem vielversprechenden Weg, auch wenn sie noch immer nicht so genau wusste, wohin der führen würde.

Außerdem drängte ein gewisser umwerfend attraktiver Nachbar sich auffallend oft in ihre Gedanken. Miriam erwischte sich öfter dabei, wie sie im Supermarkt oder bei ihren Streifzügen durch die Innenstadt nach einer hochgewachsenen Gestalt mit einem dichten schwarzen Schopf Ausschau hielt.

Sie mochte dieses lange vermisste Kribbeln im Bauch, das immer dann auftrat, wenn sie an Sascha dachte, und die Gewissheit, dass sie ihm auf jeden Fall früher oder später über den Weg laufen würde. So viele Möglichkeiten, sich zu verpassen, gab es in Beerfelden ja nicht. Wer hätte gedacht, dass das Dorfleben so aufregend sein konnte?

Miriam nutzte die Gunst der frühen Stunde für traumhafte Natur-pur-Impressionen. Als sie den Dreischläfrigen Galgen erreichte, stellte sie die Kameratasche ab und machte sich auf Motivsuche. Im Sommer war die einstige Hinrichtungsstätte auf dem grünen Hügel viel zu idyllisch, um gespenstisch zu wirken, doch jetzt, unter den dick verschneiten, unter dem Gewicht des Schnees leise knackenden Ästen der umstehenden Linden, kam ihr der Anblick regelrecht bedrohlich vor.

Die Sockel der drei mächtigen, sich nach oben hin leicht verjüngenden Steinsäulen waren fast komplett unter der weißen Decke verschwunden, und von den unbearbeiteten Stellsteinen, die das Gelände begrenzten, ragten nur noch die oberen Hälften aus dem Schnee, wie gebleckte Zähne. Auf den drei Holzbalken, die horizontal von Säule zu Säule lagen, hatten sich mehrere Krähen niedergelassen – die kamen Miriam wie gerufen, da sie perfekt zu der Stimmung passten, die sie einfangen wollte.

Bald war sie völlig vertieft in ihre Tätigkeit, fotografierte Vögel und Balkenkonstruktion aus diversen Blickwinkeln, legte sich sogar auf den Rücken, mitten hinein in das Dreieck, das die Säulen bildeten, und richtete die Linse senkrecht nach oben.

Eine Stimme riss sie aus ihrer kreativen Versunkenheit. „Ist das nun eine Vogelperspektive? Wegen der Krähen? Oder doch eher das Gegenteil? Gibt's überhaupt das Gegenteil von Vogelperspektive?"

Miriam ließ die Kamera sinken und setzte sich auf. Bei jedem anderen wäre sie über die Störung sauer gewesen, aber sie hatte Saschas Stimme sofort erkannt, und ihr Herz machte einen freudigen Sprung. „Schleichen Sie sich eigentlich grundsätzlich so lautlos an arglose Mitmenschen an? Oder bin ich einfach schwerhörig?" Sie stand auf und klopfte sich mit der freien Hand den Schnee von der Hose. Dann schaute sie zu Sascha hin und lachte. „Froschperspektive nennt man das, wenn Sie's wirklich so genau wissen wollen."

Sie schraubte das Objektiv ab und machte sich daran, ihre Gerätschaften in der Kameratasche zu verstauen. Eine reine Übersprungshandlung, Saschas Nähe machte sie immer nervös, auf eine gute Art. Außerdem hatte sie schon ein paar tolle Aufnahmen im Kasten, und selbst eine ambitionierte Fotografin musste mal andere Prioritäten setzen.

Sascha schob sich die Sonnenbrille auf den Kopf und nickte. An seinem Handgelenk baumelte ein Skistock. „Klar, natürlich, war mir nur gerade entfallen. Kein Wunder, bei dem Anblick. Schließlich kommt es heutzutage nicht mehr ganz so oft vor, dass junge Frauen sich unter den Galgen werfen, schon gar nicht im Tiefschnee."

„Kam es denn früher vor?" Miriam wollte es ehrlich wissen. War dieser ohnehin schon ziemlich coole Typ etwa auch noch Hobby-Stadthistoriker?

„Kann schon sein." Er grinste. „Vielleicht vor Verzweiflung über das Schicksal ihres Liebsten, der dort oben baumelte. Oder um ihm noch mal kräftig die Leviten zu lesen."

„Wie morbid."

„Sagt ausgerechnet die Frau, die sich mitten ins Herz der Finsternis legt, um eine Krähe von unten zu fotografieren."

Oha, ein Joseph-Conrad-Zitat. Jetzt gab er aber ganz schön an mit seiner Bildung. Miriam unterdrückte ein Grinsen. Sascha war mit Skiern unterwegs. Hinter ihm führte eine Spur vom Ortsrand aus hügelan, vor ihm lag die noch makellose Schneedecke. Die hauteng Langlaufhose, die er trug, ließ kaum Fragen offen – und nicht den geringsten Zweifel daran, dass ihr Nachbar bei der Verteilung körperlicher Vorzüge den knackigsten Knackarsch abbekommen hatte, der gerade vorrätig war.

Unwillkürlich schob Miriam sich die zerzausten Locken aus dem Gesicht und versuchte Ordnung in ihre wilde Mähne zu bringen, die sich während der Fotosession wie so oft selbstständig gemacht hatte. Wahrscheinlich sah sie aus wie ein geplatztes Kopfkissen. Sie rückte verstohlen das verrutschte Stirnband zurecht und zog ihre verkrumpelte Weste glatt. Sascha sah ihr offenkundig belustigt zu. Seine blauen Augen strahlten mit dem Himmel um die Wette. Miriam fühlte sich ertappt und redete hastig weiter, um den peinlichen Moment zu überspielen.

„Immerhin eine Krähe, die es sich auf einem echt dekorativen Galgen gemütlich gemacht hat. Ob die Viecher das in den Genen haben? Vermutlich hat sich ihre Ururururururgroßmutter hier öfter mal … äh … bedient." Sie verzog den Mund, angeekelt von ihrer eigenen Fantasie. „Brrrr. Okay, das war jetzt echt morbid." Sie lächelte verlegen.

„Die letzte Hinrichtung soll hier im Jahr 1804 vollzogen worden sein." Er hob die Brauen. „Eine arme Zigeunerin – damals durfte man das noch sagen, die Leute hatten es nicht so mit der Political Correctness –, die aus Hunger ein Brot und zwei Hühner gestohlen hatte."

„Wie schrecklich!" Sie schauderte bei dem Gedanken an das klägliche Verbrechen, für das ein Mensch, der doch nichts anderes gewollt hatte, als zu überleben, zum Sterben verurteilt wurde. „Und noch gar nicht so lange her." Unwillkürlich erschauderte sie und warf einen unbehaglichen Blick zum Galgen, an dem die unglückliche Frau ihr Ende gefunden hatte.

„Ganz sicher weiß man es nicht", wiegelte er ab. „Fast alle Gerichtsunterlagen aus dieser Zeit sind bei dem großen Brand von 1810 zerstört worden."

In diesem Moment schwangen die Krähen sich krächzend in die Luft und flatterten davon. Jetzt zuckten sie *beide* erschrocken zusammen. Dann schauten sie sich an und prusteten los, weil sie sich von der gespenstischen Stimmung hatten mitreißen lassen. Plötzlich fühlte Miriam sich Sascha ganz nahe. Es tat gut, mit ihm zu lachen.

„Warum ist der Galgen überhaupt noch so gut in Schuss?", fragte sie. „Er sieht aus, als ob man ihn jederzeit wieder in Betrieb nehmen könnte."

„Soll das eine Anregung für die Stadtväter sein?" Er grinste. „Ich hätte nicht gedacht, dass Sie so blutrünstig sind."

Sie schüttelte den Kopf. „Nein, das war nur eine Feststellung. Ich weiß, dass das Ding ziemlich berühmt ist, eben weil es noch so intakt ist. Als sensationslüsternes kleines Mädchen habe ich mich hier gern gegruselt. Aber ich wüsste wirklich gern, was das Besondere gerade an dieser Konstruktion ist." Sie lächelte ihm zu. „Ich meine, so aus architektonischer Sicht?" Sie wollte es wirklich wissen. Aber vor allem wollte sie das Gespräch nicht abreißen lassen, damit er noch ein bisschen länger blieb.

„Okay, Sie haben es nicht anders gewollt." Er holte tief Luft, wie jemand, der zu einem längeren Vortrag ansetzt. „Aber seien Sie gewarnt: Regionale Geschichte ist eine Art Hobby von mir. Wo immer ich wohne, ziehe ich mir die entsprechenden Abhandlungen rein. Wappnen Sie sich also für viele überflüssige Details." Er lächelte so begeistert, dass sie sich von ihm in diesem Moment auch das Telefonbuch von Beerfelden hätte vorlesen lassen. Und das von Michelstadt gleich hinterher.

„Wie Sie vielleicht wissen, liegt Beerfelden auf einem Höhenrücken, der bis fünfhundert Meter über Normalnull ansteigt. Die Gemeinde erhielt bereits 1328 Stadtrechte, wurde später zum sogenannten Oberzent mit eigener Verwaltungseinheit. Das bedeutete eine höhere Gerichtsbarkeit. Mit anderen Worten: das Recht auf einen eigenen Galgen. Der, damit man ihn auch weithin wahrnahm, natürlich an der höchsten Stelle auf dem Gemeindegebiet errichtet wurde, also hier."

„Aber warum ist er noch immer so gut …?"

„Geduld ist wohl nicht Ihre Stärke?" Er sah sie gekränkt an. „Nun lassen Sie mich doch mein nutzloses Wissen loswerden. Bislang hat mich noch niemand danach gefragt, da möchte ich die Gelegenheit schon auskosten."

Sie nickte ergeben.

„Zunächst stand hier ein ganz normaler Galgen aus Holz. Erst 1597 wurde er durch die heutige Konstruktion ersetzt. Die drei Säulen aus Odenwälder Buntsandstein wurden so errichtet, dass sie ein Dreieck bilden. Wie Sie sehen, ist jede Säule aus diversen Einzelteilen zusammengesetzt, mit deren genauer Bezeichnung ich Sie nicht langweilen möchte. Nur so viel, um auf Ihre eigentliche Frage zurückzukommen: Die einzelnen Teile werden durch Eisenklammern zusammengehalten, die an den Enden mit Bleifüllungen im Sandstein verankert sind. Da Blei elastisch ist und Temperaturspannungen ausgleicht, stehen die Säulen bis heute wie eine Eins."

„Und die Querbalken?"

„Sind aus Holz, das unten durch Flacheisen verstärkt ist. Bei Bedarf konnte man an dieser schaurig-schönen Konstruktion sechs Verurteilte gleichzeitig hängen. Immerhin hatten sie einen traumhaften letzten Blick über eine der lieblichsten deutschen Landschaften."

„Das ist nicht mehr morbid, das ist zynisch." Sie sah ihn strafend an, doch ihre Mundwinkel zuckten. „Aber lustig."

„Sie schwarze Seele! Für die Beerfeldener war das hier jedenfalls ein echtes Statussymbol. Kein anderer Ort in der Region hatte einen so aufwendig gestalteten Galgen."

Miriam neigte den Kopf. „Vielen Dank für diesen Spontanvortrag, Herr Professor. Eine Frage hätte ich aber noch an den Experten: Offenbar ist ja jede Menge Metall verbaut worden. Wieso rostet das nicht?"

„Keines der Eisenteile zeigt auch nur Spuren von Rost. Da war der damalige Dorfschmied entweder seiner Zeit weit voraus – oder, wie böse Zungen munkelten, mit dem Teufel oder wenigstens der lokalen Hexe im Bunde."

„Hmm." Miriam fand das Thema, das sie eigentlich nur

angeschnitten hatte, um Saschas Gesellschaft noch länger genießen zu können, unerwartet faszinierend. Vielleicht war die vorige Besitzerin von Julianes Haus ja eine Nachfahrin dieser lokalen Hexe. Sie nahm sich fest vor, ihre Tante darauf anzusprechen, sobald die wieder fit war. Wer weiß, womöglich gab es ja noch irgendwelche Hinterlassenschaften der alten Dame, auf dem Dachboden oder im Keller!

Sie warf einen letzten Blick auf die ominösen Balken und bückte sich nach ihrer Kameratasche. Noch länger konnte sie diese Zufallsbegegnung nun wirklich nicht ausdehnen, sonst würde ihr Interesse zu offensichtlich werden. Sascha war schließlich mit Langlaufskiern unterwegs und wollte sicher in die Berge. Und noch einen Korb, so wie neulich Abend, würde sie sich auf keinen Fall von ihm abholen. Der Ball war jetzt in seiner Ecke. Falls er ihr Interesse erwiderte, musste er schon selbst aktiv werden.

„Das war wirklich aufschlussreich. Wer hätte gedacht, dass meine kleine Foto-Tour zu einer historischen Exkursion wird. Aber jetzt will ich Sie nicht länger aufhalten. Ich mach mich mal auf die Socken, bevor ich hier festfriere. Viel Spaß noch beim Pulverschnee-Treten."

*

„Hinter dem Hügel sind ein paar Loipen, aber dahin muss man erst mal kommen." Sascha schob sich die Sonnenbrille wieder auf die Nase. Inzwischen hatte der Sonnenschein auch andere Sonntagsspaziergänger und Langläufer vor die Stadt gelockt. Und die meisten von ihnen schienen den Hügelkamm anzusteuern. Er gönnte seinen Mitmenschen herzlich ihr Wintervergnügen, hätte das unverhoffte Date mit der hübschen Nachbarin, die er in der Hektik der letzten Tage leider kaum gesehen hatte, aber gern noch ein bisschen länger genossen. „Kriege ich denn Ihre Galgenvogel-Bilder mal zu sehen?"

„Klicken Sie einfach demnächst bei Flickr rein." Sie schob den Trageriemen der Tasche über ihre Schulter und wandte sich zum Gehen. „Ski heil."

Sascha sah ihr so lange nach, bis sie nur noch eine kleine Gestalt unter vielen war. Er runzelte nachdenklich die Stirn. Warum war sie nur so unvermittelt aufgebrochen, nachdem sie doch gerade so nett geplaudert hatten? Hatte er sie mit seinem historischen Vortrag etwa doch gelangweilt? Ihr Interesse hatte echt gewirkt, und er hatte auch das Gefühl, dass Miriam sich gern mit ihm unterhielt. Aber am Ende war es ihm so vorgekommen, als ob sie auf irgendwas wartete, das nicht kam. Sie hatte sogar ein bisschen ungehalten gewirkt.

Er hatte sich ehrlich gefreut, als er sie da unter dem Galgen im Schnee liegen sah, ganz versunken in ihre Arbeit. Und er war extra vorsichtig näher gekommen, schon um die Krähen nicht aufzuscheuchen, die sie augenscheinlich im Visier hatte, und hatte eine Weile still beobachtet, wie sie mit sicherer Hand ihre Einstellungen vorgenommen und das Objektiv ausgerichtet hatte. Ihre wilde blonde Mähne kringelte sich um ihren Kopf, und ihre Jeans und Daunenweste sahen aus wie mit Puder bestreut.

Wie süß sie reagiert hatte, als er sich bemerkbar machte! Sie hatte an sich herumgezupft und -geklopft und vergeblich versucht, ihre schneeverzierte Haarpracht zu bändigen. Sie sah aus wie ein zerzauster Weihnachtsengel, und Sascha ertappte sich bei dem Wunsch, sie in seine Arme zu ziehen.

Aber er wusste immer noch nicht, ob er der Anziehung nachgeben sollte, die seine schöne und witzige Nachbarin auf ihn ausübte. Auf eine flüchtige Affäre wollte er sich nicht einlassen. Erstens glaubte er nicht, dass sie da mitgespielt hätte – ihre Augen hatten diesen wachen, vorsichtigen Ausdruck, der darauf hindeutete, dass sie in der Vergangenheit verletzt worden war und sich nicht so schnell wieder in die emotionale Gefahrenzone begeben würde. Ein Ausdruck, der ihm jeden Morgen im Spiegel begegnete. Und zweitens waren flüchtige Affären unter Nachbarn fast nie eine gute Idee. Man begegnete einander einfach zu häufig, um die wichtigste Affären-Regel befolgen zu können: aus den Augen, aus dem Sinn.

Eigentlich war in Saschas Leben gerade kein Platz für mehr als einen netten, freundschaftlichen Flirt. Auf eine feste Beziehung war er nach dem Ärger mit Sylvia nicht besonders erpicht; er hatte schon genug mit seinen Gefühlen für Bennie zu kämpfen, der wie ein Sohn für ihn war, auf den er aber absolut kein Recht hatte. Außerdem – wer weiß, wie Sylvia auf eine neue Frau an seiner Seite reagieren würde? Nicht unwahrscheinlich, dass sie ihm Bennie dann ganz entzog, aus Eifersucht oder Missgunst oder weil sie einfach nicht wollte, dass ihr Kind etwas mit dieser wildfremden Person zu tun hatte …

Das Problem mit Miriam war aber, dass er sich, wie er gerade wieder gemerkt hatte, durchaus *mehr* mit ihr vorstellen konnte als einen harmlosen Flirt oder freundschaftliches Geplänkel. Oder eine Affäre. Ihm war ganz warm ums Herz geworden, als sie ihn so aufmerksam anschaute, während er ihr sein nutzloses Wissen vorbetete. Sylvia hatte nicht mal in den rosaroten Zeiten ihrer ersten Verliebtheit so getan, als ob sie sich für sein streberhaftes Hobby interessierte. Aber Miriam hatte selbst einen ausgeprägten Sinn für Details und einen Blick für besondere Perspektiven auf scheinbar ganz gewöhnliche Dinge. Wie Krähen auf einem eingeschneiten Galgen.

Vielleicht sollte er einfach damit aufhören, seine Gefühle immer schon im Voraus zu interpretieren. Er starrte weiter in die Richtung, in die Miriam so abrupt verschwunden war, und ihm wurde klar, dass er ihre Fotos von den Galgenvögeln wirklich gerne anschauen würde. Und zwar mit ihr zusammen. Er musste sich nur noch dazu durchringen, diesen Wunsch auch in die Tat umzusetzen. Auch wenn er sich damit in die emotionale Gefahrenzone begeben sollte.

Sascha ließ noch zwei Langläufer vorbeiziehen, bevor er sich – zugegeben, etwas unsportlich – in die Spur des schnelleren begab und in dessen Windschatten weiterglitt.

7. KAPITEL

Kaila langweilte sich. Die kalten Massen da draußen verloren so langsam den Reiz des Neuen, und das kleine rundliche Wesen mit der spitzen Nase und den Steinaugen, das Miriam aus diesem weißen Zeug gebaut hatte, war enttäuschend passiv geblieben, obwohl Kaila immer wieder und für ihre Verhältnisse *sehr* geduldig versucht hatte, das Ding zu einer lustigen Verfolgungsjagd zu animieren. Schließlich gab sie auf und zog sich verärgert in die warme Wohnung zurück. Ein bisschen futtern, ein bisschen schlafen, danach würde sie weitersehen ...

Natürlich kam Miriam genau in dem Moment wieder, in dem Kaila im Traum die schönste, dickste Maus ihres Lebens fast schon zwischen den Krallen hatte, und da Menschen sich nun mal nicht elegant und leise bewegen konnten, sondern immer trampeln und Lärm machen mussten, hatte sich das mit dem Nickerchen dann auch fürs Erste erledigt. Und jetzt, nach ein paar halbherzigen Streicheleinheiten, die Kaila verärgert ignoriert hatte, hockte Miriam seit einer Ewigkeit am Küchentisch und starrte in ihren aufklappbaren Leuchtkasten, in dem erst verschiedene langweilige Sachen auftauchten und dann wenigstens ein paar Vögel, leider von der garstigen großen schwarzen Sorte, an die sie sich nie herantraute.

Kaila, die sich notgedrungen auf Miriams Schoß zusammengerollt hatte, um zumindest die geteilte Aufmerksamkeit ihres Menschen zu ergattern, zuckte mäßig interessiert mit den Ohren. Miriam wuschelte ihr geistesabwesend durchs Fell und ließ sich nicht mal dann von diesen blöden schwarzen Vögeln ablenken, als Kaila ihr, *ganz aus Versehen*, mit dem Schwanz durchs Gesicht strich.

*

„Jetzt nicht Kaila, gleich bin ich für dich da."

Zufrieden begutachtete Miriam ihre Arbeit vom Morgen. Die menschenleere Schneelandschaft war vielleicht sogar ein bisschen zu idyllisch geraten, fast schon kitschig. Dafür machten die Impressionen vom Galgenberg ziemlich viel her, vor allem in düsterem Schwarz-Weiß-Filter. Aber so richtig originell war diese Szenerie natürlich auch nicht …

Sie seufzte leise. Die schrägen Mode-Fotos mit den gesichtslosen Schaufensterpuppen aus dem Laden waren schon ungewöhnlicher, bestimmt kein schlechter Anfang. Aber bislang konnte man damit gewiss keinen Blumentopf gewinnen, geschweige denn einen lukrativen Auftrag. Wie gern würde sie eine aussagekräftige Mode-Strecke inszenieren; nicht einfach nur schöne Menschen in schönen Kleidern vor schöner Kulisse, sondern was mit Brüchen. Bilder, die eine Geschichte erzählten. Doch für so was Aufwendiges brauchte man erst mal zahlungskräftige Abnehmer. „Schluss jetzt", sagte sie laut. „Komm, meine Süße, wir gehen eine Runde Ball spielen."

Aber ihr Vorschlag ging ins Leere. Kaila war nicht da. Weder in ihrer „Essecke" noch auf der Fensterbank oder an einem anderen ihrer bevorzugten Plätze.

*

Sie hatte ihre Mission vernachlässigt. Kein Wunder, dass Miriam allein und trübselig vor dummen stummen Vögeln kauerte und viel weniger lachte und lächelte als bei ihren Begegnungen mit Sascha. Aber nach dem vielversprechenden Anfang neulich Abend, als sie Sascha hergelockt hatte, aber dann leider wieder davonziehen lassen musste, weil Miriam zu ungeschickt war, ihn festzuhalten, schien die Situation irgendwie genauso eingefroren wie die Bäume und alles andere da draußen. Und ihre beiden unbeholfenen Schutzbefohlenen wirkten ebenso passiv wie das ... runde Dingsda aus weißem Zeug im Garten.

Kaila hatte nicht wirklich Lust, sich schon wieder in die Kälte zu begeben, aber offenbar blieb ihr nichts anderes übrig, als noch mal persönlich einzugreifen. Zum Glück folgte ihr Sascha ja nun, das erleichterte die Angelegenheit. Und wenn sie ihn richtig einschätzte, dann gehörte er zu den männlichen Wesen, die es – anders als ein gewisser Kater – nicht über sich bringen konnten, eine wunderschöne zarte Katze im Stich zu lassen. Schon gar nicht, wenn die sich selbstlos in das kalte Zeug stürzte, um seine Dienste anzufordern.

*

„Dann eben nicht." Wütend warf Sascha sein Handy aufs Sofa.

„Was ist denn los?", fragte Frank, nur um sich gleich darauf selbst die Antwort zu geben. „Nein, sag nichts. Sylvia hat andere Pläne, und Bennie darf dich am Wochenende nicht besuchen." Er schaute seinen besten Freund nachdenklich an. „Sind das nur Machtspielchen, oder will sie dich wirklich aus seinem Leben raushaben?"

„Keine Ahnung." Sascha ließ den Kopf hängen. „Aber was soll ich machen? Außer geduldig abzuwarten, ob sie den Kontakt auf Dauer weiter erlauben wird. Der Fluch der Patchwork-Beziehung. Bennie ist nun mal nicht mein Sohn, meine Beziehung zu ihm läuft nur über Sylvia."

Als er damals, während seines Studiums in Berlin, mit Sylvia zusammenkam, war der Junge drei Jahre alt gewesen, und fünf Jahre lang hatte Sascha ihm praktisch den Vater ersetzt. Von seinem leiblichen Erzeuger hatte Sylvia sich bereits vor

Bennies Geburt getrennt, der Typ lebte und arbeitete inzwischen in Neuseeland. Er hatte seinen Sohn nie zu Gesicht bekommen und erhob auch keinerlei Ansprüche auf ihn. Und Sylvia wollte so wenig mit ihm zu tun haben, dass sie sogar auf Alimente verzichtete.

Aber zwischen Sascha und Bennie war es Liebe auf den ersten Blick gewesen. Wenn er ehrlich war, hegte er für den Kleinen bald tiefere Gefühle als für Sylvia, deren komplizierte, kühle und permanent angespannte Art ihn vermutlich schon viel früher dazu gebracht hätte, mit ihr Schluss zu machen, wenn Bennie nicht gewesen wäre – den er von Herzen liebte wie ein eigenes Kind, mit dem ihn aber im Auge des Gesetzes absolut nichts verband.

Die Vorstellung, ihn nach der Trennung von seiner Mutter endgültig zu verlieren, hatte Sascha viele schlaflose Nächte beschäftigt und ihn diese Entscheidung immer wieder aufschieben lassen. Denn es war ja auch nicht so, dass er Sylvia plötzlich *hasste* oder so was. Sie war intelligent, attraktiv und – wenn ihr der Sinn danach stand – auch sehr leidenschaftlich. Leider war das im Laufe der Jahre immer seltener der Fall gewesen, und ihre Launen waren proportional zum Abkühlungsgrad ihrer Liebe immer unberechenbarer geworden. Sie war einfach nicht die Richtige für ihn, das hatte er recht schnell begriffen, wenn auch nicht gleich wahrhaben wollen.

Und er war definitiv nicht der Richtige für sie. Viel zu ruhig für ihre hektische Betriebsamkeit. Sylvia war, wie sie selbst sagte, ein „Sozialmonster", sie wollte ständig unter Leuten sein und pflegte jede Menge oberflächliche Bekanntschaften, mit denen er nichts anfangen konnte.

Sie waren der lebende Beweis, dass Gegensätze sich vielleicht kurzfristig heftig anziehen mochten, aber nicht unbedingt die beste Basis für eine stabile glückliche Verbindung waren. Und da Sylvia, anders als er, nicht zu den stillen Brütern gehörte, sondern verbal um sich schlug, wenn sie frustriert war, hatte er in ihrem psychologischen Kleinkrieg die tieferen Wunden davongetragen.

Manche davon schmerzten immer noch, und er war nicht sicher, ob er sich jemals wieder einem anderen Menschen emotional so ausliefern wollte.

Doch der unausgesprochene Kompromiss, mit dem er derzeit lebte, konnte nicht von Dauer sein. Seit gut einem Jahr betrachteten sie beide ihre Beziehung als beendet; eine tiefe Freundschaft oder so was war auch nicht zwischen ihnen entstanden – das gab's seiner Erfahrung nach sowieso nur in Romanen oder Filmen. Soweit er das in seinem Bekannten- und Kollegenkreisen beobachtete, pflegten Expaare nach dem Liebes-Aus meist nur dann zivilisierten und regelmäßigen Umgang, wenn Kinder im Spiel waren. *Gemeinsame* Kinder.

Und genau da lag das Problem. Zwar hatte Sylvia sich, vor allem Bennie zuliebe, darauf eingelassen, dass Sascha weiterhin jederzeit Kontakt zu ihrem Sohn haben und ihn auch immer mal wieder für ein paar Tage zu sich holen durfte. Hin und wieder unternahmen sie sogar etwas zu dritt. Und manchmal, ganz manchmal gestalteten sich diese Treffen so schön, dass Sascha sich fragte, warum sie sich überhaupt getrennt hatten.

Doch dann gab es wieder Tage wie diesen. Tage, an denen Sylvia völlig ohne Grund – jedenfalls nach Saschas nicht ganz unvoreingenommener Einschätzung – Verabredungen platzen ließ oder Sascha-Bennie-Pläne, auf deren Umsetzung beide sich gefreut hatten, einfach umwarf.

Und jetzt konnte Bennie angeblich nicht das nächste Wochenende bei Sascha in Beerfelden verbringen, wo doch endlich sein Zimmer fertig eingerichtet war und draußen vor der Tür der verschneite Odenwald zu Rodelausflügen und Schneeballschlachten einlud. Ganz abgesehen davon, dass Sascha sich diverse Nächte um die Ohren geschlagen hatte, um alles wegzuarbeiten, was das kostbare Wochenende mit seinem Herzenssohn gefährden könnte.

Aber nun hatten sich Sylvias Eltern zu Besuch in Heidelberg angekündigt, und sie erwarteten natürlich, ihren geliebten Enkel zu sehen, und hätten gewiss kein Verständnis dafür, dass der Bub lieber mit dem Ex ihrer Tochter durch den Schnee tobte.

Und Sascha, blöd, wie er war, nahm das Ganze auch noch persönlich.

„Ehrlich gesagt, wenn ich fair bin, glaube ich nicht, dass das Machtspielchen sind. Ihre Eltern kommen ausgerechnet am Wochenende zu Besuch, die wollen natürlich Zeit mit ihrem Enkel verbringen." Er seufzte tief. „Aber irgendwas ist halt immer. Und ich bin völlig machtlos."

„Scheiße", sagte Frank mitfühlend. „Aber bis Weihnachten ist's ja noch eine Weile hin, bis dahin kriegst du den Jungen bestimmt noch mal für ein Wochenende."

„Kann sein, muss aber nicht. Bald fangen die Ferien an, und Sylvia fährt mit Bennie und Freunden, die Kinder in seinem Alter haben, zum Wintersport in die Schweiz." Wieder seufzte er. „Da freut er sich natürlich schon tierisch drauf."

„Vielleicht …", begann Frank zögernd. „Vielleicht solltest du doch langsam versuchen, dich ein bisschen abzunabeln. Ich meine, Bennie ist nun mal nicht dein Sohn …"

„Weiß ich ja." Sascha stand auf, umrundete ein paar Umzugskartons, die er und Frank für eine Bier-Pause in der Küche zwischengelagert hatten, weil sie zu faul waren, sie gleich die Treppe hochzuschleppen, holte zwei weitere Flaschen

Pils aus dem Kühlschrank und öffnete sie. Eine schob er Frank hin, die andere drehte er nachdenklich zwischen seinen Händen. „Ich hätte nur nicht gedacht, dass die Trennung von ihm mir dermaßen zu schaffen machen würde." Er setzte sich wieder hin. „Manchmal denke ich, Sylvia und ich sollten uns wieder zusammenraufen …"

Diese vage Vorstellung, die nur auf seine Sehnsucht nach Bennie zurückzuführen war, könnte einer der Gründe sein, warum er Miriam heute Morgen einfach so hatte davonziehen lassen, ohne die Einladung zum Abendessen auszusprechen, die ihm auf der Zunge lag.

Schön blöd, schließlich wusste er tief in seinem Inneren ganz genau, dass es eine verdammt schlechte Idee wäre, diese für beide Parteien unbefriedigende Beziehung fortzusetzen. Zumal Sylvias Verhalten auch keinerlei Rückschlüsse darauf zuließ, dass sie die Trennung von Sascha womöglich bereuen könnte. Eher das Gegenteil.

„Das glaubst du doch selbst nicht", protestierte Frank, der Sylvia nie gemocht hatte. „Ihr beide wart ein echtes Anti-Traumpaar. Es ist nie eine gute Entscheidung, nur der Kinder wegen zusammenzubleiben, nicht mal dann, wenn es gemeinsame Kinder sind. Die Probleme lösen sich dadurch nicht einfach in Luft auf."

„Weiß ich ja." Verdrießlich setzte Sascha die Flasche an und trank einen Schluck. „Aber ich weiß eben auch, dass diese wackelige Vereinbarung, die wir im Moment haben, in dem Moment null und nichtig ist, in dem Sylvia jemanden kennenlernt. Denn sie würde sich nie auf einen Mann einlassen, der Bennie nicht auch liebt. Und sie wird größten Wert darauf legen, dass sich zwischen den beiden eine Vater-Sohn-Beziehung entwickeln wird. Und spätestens dann bin ich überflüssig."

„Vielleicht solltest du auch langsam mal anfangen, dich neu zu orientieren. Schließlich willst du irgendwann eine eigene Familie gründen. Mit Kindern, die dir niemand streitig machen kann, sobald sie dir ans Herz gewachsen sind." Frank grinste. „Oder zumindest hättest du dann die nötige juristische Grundlage, um deine Ansprüche durchzusetzen."

„Mmmh." Sascha stellte die fast leere Flasche auf den Tisch. Bevor er weiterreden konnte, spürte er etwas Weiches zwischen seinen Beinen und kurz darauf den leichten Druck von Krallen in seinem Oberschenkel. Er schaute nach unten. Direkt in zwei ausdrucksvolle grüne Augen, die ihn auffordernd anblickten. Sascha zuckte erschrocken zurück.

„Du hast eine Katze?", rief Frank ungläubig. „Ausgerechnet du? Mister ‚Alle Katzen lügen'? Ich hätte ja eher mit einem Hofhund gerechnet."

„Ich habe keine Katze." Skeptisch beäugte er Kaila, die sich davon jedoch nicht weiter stören ließ und ihr schwarz-weißes Köpfchen an seinem Oberschenkel rieb. Sascha spürte, wie der schlanke Katzenkörper sich anspannte, und eine Sekunde später saß die nervige kleine Bestie triumphierend auf seinem Schoß und krallte sich an seiner Jeans fest. *Maunzend.* Und triefend nass.

„Na, aber offenbar hat die Katze dich", bemerkte Frank belustigt. „Man könnte fast meinen, ihr seid alte Bekannte."

„Sie gehört der Nachbarin." Vorsichtig legte er seine Hände um Kailas Bauch und versuchte, sie sanft von sich runterzuschieben. Aber so leicht ließ sich seine ungeladene Besucherin nicht abschütteln. Sie sprang auf seine rechte Schulter. Instinktiv versuchte er, die lebendige Last abzuschütteln, woraufhin sich ihre scharfen Krallen noch tiefer in den Flanellstoff seines Hemds – und sein Fleisch – bohrten.

Im nächsten Moment spürte er eine warme raue Zunge an

seiner Wange. Was sich zu seiner Überraschung gar nicht mal so unangenehm anfühlte.

„Soll ich euch beide allein lassen?", erkundigte sich Frank grinsend. „Oder musst du gerettet werden?"

„Weiß noch nicht." Die ganze Situation war ihm unheimlich. Was wollte diese Katze bloß dauernd von ihm? Unwillkürlich strich er über Kailas Fell. „Warum bist du eigentlich so nass?"

Er erhob sich, die Arme voller tropfender Katze, und trat ans Fenster. Es hatte wieder angefangen zu schneien, und nicht zu knapp; dicke weiße Flocken wirbelten aus tief hängenden Wolken durch die dunkelblaue Dämmerung. „Bist du etwa bei dem Wetter hergekommen?"

Er sah Frank fragend an. „Du kennst dich doch mit so was aus. Was würdest du einer verfrorenen Katze anbieten, die offenbar gerade ein paar Hundert Meter durch den Schnee gepflügt ist, um dir ihre Aufwartung zu machen?"

„Ein bisschen warme Milch, mit Wasser verdünnt, ausnahmsweise", schlug Frank vor, der seine Frau mit zwei Katzen teilen musste. „Falls sie das mag."

Offenbar mochte sie es, jedenfalls war der tiefe Teller, den Sascha ihr hinstellte, im Nu leer geschleckt.

„Und was machst du jetzt mit ihr?"

Sie schauten zu, wie Kaila sich ausgiebig putzte.

„Bei dem Schneesturm kannst du sie ja wohl kaum wieder rauslassen. Vermutlich macht sich die Besitzerin schon Sorgen. Katharina hätte jetzt schon ihre dritte Panikattacke, wenn einer ihrer Lieblinge plötzlich verschwunden wäre."

„Ich glaube nicht, dass Miriam zu Panikattacken neigt", murmelte Sascha, während er schon zu seiner Daunenjacke griff, die auf einem der Umzugskartons lag. Plötzlich kam ihm Kailas unerwarteter Besuch gar nicht mehr so ungelegen.

Immerhin bot sie ihm dadurch eine Gelegenheit, sein Versäumnis von heute Morgen wieder wettzumachen.

„Miriam? Deine Nachbarin? Hoffentlich jung, hübsch und Single?", neckte Frank ihn.

„Ja, ja und keine Ahnung. So direkt will man das ja nicht gleich fragen. Jedenfalls hütet sie hier ein paar Monate lang das Haus ihrer Tante, die länger in Kur musste. Und bislang habe ich sie immer nur allein gesehen." Er zog die Jacke an, ließ sie aber offen. „So, jetzt komm mal her, du Streunerin."

Er hob Kaila, die sich erstaunlicherweise kein bisschen sträubte, hoch und drückte sie mit einer Hand an seine Brust. Mit der anderen zog er die offene Jacke so über sie, dass sie einigermaßen vor Schnee und Wind geschützt sein würde. „Ich bringe sie mal schnell rüber, dauert bestimmt nicht lange."

„Alles klar. Lass dir ruhig Zeit." Frank grinste anzüglich. „Ich schleppe mit letzter Kraft diese irre schweren Kisten nach oben und mache mich dann auf den Heimweg. Bei dem Wetter brauche ich bestimmt zwei Stunden bis in die Stadt."

„Willst du nicht hier warten, bis es nicht mehr so schneit? Oder bis zumindest ein paar Räumfahrzeuge unterwegs sind? Du kannst auch gern hier übernachten."

„Danke für das Angebot, aber länger warten hat wohl keinen Sinn, da draußen wird es eher schlimmer als besser", erwiderte Frank. „Und bis die Räumfahrzeuge es hierher geschafft haben … Ich vertraue da lieber auf meinen Allradantrieb. Wir sehen uns die Tage im Büro."

Sascha nickte. „Spätestens zur Weihnachtsfeier. Und danke noch mal für deine Hilfe. Ohne dich hätte ich den Kram nie so schnell hierhergekriegt. Ich revanchiere mich bei der Einweihungsfeier." Er winkte seinem Freund zum Abschied und trat dann mit Kaila in den wirbelnden Schnee hinaus.

8. KAPITEL

„Verdammt, verdammt, verdammt." Zum ungefähr fünften Mal legte Miriam sich bäuchlings auf den Wohnzimmerboden, um unter sämtliche Möbel zu spähen, ob nicht doch irgendwo eine weiße Schwanzspitze hervorlugte. Sie hatte schon eine Runde durch den Garten gedreht, aber selbst wenn Kaila dort Spuren hinterlassen haben sollte, waren die längst unter dem Neuschnee verschwunden. Die Flocken wirbelten so dicht gedrängt durch die eisige Luft, dass sogar der kleine Schneemann sich zu ducken schien.

Konnte es wirklich sein, dass ihre Samtpfote sich in das Wetter hinausgewagt hatte? Hoffentlich nicht, dachte Miriam. Eigentlich konnte sie kaum glauben, dass die feine Kaila sich freiwillig einem solchen Schneetreiben aussetzte.

Wahrscheinlich ist Madame nur eingeschnappt, weil ich mich vorhin nicht ausgiebig genug um sie gekümmert habe, und versteckt sich irgendwo, um mich zu bestrafen. Genug Ritzen, Nischen und Ecken hat dieses alte Hexenhaus ja ...

Doch jetzt suchte sie schon seit einer knappen Stunde jeden Quadratmeter ab, auch im Laden und im Keller war sie gewesen, aber Kaila war und blieb wie vom Erdboden verschluckt. Miriam neigte nicht zur Panik, doch so langsam machte sie sich ernsthafte Sorgen. Unvorstellbar, wenn ihr Tante Julianes Augapfel abhandenkäme! Und inzwischen war ihr Kaila ebenfalls richtig ans Herz gewachsen. Wenn ihr etwas zugestoßen war, würde Miriam sich das nie verzeihen!

Sie wusste gar nicht mehr, wie sie je ohne ihre warme, unabhängige, anspruchsvolle, neugierige und oft zärtliche Gegenwart ausgekommen war. Ohne Kaila wäre sie in den vergangenen Wochen vermutlich viel öfter und viel ausgiebiger ins Grübeln gekommen. Oft reichte es, ihre Spielmaus aufzuziehen oder den Ball hervorzukramen, und plötzlich war ein stiller Spätnachmittag wie im Flug vergangen, ganz ohne melancholische Anwandlungen oder zornige Erinnerungen.

Okay, der neue Nachbar bot auch ein gewisses Ablenkungspotenzial. Schließlich war ein kleiner unverfänglicher Flirt genau das, was der Psychologe in solchen Situationen verschrieb, als Balsam fürs Ego. Allerdings würde sie nicht noch mal vorpreschen wie ein verknallter Teenie, um sich dann eine Abfuhr zu holen. Den nächsten Anlauf musste der Herr schon selbst unternehmen, sofern er überhaupt interessiert war. Und sie hatte das Gefühl gehabt, dass er ihr nach ihrem hastigen Aufbruch heute Morgen noch ziemlich lange hinterhergeschaut hatte ...

Verflixt, wo war Kaila nur? Ob sie mal rasch bei Frau Jäger nebenan nachfragen sollte, ob die sie gesehen hatte? Vielleicht kauerte Kaila längst bei ihr im Warmen – allerdings war das noch nie vorgekommen. Und dann fiel Miriam ein, dass sie ihre Nachbarin länger nicht gesehen hatte. Und hatte Frau Jäger ihr nicht neulich was von Teneriffa erzählt? Ihre Hoffnung schwand dahin.

Ratlos ließ Miriam sich in den Sessel sinken. Was sollte sie bloß tun? Auf keinen Fall Tante Juliane anmorsen und irgendwelche Pferde scheu machen. Nicht bevor sie sicher wusste, dass irgendwas passiert war. *Wenn es bloß nicht so heftig schneien würde ...! Wie lange kann eine Katze da draußen überleben? Was ist, wenn sie in einen zugefrorenen Tümpel einbricht?*

Als sie auf der Hysterie-Skala von eins bis zehn gerade auf eine sechs zusteuerte, klingelte es. Hatte jemand Kaila gefunden und brachte sie nun vorbei, hoffentlich heil und gesund?

Sie sprang auf, rannte zur Haustür und riss sie auf. Sascha Treusch mit dicken Boots, schneebedecktem Haar und sexy Bartstoppeln stand davor. Und aus seiner nur halb geschlossenen Daunenjacke lugte zu Miriams unendlicher Erleichterung ein schwarz-weißes Köpfchen mit unschuldig blickenden grünen Augen hervor.

„Ich dachte, ich begleite Ihre Katze mal nach Hause, bei diesem Mistwetter." Sascha schüttelte den Kopf, um den Schnee loszuwerden, und trat in den Flur. „Können Sie mal vorsichtig diesen Reißverschluss aufziehen? Ich habe gerade beide Hände voll."

Miriam merkte, dass ihr der Mund offen stand, und klappte ihn hastig zu. Saschas Auftauchen hatte sie buchstäblich kalt erwischt. Sie wusste gar nicht, worüber sie sich mehr freute – dass Kaila wieder da war oder dass sie Sascha gleich mitbrachte.

Sie schluckte kurz und machte sich dann an seiner Jacke zu schaffen. Die war ziemlich nass und kalt, trotzdem wurde ihr bei dieser plötzlichen Nähe ganz heiß, und sie atmete unwillkürlich schneller.

„Vielen Dank", murmelte sie. „Wo haben Sie sie denn gefunden? Ich habe mir schreckliche Sorgen gemacht." Vorwurfsvoll funkelte sie Kaila an.

Er hielt ihr die nicht besonders reumütig wirkende Ausreißerin entgegen. Als Miriam sie entgegennahm, berührten sich ihre und Saschas Hände, vielleicht sogar ein bisschen länger als unbedingt nötig, was allerdings vor allem daran lag, dass Kaila bei der Übergabe ungewohnt zappelte – hatte sie sich vielleicht doch verletzt und wollte nicht angefasst werden? Oder heckte sie wieder irgendwelche Streiche aus? Jedenfalls führte ihr Gehampel dazu, dass Sascha sie nicht loslassen konnte, bevor Miriam sie nicht fest im Griff hatte.

„Sie hat mir einen ihrer Überraschungsbesuche abgestattet, und weil sie ziemlich nass und verfroren wirkte, hab ich ihr erst mal ein bisschen warme Milch gegeben. Tut mir leid, dass Sie sich unnötig verrückt gemacht haben. Vielleicht sollten wir Telefonnummern austauschen, für den Fall, dass so etwas noch mal vorkommt. Damit ich mich gleich melden kann."

„Gute Idee", erwiderte Miriam, immer noch verwirrt. *Einen ihrer Überraschungsbesuche? Bei einem bekennenden Katzenhasser?* Aber das mit den Telefonnummern war wirklich ein guter Vorschlag. Den man im weitesten Sinne als Annäherungsversuch interpretieren konnte. Denn er wollte ja bestimmt nicht *nur* Kailas wegen in Kontakt bleiben. Also hatte er eben sozusagen ihre Bekanntschaft auf die nächste Stufe der Intimität gehoben und Interesse an ihr signalisiert.

Sie holte tief Luft. „Willst du nicht kurz reinkommen? Richtig, meine ich." Um seine Füße bildete sich gerade eine kleine Pfütze, und über sein Gesicht kullerten ein paar Tropfen Schmelzwasser. „Ich gebe dir was zum Abtrocknen, und dann können wir vielleicht das Glas Wein trinken, für das du neulich keine Zeit hattest. Falls Kaila dich nicht gerade bei etwas Wichtigem gestört hat, das du unbedingt heute noch fertig kriegen musst."

Verflixt, was plapperte sie denn da? Sie klang ja wie eine beleidigte Leberwurst. Hoffentlich war das nicht so bei ihm angekommen. Bestimmt musste er sowieso gleich wieder weg. Aber insgeheim hoffte sie doch, dass er diesmal bleiben würde. Gespannt wartete sie auf seine Antwort.

Er lachte leise. „Nein, mein Kumpel schleppt gerade die letzten Umzugskisten in die obere Etage. Dank Kaila konnte ich mich vor dieser Aufgabe drücken. Danach wollte er sich gleich aus dem Staub machen. Ich bleibe gern auf einen Wein. Allerdings sollte ich dafür wohl meine Schuhe ausziehen."

Erst jetzt merkte Miriam, dass sie vor Anspannung die Luft angehalten hatte. Sie atmete tief durch. Ein Glas Wein versprach definitiv ein längeres Beisammensein als die schnelle Tasse Kaffee von neulich. Sie hatte keine Ahnung, worauf dieses spontane Date hinauslaufen würde. Aber plötzlich schlug ihr das Herz vor freudiger Aufregung bis zum Hals.

*

Seine attraktive Nachbarin verschwand kurz, um ohne Katze, dafür mit einem sauberen Handtuch zurückzukommen, das sie ihm stumm reichte. Sascha wischte sich über das Gesicht, rubbelte seine Haare trocken und folgte ihr auf Socken in ein geräumiges, gemütlich eingerichtetes Wohnzimmer.

„Setz dich einfach irgendwohin." Sie deutete mit einer vagen Geste auf diverse Sitzgelegenheiten und lächelte ihn an. „Bin gleich wieder da."

Er setzte sich in einen breiten, aber eindeutig nur für eine Person (oder zwei einander *sehr* nahestehende Personen) gedachten Sessel nieder und ließ einen anerkennenden Blick durch den Raum schweifen. Seine Nachbarin, also die echte, die er noch nicht kennengelernt hatte, verfügte zweifellos über einen exzellenten Geschmack. Obwohl sie neueste Hightech mit einem jahrhundertealten Baustil kombiniert hatte, wirkte alles sehr harmonisch. Satte Farben, darunter viele Rot- und Goldtöne, schönes dunkles Holz, viele alte Bücher, ein niedriger Couchtisch mit Glasplatte. Die Wände waren offensichtlich neu gemacht, aber die alte Fachwerkstruktur bewahrend. Schön, aber nicht zu opulent, urteilte der Architekt in ihm.

Miriam kehrte zurück und stellte ein Tablett mit zwei Gläsern und einer halb vollen Flasche Rotwein auf den Tisch – ein Château Bernateau Saint-Émilion Grand Cru, wie Sascha erfreut feststellte. *Diese Tante Juliane ist eine Frau nach meinem Geschmack.* Zumal sie auch noch ihre Nichte in seine Nachbarschaft verpflanzt hatte, wofür er ihr insgeheim sehr dankbar war.

Sie setzte sich ihm gegenüber auf das Sofa, schenkte ihnen beiden ein und reichte ihm ein Glas. „Kaila war also schon öfter drüben bei dir?", fragte sie, noch immer ungläubig. „Was um alles in der Welt will sie da? Ich meine, nachdem du ihr ziemlich deutlich gemacht hast, dass du nicht so der Katzenfan bist …"

„Das habe ich mich auch schon gefragt. Kann ich dir aber beim besten Willen nicht sagen. Vielleicht hat sie ja irgendeine Verbindung zu dem alten Bauernhof. Weil sie da früher immer Mäuse gefangen hat oder so." Er grinste und hob sein Glas. „Jedenfalls ist sie mir als Nachbarin willkommen. Auf ihre heile Rückkehr."

Miriam hob ebenfalls ihr Glas und stieß mit ihm an. „Und auf gute Nachbarschaft." Sie nahm einen Schluck. „Bist du jetzt eigentlich richtig eingezogen? Du hast von Umzugskisten gesprochen."

„Mehr oder weniger. Ich muss immer noch mindestens dreimal die Woche ins Büro pendeln, was jetzt bei dem Schnee natürlich nervig ist. Und für Abendtermine auch nicht so prickelnd. Daher habe ich meine Wohnung in Heidelberg vorerst noch nicht gekündigt, aber das ist nur eine Frage der Zeit. Ein bisschen was ist am Hof auch noch zu machen, das Atelier ist noch eine Baustelle, aber der Wohnbereich und die Schlafzimmer sind so gut wie fertig, allerdings noch nicht wirklich vorzeigbar." Er lächelte sie an. „Wenn es so weit ist, würde ich dich gern mal herumführen."

Ach herrje, er klang ja wie der letzte trottelige Dorf-Macho. *Willst du mein Schlafzimmer sehen?* Hoffentlich hatte sie das jetzt nicht in den falschen Hals gekriegt. Er wollte ihr doch tatsächlich nur sein neues Reich zeigen, auf das er wirklich stolz war. Bislang hatten es nur seine Architekten-Freunde gesehen und die Handwerker, die er für alle Arbeiten, die er nicht selbst erledigen konnte, anheuern musste. Und Bennie, mit dem er in den letzten Monaten ein paarmal zur Baustelle gefahren war.

Nun war das Werk fast vollendet, und jedes Detail war genauso geworden, wie er es sich vorgestellt hatte. Der Hof war so was wie ein Teil von ihm, seine wichtigste und persönlichste Arbeit. Er war selbst erstaunt, dass er so erpicht darauf war, es Miriam zu zeigen. Aber er hatte das Gefühl, dass sie verstehen würde, was das Ganze für ihn bedeutete. Wenn er sein Angebot, sie herumzuführen, bloß nicht so bescheuert formuliert hätte!

„Ich bin tatsächlich sehr gespannt, was du dazu sagst", fügte er hastig hinzu. „Mit deinem Blick für Details und Kompositionen, meine ich. Das heißt natürlich nicht, dass du dich verpflichtet fühlen musst, dir meine Fachsimpeleien …" Oh Mann, das wurde ja immer schlimmer. War irgendwas in dem Wein, das unbeholfene Redeflüsse auslöste, oder war es ihre Nähe, die ihn so ungewohnt fahrig machte?

Sie erwiderte sein Lächeln, und ihm fiel ein Stein vom Herzen, das prompt einen freudigen Trommelwirbel hinlegte. Womit er seine Antwort hatte: Ja, es war definitiv ihre Nähe, die ihm ein ganz kleines bisschen den Verstand raubte.

*

Sie fand es irgendwie süß, dass er so verlegen wirkte. *Fast so, als ob das ein unsittliches Angebot wäre, mir seinen Hof zu zeigen.* „Gern. Ich würde mich freuen."

Er sah sie schweigend an, ziemlich lange, wie sie fand, aber als sie kurz davor war, unbehaglich hin und her zu rutschen, sagte er: „Ich würde auch sehr gern deine Bilder von heute Morgen sehen. Immerhin hast du dich ja dafür mit Todesverachtung unter den Galgen geworfen."

Sie grinste, heimlich hocherfreut, dass er so an ihrer Arbeit interessiert war. „Das hat dich wohl nachhaltig beeindruckt. Klar gebe ich gern mit meinen Fotos an. Moment, ich hole nur schnell den Laptop her." Sie sprang auf und lief aus dem Zimmer.

*

Als sie wiederkam, hatte sie einen Laptop unter den Arm geklemmt. Sie ließ sich wieder aufs Sofa fallen und klopfte einladend neben sich. „Komm, setz dich neben mich, sonst muss ich das Ding immer hin und her drehen."

Da war was dran. Er folgte ihrer Aufforderung nur zu gern. Auch wenn ihn das *noch* nervöser machte.

Ihre Aufnahmen waren wirklich gut, stimmungsvoll, aber nicht kitschig, aus ungewöhnlichen Blickwinkeln, immer mit einem gewissen Dreh, der Spannung ins Bild brachte. Originell. Und jedes Motiv ein Hingucker. Na ja, die Frau war schließlich Profi.

Vor allem die Galgenvögel hatten es ihm angetan. Die Bilder waren düster, melancholisch, ein bisschen gespenstisch. Sie könnten eine Geschichte erzählen, von Schuld und Sühne und grausamer Strafe. Aber obwohl er von ihren Fotos wirklich beeindruckt war, lenkte ihn Miriams Nähe immer mehr ab. Schon lange hatte er nicht mehr so nahe bei einer Frau gesessen, die er so umwerfend fand. Sein Körper reagierte äußerst interessiert auf die unverhofft intime Situation, und er atmete so unauffällig wie möglich ihren Duft ein, eine erregende Mischung aus irgendwas mit Rosen und ganz viel Frau.

Plötzlich spürte er ihren Schenkel an seinem. War sie ihm nur versehentlich noch näher gekommen? Oder empfand sie die gleiche prickelnde Spannung, die sich einstellt, wenn man jemanden begehrt, den man noch nicht gut kennt, aber gerne besser kennenlernen möchte?

*

Miriam konnte sich kaum noch auf ihre Fotos konzentrieren. Ihre ganze Aufmerksamkeit galt dem Kribbeln in ihrem Bauch und dem sehnsüchtigen Ziehen zwischen ihren Schenkeln. Oh Mann, am liebsten würde sie ihren scharfen Nachbarn gleich hier auf Tante Julianes Couch vernaschen. Aber das hier war kein heißer Urlaubsflirt, den man nach ein paar wilden Nächten nie wiedersehen würde. Sie beide würden hier noch Wochen oder sogar Monate lang Tür an Tür leben, und da schwebte ihr doch selbst für eine unverbindliche Affäre mehr vor als Spontansex mit jemandem, den man im Grunde gar nicht kannte.

Die beiden One-Night-Stands, in die sie sich nach der fiesen Trennung von Richard gestürzt hatte, um sich abzulenken und ihrem geknickten Selbstwertgefühl wieder auf die Beine zu helfen, hatten ein hohles Gefühl in ihrem Herzen hinterlassen. Sobald der Spaß vorbei war, kamen die traurigen Gedanken wieder angekrochen. Und sie vermisste umso mehr diese Wärme und Nähe nach dem Sex, die sie und Richard in den besseren Tagen (und Nächten) ihrer Beziehung teilten. So was hatte man nicht mit einem Fremden, von dem man kaum mehr wusste als den Namen.

Aber für diesen Sascha Treusch interessierte sie sich wirklich. Sie fand ihn anziehend und gleichzeitig ein bisschen nervtötend – eine vielversprechende Kombination, bei der nicht so schnell Langeweile aufkommen dürfte, und sie würde ihn gern richtig kennenlernen, bevor sie sich ihren ungeduldigen niederen Instinkten überließ.

Da hatte sie nun mal ihre – zugegeben, einen Hauch altmodischen – Prinzipien. Oder, wie Richard der Schreckliche ihr zuletzt öfter an den Kopf geworfen hatte: „Du bist einfach zu verkopft, Miriam. Du solltest viel öfter auf deinen Bauch hören." Womit Steffi, das blonde Gift, offenbar so gar keine Probleme gehabt hatte, als sie sich den Freund ihrer Chefin krallte.

Plötzlich fiel ihr auf, dass sie und Sascha jetzt schon seit bestimmt fünf Minuten angestrengt auf dasselbe Foto starrten. Okay, es war ein echt gelungenes Bild. Nahezu preisverdächtig. Vielleicht würde sie es tatsächlich bei einem Wettbewerb einreichen ...

Eine lockige Strähne, die sich aus ihrem Lässig-Dutt gelöst hatte, kitzelte sie an der Wange, und bevor sie sie zurückstreichen konnte, spürte sie eine sanfte, warme Berührung, die heiß auf ihrer Haut prickelte. Sascha schob ihr die Haarsträhne sehr vorsichtig – und verdammt aufreizend – hinters Ohr, ließ seine Finger noch kurz dort verweilen, nicht aufdringlich, eher zögernd, abwartend.

Sie lehnte sich zurück, kam seiner Hand entgegen, nur ein bisschen, aber er atmete scharf ein und suchte ihren Blick. Miriam hatte plötzlich ebenfalls Mühe zu atmen, und in ihrer Magengegend breitete sich ein wundervolles Prickeln aus. Sie lächelte ihn an, drehte ihr Gesicht in seine Richtung, schloss die Lider und ... zuckte erschrocken zusammen, als ihre Hosentasche plötzlich „Don't Stop the Music" spielte. Sascha setzte sich rasch aufrechter hin und ließ die Hand sinken.

„Mist", murmelte sie heiser und zog ihr Smartphone hervor, auf dem das Foto ihres Vaters aufpoppte. Der sonst praktisch nie anrief. Verflixt, warum hatte er sich ausgerechnet diesen Moment ausgesucht! War womöglich etwas mit Mama? „Da muss ich rangehen", sagte sie entschuldigend und nahm ab.

„Hallo, Papa", meldete sie sich. „Ist was passiert?" Sie stand auf, deutete einladend auf die Flasche Wein und zog sich rasch in die Küche zurück. Sie wollte Sascha nicht mit irgendwelchen Familiengeschichten behelligen, hoffte aber, dass er noch eine Weile bleiben würde. Falls Paps jetzt nichts allzu Dramatisches zu berichten hatte, könnten sie ja vielleicht da weitermachen, wo sie gerade unterbrochen worden waren.

„Darf ich mich nicht mal bei meiner einzigen Tochter melden, ohne dass gleich was passiert sein muss?"

Puh, zum Glück klang er ganz entspannt, sogar ein bisschen belustigt. Das nervöse Flattern in ihrer Brust legte sich wieder. „Ich muss nächsten Mittwoch beruflich nach Frankfurt. Der Termin ist um zehn, und ich fliege erst abends wieder zurück, daher wollte ich fragen, ob du Zeit und Lust hast, nach Frankfurt zu kommen? Wir gehen chic essen, und dann erzählst du mir, wie es sich in Julianes Hexenhaus so lebt. Was hältst du davon?"

Auf einmal merkte sie, dass sie ihn schon ein bisschen vermisst hatte – ihn und die vertrauten Gespräche, die ihr schon oft bei schwierigen Entscheidungen geholfen hatten. „Das klingt nach einem super Plan. Aber du weißt doch, ich habe hier einen Laden zu hüten, den kann ich nicht einfach so dichtmachen …"

Er schnaubte amüsiert. „Kannst du doch. Oder willst du mir etwa weismachen, dass meine verschrobene Schwester sich an regelmäßige Öffnungszeiten hält? Jedenfalls hat sie meist spontan Zeit für mich, wenn es mich mal in die Gegend verschlägt. Habt ihr nicht ohnehin eine Halbtagsvereinbarung?"

„Wir haben gar keine Vereinbarung. Ich kann nach Gutdünken schalten und walten, aber ich fühle mich moralisch dazu verpflichtet, ihren Umsatz nicht allzu sehr einbrechen zu lassen." Sie musste lachen. „Andererseits kann ich mir nicht vorstellen, dass die Leute mir hier am Mittwochnachmittag die Bude einrennen würden. Und klar möchte ich dich sehen. Wann und wo treffen wir uns?"

„Ich würde vorschlagen vierzehn Uhr im *Medici*. Kennst du das? Direkt in der Innenstadt."

„Ich werd's schon finden, so groß ist die Frankfurter City ja nun nicht."

„Dann steht unser Date. Bis dann, meine Kleine. Ich freue mich auf dich. Bis dann."

„Ich freue mich auch. Grüß Mama."

Sie legte das Handy auf den Küchentresen. Guter alter Paps, bei ihm brauchte man nie zu befürchten, dass die Telefonate über Gebühr in die Länge gezogen wurden. Sobald er hatte, was er wollte, legte er auf. Und sie konnte wieder zu ihrer aufregenden Foto-Begutachtung mit Sascha zurückkehren. Das erwartungsvolle Kribbeln in ihrem Bauch kam zurück und breitete sich weiter nach unten aus.

Doch als sie zurück ins Wohnzimmer kam, stand Sascha bereits. „Ich glaube, ich sollte mich mal wieder auf meiner Baustelle blicken lassen. Falls Frank doch beschlossen haben sollte, vor dem Schneesturm da draußen zu kapitulieren und bei mir zu übernachten. Angeboten hatte ich es ihm ja. Danke für den Wein und die wunderbare Gesellschaft." Er lächelte sie vielsagend an, und in seinen blauen Augen spielten sich

Dinge ab, die einen ganzen Schwarm Schmetterlinge in ihrem Bauch aufscheuchten.

Verflixt, wenn Paps eben nicht dazwischengefunkt hätte, würden sich auf Tante Julianes Sofa jetzt vermutlich ziemlich heiße Dinge abspielen. Gefolgt von einer vermutlich ziemlich unbehaglichen Situation. Sie seufzte innerlich auf, halb enttäuscht und halb erleichtert, dass es nicht zu einem Quickie unter Nachbarn gekommen war. Jedenfalls noch nicht.

Vorfreude ist schließlich die schönste Freude.

*

Nachdem Sascha sich verabschiedet hatte – mit einem keuschen Wangenkuss, der dennoch ein Prickeln durch ihren ganzen Körper gejagt hatte –, schenkte Miriam sich den restlichen Wein ein und ging mit dem Glas in die Küche. Das Wohnzimmer war ihr jetzt zu einsam. Sie setzte sich an den Tisch und schaute zu Kaila, die in ihrer Essecke saß und sich hingebungsvoll putzte, als wäre nichts gewesen.

„Wir beide haben noch ein Hühnchen miteinander zu rupfen, meine Liebe", sagte Miriam streng. „Du kannst nicht einfach so mir nichts, dir nichts verschwinden, nicht bei so einem Schneesturm. Wenn das noch mal vorkommt, verriegele ich die Katzenklappe, dann darfst du nur noch raus, wenn ich dabei bin. Verstanden?"

Ihre pädagogischen Bemühungen ernteten nur einen unergründlichen Blick aus tiefgrünen Augen, bevor Kaila ihre kosmetischen Maßnahmen fortsetzte. Sie leckte und leckte, bis ihr Fell glänzte wie Seide, dann stand sie auf, streckte sich und tänzelte auf Miriam zu. Leise maunzend, strich sie um ihre Beine, setzte zum Sprung an und landete erst auf Miriams Schoß, dann auf dem Küchentisch, direkt neben dem Rotweinglas. Sie streckte sich genüsslich aus, machte sich lang und flach, bis sie fast die Hälfte der Tischfläche bedeckte, wie eine flauschige Decke mit Schwanz und Ohren.

Was machen Katzen bloß mit ihren Knochen? dachte Miriam belustigt. Obwohl sie noch immer ein bisschen sauer auf die Ausreißerin war, die ihr solche Sorgen bereitet hatte, konnte sie der Charme-Attacke ihrer kapriziösen Gefährtin nicht widerstehen.

Zärtlich strich sie über den Rücken der tiefenentspannten Stubentigerin, die sie jetzt freundlich anblinzelte. Und natürlich wusste Miriam, dass man das Verhalten von Tieren nicht mit menschlichen Maßstäben messen sollte, aber sie hätte schwören können, dass ihre süße samtweiche Mitbewohnerin in diesem Moment nicht vor Behagen schnurrte, sondern vor Selbstzufriedenheit.

*

Na also, es ging doch. Auch wenn der Ausflug in die weiß wirbelnde Kälte da draußen doch sehr viel anstrengender und unangenehmer gewesen war, als Kaila gedacht hatte. Zwischendurch wäre sie ein paarmal fast umgekehrt, war dann aber doch ihrem gesunden Katzenverstand gefolgt, der ihr sagte, dass der Rückweg genauso nass und kalt war wie der Weg zu ihrem Ziel, letzterer aber den unstrittigen Vorteil hatte, dass sie nicht umsonst frieren müsste, sondern im Dienste ihrer Mission.

Und glücklicherweise war dann ja noch dieser andere männliche Mensch bei Sascha gewesen, der wusste, wie herrlich eine Schale warmer dünner Milch nach einem solchen Abenteuer war – über einen weiblichen Menschen hätte Kaila sich allerdings gar nicht gefreut, denn so jemand könnte ihre Mission gefährden.

Aber so war ja alles gut gewesen, und Sascha, der ihren unauffälligen Manövern erwartungsgemäß keinen Widerstand entgegengesetzt hatte – Menschen waren ja so leicht zu lenken –, hatte sie wie geplant zurück in ihr eigenes Haus getragen. Wo Miriam tatsächlich mal in Kailas Sinne reagiert und Sascha auf das Sofa gelockt hatte, auf dem man so schön kuscheln konnte.

Ausnahmsweise war es Kaila auch recht gewesen, dass Miriam nach der ersten Erleichterung für eine Weile komplett zu vergessen schien, dass sie dieses Haus mit einer bezaubernden und anspruchsvollen Katze teilte, die man nicht so ohne Weiteres ignorieren durfte. Von ihrem Beobachtungsposten auf der Fensterbank aus hatte Kaila ihren beiden Schutzbefohlenen bei ihrem langatmigen Werbungsritual zugeschaut.

Leider hatte gerade, als es spannend wurde, dieses lästige Scheibensprechding angefangen zu singen, und damit war der vielversprechende Moment zerstört. Wo die beiden Menschen doch *endlich* angefangen hatten, sich zu berühren, und Miriam so anschmiegsam wurde wie ein junges Kätzchen.

Egal. Kailas Aktion war trotzdem als Erfolg zu verbuchen, obwohl Sascha dann leider gegangen war. Womöglich hatte er sich ja einfach nur gelangweilt, während Miriam mit ihrem Spielzeug beschäftigt war, das manchmal klingelte und in das sie dann hineinsprach. Obwohl er eigentlich gar nicht so wirkte, im Gegenteil. Er hatte noch eine Weile ganz still auf dem Sofa gesessen und dabei ziemlich albern vor sich hin gelächelt.

Auch Miriam schien sich nicht über das abrupte Ende der Zweisamkeit zu grämen – sie lächelte ebenfalls vor sich hin, ab und zu stieß sie einen leisen Seufzer aus, aber es klang nicht traurig wie sonst. Eher verträumt. Und ihre Augen glänzten, aber diesmal konnte Kaila keine Tränen darin erkennen. Das war gut. Das war sogar *sehr* gut ...

Was natürlich nicht bedeutete, dass Kaila die Angelegenheit von jetzt an den Menschen überlassen würde. Die würden es bestimmt schaffen, durch ihre hilflose und begriffsstutzige Art alle Fortschritte wieder zunichtezumachen.

Obwohl sie ja wirklich noch anderes zu tun hatte, als Liebesbotin zu spielen. Zum Beispiel die Freundschaft mit dem Graugetigerten wiederaufzufrischen. Oder die zwei Neuzugänge am unteren Ende der Gartenreihe näher kennenzulernen. Aber nein, selbstlos, wie sie war, würde sie den weiteren Verlauf ihrer Mission noch eine Zeit lang beaufsichtigen. Wer weiß, was ihre beiden Schützlinge sonst noch anstellten! Wenn man Menschen sich selbst überließ, wurde es meist unnötig kompliziert.

9. KAPITEL

Verflucht, wie viele Sorten von dem Zeug gibt es denn?

Ratlos musterte Sascha die beiden Tüten mit Leckerlis, die er aus dem verwirrend vielfältig bestückten Regal genommen hatte. Crispies oder Tuna-Bites? Oder doch lieber Knabber-Mix? Und was zum Teufel waren Dreamies? Unter Naschwürfeln konnte er sich ja noch was vorstellen …

„Na, sind dir Chips und Popcorn zu langweilig geworden?"

Sascha zuckte ertappt zusammen und stellte die beiden Tüten hastig zurück ins Regal. „Ich wollte nur mal …"

Miriam musste lachen. „Was? Ausprobieren, ob Naschwürfel zum Bier besser schmecken als Salzstangen?"

Er drehte sich zu ihr um und grinste. Sie sah heute wieder mal aus wie die perfekte Kreuzung aus Yuppie und Fashion-Victim. Nicht dass er sich darüber beschwerte; die scharfen Stiefel hatten ihn ja schon bei der ersten Begegnung umgehauen. Diesmal trug sie dazu eine Jeans, die ihre fantastischen Oberschenkel so eng umschloss, als hätte man sie aufgemalt. Und eine lammfellgefütterte Lederjacke, die hier im geheizten Supermarkt freien Blick auf einen schmalen Kaschmirpulli gewährte, dessen warmer Mooston raffiniert auf ihre braunen Augen abgestimmt schien. Ihm war schon aufgefallen, dass die je nach Stimmung zwischen bernsteinfarben und grün changierten. Neulich Abend waren sie ihm beinahe golden vorgekommen … Er räusperte sich verlegen.

„Na ja, da Kaila ja nun mal zu spontanen Besuchen neigt, dachte ich, es wäre doch nett, wenn ich ihr mal was anderes anbieten könnte als eine schnöde Schale Leitungswasser."

※

„Obwohl du Katzen gar nicht leiden kannst?" Sie hob spöttisch die Brauen. „Ich erinnere mich da noch gut an einen beinahe fatal endenden Konflikt, genau hier vor diesem Supermarkt."

Er wand sich ein bisschen, musste aber doch lachen. „Ich glaube, das ist Kaila ziemlich egal. Sie weiß genau, dass alle Vorbehalte, die man gegen sie haben könnte, dahinschmelzen, wenn sie ihren Charme spielen lässt." Er grinste dieses mutwillige Teufelsgrinsen, das einen direkten Draht zu Miriams Nervenenden zu haben schien, und seine Augen glitzerten wie Saphire.

„Und was ist mit den traumatischen Erinnerungen an den dicken Cousin und den garstigen Kater?"

„Es war genau umgekehrt: Der Cousin war garstig, und der Kater war dick. Und garstig. Was machst du eigentlich an einem grauen Beerfeldener Mittwochvormittag in dieser hippen Aufmachung? Die dir übrigens sensationell gut steht."

Sie rümpfte die Nase. „Danke für dieses überaus subtile Kompliment." Dann grinste sie ihn breit an. „Ich arbeite in einer Mode-Boutique, schon vergessen? Es ist meine Pflicht, umwerfend auszusehen."

„Mag ja sein, aber wie ich heute rein zufällig beim gänzlich absichtslosen Vorbeischlendern bemerkt habe, war der Laden geschlossen."

Miriams Herz machte einen kleinen Sprung. Hatte Sascha sie wiedersehen wollen? „Oha, in einem Kaff wie Beerfelden entgeht den neugierigen Nachbarn wirklich nichts." Sie lächelte ihn an. „Ertappt. Ich habe heute Nachmittag geschwänzt, weil ich nach Frankfurt gefahren bin, um mich mit meinem Vater zu treffen."

Sie nahm drei Dosen aus dem Regal und wandte sich zum Gehen. „Wir sehen uns. Ach ja, falls du endgültig Kailas Herz gewinnen willst, solltest du versuchen, sie mit Schnurries zu verführen."

Er schnappte sich gehorsam einen Karton Schnurries und folgte Miriam lächelnd zur Kasse. Sie zahlten und blieben draußen vor dem Mini-Supermarkt einen Moment unschlüssig stehen.

Über der mittlerweile freigeräumten Straße funkelten Riesenschneeflocken aus Glühbirnen, die von einer Straßenseite zur anderen gespannt waren. Vor jedem zweiten Gebäude erleuchtete ein kunterbunter Weihnachtsbaum den dunklen Abend, und auf dem Marktplatz verbreiteten ein Glühweinstand und ein Bratwurst-Häuschen immerhin einen Hauch von Christkindlmarkt-Stimmung. Ein paar späte Einkäufer hasteten tütenbepackt Richtung Abendbrot und Tagesschau. Es war kühl, aber windstill, und laut Wetterbericht würde es vorerst keinen Neuschnee mehr geben.

Plötzlich hatte Miriam es nicht mehr eilig, nach Hause zu kommen. Auch Sascha schien nichts Dringendes vorzuhaben, denn er machte keine Anstalten, sich zu seinem Fahrrad (dem einzigen weit und breit) zu begeben.

„Hättest du vielleicht Lust …?", begann er.

„Wir wär's, wenn wir …?", sagte sie gleichzeitig.

Beide unterbrachen sich lachend.

„Kneipe?", fragte er

„Kneipe", erwiderte sie zustimmend.

„Erwarte aber nicht zu viel vom Beerfeldener Nachtleben", warnte Sascha. „Die liebliche Landschaft muss doch einige Lifestyle-Defizite ausgleichen. Was sie aber, zumindest wenn man mich fragt, ganz gut hinkriegt." Er musterte sie eindringlich. „Du bist zwar fürs *Rädchen* definitiv overdressed, dafür liegt es aber gleich um die Ecke. Genau richtig für einen spontanen Absacker. Wobei ich für den Rotwein dort ehrlich gesagt nicht die Hand ins Feuer legen würde. Aber der Äppler ist super, wenn du so was magst. Und sie zapfen ein gutes Odenwälder Pils."

„Schon überredet." Sie wäre auch mit ihm in die hinterletzte Pinte gegangen, Hauptsache, sie waren noch ein bisschen länger zusammen.

Sie schlenderten schweigend nebeneinander über den Marktplatz, bogen rechts ab und standen kurz darauf vor einem Fachwerkgebäude mit geschnitzter Holztür. Sascha stieß sie auf und ließ Miriam dann höflich den Vortritt. Sie hatte freie Platzwahl; viel war nicht los in der Gaststube. Unter der Decke hingen zwei riesige Adventskränze, auf allen horizontalen Flächen prangten rote Weihnachtssterne. Es war mollig warm und total gemütlich, mit alten gepolsterten Holzstühlen und einer antiken Bar.

Miriam steuerte einen Tisch in der hintersten Ecke an. Sascha setzte sich ihr gegenüber und lächelte ihr über den Weihnachtsstern hinweg zu. „Das ist doch genau das richtige Kontrastprogramm, nachdem dein Vater dich heute Mittag chic ausgeführt hat."

„Woher willst du denn wissen, dass er mich chic ausgeführt hat?", erkundigte sie sich belustigt.

„Wenn ich eine Tochter hätte, die so hinreißend aussieht wie du, würde ich sie garantiert chic ausführen – und die neidischen Blicke der Männer genießen, die sie für meine junge Freundin halten."

Miriam lachte. „Okay, das Kompliment war jetzt einen Tick eleganter als das von vorhin. Aber da ist noch Luft nach oben."

„Ich bin ein bisschen aus der Übung", bekannte Sascha

grinsend. Als sie nur skeptisch die Brauen hob, fügte er ernster hinzu: „Meine letzte Beziehung hat ... Komplikationen hinterlassen." Er sah, dass sie sich verspannte. „Nein, nicht, was du jetzt denkst. Sylvia und ich sind längst Geschichte. Aber wir waren über fünf Jahre zusammen, und ich hänge wahnsinnig an ihrem Sohn. Bennie ist ..." Er unterbrach sich, um bei der jungen Bedienung, die gerade an den Tisch getreten war, ein großes Pils zu ordern. „Was möchtest du?"

„Was haben Sie für Wein da?" Sie lächelte das Mädchen freundlich an.

„Roten und weißen."

Miriam zog eine Grimasse. Sie trank eigentlich lieber Wein als Bier, aber wenn man ihn in dieser Kneipe nur nach Farben sortierte, wollte sie das lieber nicht riskieren.

„Ich nehme auch ein großes Pils."

Sascha grinste breit. „Gute Wahl."

Sie ließ sich nicht vom Thema abbringen. Schließlich wurde es gerade interessant. Sie wollte wissen, was es mit diesen „Komplikationen" auf sich hatte – auch, um mehr darüber zu erfahren, wie Sascha tickte. „Was ist mit Bennie?"

„Als ich Sylvia kennenlernte, war er gerade mal drei Jahre alt." Er zupfte geistesabwesend an den Blättern des Weihnachtssterns herum. „Seinen leiblichen Vater kannte er gar nicht. Sylvia hat sich vor Bennies Geburt von ihm getrennt und wollte auch nichts mehr mit ihm zu tun haben. Nicht mal seine Alimente wollte sie."

Er schwieg ein paar Sekunden, offenbar fiel es ihm nicht ganz leicht, die Geschichte zu erzählen. Miriam wartete geduldig, dass er weitersprach. „Ich studierte damals noch und war viel zu Hause. Sylvia ist Juristin, sie schuftete in einer Berliner Kanzlei, um irgendwann Partnerin zu werden, und war froh, dass ich mich so oft um den Jungen kümmerte. Und mir hat es Spaß gemacht, mich mit ihm zu beschäftigen. Er war ein richtiger Sonnenschein, immer fröhlich, total unternehmungslustig."

Die Kellnerin brachte ihre Biere. Sascha hob sein Glas. „Zum Wohl. Freut mich, dass es doch noch geklappt hat mit unserem Date."

Na, wenn er dieses Treffen als Date betrachtete, würde Miriam sich bestimmt nicht beschweren. Sie stieß mit ihm an und nahm einen Schluck. Sascha lachte.

„Was ist los?", fragte sie irritiert.

Er streckte eine Hand aus und wischte ihr mit dem Zeigefinger über den Mund. „Du hattest einen Schaumbart. Ganz entzückend, eigentlich, aber ich habe mir trotzdem mal erlaubt, ihn zu entfernen."

Was natürlich prompt zu aufregenden Turbulenzen in ihren unteren Regionen führte. Verdammte Hormone! Energisch lenkte sie die Unterhaltung wieder in seriöse Bahnen. „Das klingt ja fast so, als ob du dich mehr in Bennie verliebt hast als in seine Mutter."

Sascha gab ein schnaubendes Geräusch von sich, halb zustimmend, halb protestierend. „Mag sein, dass das jetzt so klingt. Aber damals war ich schon richtig verknallt. Sylvia ist eine tolle Frau, aber irgendwie war von Anfang an der Wurm drin. Und nur verknallt sein allein reicht halt nicht. Irgendwann vertreibt der Alltag den Reiz des Neuen, und dann muss genug Substanz da sein. Ich meine …" Er rollte ein grünes Weihnachtsstern-Blatt zu einer kleinen Röhre zusammen.

„Ich weiß eigentlich nicht so genau, was ich meine. Vielleicht ist das auch Quatsch, aber mir hat in der Beziehung die Vertrautheit gefehlt und das Gefühl, für den anderen verlässlich die Hauptrolle im Leben zu spielen. Und zwar in jeder noch so heiklen Situation, in guten wie in schlechten Zeiten." Er seufzte. "Ich drücke mich nicht besonders klar aus."

Miriam dachte an Richard, dessen "Projekte" immer an erster Stelle standen, der emotional nie zur Verfügung stand, wenn es mal schwierig zwischen ihnen wurde, der ihre Ängste als "Launen" abtat und nur dann virtuos auf der Klaviatur ihrer Gefühle spielte, wenn er mal wieder pleite war und sie dazu bewegen wollte, ihm auszuhelfen. Manchmal, in sehr bitteren Stunden, hatte sie den Verdacht gehabt, dass sie für ihn nicht mehr war als eine sexuell zugängliche Gelddruckmaschine. Wobei ihre sexuelle Zugänglichkeit zuletzt eigentlich keine Rolle mehr spielte, dafür hatte er ja Steffi, die Assistentin, die sie bezahlt hatte – allerdings nicht, um mit ihrem Freund zu schlafen.

"Doch", versicherte sie Sascha. "Ich glaube, ich verstehe ganz gut, was du meinst."

Er nickte. "Da bin ich ziemlich sicher." Er fuhr sanft mit einem Zeigefinger über ihren Handrücken, was einen wohligen Schauder über ihren Rücken jagte.

"Jedenfalls ...", er nahm noch einen Schluck von seinem Bier, "... war relativ schnell die Luft raus bei uns. Klar, es gab immer wieder Phasen, in denen wir dachten: Läuft doch! Aber jedes Mal, wenn sich irgendein Problem auftat, wurde deutlich, wie wenig wir aufeinander zählen konnten." Wieder schwieg er einen Moment lang. Sie drängte ihn nicht. "Den Schuh ziehe ich durchaus auch mir an", fuhr er fort. "Mir war wichtig, dass es Bennie an nichts fehlte. Aber Sylvias kleinere und größere Dramen gingen irgendwann nur noch an mir vorbei. Und sie hatte ihre Freundinnen und ihren Job und ihren Ehrgeiz ... Ich glaube, ich habe in ihren Plänen schon länger keine tragende Rolle mehr gespielt. Im Grunde sind wir nur wegen Bennie überhaupt so lange zusammengeblieben. Für den Jungen bin ich der einzige Vater, den er kennt." Saschas Stimme klang plötzlich ein bisschen gepresst, und er musste sich räuspern, bevor er weiterreden konnte.

„Aber ich bin nun mal nicht sein Vater, und Sylvia hat alles Recht der Welt auf ein eigenes Leben, in dem ich nicht mehr auftauche. Wir haben uns zwar einvernehmlich getrennt, aber das macht uns noch lange nicht zu Freunden. Ohne Bennie hätten wir garantiert keinen Kontakt mehr miteinander."

„Und jetzt hast du Angst, dass Sylvia dir nach einer gewissen Übergangsphase ihren Sohn wegnimmt", sagte sie mitfühlend.

„Nicht aus Boshaftigkeit. Aber es ist nur eine Frage der Zeit, bis sie wieder eine Beziehung eingeht. Und dann bin ich das sprichwörtliche fünfte Rad am Wagen. Noch dazu eins ohne jegliche rechtliche Grundlage, den Jungen weiter regelmäßig zu sehen."

Sie nahm seine Hand und hielt sie fest. „Nun lass mal den armen Weihnachtsstern in Ruhe, der kann nichts dafür." Sie lächelte ihn an. „Und was Bennie betrifft: So, wie das klingt, hängt er ja ebenso an dir wie du an ihm. Ich würde mir an deiner Stelle nicht zu viele Gedanken darüber machen, wie es mit euch weitergeht. Erst mal habt ihr ja noch Kontakt, oder? Und ich kann mir auch kaum vorstellen, dass er dich plötzlich von heute auf morgen vergisst, nur weil seine Mutter einen neuen Freund hat. Lass die Sache doch einfach auf euch beide zukommen, er wird ja auch älter und kann dann seine eigenen Entscheidungen treffen ..."

Er lachte leise. „Weise Worte. Immerhin war ich so kühn, auf meinem Hof ein Zimmer für Bennie einzurichten. Damit er mich besuchen kann, sooft er will. Oder sooft er darf."

Miriam musste sich geradezu dazu zwingen, ihn wieder loszulassen. Es raubte ihr fast den Atem, seine Wärme auf ihrer Haut zu spüren, und sie hätte diesen aufregenden Körperkontakt gerne noch länger genossen, aber das würde womöglich zu unkontrollierten Reaktionen ihrerseits führen ...

Hastig hob sie die Hand, mit der sie Sascha festgehalten hatte, um der Bedienung zu signalisieren, dass sie noch eine Runde bestellen wollten. Das Mädchen nickte und machte sich am Zapfhahn zu schaffen. „Warum hast du dir eigentlich dieses Anwesen am Arsch der Welt gekauft?"

Er verzog das Gesicht. ‚Anwesen' ist ein großes Wort. Dieser alte Bauernhof gammelt schon ziemlich lange vor sich hin; der letzte Besitzer ist vor ein paar Jahren im Altersheim gestorben, irgendein Neffe oder Großneffe hat das Ding geerbt und umgehend auf den Markt geworfen. Weil man noch so viel dran machen muss, hielt das Interesse sich in Grenzen, daher habe ich es geradezu sündhaft günstig bekommen. Als Architekt habe ich natürlich ganz andere Mittel und Möglichkeiten, das Beste aus der vorhandenen Bausubstanz zu machen. Es war verdammt viel Arbeit, und ich habe alle meine Freunde eingespannt, auf die Gefahr hin, dass sie mir nach den ganzen Strapazen die Freundschaft kündigen. Aber ich habe schon immer von einem Atelier auf dem Land geträumt. Ich will hier nicht nur leben, sondern auch arbeiten. Den Dachboden habe ich zu einem Studio mit allen Schikanen ausgebaut. Die Gegend hier ist zwar ländlich, aber die Infrastruktur ist top. Ich bin eh nicht so der Großstadtmensch, das war auch einer der Knackpunkte zwischen mir und Sylvia. Mir war Berlin zu riesig; für sie ist Heidelberg schon ein Dorf."

Miriam fühlte einen Anflug von Sympathie für Sylvia. „Na ja, Heidelberg. Würde ich jetzt auch nicht unbedingt als *Groß*stadt bezeichnen."

Sascha grinste sie an. „Natürlich nicht. Für euch Hamburger ist doch alles andere Provinz. Nur Berlin lasst ihr notgedrungen gelten – und wenn ihr euch gerade mal großzügig fühlt, vielleicht noch München."

„Woher willst du die hanseatische Seele so gut kennen?", erkundigte sie sich amüsiert.

Sein Grinsen wurde breiter. „Meine ältere Schwester hat einen Hamburger Jung geheiratet. Sie ist jetzt eine waschechte Eppendorfer Schnepfe."

Miriam fiel so schnell keine Antwort ein. Fand er etwa, dass sie ebenfalls eine Schnepfe war? Hoffentlich nicht. Zum Glück kamen in diesem Moment ihre Biere. Diesmal wartete sie mit dem Trinken, bis die Blume sich gesetzt hatte. *Sicher ist sicher.*

Sascha sah sie auffordernd an. „Jetzt bist du dran. Ich weiß nur, dass du die Boutique deiner Tante am Laufen hältst, bis sie aus ihrer Kur zurückkommt. Und dass dir ihr Ausrutscher, bei aller Liebe, ganz gelegen kam, weil du beruflich gerade eine Durststrecke durchmachst."

„Durststrecke ist gut." Sie beäugte ihr Glas, kam zu dem Schluss, dass der Schaum ihr nicht mehr gefährlich werden konnte, und nahm einen Schluck, der ihre Antwort immerhin so lange hinauszögerte, dass sie sich die Worte zurechtlegen konnte. „Ich hatte zusammen mit meinem Exfreund eine Agentur für Food- und Produktfotografie." Sie starrte auf die verschrammte Tischplatte. „Direkt nach dem Studium haben wir damit angefangen. Es war zwar nicht besonders aufregend, neue Müslisorten oder Kloreiniger verführerisch in Szene zu setzen, aber wir haben ganz gut damit verdient. Zumindest am Anfang."

Jetzt war sie an der Reihe, den leidgeprüften Weihnachtsstern zu attackieren. „Ich glaube, Richard war sich von Anfang an zu gut für diese Art von Arbeit. Er sieht sich als Künstler." Sie schnaubte abfällig. „Ich habe versucht, ihn davon zu überzeugen, dass nicht jede abgedrehte Idee gleich Kunst ist, aber das hat ihn nur noch mehr angespornt. Immer wieder hat er sich Auszeiten für irgendwelche schrägen Projekte genommen, während ich mir die Nächte um die Ohren geschlagen habe, um Tiefkühlpizza so appetitlich wie möglich abzulichten oder Staubsaugerbeutel so zu fotografieren, dass keiner dran vorbeigehen kann." Sie seufzte tief. „Leider bin ich hoffnungslos pflichtbewusst, also schuftete ich unermüdlich vor mich hin. Während Richard sich um seine ‚Projekte' kümmerte, die manchmal so *intensiv* waren, dass er die ganze Nacht nicht nach Hause kam."

*

Sie hatte ein unglaublich ausdrucksvolles Gesicht. Sascha sah fasziniert zu, wie sich ihre vollen Lippen zu einem verärgerten Strich zusammenpressten, wie die Wut in ihren grünbraunen Augen funkelte, wie ihre glatte Stirn sich über der Nasenwurzel unheilvoll zusammenzog, wie sie sich ihre honigblonden Locken mit einer knappen, beinahe zornigen Handbewegung aus der Stirn strich. Was war dieser Richard bloß für ein Idiot!

„Irgendwann habe ich mitgekriegt, dass er die Assistentin, die ich eingestellt hatte, damit er sich weiter seinen kreativen Experimenten widmen konnte, regelmäßig flachlegte. Und beschlossen, dass ich durch war mit dem Typen, den ich mal für den Mann meines Lebens gehalten hatte." Sie verdrehte die Augen. „Leider hat er mich auch finanziell reingelegt, weshalb mir nichts anderes übrig blieb, als Insolvenz anzumelden. Aber da ohnehin nur ich, Richard und Steffi im Studio gearbeitet haben, ist mir das nicht allzu schwer gefallen."

Sie biss sich auf die Unterlippe. Er erwischte sich bei dem Wunsch, das für sie zu übernehmen. Wie ihr Mund wohl schmecken würde ...?

„Allerdings war ich danach auch pleite und musste erst mal wieder bei meinen Eltern unterkriechen", fuhr sie fort. Hastig fügte sie hinzu: „Was auch okay war. Ich verstehe mich super mit ihnen. Sie sind prima." Sie schüttelte den Kopf. „Aber irgendwie bin ich doch ein bisschen zu alt für so was. Das würden sie natürlich nie laut sagen ..."

Er nickte mitfühlend. „Und dann hatte deine Tante diesen Unfall."

„Arme Juliane." Miriam wirkte ein bisschen beschämt. „Aber für mich war es die perfekte Gelegenheit, das ganze Dilemma hinter mir zu lassen. Ich war als Kind und sogar noch als Teenager öfter hier; ich liebe meine Tante heiß und innig. Wenn du sie erst mal kennenlernst, wirst du das verstehen. Und ich bin ehrlich gesagt auch heilfroh, dass mir diese verdammte Weihnachtszeit in Hamburg erspart bleibt. Überall läuft Wham! rauf und runter, und ständig wird man daran erinnert, dass man seinen *Lieben* jetzt was Gutes tun sollte ...

„Willst du denn überhaupt wieder zurück? Ich meine, eigentlich hast du doch alle Brücken abgebrochen, oder?" Der Gedanke, sie vielleicht bald nicht mehr als Nachbarin zu haben, gefiel ihm nicht besonders.

Sie starrte nachdenklich in ihr Bier. „Keine Ahnung. Meine beste Freundin lebt dort, aber viele andere Freunde sind nach dem Studium weggezogen, wegen Jobs oder Beziehungen. Eigentlich ist es ja heutzutage fast egal, wo man wohnt, dank Skype und Facebook und so bleibt man ja ohnehin ständig in Kontakt mit den Leuten, an denen einem was liegt." Sie schaute ihn an. „Das gilt übrigens auch für dich und Bennie. In ein paar Jahren ist er ein Teenager und lässt sich sicher nicht mehr von Mama reinreden, mit wem er so kommuniziert."

Er wollte jetzt nicht wieder auf seine Probleme zurückkommen. Im Moment war er mehr an Miriams interessiert. „Und was willst du jetzt beruflich machen? Kehrst du zurück zum Produkt-Shooting?" Nachdem er ihre Fotos gesehen hatte, kam ihm das zwar wie eine Verschwendung vor, aber von irgendwas musste sie ja leben.

Sie verzog den Mund zu dieser süßen kleinen Schnute, die ihn langsam, aber sicher wahnsinnig machte. Er hatte noch nie eine Frau mit einer so lebhaften Mimik getroffen. Und war selbst verblüfft, wie sexy er das fand. Es war einfach faszinierend, ihr beim Reden zuzuschauen.

„Es gibt echt kaum was Öderes, als Waschmittelflaschen oder Joghurtbecher abzulichten. Ich bin da damals eher so reingerutscht, und es hat die Miete bezahlt. Ich würde schon gern ein bisschen kreativer arbeiten. Am liebsten was mit Mode, aber in die Szene kommt man unglaublich schwer rein, die Konkurrenz ist tough. Und man muss aufpassen, dass man nicht zu kommerziell rumknipst, denn dann ist es auch schon wieder egal, ob man eine Sprudelflasche fotografiert oder einen Hosenanzug." Sie schob ihre volle Unterlippe vor, und wieder hätte er am liebsten hineingebissen wie in eine reife Erdbeere.

Dann grinste sie selbstironisch. „Eigentlich will ich Kunst machen – nichts zu Abgehobenes, schon eher dekorativ, aber mit irgendeinem schrägen Dreh, einem Bruch oder einer ungewöhnlichen Komposition oder Perspektive. Ich probiere im Laden gerade ein bisschen rum, wenn keine Kunden da sind. Tante Juliane hat viele wunderschöne Teile im Angebot, Designermode aus den Zwanzigerjahren und so was. Ich habe angefangen, Fotosessions mit den Schaufensterpuppen zu veranstalten." Sie gestikulierte so überschwänglich, dass sie fast ihr Bier umgekippt hätte, ihre Wangen glühten vor Begeisterung, und eine vorwitzige Locke fiel in ihr Gesicht. Sie pustete sie weg.

Sascha musste unwillkürlich grinsen. Ihr Enthusiasmus war ansteckend, und er konnte gar nicht mehr aufhören, auf ihren Mund zu starren, der sich so bezaubernd lebhaft bewegte.

„Mir ist auch schon das eine oder andere Bild gelungen, das in die Richtung geht, die mir vorschwebt." Sie seufzte leise. „Aber so ganz das Wahre ist es noch nicht. Die Aufnahmen wirken zwar stylish, aber irgendwie fehlt ihnen das Leben. Um damit in einem renommierten Fotokunstmagazin zu landen, müsste noch irgendeine Besonderheit dazukommen, etwas Unverwechselbares, ein wiedererkennbarer Stil. Und Modezeitschriften nehmen keine Bilderstrecken ohne menschliche Models, selbst wenn sie Storys über Vintage-Design planen, was nicht so oft vorkommt."

„Eine Weile hast du ja noch Zeit für Experimente."

Die lockige Strähne machte sich schon wieder selbstständig. Sascha streckte eine Hand aus, um sie einzufangen. Er drehte das honigfarben glänzende Haar ein paar Sekunden zwischen seinen Fingern, bevor er es sanft hinter Miriams Ohr strich. „Möchtest du noch was trinken?"

Sie schaute auf ihre Armbanduhr. „Ich glaube nicht. Es ist schon gleich halb elf. Lass uns besser langsam zurückgehen, da draußen ist's bestimmt nicht gemütlicher geworden." Sie lachte leise. „Aber erst muss ich noch mal kurz verschwinden. Vergiss deine Leckerlis nicht", fügte sie grinsend hinzu. Er schaute ihr lächelnd nach, während sie durch den Raum ging, und empfand leises Bedauern, weil der gemeinsame Abend vorbei war.

Während sie auf der Toilette war, zahlte er am Tresen. Sie waren die letzten Gäste, und die erleichterte Kellnerin schloss hinter ihnen die Tür ab.

*

Sascha schob sein Fahrrad, und sie schlenderten nebeneinanderher durch die kalte Nacht. Als sie zitternd die Schultern hochzog, legte er einen Arm um sie und zog sie an sich. Miriam schmiegte sich in seine Wärme und Nähe und fror plötzlich kaum noch. Sie war viel zu abgelenkt von den Kapriolen, die ihre Hormone gerade veranstalteten. *Meine Güte, er hat doch nur seinen Arm um deine Schulter gelegt.*

Vor „Lady J.s" blieben sie stehen, und Sascha stellte sein Fahrrad ab. „Ich bringe dich noch bis zur Haustür." Während sie die paar Schritte gingen, schlang er einen Arm um ihre Taille. Sie blieb stehen und drehte sich zu ihm.

Seine Augen waren plötzlich von einem ganz dunklen samtigen Blau, seine Lippen weich und doch fest. Sie atmete seinen herben, sauberen Duft ein und versank förmlich in diesem Kuss, den sie insgeheim schon lange ersehnt hatte, öffnete ihre Lippen unter seinen, spürte seine Zunge, erst kühl, dann heiß und dann tief und drängend. Sie spielte mit ihrer Zunge, ihren Zähnen. Immer hitziger wurde der Tanz ihrer Münder.

Miriam spürte, wie seine Hände sich unter ihre Jacke schoben, unter ihren Pulli und auf ihre glühende nackte Haut legten, und schmiegte sich in seine Berührung hinein. Ihre eigenen Hände strichen über seinen festen Hintern, der sich genauso aufregend anfühlte wie in Miriams Tagträumen.

Sie lösten sich erst voneinander, als sie beide nach Luft schnappen mussten. Sascha umfasste ihr Gesicht mit beiden Händen, schaute ihr tief in die Augen und küsste sie noch einmal, sehr sanft und zärtlich. „Fortsetzung folgt", flüsterte er und ließ eine Hand ganz langsam durch ihre Locken gleiten.

„Ich kann es kaum erwarten", murmelte sie und seufzte sehnsüchtig.

„Danke für den schönen Abend." Er lächelte sehr süß und ein bisschen bedauernd. „Und jetzt hau ich schnell ab, bevor ich über dich herfalle wie ein Neandertaler."

Bevor Miriam ihm klarmachen konnte, dass sie absolut nichts gegen eine Neandertaler-Attacke einzuwenden hätte, drehte er sich um und verschwand zu ihrer Enttäuschung in der Dunkelheit. Sekunden später hörte sie sein Fahrrad klappern und seine Schritte, die im Schnee knirschten.

Kopfschüttelnd schloss sie die Haustür auf. Ihre Knie zitterten, und zwischen ihren Beinen pochte ein ziehender, fordernder Schmerz. Sie musste grinsen. Ihm ging es garantiert nicht besser, kein Wunder, dass er es vorgezogen hatte, sein Rad zu schieben, statt sich in den Sattel zu schwingen. *Die Entdeckung der Langsamkeit hat halt ihren Preis...*

*

Kaila hatte eigentlich vorgehabt, Miriam die kalte Schulter zu zeigen, nachdem die sie hier völlig vergessen hatte. Griesgrämig hatte sie an dem Trockenfutter geknabbert, das seit heute Morgen in ihrer Essecke stand, und kritisch festgestellt, dass ihr Wassernapf schon beinahe leer war. Niemand hatte ihr mittags das schöne Fleisch gegeben oder ihre Abend-Dose geöffnet. Sollte sie etwa verhungern und verdursten? Hatte Miriam ihr nicht, ehe sie *vor einer Ewigkeit* verschwunden war, zugerufen: „Ich bin bald wieder da, meine Süße, und dann bringe ich dir was besonders Leckeres mit"?

Eigentlich waren Menschen doch recht verlässlich, zumindest war das Kailas Erfahrung. Allerdings waren sie auch ziemlich zerbrechlich. War Miriam vielleicht etwas passiert, so wie Juliane, die nun schon so schrecklich lange verschwunden war? Sollte sie langsam anfangen, sich Sorgen zu machen, statt ungnädig zu sein? Und Miriam vielleicht suchen gehen?

Als sie endlich den Schlüssel im Schloss hörte, mischte sich Erleichterung mit Verärgerung. Nachdem sie nun wusste, dass mit Miriam alles in Ordnung war, sprach nichts dagegen, weiterhin die Beleidigte zu spielen und ihrem Menschen ein richtig schlechtes Gewissen zu machen. Immerhin hatte sie sie nicht nur viel zu lange allein gelassen, sondern Kaila hatte sich auch noch um sie sorgen müssen, obwohl sie doch eigentlich Besseres zu tun hatte. Diese unverzeihliche Vernachlässigung ihrer Bedürfnisse musste bestraft werden – durch geschickt dosierte Nichtachtung. Diese Kunst beherrschen alle Katzen, die etwas auf sich hielten, praktisch von Kätzchenbeinen an.

Doch als Miriam dann summend in die Küche kam, sich Kaila ohne Vorgeplänkel schnappte und sich mit ihr an den Küchentisch setzte, schmolz ihr Groll dahin wie dieses weiße kalte Zeug in der Sonne. Zwar hatte Kaila das unbestimmte Gefühl, dass die zärtlichen Aufmerksamkeiten ihres Menschen gar nicht wirklich *ihr* galten, aber darüber tröstete das selige und ein bisschen alberne Lächeln, das um Miriams Mund spielte, allemal hinweg.

Nanu, dachte Kaila. Offenbar hatte sich bezüglich ihrer Mission etwas getan, ohne dass sie dabei die Pfoten im Spiel gehabt hatte. Sie hegte keinerlei Zweifel daran, dass Miriams entrücktes Lächeln mit Sascha zu tun hatte. Für so was hatte Kaila ein Näschen. Und das irrte sich nie.

Es dauerte eine Weile, bis ihr Mensch in die Wirklichkeit zurückkehrte, doch das machte Kaila nichts aus, die sich wohlig auf Miriams Schoß zusammenrollte. Sie konnte auch

Streicheleinheiten genießen, die gar nicht für sie gedacht waren. Warum denn auch bitte nicht? Immerhin hatte sie ja diese ganze Angelegenheit angeschubst, da war eine kleine Belohnung ja wohl angebracht.

Nur der versprochenen Leckerei für ihr langes Warten trauerte sie ein bisschen nach, aber als Miriam dann endlich aus ihren Tagträumen erwachte, klärte sich auch diese Angelegenheit.

„Ich hab dir was Feines mitgebracht, meine Süße", verkündete sie und setzte Kaila sanft auf dem Boden ab. Dann ging sie zu dem großen Beutel, der für den Transport von Köstlichkeiten gedacht war, und zog einen glitzernden Behälter heraus, der, sobald sie ihn öffnete, einen wunderbaren Duft verströmte. „Das wollte ich dir nach meinem Ausflug heute noch schnell aus dem Supermarkt holen", erzählte Miriam. „Aber du kannst dir nicht vorstellen, wen ich da getroffen habe …"

Kaila unterdrückte höflich ein Gähnen, während sie sich diese angeblich total unglaubliche Geschichte anhörte, als ob sie nicht längst geahnt hätte, dass ihre beiden Schützlinge einander vor gar nicht langer Zeit *ziemlich* nah gekommen waren. Natürlich hatte sich diese erfreuliche Entwicklung nur dank Kailas unermüdlicher Bemühungen ergeben, aber das konnte Miriam ja nicht wissen. Und so ganz mochte Kaila dieser angenehmen Entwicklung noch nicht trauen.

Nein, beschloss sie, während sie sich die wirklich äußerst delikaten Leckerlis zu Gemüte führte. Sie würde die Angelegenheit weiter im Auge behalten.

10. KAPITEL

„Ja, ich weiß, es ist unmoralisch. Und Tierquälerei."
Geduldig wartete Miriam, bis ihre komplizierte Kundin sich zu einer Entscheidung durchrang. Die hochgewachsene schlanke Mittfünfzigerin mit den naturgrauen Haaren, Typ Oberstudienrätin mit Stil, hielt unschlüssig einen eleganten Abendmantel aus weich fließendem smaragdgrünem Samt hoch. Das elegante Stück vor circa 1925 hätte auch auf dem Set von „Downton Abbey" eine gute Figur gemacht. Und es passte der Frau wie angegossen. Einziges Problem: der Pelzbesatz am Kragen und an den Ärmeln. Silberfuchs. Die Kundin hatte sich bislang immer zur „Lieber nackt als Pelz"-Fraktion gezählt und war jetzt hin- und hergerissen zwischen ihrer Schockverliebtheit in das wunderschöne Vintage-Teil und ihrem grünen Gewissen. „Ich würde normalerweise nie auf den Gedanken kommen, etwas mit Echtpelz zu tragen", versicherte sie nicht zum ersten Mal. „Aber dieser Mantel ist ein Traum." Sie seufzte. „Könnte man den Pelz nicht abtrennen?"

Miriam erschauderte. „Das ist ein echter Patou", sagte sie entsetzt. „Bei El Grecos ,Dame mit Pelz' würden Sie den Pelz ja auch nicht abschneiden. Oder übermalen."

Die Kundin seufzte noch einmal. „Sie haben ja recht. Das ist ein Kunstwerk." Wieder hielt sie sich den Abendmantel vor und starrte sehnsüchtig in den Spiegel.

„Sie können es sich ja noch mal überlegen", regte Miriam an. Sie hatte auch keine Lösung für den inneren Konflikt der Oberstudienrätin parat. Wie viel waren Prinzipien wert, wenn man jedes Mal eine Ausnahme zuließ, wenn man irgendwas ganz dringend haben wollte?

In diesem Moment klingelte die Türglocke, ein Schwall frischer Luft strömte in die Boutique und brachte Sascha mit. Der eine geradezu überirdisch schöne, zarte und viel zu junge Brünette im Schlepptau hatte, die sich sofort neugierig und mit leuchtenden Augen im Laden umsah.

„Guten Tag", grüßte Sascha und bedeutete Miriam mit einer Geste, dass er warten würde, bis sie sich um die Kundin gekümmert hatte. Seine Begleitung stöberte bereits begeistert zwischen den Siebzigerjahre-Klamotten herum. Klar, Hippie-Schick war wieder mal der letzte Schrei, und diese Kleine hatte bei der vorigen Schlaghosen-trifft-Fransen-Phase vermutlich noch in der Kita gespielt. Was hatte Sascha bloß mit ihr zu tun?

„… nicht echt ist?", fragte ihre Kundin.

Miriam zuckte schuldbewusst zusammen, weil sie nicht zugehört hatte. „Wie bitte? Entschuldigen Sie bitte, ich war gerade …"

„Abgelenkt?" Die Frau lächelte süffisant und warf einen vielsagenden Blick in Saschas Richtung. „Kann ich nachvollziehen. Ich wollte wissen, ob es nicht vielleicht sein könnte, dass der Pelz gar nicht echt ist?"

„Patou hat, soweit ich weiß, keinen Webpelz verarbeitet, aber wir können ja mal gucken." Sie nahm der Kundin den Mantel ab, legte ihn über einen der Barockstühle und zog die Haare am Kragen auseinander. „Sehen Sie, hier ist Leder. Also wurde echtes Fell verwendet. Bei *Fake Fur* würde man das Gewebe sehen, in dem das Material verknüpft wurde."

Die Kundin ließ betrübt den Kopf hängen. „Dann muss ich wohl verzichten, so leid es mir tut. Vielen Dank für Ihre Geduld."

„Keine Ursache." Auch wenn das Hin und Her ihr ziemlich auf die Nerven gegangen war und sie natürlich gern den Patou verkauft hätte. Aber noch wichtiger war es ihr jetzt, die

Frau loszuwerden, um herauszufinden, was Sascha (und sein Anhängsel) hier machten. „Schade, dass ich Ihnen letztlich doch nicht weiterhelfen konnte. Aber dafür können Sie weiterhin guten Gewissens in den Spiegel schauen."

„Ja, nur leider ohne den Mantel."

Sobald Miriam die Tür hinter der untröstlichen Oberstudienrätin geschlossen hatte, drehte sie sich zu Sascha um, der plötzlich ganz dicht hinter ihr stand. „Was willst du denn hier?", fragte sie, schon wieder ein bisschen atemlos. Verdammt, weshalb blieb ihr in seiner Nähe bloß immer die Luft weg?

„Ich freue mich auch, dich zu sehen." Er grinste, und seine Augen funkelten mutwillig. „Ich musste heute Nacht noch lange an dich denken", raunte er ihr verschwörerisch zu.

„Gleichfalls." Sie lächelte, und die Schmetterlinge in ihrem Bauch legten eine artistische Sondervorstellung ein. „Bleibt nur die Frage: Was willst du denn hier? Nur ein paar heiße Erinnerungen auffrischen, oder kann ich sonst noch was für dich tun?"

Sein Blick wurde ganz weich, und seine Pupillen weiteten sich. „Da könnte ich mir so einiges vorstellen."

Sie beugte sich näher zu ihm und strich sanft über seine Schulter. „Mir fiele da auch so manches ein, aber hier ist leider nicht der richtige Ort dafür", flüsterte sie. Dann richtete sie sich auf und trat einen kleinen Schritt zurück. „Wen hast du denn mitgebracht?"

„Das ist Lisa." Die junge Brünette schaute von den Klunker-Ohrringen auf und winkte in ihre Richtung. „Lisa, das ist Miriam, die Fotografin, von der ich dir erzählt habe."

„Hallo", sagte Miriam und beäugte Lisa argwöhnisch. Der Gedanke, dass Sascha so vertraut mit dieser Sirene wirkte, gefiel ihr überhaupt nicht.

Er schien von ihrem Unbehagen nichts mitzukriegen. „Lisa hat gerade ihr Praktikum bei uns im Büro abgeschlossen und hilft ab und zu noch mal aus. Aber eigentlich will sie gar nicht Architektin werden, sondern Model. Soweit ich das beurteilen kann, ist sie sehr fotogen."

Das ist ja wohl die Untertreibung des Jahrhunderts, dachte Miriam. Lisa war vielleicht ein bisschen zu kurz geraten für die großen Runway-Jobs, aber wenn sie einigermaßen mit der Kamera spielen konnte, wäre sie mit ihren feinen Zügen und den kräftigen, ausdrucksstarken Brauen perfekt für Fashion-Shoots.

„Vielleicht könnt ihr beide euch ja zusammentun", fuhr Sascha fort. „Du kriegst ein menschliches Versuchskaninchen für deine Sessions, und Lisa hätte dann professionelle Fotos in der Hand, um sich bei einer Modelagentur zu bewerben. Klingt doch nach einer Win-win-Situation."

„Hättest du denn Lust?", wollte Miriam von dem Mädchen wissen.

Bei ihr selbst löste Saschas Vorschlag gemischte Gefühle aus. Zwar freute es sie, dass er sich nach ihrem Gespräch gestern Abend offenbar so viele Gedanken gemacht hatte, aber sie wusste immer noch nicht recht, wie sie Lisa einschätzen sollte.

Die hatte bislang noch kein Wort gesagt. In ihren verwaschenen Jeans, dem viel zu großen Kapuzenpulli und den Biker-Boots wirkte sie zerbrechlich, fast schutzbedürftig, aber das hieß nicht, dass man sie nicht als sexy Flapper, lässigen Hippie oder coole Rock-'n'-Roll-Petticoat-Braut inszenieren konnte. Models in Zivil sahen immer eher unauffällig aus, schließlich war es ihr Job, immer genau das zu sein, was ein Designer oder Modefotograf gerade brauchte.

„Klar habe ich Lust", beteuerte Lisa. Ihre Stimme passte gar nicht zu ihrem zerbrechlichen Äußeren, sie war tief und ein bisschen heiser, was vielen Männern sicher ziemlich gut gefiel. Nicht dass Lisa auf ihre sexy Stimme angewiesen war, um Aufmerksamkeit zu wecken ...

„Hast du so was denn schon mal gemacht?", fragte sie skeptisch. Um junge Möchtegern-Models anzulernen, fehlte ihr die Zeit. Außerdem musste sie sicher sein, dass Lisa nicht bereits nach einer halben Stunde die Geduld verlor. Bis eine Aufnahme sicher saß, konnten Stunden vergehen.

Irgendwas an dieser jungen Frau kam ihr komisch vor, und nein, das hatte *kein bisschen* damit zu tun, dass sie Sascha ständig diese anbetenden Blicke zuwarf. Die er aber zum Glück nicht bemerkte, weil er die ganze Zeit Miriam anschaute.

„Ab und zu", gab Lisa gelangweilt zurück. „In der Oberstufe war ich in einer Foto-AG, und wir haben ein halbes Jahr lang an einem Fashion-Projekt gearbeitet. Der Profi-Fotograf, der den Kurs geleitet hat, fand, dass ich Talent habe."

„Das ist aber schon etwas länger her, oder?" Himmel, *wie* jung war diese Kleine denn?

„Fast zwei Jahre", räumte Lisa ein. „Aber danach hab ich öfter noch mal was mit dem Typen gemacht. Bis er mich zu Aktaufnahmen überreden wollte. Natürlich alles ganz *künstlerisch*. Danach bin ich nicht mehr zu ihm gegangen." Sie verzog das Gesicht zu einer spöttischen Grimasse. „Ich hatte keine Lust, mich plötzlich splitternackt auf Facebook und Instagram oder irgendwelchen schmierigen Pornoseiten wiederzufinden."

Okay, dann war sie wohl mindestens neunzehn. Und dass sie sich nicht gleich für den ersten dahergelaufenen Knipser ausgezogen hatte, sprach eher für sie. Offenbar wollte sie ernsthaft ins Modelgeschäft einsteigen, auch wenn sie dafür, so gemein das klang, eigentlich schon zu alt war. Ein vorzeigbares Portfolio würde Lisa auf jeden Fall von ihr bekommen, sofern sie sich vor der Kamera bewährte.

Einen Versuch war es bestimmt wert. Außerdem wollte sie Sascha, der sich so viel Mühe gegeben hatte, um ihr bessere Arbeitsbedingungen zu verschaffen, nicht enttäuschen.

Sie lächelte Lisa zu, die ihren Blick mühsam von Sascha losriss. „Dann wollen wir es mal miteinander probieren", entschied sie und wandte sich dann Sascha zu. „Danke, dass du an mich gedacht hast."

Er grinste wieder dieses breite Teufelsgrinsen und beugte sich zu ihr. Prompt wurden ihre Knie ganz weich. „Ich denke die ganze Zeit an dich", murmelte er in ihr Ohr.

Lisa bewährte sich, und das war noch untertrieben. Sie bewegte sich mit geradezu schlafwandlerischer Sicherheit und schien, sobald sie in eines der von Miriam zusammengestellten Outfits geschlüpft war, in eine Art Trance zu geraten. Sie verwandelte sich dann wirklich in einen glamourösen Vamp, eine melancholische Fünfzigerjahre-Schönheit, einen entrückten Hippie, einen Retro-Weihnachtsengel ganz in Weiß.

Und sie hatte auch eine engelsgleiche Geduld, beschwerte sich nie – auch nicht, wenn Miriam die Sitzungen unterbrechen musste, weil ein Kunde kam oder Kaila wieder mal randalierte.

Kaila randalierte tatsächlich überraschend oft, seit das Mädchen fast täglich für mehrere Stunden im Laden war. Offenbar mochte sie Lisa nicht, obwohl die ihr, soweit Miriam wusste, nie etwas getan hatte.

Bei Lisas viertem Temin fiel Kaila sie sogar regelrecht an, fauchend und kratzend, und machte dabei mehr als nur einem Paar Seidenstrümpfen den Garaus.

„Tut mir leid, keine Ahnung, was plötzlich in sie gefahren

ist", entschuldigte Miriam sich. Lisa nickte, die Lippen fest zusammengepresst, und begutachtete trübsinnig die blutigen Kratzer auf ihrem Schienbein.

Kaila hatte sich nach ihrem Hass-Anfall verdächtig schnell wieder beruhigt und unter den kleinen Schreibtisch zurückgezogen, von wo aus sie das Geschehen wachsam im Blick behielt. Sobald Lisa hinter dem Paravent verschwand, um sich umzuziehen, sprang sie auf und folgte ihr.

Miriam stürzte hinterher, um ihr Model – und auch ihre Katze – vor schlimmeren Schäden zu bewahren, doch es gelang ihr nicht, den tobenden kleinen Stubentiger einzufangen, auch deshalb nicht, weil sie gleichzeitig versuchte, mit einem Fuß den Paravent am Umkippen zu hindern. Das klappte zwar, aber dafür stürzte hinter ihr das Regal mit den Kurzwaren um, gegen das Lisa unter der Wucht des Raubtierangriffs gestolpert war.

„Verdammtes Vieh!" Lisa war den Tränen nahe und trat unbeherrscht nach der geschickt ausweichenden Katze. Die sündhaft teure Seidenbluse, die sie noch nicht ganz übergestreift hatte, zog hässliche Fäden, und ein paar Blutstropfen verfärbten das feine Gewebe.

„Okay, mir reicht's", jammerte Lisa. „Das mache ich nicht mehr mit, Miriam. Wer soll sich denn da auf irgendwas konzentrieren!" Sie zog schniefend die Nase hoch. „Entweder dieses Monster geht, oder ich gehe", fügte sie theatralisch hinzu und knallte die ruinierte Bluse auf den Boden.

„Tut mir echt leid, Lisa." Miriam legte einen Arm um die zuckenden schmalen Schultern des Mädchens, fand aber insgeheim, dass Lisa sich ziemlich anstellte. So viel Schaden, dass man in Tränen ausbrechen musste, konnte eine kleine Katze doch wirklich nicht anrichten. Jedenfalls nicht bei einem Menschen. Die Bluse hingegen …

Hastig bückte Miriam sich danach, um die Schäden an dem guten Stück zu begutachten. Das Blut würde sie wohl mit Fleckensalz rauskriegen. Zum Glück war die Bluse weiß, sie musste also nicht auf irgendwelche empfindlichen Farben Rücksicht nehmen. Der gezogenen Fäden wegen musste sie sie aber wohl zur Kunststopferin bringen. Na toll.

Sie legte das malträtierte Teil neben der Kasse ab und versuchte, Kaila einzufangen, die trotzig auf dem höchsten Regal hockte und keinerlei Anstalten machte, Miriams Lockrufen zu folgen. „Das wird mir jetzt echt zu blöd", knurrte sie. „Dann bleib halt da oben hocken. Für heute ist hier sowieso Schluss, mir ist die Lust mit euch beiden Kratzbürsten vergangen. Morgen bleibt Kaila in der Wohnung, basta."

Nachdem Lisa, wieder in Jeans, Hoodie und einer Wolke selbstgerechter Indignation türenknallend in den Abend verschwunden war, begann Miriam seufzend, wieder Ordnung in das Chaos zu bringen, das ihr zickiges Model und ihre durchgeknallte Katze in trauter Feindschaft im Laden angerichtet hatten.

Was war bloß in die sonst so friedliche Kaila gefahren? Nie hätte Miriam gedacht, dass sie sich so entfesselt auf einen Menschen stürzen würde, schon gar nicht hier in Tante Julianes heiligem Laden. Ob sie mal mit ihr zum Tierarzt gehen sollte? Aber sie machte das nur bei Lisa. Hatte sie bei der brünetten Elfe etwa ein ebenso komisches Gefühl wie Miriam?

※

Kaila war ein friedliebendes Wesen, das konnte jeder bestätigen, der sie kannte. Nun ja, vielleicht nicht unbedingt der Graugetigerte, aber das war ein Ausrutscher gewesen. Eine einmalige Geschichte. Ansonsten kam sie wirklich mit jeder Katze und jedem Menschen aus, und sogar mit den meisten

Hunden, auch wenn sie denen ab einer gewissen Größe lieber aus dem Weg ging.

Aber dieser neue weibliche Mensch, der plötzlich ständig in dem Raum mit den vielen Düften und Stoffen auftauchte, war ihr von Anfang an so unangenehm gewesen wie ein Dorn in der Pfote. Sie konnte das gar nicht erklären, es war rein instinktiv. Sie hatte ein schlechtes Gefühl bei diesem Menschenmädchen, es bedeutete Unheil, da war sie ganz sicher. Weniger für sie selbst als für Miriams Glück. Kaila konnte es förmlich riechen, die Luft hier in diesem Raum schmeckte sogar nach Ärger. Um zu verhindern, dass sie Miriam verletzte, hatte Kaila die Unheilstifterin attackiert. Sie hatte nicht die Absicht, sie zu necken oder zu nerven. Sie wollte sie vertreiben, ohne Wenn und Aber. Sie gehörte nicht hierher, und Kaila wollte sie weghaben.

Gut, vielleicht war sie vorhin ein bisschen zu weit gegangen. Es war sogar Blut geflossen, das wäre nicht nötig gewesen. Und Sachen waren polternd zu Boden gekracht, auch das hätte nicht sein müssen, zumal Miriam seither ein Gesicht machte wie sieben Tage Regenwetter. Aber wenigstens war der Eindringling mit einem lauten Knall durch die Tür verschwunden. Hoffentlich für immer, dachte Kaila und spähte vorsichtig über den Rand des Bretts, auf dem sie saß.

Miriam lief immer noch hin und her und räumte auf. Kaila schnurrte verlegen, und Miriam schaute zu ihr hoch, ohne zu lächeln. Sie schien wirklich zornig zu sein, aber Kaila zweifelte nicht daran, dass es ihr mit ein paar geschickten Schmeicheleinsätzen gelingen würde, sie bald wieder zu beschwichtigen.

„Was hast du dir bloß dabei gedacht?", schimpfte Miriam. „Als ob ich nichts Besseres zu tun hätte, als hinter dir aufzuräumen. Warum lässt du mich nicht in Ruhe mit Lisa arbeiten? Das ist wichtig für mich. Ich weiß, dass sie kein besonders netter Mensch ist, aber ich fotografiere ja auch nicht ihren Charakter. Jedenfalls habe ich jetzt von diesem Kleinkrieg, den du hier führst, die Nase endgültig voll. Von jetzt an sperre ich dich aus, wenn Lisa hier ist."

Sie rollte das letzte weiße Band zusammen und hob noch ein paar versprengte Knöpfe auf, packte alles in das Regal, das sie wieder aufrecht hingestellt hatte, und begann dann, ihre Foto-Ausrüstung zu verstauen. Dabei würdigte sie Kaila keines Blicks, was der viel mehr zu schaffen machte, als sie gedacht hätte.

Sie war es nicht gewohnt, dass ihr Mensch sie ignorierte und böse auf sie war. Bei Juliane kam das nie vor, aber Kaila musste ehrlicherweise einräumen, dass sie sich, entgegen ihrem üblichen untadeligen Verhalten, vorhin vielleicht tatsächlich ein bisschen danebenbenommen hatte. Aber Miriams Nichtachtung war eine so schlimme Strafe, dass sie die bestimmt nicht verdient hatte. Gekränkt und verunsichert harrte sie auf ihrem Beobachtungsposten aus und ließ Miriam keine Sekunde aus den Augen.

Die nahm erst wieder Notiz von Kailas Existenz, als sie sich anschickte, das Licht auszumachen. „Kommst du?", rief sie ungeduldig und hielt die Tür zur Wohnung auf. „Ich habe nicht ewig Zeit, auf dich zu warten. Und im Laden lasse ich dich vorerst nicht mehr allein dein Unwesen treiben."

Kaila fühlte sich zwar immer noch ungerecht behandelt, weil sie schließlich nur hatte helfen wollen; sie hatte aber nicht die geringste Lust, hier weiter schmollend und einsam zu hocken. Geschmeidig sprang sie von ihrem hohen Thron und lief an Miriam vorbei in die Küche, wo sie sich so würdevoll sie konnte in ihre Essecke zurückzog. Heute würde es wohl keine besonderen Leckerlis für sie geben, dachte sie traurig.

*

Miriam schaute eine Weile ratlos in den Kühlschrank, dann holte sie eine Tiefkühlpizza aus dem Gefrierfach und schob sie in den Ofen. „Heute ist so ein Tag", murmelte sie und seufzte entnervt. Obwohl sie ziemlich sauer auf Kaila war, konnte sie ihr doch nicht wirklich böse sein. Erstens war ihre Samtpfote nun mal etwas besitzergreifend, wenn es um ihr Haus und ihre Menschen ging. Und zweitens konnte sie ihre ablehnende Haltung irgendwie nachvollziehen.

Lisa war ihr nicht wirklich sympathisch, dieser erste Eindruck hatte sich in den letzten Tagen bestätigt. Sie war hübsch und unglaublich fotogen, und sie ließ vor der Kamera wirklich alles mit sich machen, wenn auch nur in der Hoffnung auf tolle Bewerbungsfotos. Aber sonst war sie mürrisch, sagte kaum ein Wort und entwickelte Allüren, die Miriam ziemlich sauer aufstießen. Sie bestand auf einer bestimmten Sorte Mineralwasser, es musste ein ganz spezieller Tee sein, und beim Umziehen benahm sie sich, als ob ihr eine Heerschar Assistentinnen zur Verfügung stünden.

Nie räumte sie die Sachen, in denen sie posiert hatte, wieder weg, sondern ließ alles auf einem unordentlichen Haufen liegen, holte ihr Smartphone hervor, um darauf herumzuklimpern, und sah tatenlos dabei zu, wie Miriam die Kleider, Tücher, Schuhe und Accessoires auseinandersortierte und weghängte.

Aber die Aufnahmen, die bei ihren Sessions entstanden, konnten sich sehen lassen. Es war Miriam gelungen, eine fast unwirkliche Atmosphäre zu erzeugen, als erzähle sie die Geschichte einer Zeitreise, von Epoche zu Epoche, und dazu passten Lisas zarte Züge und ihr ätherisches wandelbares Erscheinungsbild einfach perfekt. Wenn sie nur nicht so zickig wäre!

Eigentlich huschte nur dann ein Lächeln über ihr Gesicht, wenn Sascha auf einen kurzen Schwatz im Laden vorbeischaute – mehr war ja unter den Umständen leider nicht drin, zumal er in letzter Zeit ständig auf dem Sprung irgendwohin war. Miriam wusste nicht so recht, wie sie Lisas Verhalten finden sollte, auch wenn Sascha seine Aufmerksamkeit, bis auf einen kurzen Gruß, eigentlich immer ihr widmete.

Obwohl, wenn sie ehrlich war, fand sie es ätzend. Nicht dass sie irgendwelche Ansprüche anmelden konnte. Was war schon ein einziger Kuss? Selbst wenn es sich um einen buchstäblich atemberaubenden Kuss handelte, der einen die ganze Nacht wach gehalten und noch am nächsten Morgen für ein erregendes Prickeln im ganzen Körper gesorgt hatte.

Die versprochene Fortsetzung dieses Kusses hatte es jedenfalls noch nicht gegeben, was allerdings auch daran liegen könnte, dass Sascha mal wieder für ein paar Tage in Heidelberg war, um dieses vermaledeite Vorweihnachtsprojekt endlich einzutüten.

Lisa wohnte ebenfalls in Heidelberg, auch deshalb war es Miriam ganz recht, sie möglichst oft hier vor ihrer Nikon zu wissen, wo sie ein Auge auf sie haben konnte und wo sie möglichst weit weg von Sascha war. Zwar hatte der bei seinen Besuchen in der Boutique absolut keinen *Ich-stehe-auf-Lisa-Vibe* ausgestrahlt, aber umgekehrt galt das definitiv nicht, und Miriam wollte das Schicksal nicht unnötig herausfordern. Dafür waren ihr die Momente mit Sascha schon viel zu wichtig geworden.

Wie sich am nächsten Tag herausstellte, war Lisas Modeltraum größer als ihre Wut auf Kaila. Pünktlich zur vereinbarten Zeit hielt ihr klappriger Renault vor dem Geschäft, kurz vorher hatte Miriam wie angedroht Kaila in die Wohnung verfrachtet und die Verbindungstür zur Boutique abgeschlossen. Natürlich ließ die aufgebrachte Stubentigerin sich nicht widerstandslos aussperren, sondern sprang kratzend und miauend an der Tür empor und versuchte sogar, die Klinke herunterzudrücken – was ihr immerhin schon ein paarmal gelungen war. Aber gegen ein doppelt abgeriegeltes Schloss konnte selbst Kaila nichts ausrichten, und so hatte sie schließlich aufgegeben. Aber Miriam hatte so eine Vorahnung, dass ihre beleidigte Samtpfote sie später für ihre „Unverschämtheit" abstrafen würde.

„Bist du gut hergekommen?", erkundigte Miriam sich höflich, während sie die Sachen heraussuchte, in denen sie Lisa heute posieren lassen wollte: ein prüdes Chanel-Kostümchen mit Pillbox-Hut – Sechzigerjahre-Noblesse à la Jacqueline Bouvier Kennedy.

„Klar", erwiderte Lisa und zog vorsichtig die bereitgelegten Seidenstrümpfe an. „Alle Straßen sind geräumt, und glatt ist es auch nicht."

Miriam stylte die etwas überschulterlangen kastanienbraunen Haare ihres Models mit ein paar Tricks zum klassischen Bob. Für das, was sie in den nächsten Sitzungen vorhatte, würde sie einige Perücken besorgen müssen. Hoffentlich ließ Tante Julianes Friseurin sich breitschlagen, ihr ein paar hochwertige Exemplare auszuleihen, die Dinger kosteten nämlich ein Vermögen.

Lisa schaute sich ängstlich um. „Wo steckt denn deine fiese Katze?"

„Kaila ist eigentlich gar nicht fies. Sie ist in der Wohnung, und die Tür ist abgeschlossen, du brauchst also keine Angst zu haben." Und bitte noch zwei Wochen durchhalten, bis ich meine Serie im Kasten habe, fügte Miriam in Gedanken hinzu. *Danach kannst du dann gerne empört davonrauschen, möglichst weit weg.*

Lisa verdrehte entnervt die Augen. „Sie hat mich angegriffen. Sascha mag auch keine Katzen", fügte sie dann unvermittelt hinzu.

Miriam runzelte die Stirn. „Was hat das denn damit zu tun?" Und woher wusste Lisa da so gut Bescheid? Wie lange kannte sie Sascha schon? Wieder meldete sich dieser kleine, aber gemeine Stich der Eifersucht. Sie schüttelte den Kopf. „Außerdem verträgt er sich gut mit Kaila. Sie besucht ihn regelmäßig."

Lisa schaute sie skeptisch an. „Kann ich mir nun überhaupt nicht vorstellen."

„Vielleicht solltest du mal an deiner Vorstellungskraft arbeiten." Wieso unterhielt sie sich eigentlich überhaupt mit dieser Schnepfe, die sich für ihren Geschmack viel zu offensichtlich an Sascha ranwarf. „Hier, die Brosche passt super zu dem Kostüm. Kinn hoch und halt still, sonst pikse ich dich noch."

Die nächsten vier Stunden arbeiteten sie konzentriert, nur dreimal wurde die Session von Kundinnen unterbrochen, die den beiden jungen Frauen eine Weile fasziniert zusahen, bevor sie Miriams Dienste in Anspruch nahmen.

„Kriegt man die Fotos denn auch mal zu sehen?", wollte eine der Kundinnen wissen.

Miriam schaute von ihrer Nikon auf. „Vielleicht macht Tante Juliane hier ja mal eine kleine Ausstellung. Ich schlage es ihr auf jeden Fall vor."

Sie war recht zufrieden mit ihrer bisherigen Ausbeute. Es machte Spaß, ihre Ideen mit einem Menschen aus Fleisch und Blut umzusetzen, der spontan auf ihre Anweisungen reagieren konnte, anstatt mit den leblosen Schaufensterpuppen.

Schade nur, dass Lisa zwischen den Aufnahmen immer so rumzickte, andererseits war das wahrscheinlich eine ganz gute Vorbereitung, falls Miriam es künftig tatsächlich öfter mit Models zu tun haben sollte, was sie sich immer besser vorstellen konnte.

Auf jeden Fall würde sie das Mädchen demnächst mal für einen sonnigen Nachmittag unter den Dreischläfrigen Galgen zerren, das hatte sie sich fest vorgenommen. Erstens, um die zimperliche Lisa ein bisschen zu ärgern. Zweitens, weil das ein sensationelles Motiv war: Junge zarte Elfe in historischen Kostümen posiert vor kahler schneebedeckter Winterlandschaft mit berühmtem Galgen. Was man dort alles machen könnte …

Plötzlich sprudelte sie nur so über vor Ideen, es war, als ob jemand einen Staudamm eingerissen hatte, und auf einmal hatte ihr wilder, kreativer Gedankenstrom freie Fahrt. Endlich hatte sie etwas gefunden, das ihr wirklich Spaß machte – und sie beruflich weiterbringen könnte. Sie würde Tante Juliane ewig dankbar sein.

*

Kaila hockte bedröppelt auf ihrer Lieblingsfensterbank und leckte nicht nur ihr Fell, sondern auch ihre seelischen Wunden. Nie zuvor war sie aus dem spannenden Raum mit den vielen Farben und Stoffen ausgesperrt worden. Nie zuvor war Miriam ungnädig mit ihr gewesen. Nie zuvor hatte sie sich gefühlt wie das überflüssigste Kätzchen aus dem Wurf, mit dem keiner spielen wollte.

Außerdem langweilte sie sich schrecklich. Sie hatte eine Weile mit ihren Plüschmäusen herumgetobt, aber die waren längst nicht so aufregend wie die lebendigen, die sich da draußen unter dem kalten Zeug verkrochen hatten. So langsam hing Kaila diese weiße feuchte Schicht zum Hals raus. Ja, es war lustig, sich da reinzustürzen und einen Weg zu bahnen, aber doch nicht immer wieder und schon gar nicht allein.

Die beiden noch ganz jungen Neuankömmlinge ein paar Gärten weiter durften offenbar gar nicht ins Freie, solange draußen alles weiß war, und auch der Graugetigerte machte sich in letzter Zeit ziemlich rar. Bestimmt blieb er lieber im Warmen und futterte sich einen Wanst an, den sie ihm dann später wieder mühsam abtrainieren musste, weil er damit einfach nur unmöglich aussah. War ja klar, dass auch das an ihr hängen bleiben würde, nach dem Motto: Kaila wird's schon richten.

Dabei hatte sie doch auch ihre Bedürfnisse, und es war ja wohl wirklich nicht zu viel verlangt, dass man sich auch mal um sie kümmerte, wo sie sich doch schon immer so selbstlos zurücknahm, um anderen zu helfen.

Auf Saschas Hof war auch nichts los, da war sie schon zweimal gewesen. Die riesige Rollmaschine stand nicht in ihrem Verschlag, es gab keine frischen Fährten, und die Haustür war zu.

Vielleicht sollte sie mal wieder vor der *anderen* verschlossenen Tür nach dem Rechten sehen. Sie wäre so gern wieder in dem bunten Raum, in dem immer was los war. Vor allem jetzt, da Miriam ständig mit diesem seltsamen kastenartigen Ding spielte, das so lustig surrte und klickte und aus dem manchmal Blitze kamen. Auch wenn Kaila nicht verstand, dass Miriam dieses vergnügliche Spiel ausgerechnet mit dem bösen Menschenmädchen spielte und nicht mit ihr.

Sogar eine riesige große Scheibe hatte sie aufgestellt, vor der das unsympathische menschliche Wesen alle möglichen Stellungen einnahm, so ähnlich wie Kaila, wenn sie sich auf der Fensterbank rekelte.

Eigentlich sah es ganz interessant aus, was Miriam und die andere da veranstalteten. Kaila hätte große Lust, das auch auszuprobieren.

Aber sie durfte ja nicht mal zuschauen. Gut, ein bisschen hatte sie sich das vielleicht selbst eingebrockt. Sie hätte das Mädchen nicht so wild attackieren dürfen, zumal der erhoffte Effekt – den Eindringling für immer zu vertreiben – bedauerlicherweise nicht eingetreten war. Stattdessen hatte man *sie* vertrieben.

Dabei wollte sie doch nur das Beste. Für Miriam, für sich und ganz allgemein. Und dieses dünne zeternde Mädchen war definitiv nicht gut; es störte ihre Mission, auch wenn Kaila noch nicht ganz sicher war, auf welche Weise.

Sie sprang auf und lief zu der Tür, die zu dem bunten Raum führte. Tatsächlich stand diese wieder einen katzenfreundlichen Spalt offen, was nur bedeuten konnte, dass der Störenfried wieder weg war, wenn auch leider wohl nicht endgültig.

Kaila schlüpfte hindurch und suchte sich erst mal einen erhöhten Aussichtspunkt, um die Lage zu sondieren. Miriam kauerte am Boden und starrte gebannt auf ihren Blitzkasten. Direkt vor der schräg stehenden Scheibe fiel gleißend helles Licht auf den Boden, wo es eine Art Kreis bildete.

Die Quelle dieses Lichts war ein hohes schwarzes Ding, das auf drei spillerigen Beinen stand. Kaila wusste, dass es bald verschwinden würde: Dieses spezielle Licht schien immer nur dann, wenn Miriam ihren komischen Kasten auf das dünne Zeter-Mädchen richtete. Der helle Kreis am Boden sah sehr warm und gemütlich aus. Sie beschloss, die günstige Gelegenheit zu nutzen, solange Miriam abgelenkt war.

*

Zugegeben, Lisa nervte und hatte einen miesen Charakter. Aber die Kamera liebte sie – Miriam war immer wieder verblüfft, wie ein paar Meter Stoff und etwas Farbe im Gesicht ihr Model in einen völlig neuen Menschen verwandelten. Leider nur äußerlich. Sobald eine Aufnahme im Kasten war, fing Lisa an zu meckern.

Ob das alles nicht viel zu künstlerisch wäre für ein Bewerbungsportfolio. Ob Miriam sie nicht auch mal in modernen Klamotten fotografieren könnte. Ob sie nicht mal was anderes als Snack haben könnte als immer nur Mandarinen und Trauben. Die Zimtsterne gingen ja wohl gar nicht. „Viel zu viele Kalorien, da solltest du echt auch mal ein bisschen aufpassen."

Und morgen könnte sie leider nicht nach Beerfelden kommen, sie müsste noch mal für ein laufendes Projekt, an dem sie mitgearbeitet hatte, im Architektur-Büro aufschlagen. „Aber das macht mir nichts aus, schließlich ist Sascha auch dabei."

Am liebsten hätte Miriam sie an ihrer zarten Kehle gepackt und gewürgt. Stattdessen hatte sie sich ein knappes, aber zivilisiertes „Okay" abgerungen.

Sie seufzte und versuchte sich daran zu erinnern, ob sie mit zwanzig auch so ein Miststück gewesen war. Ehrlich gesagt, passte es ihr ganz gut, mal einen Lisa-freien Nachmittag zu haben. Ihre Nerven würden es ihr danken. Und Kaila wäre sicher überglücklich … Wo steckte ihre angriffslustige Katze eigentlich? Sie hatte doch sicher schon spitzgekriegt, dass ihre Feindin nicht mehr da war.

Miriam schaute vom Kontrollbildschirm ihrer Kamera auf und hätte vor Überraschung fast die Nikon fallen lassen. Unbemerkt hatte Kaila sich im Lichtkegel der Kameralampe zu einer flauschigen schwarz-weißen Halbkugel zusammengerollt. Ihr Schwanz schmiegte sich an ihre gestreckten Hinterbeine, das Köpfchen lag auf der Schulter. Sie wirkte elegant wie eine altägyptische Katzenskulptur, und der smaragdgrüne Kaftan, den Lisa während der letzten Aufnahmen des Tages getragen hatte, bauschte sich um sie herum wie eine seidige Wolke.

Noch während sie die Nikon hob, um das bezaubernde Bild für die Ewigkeit einzufangen, keimte in ihr eine Idee.

Katzen und Kleider, da müsste doch was gehen... Allerdings nur, wenn Kaila mitspielte. Bislang hatte Miriam sie immer nur spontan geknipst, für Tante Juliane und weil diese Katze einfach so wunderschön war. Aber für das, was ihr noch ganz vage vorschwebte – sie wollte irgendwie die kapriziöse, elegante Katzen-Persönlichkeit zusammen mit den oft exzentrischen, jedenfalls ungewöhnlichen Kleidern aus vergangenen Epochen inszenieren –, brauchte sie eine Kaila, die zumindest ein paar Minuten lang Miriams „Anweisungen" folgte.

Ihre Neugier zu wecken dürfte nicht weiter schwierig sein, ihr Interesse lange genug zu halten hingegen schon – Katzen hatten bekanntlich eine notorisch kurze Aufmerksamkeitsspanne, und hinter der nächsten Ecke schien immer schon eine neue, aufregendere Beschäftigung zu warten.

Vielleicht könnte ich sie ja mit Leckerlis bestechen. Sie achtet ja wohl nicht so auf Kalorien wie Lisa...

Auf jeden Fall würde sie es versuchen! Probieren geht über Studieren, dachte sie. Kaila, wohl aufgeschreckt von den leisen Kamerageräuschen, hob den Kopf, und ihre Ohren richteten sich auf. Miriam knipste weiter. Kaila erhob sich, den Schwanz hochgereckt, die Nase gerümpft. *Wie schade, das war's wohl schon.*

Doch zu ihrer freudigen Verblüffung schien sie die Stubentigerin bei ihrer Eitelkeit gepackt zu haben. Oder Kaila fand einfach Gefallen an diesem neuen Spiel. Jedenfalls streckte sie sich anmutig, bis sie fast doppelt so lang schien wie normal und ihr Körper einen perfekten Bogen bildete, von der angespannten Schwanzspitze bis zur hochgereckten Nase. Dann setzte sie sich hin, hob eine Pfote, schaute mit leuchtend grünen Augen direkt in die Kamera, wie es Miriam schien, und bleckte die Zähnchen zu einer Art huldvollem Lächeln.

Miriam schüttelte leicht den Kopf über das divenhafte Verhalten, drückte aber die ganze Zeit auf den Auslöser. *Wer weiß, ob sich so eine Chance noch mal ergibt!*

Tatsächlich machte Kaila aber nicht den Eindruck, als ob sie demnächst anfangen könnte, sich zu langweilen, im Gegenteil: Sie richtete sich auf die Hinterbeine auf und machte Männchen. Das tat sie sonst nur, wenn sie an eine besondere Delikatesse gelangen wollte.

Es war unglaublich niedlich, vor allem, wenn Miriam sich auf den Bauch legte und die Kamera so hielt, dass der breitkrempige Hut, den sie dekorativ auf einem Hocker drapiert hatte, über Kailas hochgerecktem Kopf zu schweben schien, während die Katze immer wieder danach haschte.

Die nächste Stunde verging wie im kreativen Rausch. Zu Miriams unendlicher Verblüffung blieb Kaila die ganze Zeit bei Laune, gefördert durch einige Belohnungs-Leckerlis und Streicheleinheiten. Zwischendurch spürte Miriam den Hauch eines schlechten Gewissens, weil sie die Boutique nicht – wie ursprünglich geplant – wieder geöffnet hatte. Aber das hier war wichtiger als zwei oder drei enttäuschte Kundinnen, beschloss sie egoistisch. Es ging um ihre berufliche Zukunft.

Sie inszenierte Kaila auf Kleidern, in Kleidern und um

Kleider herum. Sie probierte alles Mögliche aus: Kaila wie ein Fellkragen um die Schultern einer als Ballkönigin gestylten Puppe gelegt, Kaila auf der Lehne eines Barockstuhls, über den sie ein hauchzartes Negligé geworfen hatte, Kaila als Blumenkätzchen mit Stirnband und Fake-Joint zwischen den Pfoten. Kaila, die sich in einem Pillbox-Hütchen zusammenrollte. Kaila mit Spitzenschleier ... Selbst wenn die Bilder nicht das werden sollten, was Miriam sich vorstellte – die außergewöhnliche Session machte beiden einen Heidenspaß.

Abends waren dann beide so erschöpft, aber hochzufrieden mit sich, dass sie eng aneinandergekuschelt auf dem Sofa einschliefen.

11. KAPITEL

Der nächste Tag begann sogar noch schöner, als der vorige aufgehört hatte, denn gegen halb elf schneite Sascha in den Laden. Buchstäblich, denn draußen tanzten wieder weiße Flocken aus den grauen Wolken. Er hatte eine Papiertüte in der Hand, die er verheißungsvoll schwenkte. „Hast du Zeit und Lust für ein zweites Frühstück? Ich treffe mich nachher auf dem Hof mit einem Elektriker, um die letzten Feinheiten fürs Atelier zu besprechen, und nachmittags muss ich wieder in Heidelberg sein, aber ich wollte dich unbedingt sehen."

Er legte seinen freien Arm um ihre Taille, und sie ließ sich bereitwillig in eine Umarmung ziehen. Fast eine Woche hatten sie sich jetzt nicht gesehen und bis auf ein paar SMS auch keinen Kontakt gehabt; im Architektur-Büro herrschte Deadline-Panik wegen der Feiertage, und die Arbeitstage dauerten bis tief in die Nacht. Dass er trotzdem extra früh nach Beerfelden gefahren war, um mit ihr zu frühstücken, war also ein echter Kraftakt, was er bestimmt nicht machen würde, wenn ihm nichts an ihr läge. Sie freute sich riesig, und ehrlich gesagt fiel ihr auch ein kleiner Stein vom Herzen. Denn sie hatte sich doch ein paar Gedanken gemacht über das, was zwischen ihnen lief. Beziehungsweise, *ob* überhaupt was zwischen ihnen lief.

Sein Begrüßungskuss, der wohl etwas heißer ausfiel als von beiden geplant, ließ jedoch sämtliche Zweifel dahinschmelzen – und Miriams Knie gleich mit. Kam das leise Stöhnen, das sie hörte, von ihr oder von ihm?

Bevor sie mitten im Laden über ihn herfallen konnte, löste sich Miriam sanft von Sascha und ging auf zitternden Beinen zur Tür. Sie drehte das „Open"-Schild um und schloss ab.

„Du kommst wie gerufen", sagte sie dann und räusperte sich. Klang ihre Stimme immer so heiser? „Ich komme fast um vor Hunger." Auf was genau, wollte sie ihm lieber nicht sagen, auch wenn die Schmetterlinge in ihrem Bauch gerade die wildesten Kapriolen aller Zeiten trieben. Aber noch war sie nicht bereit, sich mit ihren Gefühlen aus der Schutzzone zu begeben – und womöglich wieder verletzt zu werden, kaum dass die alten Wunden angefangen hatten zu heilen.

Abgesehen davon knurrte ihr wirklich der Magen. Sie hatte heute Morgen um neun den ersten Termin mit einer Kundin von außerhalb gehabt, da war keine Zeit für mehr als eine hastige Tasse Kaffee gewesen.

In trauter Zweisamkeit vertilgten sie ihre Croissants, so selbstverständlich, als ob sie schon seit Jahren zusammen frühstückten, und brachten sich gegenseitig über ihre laufenden Projekte auf den neuesten Stand. Natürlich wollte Sascha die Fotos sehen, die sie in den letzten Tagen gemacht hatte, und Miriam war wirklich erpicht darauf, sie ihm zu zeigen.

Komisch, sonst zierte sie sich da viel mehr. Selbst Jana musste immer lange betteln, bis Miriam ihr einen kurzen Blick auf ihre aktuellen Arbeiten gewährte. Dass sie bei den Mode-Bildern noch nicht mal eine vorzeigbare Vorauswahl getroffen oder die Fotos bearbeitet hatte, war ihr plötzlich total egal.

Eine Weile klickten sie sich schweigend durch die Fotos, dann konnte Sascha nicht mehr an sich halten. „Ich fass es einfach nicht. Wie hast du sie denn *dazu* gebracht?", fragte er verblüfft.

„Meinst du Lisa oder Kaila?", erwiderte sie belustigt.

„Kaila natürlich", antwortete er auf ihre Gegenfrage. „Lisas Motivation kenne ich ja. Aber wie hast du deine Katze dazu gebracht, in diesen Jackie-Kennedy-Gedächtnishut zu krabbeln? Oder auf diesem grünen Fetzen Männchen zu machen?"

„Keine Ahnung. Ich glaube, für sie war's einfach ein Spiel. In letzter Zeit habe ich sie wohl ein bisschen vernachlässigt, ich hatte so viel zu tun mit dem Laden und den Fotos. Und nach der Sache mit Lisa fühlte Kaila sich wohl zu Unrecht abgestraft. Jedenfalls war sie die ganze Zeit mit Feuereifer bei der Sache."

„Was war denn mit Lisa?" Er schaute argwöhnisch zu Kaila hin, die in ihrer Essecke saß und ausgiebig Mittagstoilette machte, griff nach seiner Tasse, trank einen Schluck und rümpfte die Nase. „Eiskalt. Ich mache mir schnell einen neuen. Willst du auch noch?" Sie nickte, und er stand auf, nahm die beiden Tassen und ging ganz selbstverständlich zur Kaffeemaschine, als ob er sich hier schon ganz wie zu Hause fühlte.

Miriam musste unwillkürlich grinsen. Dabei war es ja streng genommen nicht mal ihr Zuhause. Obwohl es sich mittlerweile so anfühlte.

„Also, was war nun mit Lisa?"

„Ach, Kaila mag sie irgendwie nicht." Miriam zuckte mit den Schultern. „Von Anfang an hat sie gefaucht und ein total untypisches aggressives Verhalten an den Tag gelegt. Und dann ist sie sogar richtig auf Lisa losgegangen, hat sie gekratzt und, ich glaube, sogar gebissen. Und Lisa hat nach ihr getreten. Dann ist sie beleidigt abgezischt, und mir ist der Kragen geplatzt, und ich habe Kaila die Leviten gelesen, woraufhin sie ebenfalls beleidigt war. Seither verbanne ich sie jedes Mal so lange aus dem Laden, bis Lisa wieder weg ist." Sie nahm den Kaffee, den Sascha ihr reichte. „Danke."

Er setzte sich mit seiner Tasse wieder neben sie. „Komisch. Davon hat sie mir gar nichts erzählt."

Miriam hob ruckartig den Kopf. „Du hast mit Lisa gesprochen?", fragte sie schärfer als beabsichtigt.

„Ja. Klar." Sascha klang verwirrt. „Sie war doch bei uns im Büro, um auszuhelfen."

Stimmt, sie hatte so was gesagt, trotzdem ging es Miriam gegen den Strich, wie beiläufig Sascha die schöne junge Frau erwähnte. Und dass er Lisa früher wiedergesehen hatte als sie. Sie wusste, dass das albern war. Außerdem stand es ihr nun wirklich nicht zu, über Saschas Bekanntschaften zu bestimmen, und sie hatte ja auch gar keine Ahnung, wie das Verhältnis zwischen den beiden war. *Du wirst doch wohl nicht auf so eine Göre eifersüchtig sein?*

„Sie schien sogar ganz scharf darauf zu sein, dir wieder Modell zu stehen", fuhr er fort. „Jedenfalls wollte sie heute Morgen unbedingt mitkommen. Sie meinte, ich könnte sie ja hier abliefern und dann, wenn mein Elektriker-Termin vorbei ist, wieder einsammeln und mit nach Heidelberg zurücknehmen."

Damit Sascha und ich auch bestimmt keine Gelegenheit haben, allein miteinander zu sein, dachte Miriam säuerlich. „Aber?", erkundigte sie sich. „Woran ist dieser ungeheuer praktische Plan gescheitert?"

„An meinem Kollegen Frank, der extrem nervös wegen dieses Projekts ist. Er hat sie für Archivarbeiten eingespannt." Er grinste, immun gegen ihren Sarkasmus. „Was mir nur recht war, so musste ich ihre Bitte nicht direkt abschlagen. Schließlich ist der Elektriker nicht die einzige Grund, der mich hergelockt hat."

Sascha legte eine Hand auf ihren Oberschenkel, relativ unschuldig eigentlich, aber trotzdem löste die Berührung ein brennendes Prickeln aus, und Miriam musste sich zusammenreißen, um nicht einladend die Beine zu spreizen. „Und ich hatte nicht vor, meine kostbare Miriam-Zeit mit ihr zu teilen." Um seine Augen, die im gedämpften Licht silberblau schimmerten, bildeten sich sexy Lachfältchen.

Leider brummte in diesem Moment Saschas Handy, das vor ihm auf dem Tisch lag. Er warf einen genervten Blick auf das Display. „Der verdammte Elektriker. Mist. Er wollte anrufen, wenn er bei mir vor der Tür steht."

Er nahm das Gespräch an. „Hallo? Ja. Ja, alles klar. Nein, Sie kriegen das Tor nicht ohne Schlüssel auf. Aber ich bin in ein paar Minuten da." Er steckte das Telefon ein und küsste Miriam kurz, aber mit einer Heftigkeit, die keinen Zweifel daran ließ, wie sehr er den überstürzten Abschied bedauerte.

Sie legte beide Hände an seine Wangen und küsste ihn noch einmal, sanfter, aber so ausführlich, dass er für ein paar Sekunden den wartenden Handwerker zu vergessen schien. Diesmal war sie es, die den Kuss beendete. „Irgendwie scheint einer von uns es immer eilig zu haben", murmelte sie und lächelte bedauernd.

„Es kommen bessere Zeiten", versprach er, schob ihr eine widerspenstige Locke hinters Ohr und küsste ihre Nasenspitze. Dann sprang er auf. „Ich kann den armen Mann nicht vor meinem Hoftor einschneien lassen. Er hat sich extra heute für mich zwei Stunden freigeschlagen. Danach muss ich leider auch gleich zurückdüsen, wir haben am Spätnachmittag Krisensitzung wegen dieses verfluchten Auftrags. Ich melde mich, sobald ich wieder Herr meiner Zeit bin." Er stöhnte genervt auf. „Lässt du mich vorn beim Laden raus? Ich habe direkt vor der Tür geparkt." Er schnappte seine Jacke und folgte Miriam in die Boutique.

Sie schloss auf, drehte das „Closed"-Schild um und sah zu, wie Sascha in seinen mitternachtsblauen SUV stieg. *Hat er sich den Lack passend zu seiner Augenfarbe ausgesucht?* Er winkte ihr noch einmal zu und fuhr dann die paar Meter zu seinem Hof weiter, vor dessen Einfahrt durch die wirbelnden Schneeflocken ein dunkelgrüner Lieferwagen auszumachen war.

*

Die nächsten Tage vergingen wie im Fluge mit Kundinnen und Fotosessions. Lisa wurde im Heidelberger Architektur-Büro wohl ziemlich stark in Anspruch genommen und hatte sich für den Rest der Woche entschuldigt. Miriam nutzte die Gelegenheit für weitere Experimente mit Kaila, die des Spiels mit Licht und Kamera offenbar immer noch nicht überdrüssig war.

Die Samtpfote genoss es, im Mittelpunkt der Aufmerksamkeit zu stehen, und wenn ihr Enthusiasmus nachzulassen schien, bestach Miriam sie hemmungslos mit Leckerlis. Wenn das so weiterging, würde Tante Juliane bei ihrer Rückkehr eine ungewohnt mollige Kaila vorfinden.

Nicht mal vom Klingeln der Ladenglocke ließ ihr neues Model sich stören.

„Nein, wie entzückend!", rief Frau Kollerjan, die seit vielen Jahren zu Julianes Stammkundinnen gehörte und auch schon ein paarmal von Miriam bedient worden war. „Ich suche nach einem Weihnachtsgeschenk für meine Schwiegertochter", fuhr sie fort. „Sie schwärmt für Retro-Schmuck, da dachte ich, ich könnte sie mal mit einer echten Antiquität überraschen."

Miriam machte Anstalten, die Kamera beiseitezulegen, doch Frau Kollerjan wehrte ab. „Machen Sie ruhig weiter, ich schaue gern ein bisschen zu, wenn ich darf."

Eine Viertelstunde später, als Kaila ihr Modelhonorar in Form von Leckerlis vertilgt und sich hoheitsvoll, aber auch ein wenig erschöpft auf einem Samtkissen neben dem Sekretär ausgestreckt hatte, reichte Miriam Frau Kollerjan eine Schatulle mit Art-déco-Schmuck. „Darin finden Sie bestimmt was Passendes – ich glaube, mit Ohrringen oder einer Kette können Sie am meisten punkten."

Die Kundin entschied sich geschmackssicher für ein Collier aus Galalith-Blüten und Silberperlen. „Das passt zu ihren grünen Augen."

Bevor sie mit ihrer Beute den Laden verließ, schaute sie noch mal zu Kaila hin, die auf ihrem Kissen eingeschlafen war. „Bekommt man denn die Fotos, die Sie mit ihr machen, auch mal zu sehen?"

Sie war nicht die erste Kundin, die diese Frage stellte. Anfangs hatte Miriam das als reine Höflichkeit abgetan oder gedacht, dass in Beerfelden ja wirklich der Hund begraben sein musste, wenn die Leute hier schon ein paar Katzenfotos so aufregend fanden. Aber inzwischen war sie selbst der Meinung, dass diese Bilder etwas Besonderes waren, und freute sich über das Interesse.

„Vielleicht könnte ich ein paar besonders gelungene Aufnahmen hier ausstellen", überlegte sie laut. Dem Geschäft konnte so eine kleine „Katzen-Fashion-Schau" auf keinen Fall schaden.

Frau Kollerjan schien jedenfalls begeistert. „Tolle Idee! Gerade jetzt im Advent bringt das die Leute vielleicht noch auf ein paar besondere Geschenkideen. Vor allem, wenn Sie auch Bilder mit Schmuckstücken und anderen Accessoires machen, die man eher mal spontan für andere kauft als Klamotten, weil da die Konfektionsgröße egal ist."

Miriam lächelte die treue Kundin ihrer Tante strahlend an. „Sie sind genial, Frau Kollerjan. Wissen Sie was? Das mache ich."

Plötzlich hatte jeder Tag viel zu wenige Stunden. Das bekam auch Sascha zu spüren, der anrief, um über seinen Mörderstress zu jammern und sich eine Portion Mitgefühl abzuholen.

„Was glaubst du denn, was ich hier mache?", rief Miriam gespielt genervt ins Telefon. „Auf dem Sofa liegen, Marzipankugeln essen und mich nach dir verzehren?"

„Auf die Marzipankugeln wäre ich ehrlich gesagt nicht von selbst gekommen ..."

„Ich fotografiere mir die Finger wund. Kaila stellt mir schon Überstunden in Rechnung. Gestern habe ich sie dabei erwischt, wie sie sehnsüchtig in den Schneematsch blickte, als könne sie sich nichts Schöneres vorstellen, als da draußen zu frieren und den Schneemann anzumaunzen."

Das war natürlich übertrieben; Kaila sonnte sich noch immer in Miriams Aufmerksamkeit. Ob sie eine Ahnung hatte, was dieses Spiel eigentlich bezweckte? Ein paarmal hatte Miriam sich mit ihr und dem Laptop auf die Couch gekuschelt und Fotos aufgerufen. Kaila hatte von ihrer bequemen Position auf Miriams Bauch aus wie hypnotisiert auf ihr Konterfei gestarrt. Ihr Schwanz zuckte, ihre Ohren richteten sich auf, und dann stupste sie Miriam plötzlich mit der Nase an und leckte ihr sanft über die Hand.

Miriam beschloss, das als Zustimmung zu interpretieren. Außerdem war sie ziemlich sicher, dass Kaila die gesteigerte Zuwendung seitens der Kundinnen mitbekam, die sich vor Bewunderung gar nicht mehr einkriegten, wenn sie sahen, wie Kaila sich vor der Kamera in Position brachte.

„Ich glaube, ich habe da ein Monster erschaffen", sagte sie und lachte. „Warte nur, bis du ihr mal wieder begegnest. Wahrscheinlich erwartet sie dann deutlich aufwendigere Huldigungen von dir." Anderseits war Kaila selbst in ihren eitelsten Momenten noch tausendmal netter als Lisa, nach der Miriam nicht die geringste Sehnsucht verspürte.

Trotzdem hätte sie gern gewusst, ob und wann sie mal wieder mit dem mürrischen Model rechnen konnte. „Aber im Augenblick ist Kaila halt mein einziges Motiv. Lisa lässt mich seit Tagen hängen, und ich habe auch nichts von ihr gehört", erklärte sie Sascha.

„Ich frag sie einfach mal", gab der zurück. „He, Lisa", hörte sie ihn rufen. „Miriam fragt, wann du mal wieder Zeit für eine Fotosession hast?"

Miriam zuckte peinlich berührt zusammen. Das klang ja, als säße sie hier und raufte sich die Haare, weil ihr Supermodel anderweitig beschäftigt war. Außerdem verspürte sie einen fiesen Stich im Herzen, der da gar nichts zu suchen hatte.

Ich wusste doch, dass Lisa wieder Bürodienste schiebt. Sie hörte im Hintergrund Lisas Quengelstimme und Saschas tieferen Bariton. Dann mischte sich noch eine andere männliche Stimme in das Gespräch ein, die Miriam nicht kannte.

„So, da bin ich wieder", verkündete Sascha. „Frank sagt, er braucht Lisa nur noch bis morgen Mittag. Lisa sagt, dass sie danach nach Beerfelden kommen könnte, wenn ich sie fahren und abends auch wieder mit zurücknehmen würde. Ihr Auto ist kaputt. Ich müsste ohnehin mal wieder auf dem Hof nach dem Rechten sehen und könnte bei der Gelegenheit noch schnell ein paar Umzugskisten mitnehmen. Viel Zeit hab ich allerdings nicht, hier ist wieder Nachtschicht angesagt. Reichen dir zwei Stunden?"

Miriam musste schlucken. Ihr Mund war plötzlich ganz trocken. „Wofür?", krächzte sie.

„Für deine Fotosession mit Lisa."

„Oh. Aha. Ja. Ja klar." Sie hustete, um den Frosch aus ihrer Kehle zu bekommen, erstickte aber trotzdem fast an ihrer

Enttäuschung. Sascha hatte viel zu tun, das sah sie ja ein. Der Job. Die Baustelle. Aber er scheint ja trotzdem Zeit zu haben, die kostbare Lisa durch die Gegend zu kutschieren, flüsterte eine kleine böse Stimme in ihrem Kopf. „Sicher. Ich müsste nur wissen, von wann bis wann sie zur Verfügung steht."

Eine weitere gedämpfte Hintergrund-Diskussion ergab, dass Lisa und Sascha um halb zwei losfahren würden und gegen halb drei in Beerfelden wären. Spätestens um fünf musste Sascha dann wieder nach Heidelberg aufbrechen.

„Alles klar, dann weiß ich Bescheid. Bis morgen." Sie machte Anstalten, das Gespräch zu beenden, bevor sie noch etwas sagte, das ihr hinterher leidtat. Warum war sie bloß so sauer? Schließlich wollte er ihr doch nur einen Gefallen tun. Oder etwa nicht?

„Heh", sagte Sascha. „Nicht so schnell. Bis morgen. Ich freu mich auf dich."

„Ich freu mich auch." Was gab es schließlich Schöneres als die Vorstellung, dass der Mann, für den man sich ein bisschen mehr interessierte, als man zuzugeben bereit war, mit einer wahnsinnig schönen Zwanzigjährigen zwischen Heidelberg und Beerfelden hin- und herfuhr, während man selbst besagter Zwanzigjähriger in deren spärlicher Sascha-freien Zeit zu Ruhm und Ehre verhalf?

*

Kaila war überglücklich. Nicht nur, dass das grässliche dünne Zeter-Mädchen doch nicht mehr aufgetaucht war, wahrscheinlich, weil Kaila so souverän ihren Platz vor Miriams Blitzkasten eingenommen hatte. Auch die traurige Aura, die ihren Adoptiv-Menschen anfangs umgeben hatte, war so gut wie verschwunden.

Stattdessen konnte Kaila dort eine neue Aufregung erkennen, manchmal ein bisschen Ärger und ganz viel freudige Erwartung. Kaila war davon überzeugt, dass das mit ihrer Mission zu tun hatte, die offenbar weiterhin Erfolg versprechend verlief, auch wenn sie Sascha seit bedenklich langer Zeit nicht mehr zu Gesicht bekommen hatte, obwohl sie in den wenigen Momenten, die sie nicht in dem Raum mit den Stoffen verbrachte, immer mal wieder auf dem Hof nachgeschaut hatte.

Abends war Miriam jetzt immer besonders anhänglich. Sie kuschelte sogar mit ihr auf dem schönen Sofa, bevor Kaila überhaupt Gelegenheit hatte, ein bisschen gekränkt zu tun, weil man sich nicht angemessen um sie kümmerte.

Neulich hatte sie ihr dort Bilder von einer fremden Katze gezeigt. Warum, das wusste Kaila nicht so genau. Nun ja, es war eine ausgesprochen schöne Katze, schlank und schwarzweiß, so wie Kaila. Und sie hatte sehr ansprechende Dinge um sich herum, die Kaila bekannt vorkamen. Ein wenig erinnerte sie das Ganze an das lustige Spiel, das Miriam neuerdings so gern mit ihr spielte. Vielleicht hatte sie ihr durch die Bilder der anderen Katze zeigen wollen, wie glücklich sie darüber war, dass Kaila sich bereitgefunden hatte, das gleiche Spiel mit ihr zu spielen.

Dieser Gedanke hatte Kaila sehr gerührt, und sie konnte nicht umhin, Miriam ihre Zuneigung zu bekunden, indem sie sich in ihre Halsgrube schmiegte und ihr leise etwas vorschnurrte. Menschen waren ja immer so dankbar, wenn Katzen liebevoll zu ihnen waren.

Völlig zu Recht natürlich, denn Katzen ließen sich, anders als Hunde, nicht mit jeder dahergelaufenen Bezugsperson ein, die eine gewisse Autorität ausstrahlte. In die Gunst einer Katze konnte man sich nicht einfach so hineindominieren. Eine Katze musste man schon von seinen Vorzügen überzeugen. Miriam konnte also wirklich stolz auf sich sein.

*

Die Sitzung mit Lisa war gar nicht so schlimm gelaufen. Kaila hatte sich schon vorher zurückgezogen, und sie merkte gar nicht, dass Miriam die Tür zwischen Wohnung und Laden absperrte. Und Lisa war nach acht Tagen Bürodienst geradezu versessen darauf, ihrer eigentlichen Berufung zu folgen.

Miriam waren ein paar wirklich schöne Aufnahmen geglückt, und zumindest hatte die Zeit noch für eine leidenschaftliche Umarmung mit Sascha gereicht, der Miriam ohne Umstände in Tante Julianes winziges Büro gezogen hatte, während Lisa sich hinter dem Paravent wieder in ihre Alltagsklamotten warf.

Am liebsten hätte sie sich dort mit ihm eingeschlossen und den Schlüssel in hohem Bogen aus dem Fenster geworfen, damit Sascha ihr nicht wieder so schnell weglaufen konnte. Sie hatte ihn sofort schmerzlich vermisst, nachdem er weggefahren war, das Biest Lisa im Schlepptau. So sehr, dass ihr sogar kurz Tränen in den Augen brannten. Dabei hatte sie sich nach der Trennung von Richard doch fest vorgenommen, nie mehr wegen eines Typen zu weinen.

Abends kam dann die Stunde der Wahrheit: Miriam ließ sich mit einem Glas Rotwein vor ihrem Laptop nieder, um die Fotos für ihre kleine Ausstellung auszusuchen. Dann schickte sie die Daten an eine Druckerei, mit der sie schon seit ein paar Jahren zusammenarbeitete. Sie wollte die Bilder auf Forex-Platte vergrößern lassen. Die Chefin hatte ihr versprochen, trotz Weihnachtsstress binnen zwei Tagen zu liefern.

12. KAPITEL

Miriam drehte sich mit Kaila im Arm einmal um ihre Achse und begutachtete zufrieden ihr Werk. Sie hatte die auf große Platten gezogenen Fotos nicht gehängt – dazu stand in dem eher kleinen Laden nicht genug freie Wandfläche zur Verfügung –, sondern aufgestellt.

Manche Bilder lehnten dekorativ an den Regalen mit seltener gefragten Dingen, und rund um die Sitzecke hatte Miriam ihre schönsten Motive zum Halbkreis arrangiert. Drei Aufnahmen waren in die Schaufensterdekoration integriert worden, und zwei besonders niedliche Fotos rahmten den antiken Paravent, hinter dem die Kunden sich umzogen, ein.

„Da können wir wirklich stolz auf uns sein, meinst du nicht auch, meine Süße?" Kaila maunzte, und Miriam beschloss, das als Zustimmung zu verstehen.

Ihr war natürlich theoretisch klar, dass Katzen sich ebenso wenig wie Hunde oder die meisten anderen Tiere auf Fotos erkennen konnten, aber sie beschloss, die Erkenntnisse der Zoologie zu ignorieren. Kaila war schließlich eine ganz besondere Katze und verstand mehr von der Welt als manche Menschen. Lisa zum Beispiel.

Miriam musste unwillkürlich grinsen. Ihr miesepetriges Möchtegern-Model hatte ziemlich perplex aus der Wäsche geschaut, als der Kurier mit den Forex-Drucken eintraf. „Warum stellst du denn nur Katzenbilder aus?", wollte sie wissen, nachdem Miriam, die viel zu gespannt war, um zu warten, die Kartons ausgepackt hatte. „Wo du doch ein echtes Model hast?"

Sie klang so entgeistert, dass Miriam wider Willen ein bisschen Mitleid bekommen hatte. „Vielleicht kriegen wir das ja mit deinen Fotos auch noch mal hin", tröstete sie sie halbherzig.

Dann hatten sie mit ihrer Fotosession weitergemacht, aber Miriam erwischte sich dabei, wie sie immer wieder zu den Bildern schielte, die sie neben dem Sekretär ans Regal gelehnt hatte. Sie konnte es kaum erwarten, mit dem Aufhängen anzufangen. Da auch Lisa nicht mehr ganz bei der Sache war, beendeten sie die Sitzung früher als sonst.

„Ich bin sowieso heute Abend noch verabredet", verkündete das Mädchen mit trotzigem Unterton. „In Heidelberg, mit ein paar Jungs aus dem Büro", fügte sie nachdrücklich hinzu. Aber Miriam tat ihr nicht den Gefallen, weiter nachzufragen, wer von den Jungs denn genau dabei war – auch wenn es ihr zugegebenermaßen schwerfiel.

Nach einem letzten befriedigten Blick auf ihre kleine Ausstellung zog sie sich in die Wohnung zurück.

Da Kaila sich noch immer warm und weich an ihre Schulter kuschelte und keinerlei Anstalten machte, ihrer eigenen Wege zu gehen, legte Miriam sich mit ihr im Wohnzimmer aufs Sofa. Während Kaila auf ihrer Brust immer schwerer wurde und alsbald leise Schnarchgeräusche von sich gab, begannen Miriams Gedanken zu wandern.

Nachdem die Aufregung über ihre Fotos sich gelegt hatte, empfand sie ein Gefühl der Leere. Konnte es sein, dass sie Lisa um ihre „Verabredung" beneidete? Es war Freitagabend, herrje. Zu Hause in Hamburg hätte sie jetzt ganz sicher nicht einsam auf der Couch abgehangen, sie wäre losgezogen, mit Jana oder sonst wem. Irgendwer fand sich immer für eine spontane Unternehmung, und wenn nicht, dann konnte man immer noch mit dem Barkeeper flirten.

Miriams Seufzen mischte sich mit Kailas Schnarchen. Wann war sie das letzte Mal hier rausgekommen? Wann hatte sie sich zuletzt richtig amüsiert? Abgesehen von dem Kneipenabend mit Sascha, war sie eigentlich fast immer hier in der Wohnung oder im Laden gewesen. Wenn das Wetter einigermaßen okay war, lief sie morgens ihre Runde über die Felder, aber selbst diese Aktivität war durch die bittere Kälte so gut wie eingeschlafen.

Die Tage rannen ihr förmlich durch die Finger. Sonntag in einer Woche war tatsächlich schon der erste Advent. Und sie hatte noch längst nicht alle Weihnachtsgeschenke beisammen, geschweige denn Pläne für die Feiertage gemacht.

Viel Spielraum blieb ihr diesbezüglich aber ohnehin nicht. Ihre Eltern hatten bereits im Sommer eine Karibik-Kreuzfahrt gebucht, um dem feuchtkalten norddeutschen Winter zu entfliehen, und Miriam gönnte es ihnen von Herzen.

Jana würde bei ihren Eltern in Münster sein, hatte aber immerhin ihren Besuch für Mitte Januar angekündigt, „um dir mal wieder gründlich auf die Nerven zu gehen und einen Schnupperkurs im Fach Provinzleben zu machen." Ganz schön blasiert für jemanden, der aus *Münster* kam, fand Miriam. Sie freute sich auf ihre beste Freundin, aber gegen ihre aktuelle Stimmung konnte die Aussicht auf ein paar Mädels-Abende im Januar nichts ausrichten.

Letztes Weihnachten hatten sie und Richard ihre Eltern bekocht – mit allen traditionellen Schikanen: Gans und Rotkohl und Klöße, selbstverständlich selbst gemacht. Es war sehr gemütlich gewesen, Richard hatte sich von seiner charmantesten Seite gezeigt und Miriam wahrhaftig noch mal eingelullt. Sie dachte damals, dass doch noch alles gut werden könnte ... mit ihnen, mit der Agentur.

Die nächsten Tage waren eine einzige Party gewesen: mittags Brunch mit seinen Freunden, abends mit ihren Freunden auf die Piste, tagsüber lange Spaziergänge an der Elbe entlang – irgendwie waren in dem Jahr fast alle Leute zwischen den Tagen in der Stadt geblieben, und es war immer irgendwo was los.

In Beerfelden hingegen wurden nach Ladenschluss die Bürgersteige hochgeklappt. Was machten die Menschen nur die ganze Zeit? So aufregend war das Fernsehprogramm nun auch wieder nicht.

Wenn Sascha hier wäre, dann wüsste sie schon, wie sie den Abend sinnvoll gestalten könnte, aber der hatte offenkundig anderswo wichtigere Dinge zu tun. Zum Beispiel mit Lisa die Heidelberger Kneipenszene aufzumischen, dachte sie bitter.

Plötzlich brannten Tränen in ihren Augen. *Verdammt, das hatte ich doch schon hinter mir.* Sie rappelte sich vorsichtig auf. Kaila blinzelte erst verschlafen zu ihr hoch, dann stupste sie ihr mit der Nase ans Kinn und miaute leise und vorwurfsvoll.

„Du hast ja recht", murmelte Miriam. „Ich bin ein vor Selbstmitleid triefender Jammerlappen. Aber damit ist jetzt Schluss." Sie setzte ihren schläfrigen Stubentiger vorsichtig auf dem Sofa ab und stand auf. Begleitet von Kailas sonorem Schnarchen, ging sie in die Küche, um im Kühlschrank nach etwas Essbarem zu suchen.

Da war noch ein Rest von der scharfen Tomatensoße. Morgen musste sie dringend mal wieder was einkaufen, auch für Kaila, denn der Futtervorrat, den Tante Juliane angelegt hatte, war schon fast vertilgt. Für eine so zierliche Katze hat Madame einen ganz schön herzhaften Appetit, dachte Miriam neidisch und zupfte an ihrem leicht spannenden Jeansbund. *Wo frisst sie das bloß alles hin?*

Komme, was da wolle, Sonntag gehe ich laufen, schwor sie sich und setzte das Nudelwasser auf.

Samstag gaben die Kunden einander mal wieder die Klinke in die Hand. Offenbar wirkte der unmittelbar bevorstehende erste Advent wie ein Turbo für den vorweihnachtlichen Konsummotor. Plötzlich stand das Fest nicht mehr nur einfach vor der Tür, es hatte sogar schon einen Fuß drin. Miriam war froh, dass sie rechtzeitig daran gedacht hatte, die Boutique festlich zu dekorieren. Nicht mit dem üblichen Weihnachtskitsch. Bei „Lady J.s" wurde Stil großgeschrieben, man hatte schließlich einen Ruf zu verteidigen.

Miriam hatte eine Puppe als glamourösen Engel gestylt, mit echten *Angel Wings* von Victoria's Secret. Ob ein Top-Model sie bei der legendären alljährlichen Dessous-Show wirklich getragen hatte oder ob die Flügel nur aus derselben Werkstatt kamen, wusste Miriam nicht – jedenfalls hatte Tante Juliane dafür ordentlich Geld hinblättern müssen, wie man dem diskret angebrachten Preis-Etikett entnehmen konnte. Miriams Engel trug natürlich mehr als Dessous – sie hatte ihn in eine atemberaubende Goldlamé-Abendrobe von Biba gehüllt, mit passendem Turban.

Zwei weitere Puppen hatte sie in Fünfzigerjahre-Dior inszeniert, im sogenannten „New Look": schmale hüftlange Jacke mit eingeschnürter Taille, weitschwingender wadenlanger Rock, Tellerhut und Pumps mit Bleistiftabsatz. Über den angewinkelten Armen trugen sie Einkaufstüten edler Labels, aus denen Rollen feinsten Geschenkpapiers ragten.

Einziges Zugeständnis an die Tradition waren der ganz in Silber und Gold gehaltene Adventskranz auf dem Teetisch in der Sitzecke und ein Mistelzweig über der Ladentür. Dann gab es natürlich noch das eine Foto in ihrer Ausstellung, auf dem Kaila zwischen rot-grünen Siebzigerjahre-Pumps von Stuart Weitzman, Tannenzweigen und roten Christbaumkugeln als überaus sylishes Weihnachtskätzchen posierte.

Und auf dem Teetisch stand für die Kunden eine Jugendstil-Schale mit feinem Elisenlebkuchen bereit. Miriam war an einem Nachmittag extra nach Michelstadt rübergefahren, um die himmlisch duftende Spezialität auf dem historischen Weihnachtsmarkt zu besorgen. Für sich selbst hatte sie natürlich auch gleich zugeschlagen, die Dinger waren einfach sündhaft gut.

Die kleine Katzen-Fashion-Schau kam erstaunlich gut an. Wenn Miriam für jedes „Nein, wie süß ist das denn!" einen Euro bekäme, hätte sich das Ganze schon beinahe ausgezahlt. Zwei Kundinnen fragten sogar, ob sie ein Katzenbild kaufen könnten, doch Miriam wollte Tante Julianes Boutique nicht einfach als Verkaufsfläche für ihre Arbeiten missbrauchen, bevor sie die Rechtslage mit Steuerberater Bäumer nicht geklärt hatte. Nicht dass es noch Ärger mit dem Finanzamt gab. Sie stellte aber ein Kästchen mit ihren Visitenkarten neben die Kasse – vielleicht sprangen ja ein paar andere Aufträge dabei raus.

Als Werbung fürs Sortiment von „Lady J.s" funktionierten die Aufnahmen jedenfalls prächtig.

„Genau so was habe ich mir für meine Nichten und Enkelinnen vorgestellt", rief eine ältere Dame und deutete auf das Foto, auf dem Kaila mit Tierbroschen und Katzenkopf-Ohrringen von Lea Stein spielte. Miriam legte ihr zwei Schatullen mit den niedlichen Kunststoff-Schmuckstücken vor, und am Ende zog die Kundin glücksstrahlend mit zwei Schmetterlingen, einem Fuchs, einem Panther und zwei Paar Katzenkopf-Ohrringen von dannen.

Ein grau melierter Herr hatte von seiner Frau den Tipp bekommen, doch hier mal nach einem passenden Geschenk für seine Mutter zu stöbern.

„Sie ist Anfang siebzig und kleidet sich gern elegant", erklärte er und schaute sich ratlos um. „Es soll nichts Großes sein, nur eine hochwertige Kleinigkeit." Sein Blick blieb an dem Foto hängen, auf dem Kaila mit einem farbenfrohen Hermès-Tuch tanzte, das Miriam – für die Kamera unsichtbar – hochhielt, und seine Miene hellte sich auf. „So ein Schal, ich glaube, darüber würde sie sich freuen."

Tante Juliane hätte dem armen Mann jetzt wahrscheinlich einen Vortrag über die traditionsreichen Motive und den Seltenheitswert ihrer Hermès-Sammlung gehalten, damit er auch wusste, was er da Tolles bekam. Aber Miriam, die den Reiz der bunten Luxustücher selbst nur bedingt nachvollziehen konnte, beschloss, ihren Kunden nicht mit modehistorischen Details zu überfordern, und zeigte ihm einfach fünf verschiedene Exemplare, von denen er ohne langes Nachdenken das teuerste auswählte. Was ihr nur recht war.

Und dann stand auf einmal Frau Kollerjan im Laden und kriegte sich gar nicht wieder ein, als sie sah, was aus ihrer Idee geworden war. „Wenn das Frau Klausner sieht, ist sie bestimmt ganz aus dem Häuschen", sagte sie. „Wirklich sehr apart, Ihre Fotos." Sie lächelte Miriam strahlend an. „Vielleicht werden Sie jetzt berühmt."

Miriam lachte. „Das glaube ich kaum. Aber ich würde Ihnen gern eins davon schenken, schließlich wäre ich ohne Sie ja nie darauf gekommen, die Arbeiten zu zeigen. Und falls ich dann wider Erwarten doch noch berühmt werden sollte, können Sie es sich stolz an die Wand hängen."

„Das mache ich sowieso, die Bilder sind nämlich ganz ungewöhnlich und gleichzeitig so niedlich. Das ist wirklich sehr lieb von Ihnen, vielen Dank."

„Welches hätten Sie denn gern?"

Frau Kollerjan schaute sich jedes Motiv aufmerksam an und deutete dann auf das Foto, auf dem Kaila aus der Kapuze eines zartgrünen Balmain-Capes hervorlugte. „Das da würde wunderbar in mein Schlafzimmer passen."

„Abgemacht", erklärte Miriam. „Sie bekommen einen Ausdruck. Lieber als Poster oder so wie hier auf Forex? Das ist eine leichte Hartschaumplatte."

„Lieber als Poster, dann kann ich es rahmen. Meine anderen Bilder sind auch alle gerahmt." Sie strahlte Miriam an. „Ach, dann hat sich mein Besuch heute ja richtig gelohnt. Dabei wollte ich eigentlich nur fragen, ob Sie zu dem Collier, das ich letzte Woche gekauft habe, vielleicht auch noch passende Ohrringe hätten ..."

Am Abend telefonierte Miriam mit Tante Juliane, die sich erst ausgiebig über ihre langweiligen Mitpatienten („Nur alte Leute hier"), inkompetenten Ärzte („Hauptsache, erst mal spritzen) und anstrengenden Physiotherapeuten („Die waren in einem früheren Leben alle Folterknechte") ausließ und sich dann von Miriam auf den aktuellen Stand der Dinge bringen ließ.

„Klar kannst du deine Bilder in meinem Laden verkaufen", sagte sie. „Was sollte dagegensprechen? Schließlich hast du dir ja auch meine Katze als Fotomodell ausgeborgt. Als ob die kleine Schönheit nicht schon eitel genug wäre ... Aber die Aufnahmen, die du mir gemailt hast, sind klasse, du hast echt was drauf, Schätzchen. Rede einfach mit Bäumer, der soll sich da was überlegen." Sie schwieg kurz. „Aber so richtig das Gelbe vom Ei ist das natürlich nicht. Die paar Katzenfans unter meinen Kunden machen den Kohl nun auch nicht fett."

Miriam brauchte eine Weile, um die Überdosis kulinarischer Metaphern zu verdauen. „Darum geht's doch gar nicht." Sie lachte. „Ich probiere hier nur ein bisschen rum, damit ich nicht einroste. Die kleine Ausstellung in der Boutique ist im Grunde nichts anderes als eine Werbemaßnahme, für dich und für mich. Ich wollte nur sichergehen, dass ich uns keinen Ärger einhandele, falls doch mal jemand ein Bild kaufen will. Was vermutlich nicht oft der Fall sein wird."

„Hmm." Tante Juliane grübelte hörbar durch die Leitung. „Ich muss jetzt Schluss machen, Schätzchen", sagte sie dann unvermittelt. „Wir hören voneinander. Lass dich nicht unterkriegen." Sie legte auf, bevor Miriam sich verabschieden konnte.

„Was kann sie denn jetzt noch so Dringendes vorhaben?", murmelte Miriam und schüttelte verblüfft den Kopf. Offenbar tobte selbst in der Reha ein spannenderes Nachtleben als hier. „Na los, Kaila. Stürzen wir uns in einen prickelnden Fernsehabend mit Kuscheldecke und Pfefferminztee."

Die Katze warf ihr einen skeptischen Blick zu. Dann sprang sie von der Fensterbank und lief in den Flur. Miriam hörte, wie sie sich am Kratzbaum zu schaffen machte. Nach ein paar Minuten kam Kaila wieder ins Wohnzimmer geflitzt, stupste Miriam, die es sich mit Decke und Laptop im Sessel bequem gemacht hatte, unternehmungslustig an und rollte ihr einen Plüschball vor die Füße.

Miriam musste lachen. „Schon verstanden, dir schwebt ein etwas aktiveres Programm vor." Sie bückte sich nach dem Ball und stand schwungvoll auf. „Also gut, du hast es nicht anders gewollt."

Eine halbe Stunde später rollten sich die beiden zufrieden auf dem Sofa zusammen. Miriam hatte Kaila mit Ball, Katzen-Angel und Aufziehmaus erfolgreich müde gespielt. Jetzt wollte ihre Katze nichts anderes, als schmusen, schnurren und schnarchen. Miriam schaltete den Fernseher ein und landete bald ebenfalls sanft im Reich der Träume.

Über Nacht war der Schnee so gut wie verschwunden. Das war's dann wohl mit weißer Weihnacht, dachte Miriam und gähnte. Sollte sie sich noch mal im Bett umdrehen oder tapfer sein und eine Runde laufen, wie sie es sich vorgenommen hatte? Ihr innerer Schweinehund tat, was er konnte, um sie in seinem Sinne zu manipulieren, aber am Ende versetzte sie ihm doch einen Tritt und schwang die Beine über die Bettkante.

Die Luft war frisch, aber viel milder als in den letzten Tagen. Am Straßenrand und in den Gärten lagen noch vereinzelte Schneehaufen, aber bei plus acht Grad würden die im Laufe des Tages wohl auch noch dahinschmelzen. Wie immer, wenn sie sich erst einmal überwunden hatte, laufen zu gehen, fühlte Miriam sich großartig. Sie fand rasch ihren Rhythmus und atmete tief ein und aus.

Als sie an Saschas Hof vorbeikam, stand das Tor offen, aber von dem dunkelblauen SUV war weit und breit nichts zu sehen.

Sie lief eine gute Dreiviertelstunde über matschige Feldwege und feuchte Wiesen. Auf dem Rückweg ließ sie es etwas langsamer angehen.

Am Ortseingang kamen ihr zwei Personen entgegen, eine davon war unverkennbar Sascha, hochgewachsen und breitschultrig, die andere sehr viel kleiner und schmaler.

Miriam blieb stehen und kniff die Augen zusammen, um besser sehen zu können. Die beiden kamen langsam näher, und Sascha winkte ihr aus der Ferne fröhlich zu.

Als sie näher kamen, sah sie, dass es sich bei Saschas Begleitung um einen blonden Jungen handelte, den Miriam auf acht oder neun schätzte. Dann hat es ja doch noch geklappt mit seinem Bennie-Wochenende, dachte sie und freute sich über diese Entwicklung. Sascha war neulich Abend so traurig gewesen, als er über seinen Ziehsohn sprach, und jetzt sah er richtig glücklich aus. Was wiederum auch Miriam glücklich machte.

„Guten Morgen. Wie ich sehe, warst du schon fleißig." Sascha nahm sie kurz in die Arme und drückte einen keuschen Kuss auf ihre Lippen. Aber seine blauen Augen blitzten dabei geradezu herausfordernd. „Das ist Bennie, von dem ich dir ja schon viel erzählt habe. Bennie, das ist meine liebe Nachbarin Miriam."

Der Kleine sah sie scheu an. „Hallo", murmelte er zurückhaltend und drängte sich näher an Sascha. Miriam hatte volles Verständnis. Sie hatte es als Kind auch immer gehasst, wenn plötzlich irgendwelche fremden Erwachsenen auftauchten und einem die Aufmerksamkeit der Eltern stahlen.

„Was habt ihr beide denn vor?", fragte sie.

„Bisschen rumtoben." Sascha deutete auf den Fußball, den Bennie sich unter den rechten Arm geklemmt hatte. „Mit Schneeballschlacht und Schlittenfahren ist ja leider nichts mehr." Sein vor Belustigung und ... anderen vielsagenden Dingen funkelnder Blick wanderte von ihrem verschwitzten Gesicht über ihr am Leib klebendes Langarmshirt und die schlammbespritzte Jogginghose bis zu ihren total verdreckten Laufschuhen. „Ist aber wohl ziemlich matschig da draußen?"

Sie zog eine Grimasse. „Warte mal, wie ihr aussieht, wenn ihr zurückkommt."

Er lachte. „Wenn schon dreckig, dann richtig, stimmt's, Großer?" Er wuschelte Bennie durchs Haar. „Und danach bestellen wir uns Pizza und Cola und gucken das zweite

Sonntagsspiel." Sie sah ihn ratlos an, und er grinste. „Bundesliga. Bennie ist Eintracht-Fan."

„Klingt nach einem guten Plan." Sie zog schniefend die Nase hoch. „Ich muss langsam mal ins Warme, sonst hole ich mir noch einen Schnupfen." Außerdem spürte sie die Unruhe des Jungen. Sie wollte das Vater-Sohn-Vergnügen nicht länger stören.

So verdreckt und verklebt, wie sie gerade war, fühlte sie sich auch nicht besonders attraktiv. Zwar schien Sascha ihre Meinung da nicht zu teilen, aber trotzdem wurde ihr die Situation zunehmend unbehaglich. Da hatte sie ihn so lange nicht gesehen, und dann erwischte er sie ausgerechnet in ihrem unvorteilhaftesten Moment.

„Viel Spaß beim Schlammkicken und beim Fußballgucken. Fahrt ihr morgen zusammen wieder nach Heidelberg?"

„Ja, ist ja Schule", murrte Bennie und trat ungeduldig von einem Fuß auf den anderen.

„Dann müsst ihr wohl früh los." Sie warf Sascha einen fragenden Blick zu – vielleicht sprang ja doch noch etwas Zeit mit ihm heraus –, den er mit einem bedauernden Nicken beantwortete.

„Sehr früh, und dann wartet im Büro wieder ein ganzer Berg Arbeit auf mich. Aber spätestens nächsten Samstag sind wir mit dem Monsterprojekt so weit durch, dass ich mich auch mal wieder um andere Dinge des Lebens kümmern kann." Sein freches Grinsen ließ keinen Zweifel daran, welche Dinge ihm vorschwebten, und ihr wurde trotz der Kälte ganz heiß. „Ich melde mich." Er küsste sie noch einmal, diesmal auf die Wange. „Du riechst gut, wenn du dich so verausgabt hast", flüsterte er ihr ins Ohr.

Sie ignorierte den Aufstand der Schmetterlinge, die ihre unteren Körperregionen mittlerweile offenbar als sturmfreie

Bude betrachteten, und winkte den beiden Jungs betont lässig zu, bevor sie wieder loslief.

Allerdings zitterten ihre Beine ein bisschen, und beim Gedanken an das, was nächsten Samstag wahrscheinlich passieren würde, ging ihr Atem unwillkürlich schneller.

13. KAPITEL

Kaila putzte sich zufrieden das Fell. Sie fand, dass sie alles in allem gute Arbeit geleistet hatte. Miriam war meistens gut gelaunt, und wenn sie mal versonnen aus dem Fenster starrte, dann verströmte ihre Aura keinen Kummer, sondern vibrierte geradezu vor freudiger Erwartung. In der Sascha-Angelegenheit schien also alles in Kailas Sinne zu laufen.

Nun, da das weiße kalte Zeug endlich verschwunden war, konnte sie auch wieder öfter vor die Tür gehen, und einer ihrer ersten Wege hatte sie auf den Hof schräg gegenüber geführt, um dort mal wieder nach dem Rechten zu sehen, natürlich wie immer über die hinteren Gärten, denn vor diesem grauen Streifen, der offenbar die Fahrbahn für die stinkenden Rollmaschinen war, hatte sie großen Respekt.

Leider war die Tür zum Haus abgeschlossen gewesen. Aber die riesige Rollmaschine von neulich stand in ihrem Verschlag, also war jemand da. Kaila nutzte die Gelegenheit, die anderen, kleineren Gebäude zu erkunden, die sich neben dem Haupthaus erstreckten. Die meisten waren zwar verschlossen, doch es gab genug Ritzen und Löcher, die wie geschaffen waren, um eine schlanke Katze wie sie durchzulassen.

Vielleicht hatten sich hier ja ein paar Mäuse versteckt, sie war schon lange nicht mehr zum Jagen gekommen und hätte nichts dagegen, es wieder mal zu tun. Aber so richtig interessant war es in diesen Räumen nicht gewesen. Die meisten rochen sauber, hatten aber keinerlei Leben, ganz anders als Kailas Haus. Es kam ihr so vor, als ob das Alte schon abgeschafft war, das Neue aber noch keinen Einzug gehalten hatte.

Ein lang gestreckter Bereich schien sogar nach oben offen zu sein, doch dann merkte sie, dass das Dach nicht fehlte, sondern aus einem riesigen Fenster bestand, durch das man in den Himmel gucken konnte. Mäuse gab es hier auch nicht, also schlich Kaila wieder nach draußen und versuchte dort ihr Jagdglück.

Als sie gerade vor einem vielversprechenden Gestrüpp in Lauerstellung gegangen war, hörte sie, wie sich Schritte näherten. Kurz darauf quietschte das Hoftor. Kaila duckte sich unter das Gebüsch, während die Maus, die sie praktisch schon zwischen den Krallen gespürt hatte, sich raschelnd davonmachte. Bedauerlich, aber nicht zu ändern, schließlich war sie nicht zum Spaß hier. Sie erkannte Saschas Stimme, aber die des anderen, kleinen Menschen war ihr neu. Sie musste dringend herausfinden, ob er ihrer Mission gefährlich werden konnte, so wie dieses dünne Mädchen, das Sascha ebenfalls angeschleppt hatte.

*

Nach ihrem Ausflug war Bennie unter der Schlammschicht fast nicht mehr zu erkennen, aber es war herrlich gewesen, den Jungen endlich mal wieder für sich allein zu haben. Zum Glück hatte der Klempner neulich ganze Arbeit geleistet, sodass Sascha Bennie ein heißes Bad einlassen konnte, ehe er selbst zum Duschen ins Gästebad ging. Danach zog er sich an, legte ein paar saubere Sachen für Bennie raus und sammelte die dreckigen Klamotten, an denen der halbe Odenwald zu kleben schien, ein, um sie in die Waschmaschine zu stecken. Dann klopfte er an die Badezimmertür. „Kommst du klar, Bennie?"

„Logisch", lautete die leicht beleidigt klingende Antwort.

Sascha musste grinsen. „Ich hab dir ein paar saubere Sachen auf dein Bett gelegt. Ich schmeiß mich schon mal auf die Couch. Komm runter, wenn du fertig bist."

„Alles klar", tönte es unter der Tür hindurch.

Sascha lief die Treppe hinunter und steuerte erst mal die Küche an, wo er sein Handy vermutete. Bennie hatte garantiert Bärenhunger, und er selbst konnte jetzt auch gut eine Pizza vertragen.

Ah, da lag es ja, direkt auf dem Tresen, er konnte es durch die offene Tür sehen. Sascha machte noch einen Schritt, dann stolperte er über etwas Weiches, das protestierend aufschrie. Er zuckte erschrocken zusammen und wäre fast gestürzt, konnte sich aber gerade noch am Türrahmen abfangen.

„Meine Güte, hast du mich erschreckt!" Er kauerte sich neben Kaila, die ihn vorwurfsvoll anstarrte. „Habe ich dir wehgetan? Tut mir leid." Ohne auch nur eine Sekunde darüber nachzudenken, dass er Katzen eigentlich nicht mochte, tastete er sie vorsichtig ab. „Nichts passiert." *Zum Glück.* „Aber ich hätte mir glatt den Hals brechen können", fügte er missbilligend hinzu. Er erhob sich. „Na, dann komm mal mit, du Teufelsbraten."

Er ging in die Küche. Kaila, die offenbar merkte, dass sie nicht *noch* mehr Mitgefühl und Entschuldigungen absahnen würde, folgte ihm. Sascha nahm einen tiefen Teller aus dem Schrank, füllte ihn mit Wasser und stellte ihn vor Kaila hin. Doch die schaute ihn weiter erwartungsvoll an, wobei ihre Pupillen immer größer wurden. Schließlich setzte sie sich sogar auf die Hinterbeine und hob zierlich ihre Vorderpfoten. Sascha lachte laut los.

„Sie hat Hunger", hörte er hinter sich. Er schaute über die Schulter zurück. Bennie stand in der offenen Küchentür und rollte mit den Augen. „Bestimmt hat sie schon ewig nichts mehr zu fressen gekriegt. Warum lachst du sie denn aus?" Er kam vorsichtig näher, kniete sich neben Kaila und streichelte ihr über das Köpfchen. Sie schmiegte sich an seine Beine und stieß ihn mit der Nase an. Lachend nahm er sie auf den Arm, und sie leckte begeistert über sein Kinn, seine Wangen und seinen Hals.

Sascha sah dieser stürmischen Begrüßung verblüfft zu. „Wieso kannst du auf einmal so gut mit Katzen? Ich dachte, du bist eher ein Hunde-Typ?"

„Ich will ja auch einen Hund." Bennie grinste über das ganze Gesicht. „Aber dafür kann diese Katze doch nichts. Sie ist supersüß. Ein Mädchen aus meiner Klasse hat auch eine Katze, aber ihre ist so rotbraun gestreift. Mit gelben Augen. Sie heißt Melanie."

„Die Katze?" Sascha hatte das Gefühl, dass er gerade den Faden verlor.

Bennie sah ihn an, als wäre er schwer von Begriff. „Nein, das Mädchen aus meiner Klasse."

So langsam kapierte er. „Ist diese Melanie auch ‚supersüß'?", neckte er ihn.

Bennie wurde rot. „Nee, die ist doch ein Mädchen." Er legte sich auf den Rücken, setzte Kaila auf seinem Bauch ab und spielte mit ihren Ohren. „Aber für ein Mädchen ganz nett. Sie war mal krank, und da hab ich ihr die Hausaufgaben gebracht. Und mit ihrer Katze gespielt." Er senkte den Blick. „Sie mag aber auch Hunde. Falls ich also einen zu Weihnachten kriege ...", sagte er hoffnungsvoll.

Sascha seufzte. „Du weißt doch, dass deine Mama das nicht erlaubt." Bennies enttäuschte Miene tat ihm in der Seele weh. „Aber weißt du was? Wenn ich im Frühling richtig hier wohne und auch nicht mehr dauernd ins Büro fahren muss, könnte ich mir einen Hund holen, und das ist dann deiner, und du kümmerst dich um ihn, wenn du hier bist."

Bennies Kopf fuhr hoch, und seine Augen begannen zu leuchten. „Wirklich?"

„Ja klar." *Solange deine Mutter zulässt, dass du mich besuchen kommst.*

„Darf ich dann auch mal Melanie mitbringen?"

„Sicher." Er verkniff sich ein Schmunzeln. „Und ihre Katze auch."

„Wenn der Hund sie dann nicht frisst."

„Ich glaube, Hunde fressen keine Katzen. Außerdem ist das reine Erziehungssache. Und ich bin ziemlich sicher, dass unsere Kaila schon dafür sorgen wird, dass der Hund weiß, wer hier der Chef ist."

„Kaila heißt sie? Woher kommt sie denn? Das ist doch bestimmt nicht deine." Bennie lachte. „Du magst doch keine Katzen."

„Die hier hat mich aber irgendwie adoptiert." Er hob hilflos die Schultern. „Sie gehört einer Nachbarin."

„Der, die wir vorhin getroffen haben?", erkundigte Bennie sich betont beiläufig. „Mit den schmutzigen Schuhen?" Er grinste vielsagend.

„Genau die." Sascha stellte sich vor, was die stylishe Miriam von dieser Beschreibung halten würde, und musste lächeln. „Wenn du als großer Katzenversteher meinst, dass Kaila hungrig ist, dann musst du ihr wohl was anbieten." Er öffnete eine Schranktür, holte den Karton mit den Schnurries raus und hielt ihn Bennie hin.

Der Junge schaute ihn entgeistert an. „Du hast echt *Leckerlis* im Schrank? Für Katzen?"

Sascha zuckte mit den Schultern. „Ich sagte doch, die hier hat mich adoptiert." Er schnappte sich sein Handy vom Küchentresen. „Ich gehe dann schon mal rüber, werfe die Flimmerkiste an und bestelle Pizza. Für dich die gleiche wie immer?"

Bennie nickte abwesend. Er war schon dabei, Kaila mit Leckerlis zu verwöhnen. Was die sich, logisch, nur allzu gern gefallen ließ. Ihren Wasserlieferanten Sascha hatte sie keines Blicks mehr gewürdigt. Der Junge wusste offenbar viel besser, wie man sich benahm, wenn eine eigensinnige Katze wie Kaila sich dazu herabließ, ihre Aufwartung zu machen.

*

Miriam warf Kaila einen prüfenden Blick zu. Sie hatte sich ein bisschen Sorgen gemacht, als ihre sonst so verfressene Stubentigerin gestern nicht mal an ihrem Abendessen knabbern mochte. Aber heute früh hatte sie sich wieder hungrig auf ihr Futter gestürzt und schien auch sonst bester Laune zu sein. Vielleicht könnte sie diese sonnige Stimmung ja ausnutzen und ihr Model zu einem weiteren Foto-Shooting überreden.

Doch fürs Erste hatte Kaila sich auf ihren Lieblingsplatz unter den Chanel-Kostümen zurückgezogen, von wo aus sie das Geschehen gut überblicken konnte. Und Miriam räumte hinter einer Kundin auf, die eine Stunde lang alle möglichen Kleider durchprobiert hatte und dann abgerauscht war, ohne etwas zu kaufen.

Die Klingel an der Tür läutete schon wieder. Miriam drehte sich um, den Arm voller Spitzenblusen. „Guten Tag. Kann ich Ihnen helfen?"

„Sortieren Sie nur in Ruhe ein", sagte die Frau. „Ich schaue mich erst mal um." Sie ließ ihren Blick aufmerksam durch den Laden schweifen, schien sich dann aber vor allem für die Fotos von Kaila zu interessieren. „Sind das alle?", fragte sie nach einer Weile.

„Wie bitte?" Miriam legte die letzten Schals zusammen und ging zu der Kundin, die sich inzwischen in der Sitzecke niedergelassen hatte und an einem Elisenlebkuchen knabberte.

„Ich meine, haben Sie noch mehr Fotos, oder sind das alle aus dieser Serie?"

„Es gibt noch ein paar mehr", erklärte Miriam. „Aber die hier erschienen mir am besten gelungen."

„Dürfte ich die anderen wohl auch mal anschauen? Sie haben sie doch bestimmt in dem Computer da." Die Frau, eine top gestylte, top blondierte, top durchtrainierte Mittvierzigerin, deutete mit einem top manikürten Zeigefinger auf Miriams Laptop.

„Äh", begann Miriam, die nicht so recht wusste, wie sie reagieren sollte. „Warum?", fügte sie nicht besonders geistreich hinzu.

Die Lippen der Frau zuckten amüsiert. „Weil ich von denen, die hier hängen, schon total begeistert bin, und die Hoffnung hege, dass es noch mehr von diesen fantastischen Motiven gibt." Sie reichte Miriam die rechte Hand. „Ich sollte mich vielleicht vorstellen. Katharina Olsen. Ich bin eine alte Freundin Ihrer Tante und besitze eine Galerie in Frankfurt, spezialisiert auf Fotokunst. Vorgestern Abend hat Juliane, die Ärmste, mich aus ihrer schrecklichen Reha angerufen und mir von Ihrem kleinen Projekt erzählt. Sie fragte, ob ich mir das nicht mal anschauen möchte. Sie hatte Angst, dass Ihre Werke hier versauern, nicht ganz zu Unrecht, möchte ich anmerken."

Sie schaute Miriam mitleidig an. „Bei den Hinterwäldlern hier kommen Sie bestimmt auf keinen grünen Zweig." Sie schüttelte angewidert den Kopf. „Ihre Tante hat mir die Bilder, die Sie ihr geschickt haben, nicht weitergeleitet", fuhr sie fort. „Sie wollte nichts ohne Ihr Einverständnis unternehmen. Außerdem dachte sie wohl, dass es besser ist, wenn ich mir selbst hier im Laden ein Bild mache und dann direkt mit Ihnen in Kontakt treten kann. Da ich das ja nun getan habe, würde ich, wie gesagt, sehr gerne auch noch den Rest der Serie sehen."

Miriam war wie vom Donner gerührt. Eine Galerie. So weit war sie in ihren Gedanken und Plänen noch gar nicht gediehen. Typisch Tante Juliane, mal wieder alle Kinder mit sämtlichen Bädern ausschütten. Andererseits, wenn diese Frau Olsen schon mal hier war, dann sollte sie in Gottes Namen auch die anderen Aufnahmen zu Gesicht kriegen.

Wortlos klappte sie ihren Laptop auf und öffnete den Kaila-Ordner. Dann drehte sie das Gerät so, dass Frau Olsen sich durch die Bilder klicken konnte.

„Ja, ich sehe schon, warum Sie diese Auswahl getroffen haben", murmelte sie nach ein paar Minuten. „Das sind eindeutig die besten. Aber drei oder vier von den Bildern hier hätte ich auch noch gern. Ist das machbar? Bis morgen? Oder übermorgen?"

Miriam starrte sie sprachlos an. Dann schluckte sie und räusperte sich. „Was wollen Sie denn ab morgen damit machen?"

„Na, ausstellen natürlich." Frau Olsen zog die top gezupften Brauen hoch. „Ich würde gern eine Mini-Schau mit diesen besonderen Katzenbildern veranstalten. Möglichst schnell, um das Weihnachtsgeschäft noch mitzunehmen. Das sind nämlich Motive, über die sich sowohl Katzen- als auch Mode-Liebhaber freuen. Wir müssen noch über die Preisgestaltung reden, aber ich glaube, das lässt sich auch per E-Mail erledigen. Ich nehme die üblichen vierzig Prozent, dafür rühre ich aber auch gewaltig die Werbetrommel. Ich bin gut vernetzt." Sie lächelte selbstbewusst.

Miriam atmete tief durch. Vor Freude und Aufregung wurde ihr ganz flau im Magen. Vielleicht war das ja der Fingerzeig, den sie gebraucht hatte, um zu entscheiden, wo ihre berufliche Zukunft lag. Ungewöhnliche, künstlerisch ambitionierte Mode-Inszenierungen. Diese Galeristin schien jedenfalls davon überzeugt zu sein, dass sich so was verkaufte.

Auf jeden Fall war es eine Chance, auf sich aufmerksam zu machen, die sie auf keinen Fall ungenutzt vorüberziehen lassen würde. „Ich muss das natürlich noch mit der Druckerei klären, aber wenn die mich einschieben können, lasse ich Ihnen die restlichen Bilder per Overnight-Kurier zustellen. Die anderen können Sie, wenn Sie das schaffen, gleich mitnehmen."

„Das klingt doch wunderbar." Frau Olsen öffnete ihre Aktentasche und zog einen Vertrag heraus. „Lassen Sie gleich zwei Abzüge von allen machen, wenn Sie mögen. Ich hab so im Gefühl, dass diese Fotos sich verkaufen wie warme Semmeln. Hier, das ist der Standard-Vertrag. Lesen Sie sich das in Ruhe durch, und schicken Sie ihn mir dann irgendwann zu. Nur der Ordnung halber."

Miriam nickte, benommen von so viel Effizienz. „Ich habe hier noch irgendwo die Kartons, in denen die Drucke geliefert worden sind." Sie verschwand kurz im Büro und kam mit den Kartons zurück. Gemeinsam mit Frau Olsen hängte sie die Bilder ab und verpackte sie sicher. Sie half der Galeristin, ihre Beute in deren Volvo-Kombi zu tragen, der vor dem Laden parkte.

Dann tänzelte sie beschwingt ins Büro, um mit der Druckerei zu telefonieren. Zwar wagte sie noch nicht so ganz, der Sache zu trauen, aber irgendwie hatte sie das Gefühl, dass ihre berufliche Zukunft gerade anfing.

Am Freitag tauchte Lisa, die sich seit acht Tagen nicht mehr gemeldet hatte, unerwartet aus der Versenkung auf.

„Ich hatte etwas Wichtiges zu erledigen", erklärte sie. Immerhin. „Etwas Privates", fügte sie hinzu, ohne dass Miriam nachgehakt hatte, und warf einen misstrauischen Blick auf Kaila, die sich aufgerichtet hatte, das Fell so gesträubt, dass sie fast doppelt so dick wirkte wie sonst.

Miriam fackelte nicht lange. Sie teilte zwar Kailas Abneigung, wollte aber keinen neuen Zank riskieren. Sie schnappte sie sich, ignorierte ihr aufgebrachtes Fauchen und schleppte sie in die Wohnung. „Mach dich nicht so schwer", stöhnte sie, doch die aufgebrachte Katze dachte gar nicht dran, es ihr leicht zu machen. Sobald Miriam sie abgesetzt hatte, verschwand sie schmollend unter dem Sofa.

Als Miriam zurück in den Laden kam, fand sie Lisa und Sascha im trauten Gespräch in der Sitzecke. Wo kam der denn jetzt her, und wieso hatte er ihr nicht gesagt, dass er heute in Beerfelden sein würde? Dann hätte man sich doch treffen können – *allein* treffen. Wollte er das gar nicht so sehr wie sie?

Wie immer wusste sie nicht, was sie von der Vertrautheit der beiden halten sollte. Und wie und wo sie selbst mit Sascha stand. Sie wusste nur, dass sie sich seit den ersten wundervollen Tagen mit Richard nicht mehr so sehr nach einem Mann gesehnt hatte. Lisa ging es offensichtlich nicht anders, jedenfalls fehlte auch jetzt wieder nicht viel dazu, bis sie fast auf seinem Schoß saß. Und ihre Hand lag sogar schon auf seiner Schulter.

Seit Sascha und sie einander nähergekommen waren, trat ihre Beziehung auf der Stelle. Was vielleicht daran lag, dass er mit diesem Mörderprojekt und Bennie und dem bevorstehenden Umzug derart viel zu tun hatte, dass für das, was sich zwischen ihnen anbahnte, einfach keine Zeit blieb. Aber warum tauchte er dann hier auf, kaum dass Lisa wieder da war? Konnte er es etwa nicht ertragen, länger von ihr getrennt zu sein?

Miriam schüttelte den Kopf, verärgert über sich selbst. War sie tatsächlich so weit gesunken, mit einer *Zwanzigjährigen* um einen Kerl zu konkurrieren? War ihr Selbstbewusstsein seit dem Richard-Desaster wirklich noch so angeschlagen, dass sie sich Saschas Aufmerksamkeit nicht sicher war?

Ja und ja, dachte sie verzagt und beobachtete, wie Lisa sich immer mehr an Sascha „rantastete". Jetzt lag ihre zweite Hand schon auf seinem *Oberschenkel*. Was in diesem Moment auch Sascha aufzufallen schien, jedenfalls stand er auf und trat ein paar Schritte zurück.

„Hallo, Sascha", sagte Miriam.

Er fuhr erschrocken zu ihr herum. „Du bewegst dich genauso leise wie Kaila", beschwerte er sich. Hörte sie da etwa einen schuldbewussten Unterton? „Demnächst werde ich auch noch über dich stolpern." Er lächelte sein umwerfendes Lächeln, und sie hatte plötzlich Mühe zu atmen. „Aber dann will ich keine Klagen hören."

„Wann bist du über Kaila gestolpert?" Sie ging auf ihn zu, bis er nur noch zwei Möglichkeiten hatte: sie zu umarmen oder ihr auszuweichen.

Er zog sie in seine Arme und küsste sie zärtlich, aber unverfänglich auf den Mund. Dann trat er einen Schritt zurück. „Neulich Abend, als ich mit Bennie hier war. Die beiden waren auf Anhieb ein Herz und eine Seele. Ich habe mich gefühlt wie das dritte Rad am Wagen."

„Aber du kannst Kaila doch nicht ausstehen", warf Lisa zuckersüß ein. „Hast du jedenfalls behauptet."

Miriam funkelte Sascha sauer an. *Wie bitte?* Er hatte sich bei Lisa über Kaila beklagt? Sascha wand sich unter ihrem vernichtenden Blick. „Das war nur ganz am Anfang", verteidigte er sich. „Inzwischen haben wir uns miteinander arrangiert."

„Er hat ihr sogar Schnurries besorgt", informierte Miriam die immer noch verdutzt guckende Lisa. Es bereitete ihr eine besondere Genugtuung, die dumme Gans darüber aufzuklären, dass sie längst nicht so gut über Sascha Bescheid wusste, wie sie sich einbildete.

„Schnurries?", wiederholte Lisa ungläubig.

Sascha räusperte sich. „Also, ich will euch nicht länger von der Arbeit abhalten. Ich fahr dann mal wieder."

„Wohin denn?", fragten die beiden Frauen wie aus einem Munde, gleichermaßen bestürzt. Dieser Mann hat wirklich Hummeln im Hintern, dachte Miriam.

Sascha lächelte breit. „Nach Heidelberg. Kisten packen. Nachdem ich jetzt nicht mehr täglich im Büro sein muss, habe ich beschlossen, Nägel mit Köpfen zu machen. Das Haus hier ist so gut wie fertig, jedenfalls der Wohnbereich. Die Atelier- und Büroräume sind noch in beklagenswertem Zustand, aber bis zum Frühjahr kann ich mein Homeoffice auch im Haupthaus improvisieren. Ich ziehe also um, und dafür habe ich nur das Wochenende. Der Umzugswagen steht Montag um acht vor der Tür."

„Brauchst du Hilfe?", erkundigte Lisa sich eifrig.

„Von einer Elfe wie dir?" Sascha sah sie skeptisch an. „Nein danke, nettes Angebot, aber nicht nötig. Frank, Gerald und Sebastian helfen mir. Wir sind inzwischen ein eingespieltes Team. Und die Schlepperei erledigt ohnehin der Umzugsservice."

Miriam atmete tief durch. Ab Montag war Sascha also wirklich und wahrhaftig ihr Nachbar. Nur wenige Minuten entfernt.

Das bedeutete, dass sich nächste Woche zeigen würde, wohin die Reise mit ihm ging. Oder ob es überhaupt eine Reise gab.

14. KAPITEL

„Eine ganze Fotostrecke? ... Ja, klar bin ich damit einverstanden, das ist eine super Sache ... Geben Sie ihm gern meine Kontaktdaten ... Vielen Dank noch mal, für alles."

Miriam legte das Telefon vorsichtig zurück auf den Sekretär und starrte ins Leere. „Kaila, kneif mich bitte mal", sagte sie.

Aber die blinzelte nur träge zu ihr hoch.

Miriam zog kurz in Erwägung, sich selbst zu kneifen. Sie war relativ sicher, dass sie das eben nur geträumt hatte.

Obwohl es schade wäre, aus einem solchen Traum aufzuwachen.

Frau Olsen hatte angerufen. Die kleine Ausstellung in Frankfurt ließ sich recht vielversprechend an, aber das war nicht der Grund ihres Anrufs gewesen. „Eine gute Kundin von mir ist Art-Direktorin von *Clarisse*. Henny Weber. Und ihr ist gerade eine Riesen-Mode-Strecke weggebrochen, zwei Tage vor Drucklegung des Magazins. Sie war schon kurz vorm Verzweifeln, da hat sie bei mir Ihre traumhaften Mode-Katzen-Fotos gesehen und lässt fragen, ob sie die Bilder ankaufen kann. Für die Weihnachtsausgabe wären die einfach perfekt. Sie würde sich auch noch selbst bei Ihnen melden. Ich wollte nur mal vorfühlen, ob Sie an so was überhaupt Interesse haben."

Clarisse war ein renommiertes Lifestyle-Magazin, Hochglanz, tolles Layout, toll fotografiert. Miriam konnte es gar nicht glauben. Einen besseren Multiplikator für ihre Arbeiten hätte sie sich nicht wünschen können. Hoffentlich war es nicht nur ein Missverständnis, dachte sie. *Hoffentlich meldet sich diese Henny Weber wirklich bei mir.*

Sie konnte sich vor Aufregung kaum auf ihre Arbeit im Laden konzentrieren. Zum Glück war an diesem trüben Montagvormittag aber auch nicht allzu viel los. Um halb zwölf klingelte Miriams Handy. Frau Weber. Sehr nett, sehr begeistert, sehr professionell. Ob sie die Daten gleich haben könnte. Gegen Abend würde sie Miriam die gestalteten Seiten zur Ansicht mailen.

„Die endgültige Entscheidung behalten wir uns vor, aber falls Ihrem Künstlerblick noch was auffällt, können Sie mich das gern wissen lassen. Wie sind Ihre Honorarvorstellungen? Sie wissen natürlich, dass Sie unsere Retterin in der Not sind, aber natürlich haben wir trotzdem unsere Limits."

Miriam nannte ihren Preis, der ohne Wenn und Aber akzeptiert wurde. *Wow.* Damit wirkte alles plötzlich viel realer – ihre Pläne, ihre Zukunft. Sie war endlich auf dem richtigen Weg.

Kurz darauf rief Sascha an. „Wir sitzen hier völlig erschlagen in der Küche und stinken wie die Pumas. Die Jungs haben ihre Schlafsäcke dabei, und ich glaube, wir rollen uns gleich ab und pennen wie die Maulwürfe."

Okay, das war definitiv eine Ausladung, nach dem Motto: Komm jetzt bloß nicht vorbei. Sie überlegte kurz, ob sie beleidigt sein sollte, aber andererseits war sie auch wirklich nicht wild darauf, den Abend mit einem Haufen streng riechender Kerle zu verbringen, denen im Sitzen die Augen zufielen. „Botschaft angekommen", sagte sie. Und fügte hinzu: „Kaila, ich glaube, die Ausladung gilt auch für dich."

Sascha lachte. „Ich möchte deine Prinzessin ja nicht beleidigen, aber vielleicht wäre es wirklich besser, wenn sie uns heute nicht die Gnade ihrer Anwesenheit erweist. Sie hätte mit den wilden Kerlen hier keinen Spaß, schon gar nicht, nachdem Bennie sie neulich so verwöhnt hat." Er zögerte. „Sehen wir uns morgen?"

Sie schnaubte amüsiert, während die Schmetterlinge zum Gruppenflug abhoben. „Ich werde meinen Kalender checken", neckte sie ihn. „Oder du versuchst es einfach auf gut Glück."

Sie konnte das Lächeln in seiner Stimme hören. „Ich komme gegen Abend vorbei. Mal sehen, ob du Zeit für mich hast."

Sie hatte am nächsten Abend *keine* Zeit für Sascha, der um kurz nach sechs – frisch geduscht und appetitlich duftend – in den Laden kam. Erst musste sie das Layout für die *Clarisse* abnehmen, was sich deutlich länger hinzog als erwartet, und auch noch ein paar Fragen zu ihrer Person per E-Mail beantworten.

„Die Chefredaktion findet, dass wir ein kurzes Interview mit Ihnen zu der Fotostrecke veröffentlichen sollten, weil die Bilder so ungewöhnlich sind", hatte Frau Weber erklärt.

Dann galt es, eine aufgeregte und beratungsresistente Kundin zu betreuen, die wild entschlossen war, sich eine blütenweiße Pumphose zu gönnen, deren Gummizug knapp über dem Knie endete; nach Miriams Ansicht eine der scheußlichsten Achtzigerjahre-Kreationen von Giorgio Sant' Angelo, geschaffen für endlos lange Modelstelzen, nicht für die kurzen, stämmigen Beine der Kundin. Miriam verweigerte der schaurigen Mode-Sünde standhaft ihren Segen, immerhin war bald Weihnachten, das Fest der Liebe und der Nächstenliebe. Schließlich gelang es ihr, die junge Frau von einer eleganten Marlene-Hose mit hohem Bund zu überzeugen.

Kaum war der Kauf getätigt, klingelte schon wieder das Telefon.

Sascha wartete geduldig, bis er an die Reihe kam.

Das musste er auch, denn heute war keine Lisa da, die ihn unterhalten konnte. Zum Glück.

„Weininger, grüß Gott. Spreche ich mit Miriam Klausner?" Männliche Stimme, bayerische Färbung, gänzlich unbekannt.

„Ja, tun Sie."

„Entschuldigen Sie, dass ich Sie so überfalle, aber ich habe einen kleinen Verlag, auf Bildbände spezialisiert. Da bin ich natürlich immer auf der Jagd nach besonderen Konzepten, und auf der Internetseite der Galerie Olsen bin ich gerade auf Ihre Fotos gestoßen. Mieze plus Vintage-Mode, eine wirklich originelle Kombination, finde ich. Hätten Sie Interesse an einem Buchprojekt? Retro-Fashion mit Katze, einen griffigen Titel müssten wir uns natürlich noch überlegen, und fürs Texten würde ich auch noch jemanden brauchen, falls Sie das nicht gleich mit übernehmen wollen?"

Miriam schwieg verdutzt. Damit hatte sie nun wirklich nicht gerechnet. Aber wie hieß es doch so schön? Wenn's läuft, dann läuft's.

„Hallo, sind Sie noch dran?"

„Ja, Entschuldigung. Ich bin nur gerade ein bisschen baff." Sie schluckte. „Bis wann würden Sie denn die Bilder brauchen, und welchen Umfang soll das Buch haben?"

„Hätten Sie Lust und Zeit, kurzfristig nach München zu kommen? Gleich morgen vielleicht? Die Anreise übernehmen natürlich wir, auch das Hotel, falls Sie hier übernachten wollen. Dann könnten wir uns zusammensetzen und alles in Ruhe besprechen. Wenn irgend möglich, würde ich den Titel gern noch im Sommer bringen. Das heißt, wir müssten bis spätestens Ende Februar fertig sein."

Miriams Gedanken überschlugen sich. Mehr als einen Tag

konnte sie den Laden nicht schließen, nicht im Vorweihnachtsgeschäft. Morgen nach München, das hieße, mitten in der Nacht nach Frankfurt fahren, einen frühen Flieger nehmen, zur Besprechung in den Verlag fahren und dann abends schon wieder zurück nach Frankfurt fliegen und wieder nach Beerfelden. Stress pur.

Andererseits – der Typ wollte ein *Buch* mit ihren Fotos machen. Sie atmete tief durch, um sich zu beruhigen. „In Ordnung, ich komme morgen. Aber ich muss abends wieder zurückfliegen."

„Kein Problem. Sie fliegen ab Frankfurt, nicht wahr? Meine Assistentin versucht, Sie noch auf die Maschine um Viertel nach sieben zu kriegen, und schickt Ihnen dann alle nötigen Infos und die Tickets per Mail zu. Wie lautet Ihre E-Mail-Adresse?"

Miriam nannte sie ihm und beendete das Gespräch, immer noch im Schockzustand. Wie ferngesteuert, ging sie zu Sascha in die Sitzecke und ließ sich in einen der Sessel sinken.

Er sah sie besorgt an. „Was ist los? Schlechte Nachrichten?"

Sie schüttelte den Kopf. „Ich muss morgen früh nach München. Zu einem Verlag, von dem ich noch nie im Leben gehört habe. Die wollen einen Fotoband aus meinen Katzenbildern machen und buchen mir jetzt noch schnell einen Flug. Um Viertel nach sieben!"

„Das ist doch super. Oder nicht?"

„Doch, schon. Es kommt alles nur ein bisschen plötzlich. Die Ausstellung in der Galerie. Die Fotostrecke in *Clarisse*. Und jetzt sogar ein Buch." Sie legte den Kopf in die Hände. „Und ich bin so müde." Sie spürte seine warme Hand im Nacken. Sanft massierte er ihre Schultern, streichelte über ihren Hals.

„Du machst jetzt den Laden zu", sagte er. „Dann gehst du rein und packst die Sachen zusammen, die du brauchst. Laptop, Ladegerät, diesen ganzen Kram. Das willst du bestimmt nicht morgen früh um vier machen."

Sie nickte, immer noch ganz überrumpelt von den Ereignissen und froh, dass er ihr für den Moment das Denken abnahm. „Und dann?"

Er lächelte. „Und dann gehen wir was essen. Bis wir zurück sind, hast du deine Tickets. Dann gehst du brav schlafen und stellst deinen Wecker auf vier. Ich hole dich um halb fünf ab und fahre dich zum Flughafen."

Miriam sah ihn stumm an, überwältigt von so viel Fürsorge. Dann beugte sie sich vor und küsste ihn. Nicht so wild und fordernd, wie die Schmetterlinge in ihrem Bauch sich das seit Tagen ausmalten. Sondern sanft und dankbar.

Er zog sie an sich, und eine Weile blieben sie so und hielten einander fest, merkwürdig vertraut, während jeder seinen Gedanken und Gefühlen nachhing.

*

Noch nie hatte es Kaila so froh gemacht, nicht beachtet zu werden. Das hieß aber keinesfalls, dass sie sich nun diskret zurückzog. Nein, sie hatte so lange und so hart dafür gearbeitet, diese beiden ungeschickten Menschen zusammenzubringen, dass sie jetzt, da es endlich spannend wurde, zufrieden beobachtete, wie innig Miriam sich an Sascha kuschelte und wie er ihr zärtlich übers Haar streichelte.

Nun ja, vielleicht hätte sie sich ein bisschen mehr als Kuscheln gewünscht, aber sie wusste ja, dass Menschen dazu meist in ihre privatesten Höhlen gingen. Sie waren nun mal scheue und komplizierte Wesen, die sich das Leben gern unnötig schwer machten.

Kaila glaubte eigentlich nicht, dass bei ihrer Mission jetzt noch etwas schiefgehen könnte, aber sie würde die Angelegenheit auf jeden Fall weiter im Auge behalten.

※

Sie gingen zu Beerfeldens „bestem Spanier", wie Sascha beteuerte, und da es sich auch um den einzigen handelte, lag er mit seiner Einschätzung zweifellos richtig. Bei diversen Tapas, die tatsächlich sehr okay waren, und bewusst leichten Gesprächsthemen verstärkte sich das Gefühl vertrauter Nähe.

Komisch, dachte Miriam. *Dabei kennen wir uns doch noch gar nicht richtig. Und bei jedem von uns passiert gerade so viel anderes im Leben.* Aber vielleicht war es das ja – man konnte sich füreinander interessieren, ohne gleich alles, was sonst noch wichtig war im Leben, aus den Augen zu verlieren. *Wie Erwachsene das eben so machen.*

Als sie Richard kennengelernt hatte, war sie noch mitten im Studium gewesen und hatte ein Semester lang alles stehen und liegen lassen, um so oft wie möglich mit ihm zusammen zu sein. Er war ihre erste richtige Liebe gewesen, und für ein paar Monate hatte sie an nichts anderes denken, sich auf nichts anderes konzentrieren können als auf ihn.

Ihr Smartphone summte. Miriam schaute auf das Display. „Die Infos aus München." Sie öffnete ihre E-Mails und stöhnte auf. „Die haben mich wirklich auf den ersten Flieger gebucht. Viertel nach sieben, Boarding zwanzig vor."

Er nahm ihre Hand und spielte mit ihren Fingern. „Es könnte glatt werden. Und an der Sicherheitskontrolle musste ich in letzter Zeit auch immer länger warten. Wir sollten spätestens um fünf los, eher ein bisschen früher."

„Willst du dir das wirklich antun?" Sie versuchte, ein Gähnen zu unterdrücken, was ihr nur halbwegs gelang. „Du bist ein Held."

Er grinste. „Ich weiß. Aber ich muss vor Heiligabend noch ein paar gute Taten einschieben, damit der Weihnachtsmann mich nicht abstraft." Er gab dem Kellner ein Zeichen. „Wann fliegst du zurück?"

„Um fünf. Aber so viele Punkte beim Weihnachtsmann brauchst du nun auch wieder nicht, dass du mich auch noch einsammeln musst. Ich nehme den Zug zurück nach Heidelberg, das geht sowieso schneller als mit dem Auto."

„Dann hole ich dich wenigstens am Bahnhof ab." Er zahlte und stand auf. „Und jetzt bringe ich dich ins Bett. Dir fallen ja schon die Augen zu. Morgen früh wirst du mir dankbar sein."

„Bin ich jetzt schon", murmelte Miriam und gähnte schon wieder. „Tut mir leid, ich habe die halbe Nacht über meiner Bildauswahl für diese Magazin-Fotostrecke gesessen. Ich konnte ja nicht ahnen, dass der Stress heute gleich weitergeht."

„Der Fluch des Erfolgs." Er lachte. „Los jetzt, Frau Klausner, Sie brauchen Ihren Schönheitsschlaf." Er legte den Arm um sie.

„Brauch ich den wirklich?" Sie kuschelte sich an ihn.

„Nein." Er küsste ihren Hals. Seine Bartstoppeln kratzten anregend über ihre Haut. Miriam stockte der Atem. Die Schmetterlinge wedelten hektisch mit den Flügeln.

Als sie vor „Lady J.s" hielten, sagte sie: „Willst du nicht mit reinkommen? Du kannst hier schlafen, sind doch eh nur noch ein paar Stunden, bevor du mich schon abholen musst."

Sascha stellte den Motor ab und drehte sich auf dem Sitz zu ihr um. Er legte eine Hand an ihre Wange, ließ sie langsam über ihren Hals in ihren Nacken gleiten und vergrub seine Finger in ihren Locken. Er beugte sich zu ihr, sie hob ihm ihr Gesicht entgegen, und dann spürte sie seinen weichen festen Mund auf ihren Lippen, erst zärtlich, dann hungrig, fordernd. Sie öffnete den Mund, ließ ihn ein. Ihre Zunge tanzte mit seiner, umschlang sie, seine Lippen saugten an ihren. Immer wilder, immer gieriger wurde der Kuss, sie ließ ihre Zähne mitspielen, spürte seine an ihren Lippen, ihrer Zunge, spürte, wie er sich ihr weit öffnete, als wolle er sie verschlingen.

Seine rechte Hand krallte sich in ihre Haare, während die linke unter ihrem kurzen, weit geschnittenen Pulli auf Wanderschaft ging. Seine Berührung prickelte auf ihrer nackten Haut. Gerade als sie dachte, dass sie gleich keine Luft mehr bekommen würde, wurde sein Mund sanfter, geduldiger, und zögernd lösten sich ihre Lippen voneinander.

Ihr Atem ging keuchend. Die Fenster des SUV waren beschlagen. Sascha strich ihr das Haar zurück, drückte seine Lippen auf ihre Stirn und suchte sich dann – ein bisschen unbehaglich, wie Miriam befriedigt registrierte – eine bequemere Position.

„Lieber nicht", erwiderte er auf die Frage, die sie ihm vor einer gefühlten Ewigkeit gestellt hatte. „Denn dann würden wir beide keine Minute Schlaf kriegen, und du würdest mich hassen, wenn ich dich um halb fünf aus den Federn schmeiße. Falls wir überhaupt den Wecker hören."

Sie öffnete den Mund, um zu protestieren, aber er legte einen Finger auf ihre Lippen. Sie saugte leicht daran, und Sascha stöhnte leise auf. „Hör auf damit, du Hexe." Er entzog ihr den Finger und küsste sie kurz auf den Mund. „Morgen ist auch noch eine Nacht", murmelte er verheißungsvoll. „Und zwar eine längere. So, und jetzt raus mit dir." Er beugte sich über sie und öffnete die Beifahrertür. „Und mach nichts, was ich nicht auch tun würde." Seine Augen glitzerten aufreizend.

Miriam seufzte tief. „Du bist wirklich hoffnungslos vernünftig."

„‚Vernünftig' ist das neue ‚sexy'. In spätestens fünf Stunden wirst du mir recht geben."

*

Erschöpft, aber zufrieden lehnte Miriam sich in ihrem Sitz zurück und schaute durchs Fenster des Erste-Klasse-Abteils in die vorbeigleitende Dunkelheit. Der Termin im Weininger-Verlag war sehr ergiebig gewesen. Sie hatte mit dem Verleger zusammen praktisch das gesamte Projekt konzipiert. Natürlich würde da einiges an Arbeit auf sie zukommen, aber der Verlag ließ ihr bei den Motiven völlig freie Hand („Hauptsache, mit Katze und Vintage-Mode – und hin und wieder könnte auch zusätzlich ein hübsches Mädel zu sehen sein"). Von so viel kreativer Freiheit hatte sie während ihrer drögen Agenturzeit nur träumen können.

Den Schreib-Auftrag wollte sie Jana zuschanzen; die jammerte schließlich ständig, dass sie gern mal was Anspruchsvolleres machen würde als immer nur Werbetexterei.

Das Schwierigste würde sein, Kaila und Lisa unter einen Hut zu bringen, buchstäblich und im übertragenen Sinne. Vermutlich wäre es sinnvoll, an Kailas guten Willen zu appellieren, dachte Miriam. *Die scheint mir die Klügere zu sein.* Lisa sollte sie wohl am besten bei ihrem Ehrgeiz packen. Fotos von ihr in einem Bildband war sicher eine noch bessere Empfehlung als ein paar Fotos für ihre Bewerbungsmappe. Dafür ließ sie sich gewiss auch mal mit Kaila, der gefährlichen Wildkatze, ablichten.

Aber darüber, wie sie die beiden zusammenbringen würde,

würde sie sich morgen Gedanken machen. Für heute hatte sie definitiv genug gearbeitet. Noch zwanzig Minuten bis Heidelberg, dann würde sie Sascha wiedersehen. Und keiner von ihnen musste am nächsten Tag irgendwohin. Sie hatten einen ganzen Abend und eine ganze Nacht für sich allein.

Miriam holte tief und zittrig Luft. Ein Teil der Schmetterlinge randalierte in ihrer Kehle, die anderen tobten sich unterhalb ihres Bauchnabels aus, in der Zone, die sie längst als ihren Hauptwohnsitz betrachteten.

Erstaunlicherweise war sie gestern Abend blitzartig eingeschlafen, obwohl sie so aufgeregt war. Vermutlich hatte ihr Unterbewusstsein beschlossen, die Wartezeit so effizient wie möglich zu verkürzen, denn ihr Schlaf war tief und traumlos gewesen. Natürlich hatte sie es am nächsten Morgen trotzdem kaum aus dem Bett geschafft und war heilfroh gewesen, sich nicht allein durch die tintenschwarze Nacht bis zum Frankfurter Flughafen quälen zu müssen. Sascha war pünktlich um fünf da gewesen, hatte sie mit einem keuschen Wangenkuss begrüßt und ihr wortlos einen Becher Kaffee in die Hand gedrückt.

Die Fahrt war in friedlichem Schweigen vergangen; einmal waren Miriam sogar kurz die Augen zugefallen. Das passierte ihr sonst nie im Auto, sie war normalerweise keine entspannte Beifahrerin.

Aber jetzt war sie hellwach. Sie hatte Sascha per SMS wissen lassen, wann ihr Zug ankommen würde. Je näher das Ziel rückte, desto schwerer fiel ihr das Atmen, und sämtliche Nerven vibrierten vor freudiger Erregung. Zum Glück war sie allein im Abteil.

Sie stand auf und spähte in den Spiegel über den Sitzen. Ihre Locken lösten sich schon wieder aus dem hohen Knoten, zu dem sie sie zusammengefasst hatte. Einige Strähnen kringelten sich um ihr Gesicht. Ihr Lippenstift war so gut wie verschwunden, aber sie zog ihn nicht nach. Die Farbe würde ja doch nicht lange auf ihren Lippen verweilen, dachte sie und lächelte nervös. Nach ihrer Erfahrung war der kussechte Lippenstift ein werbewirksamer Mythos.

„Sehr geehrte Fahrgäste, in wenigen Minuten erreichen wir Heidelberg Hauptbahnhof", meldete der Lautsprecher im Abteil. „Ausstieg in Fahrtrichtung rechts." Miriam schluckte schwer und atmete tief ein. Und wieder aus. Und wieder ein. Das Herz schlug ihr bis zum Hals.

Jetzt reiß dich mal zusammen, dachte sie. *Du führst dich hier auf wie ein verknallter Teenager.*

Aber die Schmetterlinge in ihrem Bauch waren jetzt endgültig außer Rand und Band. Rasch schlüpfte sie in ihren Mantel, zog ihre Tasche über die Schulter und trat auf den Gang hinaus.

Der ICE wurde langsamer. Hoffentlich blieb er jetzt nicht stehen, um einen anderen Zug vorbeizulassen. Miriam platzte fast vor Anspannung, sie würde es keine Minute länger aushalten.

Glücklicherweise fuhr der Zug ohne weitere Verzögerung in den Bahnhof ein.

Sascha wartete am Anfang des Gleises auf sie. Sie konnte ihn eine Weile beobachten, bevor er sie entdeckte. Wie gut er aussah, groß, breitschultrig, lässig – fast ein bisschen verwegen mit seiner offenen Lederjacke und den Biker-Stiefeln. Und wie vertraut ihr sein Anblick in so kurzer Zeit geworden war.

Sie hob einen Arm und winkte. Er kam lächelnd auf sie zu, und sofort wurden ihre Knie weich. Sie sank praktisch in seine Umarmung, und er legte einen Arm fest um ihre Taille. Der Kuss, mit dem er ihre einladend geöffneten Lippen empfing, war nicht unbedingt für die Öffentlichkeit geeignet, aber das war Miriam egal. Sie drängte sich an Sascha, der ihr ebenfalls nicht nahe genug sein konnte und sie sein Verlangen spüren ließ, ihren Mund vereinnahmte, bis ihr die Luft wegblieb und sie persönliche Bekanntschaft mit dem Zustand „…ihr verging Hören und Sehen" machte.

„Wir fahren zu mir", verkündete er, als sie sich widerwillig voneinander lösten.

Er hatte direkt vor dem Bahnhofsausgang geparkt. Galant öffnete er Miriam die Beifahrertür, setzte sich hinters Steuer und fuhr los.

Miriam sah, dass seine Hände leicht zitterten, als er sie ans Lenkrad legte. Ihre Hände flatterten förmlich, weshalb sie sie tief in ihren Manteltaschen vergraben hatte. Sie legte den Kopf an die Nackenstütze und atmete tief durch.

Sascha sah kurz zu ihr, bevor er seinen Blick auf die Straße richtete. Um seine Lippen zuckte ein kleines Lächeln. „Wie war dein Termin?", erkundigte er sich, betont beiläufig.

Welcher Termin? Miriam war für den Bruchteil einer Sekunde verwirrt, dann sickerte der Alltag wieder in ihr Bewusstsein. Aber sie hatte jetzt keine Lust, über Jobangelegenheiten zu reden. „Alles gut", erwiderte sie. „Warum fahren wir zu dir?"

Er grinste. „Damit ich dir endlich mal zeigen kann, was sich alles auf dem alten Bauernhof am Ende der Straße getan hat. Immerhin ist das alte Gemäuer mein ganzer Stolz. Keine Angst, du musst nicht auf einer Baustelle übernachten. Wir können es uns sehr gemütlich machen. Am Kamin."

Miriam war bei „übernachten" aus dem Rest des Satzes ausgestiegen. Die Schmetterlinge kriegten sich gar nicht mehr ein vor Begeisterung. „Ich muss mich noch um Kailas Futter …"

„Kaila ist bei mir", unterbrach er sie.

„Was?" Sie sah ihn überrascht an.

„Offenbar hat sie mitgekriegt, dass der interessante Teil des Tages heute dort stattfindet. Jedenfalls tauchte sie heute Nachmittag plötzlich auf dem Hof auf und kratzte an der Haustür. Als ich nicht gleich reagierte, weil ich noch dabei war, ein Regal zusammenzuschrauben, hat sie angefangen, kläglich zu miauen." Er warf Miriam einen amüsierten Blick zu. „Offenbar ist Madame es nicht gewohnt, dass man sie warten lässt." Er legte seine rechte Hand auf Miriams Oberschenkel und ließ sie verstohlen höher wandern. „Ich mag dein Kleid." Noch höher.

Miriam atmete scharf ein und drängte sich seinen warmen, zielstrebigen Fingern entgegen. Als die auf nackte Haut trafen, hörte sie, wie Sascha ebenfalls heftig nach Luft schnappte.

„Strapse", flüsterte er heiser. „Hätte ich mir ja denken können." Er strich mit dem Daumen über das zarte, heiße, feste Fleisch, bis er auf hauchdünne Seide stieß. Er stöhnte leise auf und zog seine Hand zurück. „Wenn ich jetzt weitermache, landen wir im nächsten Straßengraben."

Irgendwie schafften sie es unfallfrei nach Beerfelden, vorbei an „Lady J.s Vintage Boutique", die still und dunkel dalag, und auf Saschas Hof.

15. KAPITEL

Kaila hatte es sich in ihrer Zweit-Essecke gemütlich gemacht. Nichts gegen das Speisenangebot in ihrem eigenen Haus, aber hier bei Sascha gab es eindeutig mehr Leckereien als bei Miriam oder Juliane. Er war sogar so entgegenkommend gewesen, ihr absolutes Lieblingsnaschzeug zu besorgen, was Kaila ihm hoch anrechnete. Aber schließlich hatte sie sich bei seiner Erziehung auch redlich Mühe gegeben.

Sie konnte sich noch dunkel daran erinnern, wie wenig erfreut er anfangs auf ihre Gesellschaft reagiert hatte, obwohl sie doch ihren ganzen Charme spielen ließ. Offenbar hatte er völlig falsche Vorstellungen von Katzen gehabt.

Aber mit viel Geduld und den üblichen Tricks – unschuldiger Blick aus großen Augen, liebenswertes Schnurren, hartnäckiges Um-die-Beine-Streifen – war es ihr schließlich gelungen, Sascha von ihren friedlichen und ehrlichen Absichten zu überzeugen. Sie brauchte nun mal sein Wohlwollen für ihre Mission, und irgendwie war er ihr auch ans Herz gewachsen mit seinen unbeholfenen Annäherungsversuchen.

Glücklicherweise verhielt er sich Miriam gegenüber sehr viel geschickter. Natürlich waren Menschenfrauen auch nicht so anspruchsvoll, was derlei Dinge betraf.

Und als unverhofften Nebeneffekt ihrer unermüdlichen Anstrengungen, Sascha und Miriam zusammenzuführen, hatte sie den netten kleinen Menschen kennengelernt, der neulich hier war. Er war richtig süß gewesen. Sie würde ihn gern mal wieder treffen. Vielleicht könnte er Sascha ja dazu bringen, sie auch mal freiwillig zu streicheln oder auf seinen Schoß zu lassen, nicht nur dann, wenn sie sich ihm aufdrängte.

Kaila hörte, wie die Haustür geöffnet wurde. Sie erhob sich lautlos und lief zur Küchentür, die nur angelehnt war, und spähte durch den Spalt. Sie beobachtete, wie Sascha und Miriam eintraten, eng umschlungen. Dann warf Miriam ihren Mantel auf den Fußboden, was sie sonst nie tat. Sascha folgte ihrem Beispiel, aber das war bei ihm nichts Ungewöhnliches.

Die beiden steuerten direkt die gegenüberliegende Tür an. Weder Miriam, die sie den ganzen Tag schon nicht gesehen hatte, noch Sascha, der heute ihre Gesellschaft hatte genießen dürfen, nahm sich die Zeit, Kaila zu begrüßen. Ihre beiden Menschen waren viel zu sehr mit sich selbst beschäftigt, um auch nur einen Gedanken an die treue und fürsorgliche Katze zu verschwenden, die alles daransetzte, das Leben ihrer Lieben in Ordnung zu bringen.

Sie maunzte theatralisch vor sich hin, ließ es sich aber nicht nehmen, auf leisen Pfoten zu der nur angelehnten Tür zu schleichen, über deren Schwelle Sascha ihre Miriam soeben getragen hatte. Sie schob ihren Kopf vorsichtig um den Türrahmen herum und linste durch den Spalt. Eine Weile schaute sie sich an, was diese oft so rätselhaften Menschenwesen dadrinnen veranstalteten. Dann lächelte sie ihr zufriedenstes Katzenlächeln, drehte sich um und verschwand in der Küche, wo sie sich behaglich in ihrer Zweit-Essecke zusammenrollte.

※

Saschas Wohnzimmer war ein Traum. Das riesige Ecksofa, auf dem er sie ohne viele Umstände abgelegt hatte, war unglaublich bequem. Im gemauerten Kamin, der fast die Hälfte der gegenüberliegenden Wand einnahm, sorgte er rasch für ein filmreifes Feuer. Auf dem geschwungenen Glastisch wartete eine Sektflasche im Eiskübel auf ihren Einsatz.

„Wir könnten was zu feiern haben", murmelte Sascha, der

sich halb neben und halb auf ihr ausgestreckt hatte, in ihr Ohr.

„Später", murmelte sie zurück und küsste ihn, während sie ihre Hände unter seinem Hemd auf Entdeckungsreise schickte. Zum ersten Mal konnte sie berühren, was sie sich so lange durch viel zu viele warme Stoffschichten hindurch hatte vorstellen müssen.

Er fühlte sich aufregend männlich an, unter seiner weichen Haut hoben und senkten sich Muskeln wie aus Stahl, dabei wirkte er nicht etwa wie ein fanatischer Bodybuilder. Hmm, vielleicht sollte sie doch noch mal etwas genauer nachfassen ... vor allem die vielversprechenden Muskelbewegungen an seinem flachen Bauch und weiter unten interessierten sie ... Wie würden sich diese wunderschön definierten Regionen wohl unter ihren Lippen anfühlen?

Sascha stöhnte auf, dann lachte er leise. „Pass bloß auf, du kleine Hexe, sonst wird das hier ein sehr kurzes Vergnügen."

Sie rieb sich aufreizend an seinem bedauerlicherweise noch immer bekleideten Schoß. „Wenn du nicht schleunigst diese Jeans loswirst, müssen wir sie dir vermutlich vom Leib schneiden." Wenigstens sein Hemd war jetzt dank ihrer Bemühungen offen. Sie schob es ihm hastig über die Schultern. „Weg damit!"

Er richtete sich auf und schleuderte das Hemd weg, während Miriam von hinten versuchte, seinen Gürtel zu öffnen, um an den Reißverschluss dieser verflixten Hose zu kommen.

Sascha machte ihre emsigen Bemühungen zunichte, indem er aufstand. „Finger weg, Frau", ächzte er. „Sonst kann ich für nichts mehr garantieren." Binnen dreier Sekunden hatte er sich seiner Hose und seiner Shorts entledigt und stand nun so vor Miriam, wie Gott (höchstwahrscheinlich eine Frau!) ihn an einem besonders erfolgreichen Tag erschaffen hatte.

Miriam lag, noch immer vollständig bekleidet, auf Saschas Wahnsinns-Sofa und genoss die Aussicht. Wow, war dieser Mann attraktiv. Zum Anbeißen. Sie musterte ihn hungrig von oben bis unten, dann schweifte ihr Blick wieder höher und blieb dort hängen, was praktisch unvermeidlich war. Unwillkürlich leckte sie ihre Lippen und rekelte sich einladend.

Sascha musterte sie aus schmalen, begehrlich funkelnden Augen.

„So, mein Engel, jetzt bin ich dran mit Geschenkeauspacken." Er setzte sich neben sie, schnappte sich ihre ausgestreckte Hand aus der Luft und hielt sie fest. „Anfassen bis auf Weiteres verboten." Er strich ihr die Locken aus dem Gesicht, beugte sich über sie und küsste sie leicht auf die Lippen, arbeitete sich dann über ihren Hals bis zu ihrem Dekolleté vor, ohne sie anderweitig zu berühren. Dann richtete er sich halb auf und begutachtete ihr rostrotes Kleid.

„Habe ich schon mal erwähnt, dass ich dieses Teil mag?" Er löste die Schleife, die das Ganze auf Taillenhöhe zusammenhielt, zog den Stoff nach beiden Seiten weg und schob die Ärmel über Miriams Schultern nach hinten. Jetzt lag sie vor ihm wie das entzückendste Geschenk von Mutter Natur. Ihre perfekten Brüste – rund und voll – waren noch mal extra erotisch eingepackt, in dunkelrote Spitze; aber zum Glück ließ sich der BH ebenfalls von vorn öffnen, die schmalen Träger rutschten wie von selbst über Miriams schlanke Oberarme und ließen sich sekundenschnell abstreifen.

Wieder versuchte sie, nach ihm zu greifen, wieder fing er ihre Hände ein und hielt sie fest. „Ich bin noch nicht damit fertig, mich an diesem wundervollen Anblick zu erfreuen."

Er lehnte sich ein wenig zurück und beobachtete gebannt, wie diese atemberaubenden Kurven sich in immer schnellerer Folge hoben und senkten, dann ließ er seinen Blick über ihre schmale Taille und den ganz leicht gewölbten Bauch gleiten. Der Strapsgürtel aus dunkelroter Spitze schmiegte sich sehr sexy an ihre geschwungenen Hüften – das konnte seinetwegen gern so bleiben, nur dieser Hauch von Slip musste verschwinden.

Notgedrungen ließ er Miriams Handgelenke los, weil er seine Hände anderweitig dringender brauchte. Er schob sich so über sie, dass er sich auf beiden Seiten ihres Körpers mit den Knien abstützen konnte, umfasste ihre Brüste, deren harte Spitzen sich ihm auffordernd entgegendrängten, und ließ die Hände dann weiter abwärtsgleiten, während er ihre Nippel mit Lippen und Zunge reizte, immer schön abwechselnd, bis sie sich unter ihm so heftig aufbäumte, dass sie ihn fast abgeworfen hätte. Sofort hob er den Kopf.

„Du bist so ungeduldig", murmelte er und küsste sie, träge, sinnlich. „So wundervoll ungeduldig." Seine Hände waren inzwischen an ihren Hüften angekommen, die er mit festem Griff packte. Dann hob er ihren runden Po an und schob den Seidenfetzen mit einem Ruck bis zu ihren Kniekehlen. Sie strampelte mit den Beinen, bis das Ding in hohem Bogen zu Boden flog, spreizte die Beine und bog sich leise wimmernd seinen forschenden Fingern entgegen.

Wie gierig sie war, wie bereit für ihn! Er strich über ihre vor Erregung feuchte Mitte, tastete nach ihrer pulsierenden Knospe und umkreiste sie mit Daumen und Zeigefinger.

Miriam schrie auf, laut und lustvoll, ließ ihr Becken unter seinen Aufmerksamkeiten kreisen, hob es ihm entgegen und umklammerte mit beiden Beinen seine Hüften, am ganzen Leib zitternd.

„So wundervoll ungeduldig", murmelte er zwischen schnellen hungrigen Küssen. Unermüdlich bewegte er seine Finger, bis ihr Körper unter seinen Berührungen bebte und pulsierte, ihre Hüften sich immer heftiger aufbäumten und ihre Schreie zu einem lauten Stöhnen wurden.

„Jetzt", stieß sie keuchend hervor. „Bitte. Nicht länger warten."

Sascha lehnte sich zur Seite und streckte einen Arm nach seiner Hose aus, die zusammengekrumpelt vor dem Sofa lag. Er tastete blind nach einer Tasche und zog, als er sie endlich gefunden hatte, hastig ein kleines Päckchen hervor.

※

Miriam hörte, wie er das Kondompäckchen aufriss. Sehen konnte sie nichts, denn ihre Lider waren geschlossen, und vermutlich hätte sie auch mit offenen Augen nicht durch den rosaroten Nebel blicken können, der sie umfing.

Sie hatte sich so lange nach seinen Berührungen gesehnt, nach dem Gefühl seiner Hände, seiner Lippen auf ihrer nackten Haut, dass sie schon bei seinen ersten Liebkosungen kurz vor dem Explodieren war. Und jetzt wollte, *musste* sie ihn in sich spüren. Nichts anderes konnte die nahezu unerträgliche Spannung lösen, die er mit seinen Liebkosungen in ihr ausgelöst hatte.

Und dann war er ganz nah, sein Mund auf ihrem, seine Hände an ihren Hüften, und drang mit einem kraftvollen Stoß genau dorthin vor, wo sie ihn haben wollte.

„So ... unglaublich ... ungeduldig", stieß er zwischen abgehackten Atemzügen hervor. Und dann vergaß er alle guten Vorsätze und begann, sich in ihr zu bewegen, wie sein Körper und ihr Körper es ihm befahlen. Er enterte sie mit langsamen tiefen Stößen, die immer schneller, immer härter wurden, bis sie ihn so eng umschloss, dass er kaum mehr an sich halten konnte, und ihre heiße enge Mitte um ihn herum pulsierte, bis er buchstäblich Sterne sah.

Noch nie war seine Selbstbeherrschung derartig getestet worden wie jetzt. Was für ein Segen, dass sie so ungeduldig war, noch viel ungeduldiger als er, denn als sie sich mit einem lauten, ekstatischen Schrei ein letztes Mal unter ihm aufbäumte, ihre Fersen in sein Kreuz drückte und ihre Fingernägel noch tiefer in seine Schultern krallte, war der letzte kläglich Rest seiner Kontrolle dahin, und er folgte ihr mit einem tiefen Stöhnen auf den Gipfel.

*

Eine Weile lagen sie einfach nur da und warteten darauf, dass sie wieder zu Atem kamen. Dann küsste Sascha Miriam zärtlich, erst auf den Mund, dann auf die Nasenspitze, und löste sich von ihr. „Ich bin sofort wieder da", sagte er und verschwand durch die Tür, die zum Flur führte.

Miriam streckte sich wohlig aus. Das leichte Pochen zwischen ihren Schenkeln trieb eine süße, lange nicht mehr gefühlte Schwäche durch ihren Körper. Ihre Haut war erhitzt, ihre Wangen glühten.

Die flackernden Flammen des Kaminfeuers tauchten den großen Raum in ein stimmungsvolles goldgelbes Licht. In der hinteren Ecke stand, wie Miriam – umständehalber – erst jetzt bemerkte, eine weihnachtlich geschmückte Tanne.

Sascha kam wieder ins Zimmer. Sie richtete sich vorsichtig auf. „Da müsste ich auch mal hin."

Um seine Mundwinkel zuckte ein Lächeln. „Direkt neben der Haustür, die schmale Tür rechts."

Als sie wieder ins Wohnzimmer kam, hatte er den Champagner geöffnet und eingeschenkt, und auf dem Sofa lag eine riesige Satindecke einladend ausgebreitet. Miriam setzte sich, lehnte sich zurück und zog die Beine an. Sascha reichte ihr ein Glas und ließ sich neben ihr nieder. Sie kuschelten sich aneinander, zogen die Decke über sich und tranken Champagner.

Sascha spielte mit Miriams Locken. „Das war unglaublich." Er schaute ihr tief in die Augen und grinste. „Aber vielleicht gönnst du mir ja bei Gelegenheit doch die Chance, meine sensationellen Vorspiel-Qualitäten und raffinierten Liebeskünste unter Beweis zu stellen?"

Sie sah ihn herausfordernd an. „Warum nicht? Die Nacht ist schließlich noch jung."

Er lachte leise und zog sie an sich. Sie schmiegte sich an seine Brust und atmete seinen herben Duft ein: ein Hauch Aftershave, ein Hauch Schweiß und jede Menge Lust.

„Eigentlich hatte ich wirklich vor, dir mein Reich zu zeigen", murmelte er. „Aber dazu bin ich jetzt zu faul. Ich möchte einfach nur hier mit dir sitzen und reden und Champagner trinken und ins Feuer starren." Er küsste ihre Schläfe. „Und dann vielleicht die Chance wahrnehmen, die du mir so großmütig versprochen hast."

„Wir können die Führung eventuell später nachholen", sagte sie. „Vielleicht darf ich ja jetzt öfter mal herkommen", fügte sie neckend hinzu und rekelte sich genüsslich in seinen Armen. „Also das, was ich bisher von deinem Reich gesehen habe, gefällt mir schon mal sehr."

Ihre rechte Hand verschwand unter der Decke. „Fühlt sich auch sehr gut an." Sie leckte sich suggestiv über die Lippen. Saschas Augen wurden ganz dunkel vor Erregung.

Sie küsste ihn sanft auf den Mund, zog dann eine Spur kleiner Küsse über seine Brust, ließ ihre Zungenspitze abwechselnd um seine Brustwarzen kreisen und tauchte dann mit dem Kopf unter die Decke.

„Oh Gott", murmelte er und stöhnte auf, als er ihre weichen Lippen und ihre heiße Zunge dort spürte, wo er sie sich wohl schon hundertmal hinfantasiert hatte. Er legte den Kopf in den Nacken und schloss ergeben die Augen. Miriam wusste ganz offensichtlich, was sie tat. Er erhob keinen Einspruch. Wie hieß es doch so schön? Ein Gentleman genießt und schweigt.

Was gar nicht so einfach war, denn Miriam reizte wirklich jede Möglichkeit aus, ihn zum Wahnsinn zu treiben, mit Zunge und Zähnen, Lippen und Händen. Die Decke hatte er längst zur Seite geschoben; er wollte sehen, was sie ihm da antat. Und dann, als ihm vor Lust schon fast schwarz vor Augen wurde und das kochende Blut in seinen Ohren dröhnte, stoppte die süße Folter abrupt.

Miriam hob den Kopf, kroch praktisch an ihm hoch und küsste ihm den enttäuschten Seufzer von den Lippen. „Jetzt", murmelte sie dann heiser. „Jetzt ist mir danach, deine sensationellen Liebeskünste noch ein bisschen ausgiebiger kennenzulernen."

*

Am nächsten Morgen frühstückten sie zu dritt – Miriam, Sascha und Kaila. Als Miriam gähnend in die Küche gekommen war, aus der bereits ein verführerisches Kaffee-Aroma drang, wurde sie nicht als Erstes von Saschas Kuss begrüßt, sondern von einem fröhlichen Maunzen und zwei kleinen Samtpfoten, die über ihre nackten Knie kratzten.

„Ach, meine Süße, ich hatte total vergessen, dass du auch hier übernachtet hast." Sie kraulte Kailas Köpfchen und zupfte sanft an ihren Ohren. „Ich hoffe, du hast nichts gehört, was nicht für kleine Katzen bestimmt ist."

Sie waren in der Nacht noch in Saschas Schlafzimmer im ersten Stock umgezogen und eng aneinandergeschmiegt eingeschlafen. Am Morgen war Miriam von Sascha zärtlich, aber hartnäckig wach gestreichelt worden, und anschließend hatte er ihr endlich beweisen dürfen, wie beeindruckend vielfältige Feinheiten des Vorspiels er beherrschte. Danach war sie noch mal eingedöst und erst aufgestanden, als sie merkte, dass der Platz neben ihr leer war und der Kaffeedurst sie aus dem Bett trieb.

Sascha hatte ihr ein Hemd von sich hingelegt und eine viel zu große Jogginghose, auf die sie aber vorerst verzichtete. Die Küche war gut geheizt, außerdem hatte Miriam nach der heißen Nacht, die hinter ihr lag, das Gefühl, nie wieder frieren zu müssen.

Sie trank ihren Kaffee, kraulte Kaila, die sich auf ihrem Schoß zusammengerollt hatte, und warf Sascha, der am Herd stand und Rührei stocken ließ, verstohlene Blicke zu. Alles, was er machte, wirkte so selbstverständlich. So vertraut. Und der Sex war sensationell gewesen.

Aber jetzt, da die Schmetterlinge in ihrem Bauch erschöpft ihren Rausch ausschliefen, meldeten sich in ihrem Hinterkopf nagende Zweifel. Was war das eigentlich zwischen ihr und Sascha? Freundschaft mit gewissen Extras? Ablenkung von Problemen, die einen früher oder später doch einholen würden? Sie konnte nicht leugnen, dass sie mehr für ihn empfand als nur Lust, aber war sie wirklich schon wieder bereit für tiefere Gefühle? Und wie war das bei ihm?

Miriam hatte keine Ahnung, aber sie wusste, dass der Morgen danach immer ein heikler Zeitpunkt war, seine Emotionen zu sortieren. Jedenfalls dann, wenn die Nacht so wunderbar gewesen war, dass sie alle Erwartungen meilenweit übertroffen hatte.

Sie seufzte leise. Ihr war klar, dass sie sich ganz leicht in Sascha verlieben könnte. Vielleicht hatte es sie sogar schon erwischt. Aber noch waren die Narben zu frisch, die Richards

Betrug auf ihrer Seele hinterlassen hatte. Er war der erste und einzige Mann, den sie wirklich an sich herangelassen hatte. Und er hatte ihr tiefen Schmerz zugefügt und ihr Leben total aus der Bahn geworfen. So etwas wollte sie nicht noch einmal durchmachen.

Und dann war da noch Lisa. In welcher Beziehung stand sie zu Sascha? Sie leuchtete jedes Mal, wenn er in der Nähe war, und sobald er den Raum verließ, erlosch sie wie eine Kerze im Wind. Er schien nichts von ihren Gefühlen zu bemerken, aber das konnte Miriam kaum glauben. Nicht bei einem Menschen, der so einfühlsam war und ein so guter Beobachter.

Sascha schien Lisa zu mögen. Er half ihr, wo er konnte. Verdammt, er hatte in den vergangenen Wochen mehr mit ihr zu tun gehabt als mit Miriam. Wer weiß, wie nah er ihr während ihres Praktikums gekommen war!

„Was seufzt du denn so gottergeben vor dich hin?" Sascha stellte einen Teller Rührei vor sie hin und küsste ihren Hals. „Hmm, du riechst immer so gut."

Er setzte sich ihr gegenüber und begann, sein Frühstück in sich hineinzuschaufeln, als ob es morgen nichts mehr gäbe. Miriam musste unwillkürlich grinsen. Hatte sich der arme Kerl wirklich derartig für sie verausgabt? Allerdings musste sie zugeben, dass sie ebenfalls am Verhungern war.

„Kein besonderer Grund." Sie schob ihre Grübeleien beiseite und fing ebenfalls an zu essen.

„Heute bist du wohl den ganzen Tag beschäftigt?", sagte er. „Lisa hat mir erzählt, dass du sie gebeten hast, schon vormittags zu kommen, damit ihr an den nächsten Fotos arbeiten könnt."

Sein Ton war völlig neutral gewesen, trotzdem fuhr sie auf. „Wann hast du denn mit Lisa gesprochen?", fragte sie argwöhnisch. „Ich habe ihr die SMS doch erst gestern im Zug geschickt."

Er sah sie erstaunt an. „Wir haben telefoniert, als ich auf dich gewartet habe."

Miriam atmete tief durch. Na super. Während sie sich vor Aufregung und Vorfreude gar nicht mehr einkriegte, telefonierte er seelenruhig mit seiner sagenhaft hübschen Expraktikantin.

„Was ist das eigentlich mit dir und Lisa?", fragte sie, etwas bissiger als beabsichtigt. „Sie redet ständig von dir, und offenbar hängt ihr ja dauernd zusammen rum, wenn du in Heidelberg bist."

Sascha schüttelte den Kopf. „Nein, das stimmt nicht. Das mit Lisa ist ... kompliziert." Sein Blick verdüsterte sich, und er wirkte plötzlich bedrückt.

Ganz toll hast du das gemacht, Miriam. Sie biss sich unschlüssig auf die Unterlippe. Ihr Timing ließ wirklich zu wünschen übrig. Jetzt hatte sie ihm und sich den Morgen nach der ersten gemeinsamen Nacht verhagelt. Aber irgendwann musste es mal ausgesprochen werden, sonst wäre sie daran erstickt. Sie wartete kurz ab, aber Sascha schien nicht vorzuhaben, seine Aussage weiter zu vertiefen. Er starrte gedankenverloren vor sich hin. Miriam spürte plötzlich ein bleischweres Gewicht in der Magengegend.

„Ich sollte dann auch mal los", murmelte sie. „Nicht dass *Lisa* noch auf mich warten muss. Aber wahrscheinlich käme sie dann ja eh erst mal auf eine Tasse Kaffee oder so hier vorbei." Sie stand auf, nachdem sie Kaila vorsichtig von ihrem Schoß gehoben hatte. „Ich sammele nur noch schnell meine Sachen zusammen. Und diese Jogginghose sollte ich vielleicht auch besser überziehen, ich möchte mich ungern vor Tante Julianes Laden in Unterhosen erwischen lassen."

„Welche Unterhosen?" Sascha grinste halbherzig, aber die Stimmung war nun mal im Eimer. „Ich muss noch mal schnell nach oben, ich bring dir die Jogginghose dann mit."

Miriam nickte nur und ging über den Flur ins Wohnzimmer. Ihr Kleid lag zerknittert auf dem riesigen Ecksofa. Offenbar waren sie darauf eingeschlafen. Die Decke lag halb auf dem Boden. Daneben ihre Pumps. Im Eiskübel, der nur noch Wasser enthielt, dümpelte die leere Champagnerflasche. Als Miriam die Zeugnisse ihrer leidenschaftlichen Nacht sah, stiegen ihr die Tränen in die Augen. *Verdammt, warum ist immer alles so furchtbar kompliziert? Meine Gefühle. Seine Gefühle. Lisas Gefühle.* Sie zog schniefend die Nase hoch.

„Hast du dich erkältet?" Sascha umarmte sie von hinten. In einer Hand hielt er die Jogginghose, in der anderen ihre Strapse. „Hier, die hast du wohl erst oben ausgezogen." Er schmiegte seine Wange an ihre. „Du hast darin unglaublich scharf ausgesehen."

Sie drehte sich in seinen Armen um und küsste ihn, zurückhaltender, als sie sich das noch vor ein paar Minuten hätte vorstellen können. „Danke fürs Frühstück. Ich glaube, ich habe meine Tasche in deinem Auto liegen gelassen." Sie rang sich ein Lächeln ab. „In der Hektik beim Aussteigen. Die müsste ich noch holen, dann bist du mich los."

Er runzelte die Stirn. „Warum sollte ich dich loswerden wollen? Es war schön mit dir. Ich will, dass du wiederkommst." Er küsste sie auf die Nase. Seine Augen funkelten. „Und wieder und wieder und wieder. Ich kenne niemanden, der so schön kommt wie du."

Miriam atmete einmal tief durch. Vielleicht war sie ja doch auf dem Holzweg mit ihrer Eifersucht? Plötzlich kam der Ärger ihr übertrieben vor. Sie versetzte Sascha einen spielerischen Klaps auf die Schulter und entriss ihm die Jogginghose.

Sie musste sie dreimal umkrempeln und die Kordel so fest zubinden, dass der Bund sich kräuselte. „Nicht gerade superstylish, aber für die paar Meter wird's schon gehen." Sie runzelte die Stirn. „Allerdings bleibt mir wohl nichts anderes übrig, als meine Pumps anzuziehen. Deine Schuhe passen mir nun wirklich nicht."

„Ich könnte dich ja tragen", schlug er vor.

Sie schüttelte lachend den Kopf. „Untersteh dich. Ich gehe allein, du brauchst nicht mitzukommen."

„Kommt gar nicht infrage", gab er empört zurück. „Du hast es vielleicht noch nicht gemerkt, aber ich bin ein Kavalier der alten Schule."

Sie hob skeptisch die Brauen, musste ihm aber im Stillen recht geben. Er *war* ziemlich ritterlich. Vielleicht war das ja auch das Problem bei Lisa …

Seufzend folgte sie Sascha nach draußen.

*

Was war bloß jetzt schon wieder los? Kaila konnte es einfach nicht fassen. Eben noch war alles prächtig zwischen Miriam und Sascha, und plötzlich, ohne Vorwarnung, verströmte Miriams Aura einen Schwall negativer Gefühle. Dabei hatte sie doch nur für ein paar Minuten gedöst. Offenbar durfte man diese beiden Menschen nicht einen Moment aus den Augen lassen. Kaila stieß einen ergebenen Maunzer aus und trottete trübselig in den kalten Morgen hinaus.

16. KAPITEL

Lisa wartete tatsächlich schon vor dem verschlossenen Laden. Als sie Miriam und Sascha die Straße gemeinsam aus der Richtung kommen sah, in der Saschas Hof lag, zog sie ein Gesicht, als hätte sie gerade auf eine Zitrone gebissen. Dann registrierte sie Miriams seltsame Aufmachung, die wenig Zweifel daran ließ, wo und wie sie die Nacht verbracht hatte, und wurde noch bleicher, als sie ohnehin schon war.

Miriam spürte, wie Sascha sich neben ihr verkrampfte. *Oh ja, kompliziert.* Sie blieb stehen und nahm ihm die Tasche ab, die er für sie getragen hatte. „Danke für die Begleitung auf dem langen und gefährlichen Heimweg, aber ich glaube, die letzten paar Zentimeter schaffe ich auch allein."

Er drückte verstohlen ihre Hand. „Sehen wir uns heute Abend?", flüsterte er.

Sie lächelte schief. „Ich kann dir ja Bescheid geben, wenn Lisa wieder weg ist."

Er nickte ihr zu, hob dann winkend die Hand, ein Gruß, den Lisa nicht erwiderte, und machte auf dem Absatz kehrt. Lisa starrte ihm nach.

„Nett von dir, dass du so früh Zeit für mich hast", sagte Miriam betont munter. Sie sah aus den Augenwinkeln einen zierlichen fauchenden Schatten auf Lisa zustürzen. „Und da ist ja auch Kaila", rief sie fröhlich.

Lisa wich einen Schritt zurück, während Miriam sich schweren Herzens auf ihre kleine Wildkatze warf, um sie festzuhalten. Gewalt war schließlich auch keine Lösung, außerdem brauchte sie Lisa noch.

Sie ignorierte Kailas wütendes Zappeln und Fauchen und legte sich die ungnädige Katze über die Schulter. „Da bleibst du jetzt gefälligst." Sie streichelte besänftigend über das gesträubte Fell, bis Kaila sich beruhigte. „So, und jetzt gehen wir alle drei zusammen ganz friedlich darein", verkündete sie, fummelte den Schlüssel aus ihrer Tasche und schloss den Laden auf. „Ich muss nämlich dringend mit euch beiden reden."

*

„Puh, was für ein Tag", stöhnte Miriam und schmiegte sich an Sascha, der am Kopfende des Bettes lehnte und einen Arm um ihre Schultern gelegt hatte. Diesmal waren sie ohne weitere Umstände gleich in sein Schlafzimmer hochgegangen.

„Ich hoffe, das Ende konnte es ein bisschen rausreißen." Er spielte mit ihren Locken, von denen er offenbar nie genug kriegen konnte.

„Ein bisschen", bestätigte sie mit einem zufriedenen Grinsen. Okay, in *der* Beziehung war definitiv nichts kompliziert. Wenn nur alles im Leben so einfach wäre! Und so großartig …

„Haben deine beiden kratzbürstigen Schönheiten sich zusammengerauft, oder musst du dir neue Opfer für deine kreativen Höhenflüge suchen?", fragte er.

„Die Hoffnung stirbt zuletzt." Miriam seufzte. „Allerdings weiß ich nicht, ob es so der Bringer ist, wenn Lisa angststarr in einem Poiret-Kaftan posiert, während Kaila angriffslustig die Zähne fletscht. Aber immerhin hat Lisa begriffen, dass dieses Buchprojekt eine Riesenchance für sie sein könnte, sofern es ihr gelingt, sich mit Kaila zu arrangieren." Sie lachte leise. „Ich bin mir nur nicht so sicher, dass Kaila da mitspielt."

„Was hat diese doch im Großen und Ganzen friedfertige Katze nur gegen die arme Lisa?" Sascha legte sich auf den Rücken und hob den linken Arm, damit Miriam sich wieder darunterkuscheln konnte. Es war eine unbewusste Bewegung gewesen, und ebenso selbstverständlich schlüpfte Miriam wieder an ihren angestammten Platz und bettete ihren Kopf auf seine Brust.

„Weiß ich auch nicht", murmelte sie verschlafen. Sie hatte keine Lust, den Tag mit einem Gespräch über Lisa ausklingen zu lassen, nachdem er schon mit diesem unerfreulichen Thema begonnen hatte. *Vielleicht könnte ich einfach mal damit aufhören, die blöde Kuh ständig zu erwähnen.*

Mit diesem ziemlich vernünftigen Gedanken schlief sie ein.

*

Kaila war verwirrt. Waren Miriam und Sascha nun ein Herz und eine Seele, oder gab es Schwierigkeiten zwischen ihnen? Immer diese Menschenkomplikationen, dachte sie. Warum machten sie es einander nur so schwer?

Sie hatte ein feines Gespür für Stimmungen, und zwischen den beiden war im Grunde alles, wie es sein sollte. Aber von heute auf morgen war dann plötzlich wieder diese merkwürdige Kälte da, als ob mal der eine und mal die andere sich zurückziehen würde. So wie echte Schnecken, diese schleimigen Dinger, es machten, wenn man sie mit der Pfote anstupste. Bei denen war klar, dass sie sich vor einem Angriff schützen wollten.

Aber Kaila verstand nicht, was Miriam und Sascha in solchen Momenten voneinander wegtrieb. Sie wurden nicht angegriffen. Sie konnten einander vertrauen. Kaila maunzte tief und verzweifelt. Würde sie ihre Mission denn niemals als vollendet betrachten können? Warum verhielten Menschen sich in diesen Dingen bloß so … dumm?

Doch das war nicht ihr einziges Problem. Aus irgendeinem Grund wollte Miriam gern, dass sie mit dem dünnen Zeter-

Mädchen spielte. Und zwar genau das gleiche Spiel, das sie vorher allein mit Miriam gespielt hatte, mit den vielen farbigen Stoffen und glänzenden Dingen und der großen Scheibe und dem Lichtkreis.

Zwar sträubte sich alles in Kaila (von ihrem Fell ganz zu schweigen), wenn sie sich nur vorstellte, die Nähe dieses grässlichen Wesens ertragen zu müssen. Es hatte ganz viel mit Miriams trüben Launen zu tun, auch wenn Kaila sich nicht erklären konnte, woran das lag. Aber sie spürte auch, dass aller Kummer von Miriam abfiel, wenn sie mit diesem Blitzkasten hantierte.

Und da Kaila nun mal wild entschlossen war, Miriams Kummer zu vertreiben, und bei der Sache mit Sascha gerade nicht so richtig wusste, wie sie das anstellen sollte, musste sie wohl dieses große Opfer bringen. Für die gute Sache.

Und zugegeben, auch deshalb, weil sie es liebte, wenn sie die Aufmerksamkeit bekam, die ihr zustand. Denn immer, wenn sie sich anmutig im Licht vor diesem Blitzkasten rekelte, scharten sich begeisterte Menschen um sie.

Kaila hatte sogar den leisen Verdacht, dass die meisten dieser sogenannten Kunden überhaupt nur durch die klingelnde Tür kamen, um sie zu bewundern. Was ihr natürlich außerordentlich gut gefiel.

*

Miriam saß am Küchentisch und begutachtete die Foto-Ausbeute der vergangenen zehn Tage. „Nicht schlecht", murmelte sie. „Gar nicht schlecht, wenn man die Umstände kennt, unter denen die Aufnahmen entstanden sind."

Nur äußerst widerwillig hatten sich Kaila und Lisa zum gemeinsamen Posieren bewegen lassen. Aber sobald Lisa endlich einen Teil ihrer Furcht ablegte, musste Miriam zugeben, dass das Ergebnis besser war als gedacht. Gerade die unüberbrückbare innere Distanz zwischen der zweibeinigen und der vierbeinigen Diva verlieh den Aufnahmen eine kühle Eleganz. Und bildete einen reizvollen Bruch zu den Bildern, auf denen nur Kaila posierte – diese strahlten Wärme und eine geheimnisvolle Intimität aus.

Hoffentlich sieht Herr Weininger das genauso, dachte Miriam. Aber eigentlich machte sie sich diesbezüglich keinen Kopf. Immerhin hatte der Mann ihr künstlerisch „völlig freie Hand" gelassen.

Wenn sie in Bezug auf Sascha nur genauso sicher wäre wie bei ihrer Arbeit! Aber an der Front hatte sich in den knapp zwei Wochen seit jener ersten atemberaubenden Nacht auf Saschas Sofa nicht viel getan. Oh, der Sex war weiterhin eine Offenbarung – noch nie war Miriam mit jemandem zusammen gewesen, mit dem es so viel Spaß machte. Und der sie so tief berührte.

Aber waren sie und Sascha denn wirklich, in welcher Form auch immer, „zusammen"? Empfand er tatsächlich etwas für sie, außer Verlangen? Durfte sie es wagen, die immer tieferen Gefühle zuzulassen, die sich in ihrer Seele für ihn verankerten? Waren diese Gefühle gut für sie? Oder für ihn?

*

„Muss das echt sein?" Sascha klemmte sein Handy zwischen Kinn und Schulter, nahm eine Kiste voller alter Entwürfe vom Küchentresen und trug sie über den Hof in sein künftiges Atelier. So langsam nahm auch dieser Raum Gestalt an, und er brannte darauf, sich hier endgültig einzurichten. Spätestens ab dem zweiten Quartal des nächsten Jahres, womöglich aber auch schon früher, wollte er neben dem privaten auch seinen beruflichen Mittelpunkt nach Beerfelden verlagern.

Er hatte nichts dagegen, hin und wieder ins Heidelberger Büro zu pendeln, aber nur als Ausnahme, nicht als Regel. Aber nun war Thilo, der Pedant, in der Leitung und flehte ihn mit überschnappender Stimme an, doch bitte, bitte, bitte für die nächsten Tage nach Heidelberg zu kommen und auch dortzubleiben.

„Wir müssen noch mal ran an dieses Projekt. Neue Voraussetzungen, zu spät kommuniziert. Bis Weihnachten muss das über die Bühne gebracht sein. Wir brauchen dich. Danach hast du einen Wunsch frei."

Das klang schon interessanter. „Ehrenwort? Ich darf mir wünschen, was ich will?"

„Sofern es in meiner Macht steht und die Firma nicht in den Ruin treibt", erwiderte Thilo vorsichtig.

„Einverstanden. Noch habe ich ja meine Wohnung. Allerdings sind keine Möbel mehr drin. Vielleicht ist das doch keine so gute …"

Thilo fiel ihm hektisch ins Wort. „Du kannst bei Frank pennen. Notfalls bei mir. Oder wir zahlen dir ein Hotel. Kommst du? Heute noch?"

„Morgen", erklärte Sascha bestimmt. „Heute bringt das eh nichts mehr, es ist gleich fünf."

„Na gut. Gut, du kommst." Er sah förmlich, wie Thilo an seinem akribisch aufgeräumten Schreibtisch saß und sich erleichtert den Schweiß von der Stirn wischte. „Am besten bleibst du gleich bis Freitag, dann musst du zu unserer Weihnachtsfeier nicht extra anreisen." Er legte auf, abrupt, wie es seine Art war.

Während er die alten Entwürfe durchsah, wanderten Saschas Gedanken auf den üblichen ausgetretenen Pfaden. „Vielleicht ist diese kleine Auszeit von Beerfelden ja gar nicht so schlecht", murmelte er.

Auszeit von Miriam, meinst du wohl.

Wenn er nur wüsste, wo er mit ihr stand. Wie ernst er diese Sache werden lassen wollte. Er wusste, dass er drauf und dran war, sich in seine Nachbarin zu verlieben. Warum auch nicht? Sie war klug, kreativ, lustig, sexy, sensationell im Bett und anschmiegsam wie ein Kätzchen. Ha, dass ausgerechnet ich das als positive Eigenschaft sehe, dachte er amüsiert. *Offenbar hat die kleine Kaila mich durch ihre raffinierten Manöver bekehrt.*

Aber das Problem mit Miriam konnte er nicht weglachen. Er mochte sie. Sehr sogar. Vielleicht war es auch schon mehr. Aber war er wirklich frei für neue Gefühle? Steckte er nicht eigentlich in dieser verzwickten Situation mit Sylvia fest?

Sie waren zwar nicht mehr zusammen, aber solange er keine andere Beziehung einging, war da immer noch das emotionale Band zu Bennie. Es war ja nicht nur so, dass Sascha Bennie über alles liebte; der Junge liebte auch ihn. Zählte auf ihn, darauf, dass er immer für ihn da war. Und nun, da Sascha diese zwar immer noch unausgegorenen, aber eindeutig tieferen Gefühle für Miriam entwickelte, fühlte er sich gleichzeitig Bennie gegenüber schuldig, weil er dann nicht mehr allein für den Jungen da wäre.

Durfte er ihm das antun? Und wie würde er selbst damit klarkommen, diese letzte Verbindung mehr oder weniger zu kappen? Ihm war klar, dass Bennie sich ausgeschlossen fühlen würde, wenn Sascha eine neue Freundin hätte, vielleicht sogar irgendwann eine neue Familie …

Konnte er denn wirklich so sicher sein, dass er mehr für Miriam war als eine heiße Affäre? Sie hatte nie von Liebe oder Ähnlichem gesprochen. Er allerdings auch nicht.

Ach verdammt, warum muss immer alles so kompliziert sein? Immerhin war sie neulich ein bisschen eifersüchtig auf Lisa gewesen, jedenfalls war es ihm so vorgekommen. Arme

Lisa, dachte er. *Aber das Problem muss ich auch mal irgendwie in den Griff kriegen. Offenbar geht es ja nicht von allein weg.*

Er war gern mit Miriam zusammen, hier auf seinem Hof, den er zu seinem Zuhause machen wollte. Andererseits wartete hier auch ein Zimmer auf Bennie, und wenn Sylvia morgen zu ihm zurückkehren und Bennie dadurch quasi wieder zu seinem Sohn machen würde, dann könnte er sich auch diese Zukunft immer noch vorstellen. Auch wenn er Sylvia nicht mehr liebte.

Müde rieb er sich die Augen. Dieses ewige Grübeln hatte keinen Sinn. Zu viele Dinge lagen gar nicht in seiner Hand. Miriams Gefühle. Sylvias Pläne. Bennies Entwicklung. Verflucht, er kriegte ja nicht mal diese Sache mit Lisa geregelt. Dabei war er so sicher gewesen, dass sie ihre Fixierung auf ihn endgültig überwunden hatte.

✳

Kaila fand, es war mal wieder an der Zeit, bei ihrem anderen Schützling nach dem Rechten zu sehen. Miriam war mit ihrem leuchtenden Kasten beschäftigt, sprach ständig in dieses flache Dings hinein, das immer in Griffweite lag, und vernachlässigte ihre geduldige und selbstlose Katze sträflich.

Oh, sieh an, Sascha hat auch so eins, dachte Kaila mürrisch, als sie den lang gestreckten Nebenbau betrat, in dem sie ihn – völlig zu Recht – vermutet hatte. Aber wenigstens redete er nicht hinein, er starrte nur darauf und tippte es gelegentlich mit dem Finger an. Dann legte er es wieder hin, seufzte tief und vergrub das Gesicht in den Händen.

Du liebe Zeit, was war nur los mit diesen Menschen? Man konnte ja praktisch dabei zusehen, wie sich über seinem Kopf eine dunkle Wolke zusammenzog.

Lautlos schlich sie unter seinen Stuhl und rieb sich an seinen Beinen. Als er weder zurückzuckte noch sonst wie reagierte, beschloss sie, die Gunst der Stunde zu nutzen, und sprang auf seinen Schoß. Wenn die dunkle Wolke ihn schon so ablenkte, dass er seine Umgebung nicht mehr wahrnahm, konnte Kaila zumindest ein paar Streicheleinheiten von ihrem widerspenstigen Adoptiv-Menschen abstauben. Sie legte sich gemütlich zurecht, und zu ihrer größten Genugtuung begann Sascha, ihr geistesabwesend, aber durchaus gekonnt das Fell zu kraulen. Fast hätte sie vor Vergnügen laut geschnurrt, aber das wollte sie doch lieber nicht riskieren. Womöglich hörte er dann gleich wieder auf.

*

Heute würde Miriam zum ersten Mal seit zwei Wochen wieder allein schlafen. Sascha hatte sich am Morgen von ihr verabschiedet, *sehr* ausführlich und allem Anschein nach ziemlich ungern. Sein Chef hatte ihn für ein paar Tage nach Heidelberg beordert. Irgendwas war bei diesem Großprojekt schiefgegangen, und sie mussten die Pläne noch mal überarbeiten oder anpassen oder so was.

Miriam wusste, dass diese ewige Pendelei Sascha nervte, aber sie war überrascht, wie sehr *sie* genervt war, dass sie nun wieder einsam in Tante Julianes Gästezimmer übernachten musste statt in Saschas wunderbarem Bett, mit ihm an ihrer Seite. Fast fehlte er ihr jetzt schon, obwohl sie ihm doch erst vor zwei Stunden hinterhergewinkt hatte, bis sein dunkelblauer SUV hinter einer Straßenbiegung verschwand.

Sie machte sich nichts vor: Sie war auf dem besten Weg, sich bis über beide Ohren in Sascha zu verlieben. Und das hatte nichts damit zu tun, dass er attraktiv, klug, witzig, einfühlsam, ritterlich und irrsinnig sexy war. Und auch nicht damit, dass er so ein sensationeller Liebhaber war.

Okay, ein bisschen hatte es mit alldem natürlich schon zu tun. Aber der Hauptgrund, aus dem sie sich plötzlich so verloren fühlte ohne ihn, war ein ganz anderer. Sie fühlte sich bei ihm zu Hause.

Doch noch immer nagte die Angst an ihr, jemanden zu nah an sich heranzulassen, und ließ sie weiter auf Distanz gehen. Auch Sascha schien nicht sicher zu sein, wie weit er ihr Zugang zu seinem Leben gewähren sollte. War sie ihm überhaupt so wichtig, dass er ernsthaft darüber nachdachte, wie es mit ihnen weitergehen könnte? Oder war sie doch nur eine prickelnde Affäre für ihn? Die allzeit bereite Nachbarin, die in spätestens drei Monaten wieder in den kühlen Norden abdüsen und keine Erwartungen an ihn stellen würde?

*

Zwei Tage später war sie geneigt, der letzteren Theorie den Zuschlag zu geben. Zum Glück hatte sie viel zu viel zu tun, um sich fruchtlosen Grübeleien hinzugeben. Allerdings wäre es schon nett gewesen, wenn Sascha mal auf ihre diversen Nachrichten geantwortet hätte.

Offenbar hatte er sein Handy ausgeschaltet, was natürlich sein gutes Recht, aber doch ziemlich merkwürdig war. Nicht eine zweideutige SMS, nicht ein heißes Telefonat, nicht mal ein knappes „Gute Nacht". Okay, er musste vermutlich eine Nachtschicht nach der anderen schieben, außerdem wohnte er bei seinem Kumpel Frank, da konnte er vermutlich auch nicht jederzeit Privatgespräche führen – aber so gar nichts?

Miriam wusste nicht, ob sie sauer sein oder sich Sorgen machen sollte. Aber wenn Sascha was passiert wäre, hätte ihr Lisa das sicher brühwarm erzählt.

Seit Lisa mitgekriegt hatte, dass zwischen Miriam und Sascha was lief, lag ein Schatten über ihren elfenhaften Zügen. Sie war immerhin professionell, das musste Miriam ihr zugestehen, und auf den Fotos kam ihre Verdrossenheit als gelangweilte Coolness rüber. Das machte sich ganz gut, vor allem in Kombination mit aussagekräftiger Vintage-Mode und einer argwöhnischen Katze. Viel redete sie ohnehin nicht mit Miriam, aber wenn, dann kam garantiert eine Andeutung bezüglich ihrer Verbindung zu Sascha.

„Der Ärmste ist ganz in Arbeit vergraben", hatte sie gestern Mittag beiläufig fallen lassen. „Wir haben kaum Zeit, mal ein bisschen für uns zu sein. Aber das kenne ich ja von früher." Sie lachte geziert. „Ich hatte immer das Gefühl, dass er auf dem Sprung ist. Manchmal dachte ich schon, er nutzt mich nur aus."

Miriam kochte innerlich, ließ sich aber nicht dazu herab, auf Lisas Äußerungen einzugehen. Sie hätte das Ganze ja als Eifersüchtelei eines jungen Mädchens abgetan, aber warum hatte Sascha gesagt, das mit Lisa wäre *kompliziert*? Und warum rief er nicht an?

Am dritten Tag meldete er sich endlich, wirkte aber gehetzt und ziemlich kurz angebunden.

„Hier ist die Hölle los", jammerte er. „Und nicht die kreative, interessante Sorte Hölle, sondern die Beamten-Hölle." Offenbar drohte das Projekt vom Papiertiger verschlungen zu werden. Irgendwelche Gelder wurden nicht rechtzeitig frei, ein Posten war unvermutet geräumt worden, und jetzt mussten alle an Bord, um irgendwie Schadensbegrenzung zu betreiben.

Miriam hätte ihn gern getröstet, aber was sollte sie sagen? Bestimmt nicht so was Blödes wie „Das wird schon!". Sie wünschte nur, dass er möglichst schnell aus dieser Tretmühle rauskam, nicht nur, weil sie sich nach ihm sehnte, sondern auch, weil sie wusste, dass er diese Art Vereinnahmung hasste.

„Wie ich höre, bist du mit den Fotosessions fürs Buch fast durch", sagte er. „Das ist doch toll, oder? Dann hast du ein paar Wochen Zeit, um das Material zu sichten."

„Das stimmt, aber im Laden ist auch gerade viel los. Vor Weihnachten werde ich kaum dazu kommen", erwiderte sie und zählte stumm bis zehn. Würde sie es schaffen, *nicht* darauf einzugehen? Nein, es war hoffnungslos. „Von wem hast du denn gehört, dass die Aufnahmen fast im Kasten sind?"

In diesem Moment schrie eine hysterische Männerstimme im Hintergrund. „Sascha! Verdammt, wo steckst du denn? Der Kurier ist da, er braucht die Unterlagen!"

„Ich muss auflegen", sagte er hastig. „Ich melde mich später noch mal."

Doch er meldete sich nicht, und sie erfuhr auch nicht, von wem er das mit den Fotos gehört hatte. Aber wer sollte es ihm schon verraten haben? Kaila bestimmt nicht.

Und so wurde es Freitag. Wieder hatte sie zwei Tage nichts von Sascha gehört, der ihr mittlerweile gestohlen bleiben konnte. Zumindest versuchte sie, sich das einzureden. Sie war so wütend, dass sie nicht mehr versucht hatte, ihn zu erreichen.

Außerdem musste sie sich mit einer unmöglichen Kundin herumschlagen, die offenbar ihr die Schuld gab, dass sie sich nicht in ein Siebzigerjahre-Schlauchkleid zwängen konnte, und dann kriegte Kaila auch noch ihre fünf Minuten und fegte so aufgeregt über die Regale, dass sie einen eben einsortierten Stapel Spitzenwäsche auf den Boden warf. Miriams Laune war also schon ziemlich im Keller, als Lisa, nachdem sie sich wieder in ihre Alltagsklamotten geworfen hatte, noch mal bei ihr im Büro vorbeischaute.

„Ich wollte nur sagen, dass ich morgen nicht komme", verkündete sie triumphierend.

„Das hättest du ja auch mal früher sagen können", murrte Miriam, die eigentlich am Samstag ihre Produktion abschließen wollte, was Lisa auch ganz genau wusste.

„Ach, ich hatte doch *total* vergessen, dass heute Abend die Weihnachtsfeier im *Office* steigt." Lisa strich sich versonnen über ihre Miniatur-Brüste. „Und das wird erfahrungsgemäß immer eine lange wilde Nacht. Mit Alkohol und allem, was sonst noch so dazugehört."

Sie grinste vielsagend. „Hat Sascha dir doch sicher erzählt? Er und ich sind letztes Mal bis morgens um acht zusammen versackt." Triumphierendes Grinsen. „Alle anderen waren schon weg, aber wir haben geredet und geredet – und dann ..." Sie lächelte verträumt.

„Er hat mich heute noch mal per SMS an die Feier erinnert." Sie hielt Miriam ihr Handy entgegen, und wider Willen fiel deren Blick auf besagte Nachricht.

Hi, Lisa, nicht vergessen: heute Abend legendäre Xmas-Sause im Office. Open End. Weißt du noch, Last Christmas? Freue mich, love, S.

Miriam schluckte den Klumpen runter, der sich in ihrer Kehle gebildet hatte. „Na dann, viel Spaß", wünschte sie kühl und wandte sich wieder ihrem Rechner zu.

Sobald sie hörte, wie die Tür hinter Lisa ins Schloss fiel, legte sie das Gesicht in ihre Hände und stöhnte leise auf. Das hatte sie nun davon, dass sie trotz aller bitteren Erfahrungen doch wieder jemanden so nah an sich herangelassen hatte. So nah, dass er ihr wehtun konnte. Sie war so wütend und verletzt, dass ihr die Tränen in die Augen schossen. Mit einer verärgerten Bewegung wischte sie sie weg.

17. KAPITEL

Zähneknirschend räumte Miriam Lisas zurückgelassenes Chaos auf. Sie war so bedient, dass sie gerade den Laden abschließen wollte, obwohl es noch längst nicht sechs war, als die Türklingel ertönte.

„Wir schließen gleich …", sie drehte sich um, und der Rest des Satzes blieb ihr im Hals stecken. „Richard!", japste sie.

Erst jetzt fiel ihr auf, dass sie seit Wochen nicht mehr an ihren Ex gedacht hatte. Er sah gut aus, sogar noch besser als in ihrer Erinnerung. Er hatte sich endlich dieses affige Bärtchen abrasiert, und die strohblonden schulterlangen Haare waren am Hinterkopf zum „Man Bun" zusammengenommen. Eigentlich eine doofe Hipster-Frisur, die aber gut zu seiner hageren Attraktivität passte.

Sein Anblick ließ sie seltsam ungerührt, keine Spur von der Wut, die sonst schon in ihr hochgekocht war, wenn sie nur an ihn dachte. „Was willst du denn hier?" Sie hob die Brauen und sah ihn abwartend an. „Hast du noch irgendwas vergessen, was du mir wegnehmen könntest?"

Er wand sich beschämt und setzte diesen Hundeblick auf, dem sie früher nie hatte widerstehen können. Merkwürdigerweise fiel ihr das jetzt nicht mehr schwer.

„Ich hatte dich eigentlich ersatzlos aus meinem Leben gestrichen", fügte sie hinzu. „Woher weißt du überhaupt, dass ich hier bin?"

Blöde Frage. In Zeiten von Facebook und Twitter gab es keine Geheimnisse mehr. Sie nutzte ihren Account nicht exzessiv, aber hin und wieder postete sie doch das eine oder andere, woraus man auf ihren Aufenthaltsort schließen konnte. Die Überdosis niedlicher Katzenfotos mit den

Hashtags #Odenwald, #DreischläfrigerGalgen, #Beerfelden, #CatqueenKaila war möglicherweise ein Hinweis gewesen.

„Ich habe meine Quellen", gab Richard zurück, aber das bedeutete nichts – er gab sich gern mysteriös.

„Ist auch egal. Wann fährst du wieder? Hoffentlich bald."

„Autsch." Er zuckte übertrieben zusammen. Dann lächelte er, dieses umwerfende Richard-Lächeln, an das sie sieben kostbare Jahre verschwendet hatte. „Miriam, es tut mir leid. Ehrlich. Ich habe mich wie das letzte Arschloch benommen, habe das, was wir hatten, einfach als selbstverständlich betrachtet. Mir war gar nicht klar, was ich alles aufs Spiel setze." Seine braunen Augen schimmerten feucht. Richard hatte schon immer auf Knopfdruck heulen können. „Du glaubst nicht, wie sehr ich bereue, was ich dir angetan habe. Wie sehr du mir fehlst. Unser gemeinsames Leben, unsere gemeinsame Arbeit."

„Stimmt." Miriam nickte. „Das glaube ich nicht."

Er kam einen Schritt näher. „Ich bin am Boden zerstört. Ich kann nicht aufhören, an dich zu denken." Er wirkte ehrlich zerknirscht. „Seit unserer Trennung bin ich keinen Tag mehr glücklich gewesen. Und das Schlimmste daran ist, dass ich selbst an allem schuld bin." Er ließ den Kopf hängen. „Ach, Mimi."

Miriam spürte, wie das Eis, mit dem sie die Abteilung „Richard" in ihrer Seele versiegelt hatte, zu schmelzen begann. Vielleicht brauchte sie wirklich noch diese letzte Aussprache. Vielleicht musste sie auch die schönen Erinnerungen wieder zulassen. Wie aufregend die erste Zeit ihrer Beziehung war, wie oft sie zusammen gelacht hatten, wie sie von großer Kunst träumten und sich schworen, niemals kommerziellen Scheiß zu machen. Okay, sie *hatten* kommerziellen Scheiß gemacht, und Richard hatte ihr Leben ruiniert.

„Ich will dich nicht nerven", beteuerte er und kam noch näher. „Aber ich wollte dich einfach noch mal sehen und mit dir reden. Vielleicht ein paar Dinge ins Reine bringen. Einen Abschluss finden." Er sah sie flehend an. „Bitte, Mimi."

Sie seufzte. Es war eine lange, kräftezehrende Woche gewesen. Schlecht gelaunte Kunden, schlecht gelaunte Models. Von ihrer eigenen Laune wegen Sascha ganz zu schweigen. Statt sich bei ihr zu melden, traf er sich mit Lisa zur „legendären" Weihnachtsfeier.

Vielleicht war es gar nicht so schlecht, wieder Kontakt zu ihrem richtigen urbanen Leben aufzunehmen. Immerhin verband sie mit Richard, auch wenn sie ihn abgeschrieben hatte, doch eine gemeinsame Geschichte. Und sie war mal so unglaublich verliebt in diesen Mann gewesen.

Und jetzt stand er vor ihr und bereute offenbar tatsächlich, was er ihr angetan hatte. An das *blonde Gift* wollte sie jetzt nicht denken. Es erinnerte sie zu sehr an Lisa. Auch wenn die gar nicht blond war.

„Weißt du noch, wie wir letztes Jahr über die Weihnachtsmärkte gezogen sind?", fragte er versonnen. „Dieses Jahr war ich auf keinem einzigen. Zu traurige Erinnerungen. Aber vielleicht", er blickte sie hoffnungsvoll an, „vielleicht hast du ja Lust, jetzt mit mir über den Weihnachtsmarkt zu bummeln? Um der alten Zeiten willen. Wir können Glühwein trinken, Bratwürste essen und reden. Ich würde so gern mal wieder richtig mit dir reden." Er griff nach ihrer Hand.

Miriam knabberte nachdenklich an ihrer Unterlippe. Sie hatte heute Abend nichts vor. Alle Leute, die sie kannte, feierten Orgien in Heidelberg. Die Alternative zu einem Weihnachtsmarktbummel mit Richard waren der Fernseher und ihre trüben Gedanken.

Sie spürte einen leisen Stich der Einsamkeit. Der redselige

Richard würde sie zumindest ein bisschen von ihrem aktuellen Kummer ablenken. Ein Versuch konnte nicht schaden, oder?

„Hier in diesem Kaff gibt es keinen richtigen Weihnachtsmarkt", wandte sie ein. „Nur ein paar Buden auf dem Marktplatz, und der ist *winzig*."

Seine Miene hellte sich auf. „Ich bin mit dem Wagen da. Lass uns nach Michelstadt fahren, romantischer geht's ja wohl nicht: historische Fachwerkhäuser, Musik, heißer Äppler – was will man mehr?"

Dorthin hatte Miriam eigentlich mal abends mit Sascha gehen wollen, aber der war ja nun anderweitig beschäftigt.

„Na gut", gab sie nach. „Warte hier auf mich. Ich muss noch schnell meinen Mantel holen und die Katze füttern."

Nachdem sie die irgendwie resigniert wirkende Kaila mit Trockenfutter und frischem Wasser versorgt hatte, schlüpfte Miriam in ihre Daunenjacke und ihre UGGs und stopfte sich eine Mütze in die Jackentasche. Es war wieder deutlich kälter geworden, und sie hatte keine Lust, zwischen Lebkuchenhäusern und Wurstbuden zum Eiszapfen zu gefrieren. Wenn sie mit Sascha gegangen wäre, hätte sie sich da keine Sorgen zu machen brauchen. Er war immer so warm …

Sie schüttelte den Kopf, um die bedrückenden Gedanken zu vertreiben. Womöglich war es nicht die beste Idee, mit ihrem Ex auf den Weihnachtsmarkt zu gehen, aber hier im Haus würde sie heute Abend den Kabinenkoller kriegen.

Der Ausflug verlief besser als gedacht. Richard zeigte sich von seiner besten Seite, und Miriam wusste plötzlich wieder, warum sie ihm damals so verfallen war. Sein Charme war nicht warm und selbstverständlich wie Saschas, sondern kalkuliert und messerscharf. Aber effizient.

Miriam hatte während des Studiums die Frauen reihenweise in die Knie gehen sehen, wenn der geschmeidige und ach so hübsche Herr Tersdorf sie mit einer geballten Ladung Sex-Appeal aufs Korn nahm. Bis er dann hatte, was er wollte.

Nur bei ihr war er geblieben, sieben lange Jahre, und als sie sich nach der Sache mit Steffi von ihm trennen wollte, hatte er sie davon überzeugt, bei ihm zu bleiben. Um fünf Minuten später doch wieder was mit dem blonden Gift anzufangen ... Miriam war bis zum bitteren Ende nicht immun gewesen gegen Richards verheerenden Charme.

Doch heute hielt er sich ungewohnt zurück. Er erzählte von sich, aber nicht zu viel, anders als früher. Da gab es nur ein Thema für Richard Tersdorf, und das war Richard Tersdorf. Stattdessen fragte er, wie es ihr ergangen war, wie sie mit ihrer neuen Situation zurechtkam, was das Landleben mit ihr anstellte. Als ob es ihn wirklich interessieren würde.

Wer weiß, vielleicht hatte er sich ja wirklich geändert? Plötzlich allein, plötzlich ohne Firma, plötzlich ohne Frau, die immer wieder die Kastanien aus dem Feuer holte. Das konnte einem Mann schon mal zu denken geben. Sie hob ihren Glühweinbecher. „Auf die Zukunft", sagte sie.

„Auf die Zukunft", wiederholte er und nahm einen tiefen Schluck.

Hoffentlich muss er nicht mehr so weit fahren, dachte sie besorgt, bevor sie sich innerlich zur Ordnung rief. *Er ist ein erwachsener Mann, und er fällt nicht mehr in deinen Verantwortungsbereich.*

※

Richard beobachtete Miriam, umrahmt von einem bezaubernden Ensemble aus Fachwerkhäusern, Lichterketten und Lebkuchenduft. Wie romantisch, dachte er. Und wie hübsch sie aussah, mit ihren honigblonden Locken, wie ein kleiner

Rauschgoldengel. Er konnte sich noch gut daran erinnern, wie diese seidige Mähne sich anfühlte. Und er hätte nichts dagegen, wieder in Miriams Wärme einzutauchen, die ihn so lange von den Unbilden der Welt abgeschirmt hatte. Steffi war kein Ersatz gewesen. Das mit ihr war eine reine Bettgeschichte. Schade, dass Miriam das damals nicht kapiert hatte.

Ihm war es nicht so gut ergangen seit der Trennung. Die aufwendigen Projekte hatten nur funktioniert, solange die Agentur Geld einbrachte. Und, ja, solange es Konten gab, von denen er sich bedienen konnte. Aber er vermisste Miriam tatsächlich, manchmal. Sie war das Beste, was ihm bisher passiert war. Aber er war keiner, der vergossenem Wein nachtrauerte.

Doch als er diese irre Fotostrecke in *Clarisse* entdeckt und den kleinen Artikel dazu gelesen hatte, in dem Miriam als die kommende Tier-plus-Fashion-Fotografin angepriesen und sogar mit Anne Geddes und diesen schrecklichen zuckersüßen, aber unfassbar erfolgreichen Baby-Fotos gleichgesetzt wurde, da hatte sein Geld-Radar angeschlagen.

Und offenbar war auch noch ein Buch in Arbeit. Erstaunlich, wo er doch immer der Künstler in der Beziehung gewesen war; aber augenscheinlich hatte seine kleine Mimi da eine lukrative Nische entdeckt, und an diesem Erfolg würde er schrecklich gern teilhaben.

Dafür war er wirklich gern bereit, eine alte Beziehung aufzukochen. Zumal auch im Bett derzeit nichts Verlockenderes auf ihn wartete. Seine Mimi war immer eine scharfe Frau gewesen, und er musste sich wirklich vorwerfen, in dieser Hinsicht zu früh das Handtuch geworfen zu haben.

Aber noch war ja nicht aller Tage Abend. Offenbar hatte sie nichts Neues am Laufen. Wie denn auch, wenn sie sich hier in der Provinz vergrub? Er hatte ihr vorhin, als er diese schrille Boutique betrat, angesehen, dass sie ihn noch immer attraktiv fand. Und er hatte sich fest vorgenommen, seine Ex an diesem Abend erneut zu betören.

*

Miriam war schon beim dritten Schoppen. Sie mochte die Atmosphäre auf diesem Weihnachtsmarkt. Er gefiel ihr besser als die gesichtslosen Zelte mit den identischen Angeboten, die die diversen Hamburger Weihnachtsmärkte so beliebig machten. In Michelstadt sorgten schon die denkmalgeschützten Fachwerkhäuser für besondere Stimmung, und da man sich hier in einer Winzergegend befand, schmeckte auch der Glühwein besser.

Richard zog wirklich sämtliche Register, vom samtbraunen Augenaufschlag über kleine, wie zufällig erscheinende Berührungen bis hin zu aufreizend geraunten Komplimenten. Besonders subtil war er nie gewesen, aber seine erotische Ausstrahlung war praktisch ein Totschlagargument. Nahezu unfehlbar.

Aber sie ließ Miriam zum ersten Mal, seit sie Richard kannte, völlig kalt. Sie sah die Blicke, die andere Frauen ihm zuwarfen, und zuckte mit den Achseln. Sie könnte sich nie mehr in ihn verlieben, was ihr erst in diesem Moment wirklich klar wurde. Seine Flirtattacken perlten völlig an ihr ab. Sie konnte sich nicht mal darauf konzentrieren.

Dafür war sie viel zu sehr damit beschäftigt, an Sascha zu denken. An seine federleichten, neckenden Küsse, aus denen so schnell ein loderndes Feuer wurde. An seine Finger, die ihren Körper entflammen konnten. An die Begeisterung, mit der er ihre Arbeiten betrachtete. An die skeptische Toleranz, die er Kaila entgegenbrachte, obwohl er dieses Katzen-Kindheitstrauma hatte. An seine Wärme, seine Intelligenz. Und an diese blauen Augen, deren verheißungsvolles Blitzen sie jedes Mal wieder um den Verstand brachte.

An Sascha, von dem sie seit Tagen nichts mehr gehört hatte und der seiner Expraktikantin frivole SMS schrieb, die keinen Zweifel daran ließen, dass er mit ihr geschlafen hatte.

An Sascha, den sie liebte, auch wenn sie nicht wusste, ob er ihre Gefühle erwiderte.

Wer hätte gedacht, dass ausgerechnet ein Date mit Richard für so viel Klarheit sorgen würde? Sie trank ihren Glühwein aus und legte eine Hand auf seinen Arm. „Kannst du mich zurückfahren? Die machen hier ohnehin gleich Feierabend."

„Wie wär's mit einem letzten Absacker?" Er schaute sie bittend an, aber Miriam hatte genug von diesem Ausflug in die Vergangenheit, so aufschlussreich er auch gewesen war, und definitiv genug Alkohol intus. Ihr war schon ein bisschen schwindelig. „Mir ist kalt, und ich muss morgen früh raus."

Auf der Rückfahrt erzählte sie, um wieder etwas nüchterner zu werden, von ihrem Buchprojekt, an dem Richard überraschend interessiert zu sein schien. Was ihm gar nicht ähnlich sah, normalerweise existierten für ihn nur seine eigenen Sachen.

Richard hielt vor „Lady J.s" und schaltete den Motor aus. Bevor er etwas sagen konnte, war Miriam schon ausgestiegen.

„Danke fürs Fahren und für den netten Abend." Sie machte Anstalten, die Beifahrertür zuzuschlagen.

„Gern geschehen." Er stieg ebenfalls aus, nahm ihren Arm und führte sie zur Boutique, da er den Seiteneingang zum Haus nicht kannte.

Sie kramte in ihrer Handtasche nach dem Schlüssel zum Geschäft. Warum muss ich eigentlich um elf Uhr abends durch den Laden ins Haus gehen? dachte sie vage. Aber nach drei, nein vier Glühweinen auf relativ nüchternem Magen spielte das eigentlich auch keine Rolle mehr.

Jetzt musste sie nur noch Richard loswerden, und dann würde sie sofort ins Bett gehen. Und morgen musste sie sich wohl oder übel mit der Tatsache auseinandersetzen, dass sie Sascha liebte. Der heute mit Lisa eine wilde Party feierte.

Endlich war die Tür offen. Geistesabwesend zog sie Richard in eine flüchtige Umarmung. Der nutzte die Gelegenheit, seine Arme mit krakenartiger Beharrlichkeit um sie zu schlingen. Er schob sie über die Schwelle und schaute nach oben. „Ein Abschiedskuss, unterm Mistelzweig, ja?", murmelte er, auch nicht mehr ganz nüchtern. „Um der schönen alten Zeiten willen."

Sie folgte seinem Blick. Okay, da hing tatsächlich ein Mistelzweig. Sie hatte ihn selbst aufgehängt. Und ein Mistelzweig verpflichtete nun mal. Außerdem kam es ihr irgendwie symbolisch vor, das Ende ihres bisherigen Lebens mit einem letzten Kuss zu besiegeln – und sich auf diese Weise vom alten emotionalen Ballast zu befreien. Sie bot Richard ihren Mund, und der ließ sich nicht zweimal bitten. Es war ein guter Kuss, bittersüß, voller Erinnerungen und enttäuschter Hoffnungen. Ein klassischer Abschiedskuss. Und wie viele klassischen Abschiedsküsse dauerte er ein bisschen länger und ging ein bisschen tiefer, als angebracht gewesen wäre.

*

Sascha fühlte sich wie befreit. Er hatte in den letzten Tagen wie ein Sklave geschuftet, jede Nacht höchstens drei Stunden geschlafen und kam sich vor wie ein Zombie. Aber dieses Scheißprojekt war gerettet, und er hatte Thilo tatsächlich die Erfüllung seines Wunsches abgerungen: Ab ersten Januar hatte er keine Anwesenheitspflicht mehr im Heidelberger Büro. Er konnte sämtliche Projekte, bei denen er involviert war, von seinem Hof aus betreuen und hatte außerdem die Möglichkeit, eigene Pläne zu verfolgen.

Auf Abruf würde er den Jungs natürlich weiterhin zur Verfügung stehen, schließlich schaukelten sie die Firma seit Jahren gemeinsam. Aber er hatte von Anfang an klargestellt, dass er sich mittelfristig selbstständig machen wollte. So weit war es zwar noch nicht – eine Weile würde er Thilos Aufträge noch brauchen, um finanziell über die Runden zu kommen –, aber der Anfang war gemacht.

Die Weihnachtsfeier hatte er sich geschenkt. Für die Kollegen mochte es aufregend sein, einmal im Jahr derartig zu entgleisen, aber für Sascha waren solche Exzesse nie ein Anreiz gewesen. Der Kater danach war die Sache meist nicht wert. Er wollte nach Hause. Und er wollte zu Miriam, das war ihm in den letzten Tagen klar geworden.

Es hatte ihm wirklich zu schaffen gemacht, dass es buchstäblich keine freie Minute gegeben hatte, um mit ihr zu sprechen. Aber immerhin hatte er auf diese harte Tour gelernt, wie sehr sie ihm fehlte. Ihre ausgelassenen Gespräche am Morgen, ihre leidenschaftlichen Nächte. Sogar ihre überkandidelte Katze vermisste er – und wenn das kein Liebesbeweis war, dann wusste er auch nicht.

Er liebte Miriam. *Wow.* Jetzt musste er sich nur noch trauen, es ihr auch zu sagen. Denn er war immer noch nicht sicher, ob sie seine Gefühle erwiderte.

Aber zumindest wollte er ihr erzählen, dass er wieder hier war. Dass er künftig von zu Hause arbeiten würde. Und für sie da wäre, wann immer sie ihn brauchte.

Als er in seine Straße einbog, sah er, dass sein Stammparkplatz vor der Boutique besetzt war. Wer stellte denn dort um diese Uhrzeit seinen Wagen ab? Er fuhr langsam weiter. Das Licht im Laden war an, die Tür stand weit offen. Und direkt im erleuchteten Türrahmen sah er Miriam und einen unbekannten Mann, eng umschlungen in einen Kuss vertieft.

In seinem Inneren explodierte eisige Kälte. Die Splitter schossen durch seinen ganzen Körper und bohrten sich mitten in sein Herz. Seine Hände krampften sich um das Lenkrad, und er fuhr weiter, ohne anzuhalten. Die Turteltauben in der Ladentür bemerkten ihn nicht mal.

Als er in die Einfahrt zum Hof bog, sah er zwei grüne Kreise im Scheinwerferlicht aufblitzen und einen schmalen Schatten in der Dunkelheit verschwinden. Kaila? Er hielt an und stieg aus, doch der Schatten war bereits in einer der vielen schwarzen Nischen verschwunden. Sascha schüttelte den Kopf, stieg wieder ein und fuhr den SUV in den Carport. Mit tauben Fingern tastete er nach dem Hausschlüssel und ging schleppenden Schrittes auf die Haustür zu. Es hatte angefangen zu regnen, und auf dem gefrorenen Boden bildete sich Eis.

Auf den Stufen vor dem Eingang hockte Lisa. Sie hatte nur eine dünne Jacke an und zitterte am ganzen Leib.

„Was machst du denn hier?" Er starrte sie entsetzt an.

Lisa wischte sich mit der Hand über ihr nasses Gesicht. Ob es am Regen lag oder Tränen waren, war nicht auszumachen. „Du warst nicht auf der Feier." Ihre Zähne klapperten. „Ich wollte dich sehen."

„Wo ist dein Auto?", fragte er, um irgendwas zu sagen. Er war schockiert. Und alarmiert. Das war nun wirklich nicht mehr normal.

Ein Schauder jagte durch ihren zarten Körper. „Liegen geblieben. Ungefähr zwei Kilometer entfernt. Ich bin hergelaufen."

Sascha seufzte. Da war jetzt das Letzte, was er gebrauchen konnte. Er wollte sich eigentlich nur allein betrinken und dann ins Bett gehen. Und nie mehr aufstehen. Aber er konnte Lisa nicht einfach draußen in der Kälte sitzen lassen. Das Mädchen würde sich den Tod holen, und das würde seine Schwester Vera ihm nie verzeihen.

Ein ärgerliches Fauchen lenkte seinen Blick nach unten. Also hatte er doch richtig gesehen. Kaila beehrte ihn mal wieder mit einem Besuch. Offenbar war sein Zuhause heute der angesagte Hotspot für verzweifelte junge Frauen und gelangweilte Katzen. Aber natürlich konnte er verstehen, dass Kaila keine Lust auf diesen halbseidenen Typen hatte, der gerade ihr Frauchen abschleckte – und dadurch Saschas niederste Instinkte weckte. Am liebsten hätte er dem Kerl den Hals umgedreht.

Kaila schien aber auch keine Lust auf Lisa zu haben. Sie versuchte tatsächlich, sie zu *beißen*. Er wusste gar nicht, dass Katzen beißen konnten. Andererseits waren sie genau genommen nichts anderes als kleine Löwen oder Leoparden oder Tiger, also konnten sie *natürlich* beißen. Aber nicht in seinem Hof. Er packte die fauchende Kaila und riss Lisa am Arm hoch. Die Katze wand sich aus seinem Griff und verschwand in der Dunkelheit. Sascha atmete auf. Ein Problem weniger.

„Komm rein", sagte er – nicht besonders freundlich – und steckte den Schlüssel ins Schloss. Bevor er aufschließen konnte, schrie Lisa auf.

„Was ist denn jetzt schon wieder?" Er drehte sich um. Kaila hatte sich nicht lange abwimmeln lassen und funkelte Lisa aus schmalen Augen Unheil verkündend an.

Sascha reichte es. Er war heute Abend so ziemlich an den Grenzen seiner Geduld angelangt, und im Moment konnten ihm alle Weiber gestohlen bleiben. Aber natürlich durfte er seine ungebetenen Gäste nicht einfach hier draußen erfrieren lassen.

Er stieß die Tür auf, schob Lisa in den Flur und packte Kaila mit nicht gerade zärtlichem Griff, um sie ebenfalls ins Warme zu verfrachten. Er hatte wirklich keine Lust, heute noch einmal in die Nähe von Miriams Wohnung zu kommen, also konnte er die Katze nicht nach Hause bringen. Daher musste sie bis auf Weiteres hierbleiben, denn er hatte auch nicht vor, die Haustür angelehnt zu lassen.

Entweder sie musste bei ihm übernachten, was ja auch nicht das erste Mal gewesen wäre. Oder sie fand ihren Weg durch irgendwelche ihm unbekannten Schlupflöcher zurück zu Miriam.

Offen gestanden war es Sascha gerade scheißegal. Er war stinksauer. Auf Miriam, weil sie andere Männer küsste. Auf Lisa, weil sie offenbar wieder komplett durchdrehte. Und auf sich selbst, weil er in dieser Angelegenheit viel zu lange den Kopf in den Sand gesteckt hatte. Er packte Lisas linke Hand und zerrte sie unsanft in die Küche. Dort schlug er Kaila die Tür vor der Nase zu.

18. KAPITEL

Mist, schon wieder kein Kaffee mehr da! Miriam schüttelte missmutig die Tüte. Mit den grob geschätzt dreiundzwanzig Böhnchen, die verloren darin rasselten, konnte sie heute nichts mehr werden. Sie war zwar nicht wirklich scharf darauf, bei dem Ekelwetter, das gerade mit Schneeregen durch die Straßen fegte, zum Supermarkt zu laufen, aber mit dem Auto würde es garantiert noch länger dauern. Und für einen richtigen Großeinkauf im Discounter war es zu spät.

Außerdem war heute Samstag, da gingen alle einkaufen, und sie hasste Endlosschlangen an den Kassen. Aber nach den vier Glühweinen am Vorabend hatte sie dringend einen Koffein-Kick nötig.

Sie seufzte leidend. Der letzte Schoppen war definitiv zu viel gewesen, sonst hätte sie sich garantiert nicht von Richard dem Schrecklichen unter den Mistelzweig zerren lassen.

Ihr Ex hatte sich eindeutig mehr versprochen und schon wieder das berüchtigte Wandernde-Hände-Syndrom entwickelt, als sie ihn sanft, aber bestimmt über die Schwelle nach draußen schob. Seine Berührungen lösten definitiv nichts mehr in ihr aus.

„Du solltest jetzt mal los, bei dem Regen werden die Straßen sicher nicht besser. Fahr vorsichtig, lass dich nicht mit vier Glühweinen in der Blutbahn erwischen. Fröhliche Weihnachten. Wenn ich wieder in Hamburg bin, melde ich mich mal." Sie drückte die Tür ins Schloss, direkt vor seinem verdutzten Gesicht, knipste das Licht im Laden wieder aus und ging auf direktem Wege ins Bett.

Weshalb sie auch nicht merkte, dass Kaila nicht da war.

Aber jetzt wurde sie ein bisschen unruhig. War ihre Samtpfote etwa bei *dem* Wetter unterwegs? Kailas Freigängerstatus war Miriam ziemlich unheimlich, aber sie konnte Tante Juliane ja keinen Strich durch ihre Erziehungsmethoden machen, abgesehen davon, dass Kaila es sich wohl kaum gefallen lassen würde, plötzlich Hausarrest zu haben.

Wenn sie sich jetzt zum Supermarkt quälte, könnte sie zwei Fliegen mit einer Klappe schlagen und nebenbei nach Kaila Ausschau halten.

Miriam schlüpfte in ihre Daunenjacke, setzte eine Mütze auf und trat schaudernd vor die Haustür. Sie wollte schon rechts Richtung Ortskern abbiegen, überlegte es sich dann aber anders. *Einmal schnell bis ans Ende der Straße, gucken, ob sie da oben irgendwo herumstromert.* Sie senkte den Kopf, damit der scharfe Wind ihr nicht direkt ins Gesicht peitschen konnte, und lief los.

Als sie an Saschas Hof vorbeikam, stellte sie zu ihrer Verblüffung fest, dass das Tor weit geöffnet war und sein SUV im Carport stand. Wieso war Sascha denn schon wieder zu Hause? Er musste in aller Herrgottsfrühe losgefahren sein, und das am Morgen nach der berühmten Weihnachtsfeier.

War wohl doch nicht so ausschweifend, wie Lisa sich das erhofft hat, dachte sie spöttisch und steuerte die Haustür an, fest entschlossen, der Sache auf den Grund zu gehen. Und herauszufinden, warum er sich so lange nicht gemeldet hatte.

Plötzlich stolperte sie und hätte sich fast mitten im Hof auf die Nase gelegt. Sie konnte sich gerade noch mit der linken Hand am Boden abfangen. Autsch! Sie rappelte sich auf und starrte auf die aufgeschürfte Stelle an ihrem Handballen. Ein aufgeregtes Maunzen zu ihren Füßen ließ keinen Zweifel daran, wer sie zum Taumeln gebracht hatte.

„Da bist du ja, meine Süße!" Sie bückte sich und nahm Kaila auf den Arm. Ihr Fell war erstaunlicherweise fast trocken. Sehr lange konnte sie sich also noch nicht draußen rumtreiben.

Kaila leckte ihr über den Hals und das Kinn, zappelte aber so heftig, dass Miriam sie rasch wieder absetzte. Kaum hatte Kaila wieder festen Boden unter den Pfoten, wirbelte sie herum, rannte ein paar Meter Richtung Straße, kehrte wieder um und strich schmeichelnd um Miriams Knöchel, und zwar in so engen, hartnäckigen Kreisen, dass Miriam keinen Schritt auf die Tür zu machen konnte, ohne auf ihre ungewohnt anschmiegsame Katze zu treten.

„Was ist denn bloß los mit dir?", fragte sie und kauerte sich neben Kaila, um sie zu streicheln. Wieder maunzte die Katze, drehte sich um und rannte zur Straße, hielt dort an, miaute ein weiteres Mal auffordernd und schaute hoffnungsvoll über ihre Schulter zurück.

„Willst du mir was zeigen?" Bestimmt hat sie wieder irgendeine halb verhungerte Maus oder einen armen Vogel erlegt, dachte Miriam schaudernd. *Eigentlich süß von ihr, dass sie mir ihre Beute nicht vorenthalten will, aber auch nicht unbedingt das, was ich auf nüchternen Magen gebrauchen kann.*

Und Miriams Neugier war auch eher auf Saschas unerwartete Ankunft gerichtet als auf Kailas neueste Jagdtrophäe. Sie wollte wissen, warum er schon hier war. Und warum er sich in letzter Zeit so abweisend und kurz angebunden gegeben hatte. Schließlich war sie deshalb ziemlich sauer auf ihn. Auch Lisas Bemerkungen und diese seltsame SMS standen noch im Raum. All das musste jetzt ein für alle Mal vom Tisch.

Miriam ignorierte Kailas zunehmend verzweifelte Bemühungen, sie vom Hof zu locken, und drückte auf den Klingelknopf. Sie hörte die dreistufige Tonfolge durchs Haus schrillen. Dann näherten sich Schritte. Die Haustür wurde geöffnet. Sascha stand vor ihr und starrte sie ungläubig an. Oder sogar wütend? Was hatte er denn? Wenn hier irgendjemand das Recht hatte, wütend zu sein, dann ja wohl sie, oder?

„Was verschafft mir denn so früh am Morgen die Ehre?", erkundigte er sich kühl. Mehr als kühl. Eisig. Sein Ton traf sie mitten ins Herz.

Miriam zuckte zusammen. „Ich freue mich auch, dich zu sehen", sagte sie dann, so ruhig sie konnte. „Ich dachte, du liegst noch irgendwo verkatert rum nach deiner rauschenden Orgie. Gestern war doch eure Weihnachtsfeier, nicht wahr? Was ich natürlich nicht von *dir* weiß, aber zum Glück haben wir ja gemeinsame Bekannte."

Er funkelte sie wütend an, und diesmal waren seine blauen Augen dunkel vor Zorn, nicht vor Lust. „Leider muss ich dich enttäuschen. Ich habe die Weihnachtsfeier geschwänzt." Er schnaubte abfällig. „Bedauerlicherweise. Ich hätte sicher eine nettere Zeit gehabt, wenn ich in Heideberg geblieben wäre. Statt nach der Arbeit hierher zurückzukommen, um den Abend mit dir zu verbringen, was dann ja leider nicht möglich war, weil du anderweitig beschäftigt warst. Außerdem könnte ich mir, wenn ich weggeblieben wäre, wenigstens noch immer einbilden, dass dir etwas an mir liegt."

Jetzt platzte ihr der Kragen. „Wie bitte?", fauchte sie. „Das ist ja wohl ein Scherz. Du verschwindest einfach auf unbestimmte Zeit, meldest dich kaum, bist kurz angebunden, lässt durchblicken, dass du dich von mir gestört fühlst, und wenn du dann unangekündigt einen Tag früher zurückkommst und ich es wage, mal nicht zu Hause zu sein, um dich mit Fanfarenstößen zu empfangen, bist du beleidigt. Was ist das denn für ein Macho-Gehabe?" Aufgebracht schob sie sich ihre feuchten Locken aus dem Gesicht. „Darf ich wenigstens reinkommen? Es regnet."

Er runzelte die Stirn, trat aber einen Schritt zurück, damit sie ins Trockene kommen konnte. „Ich bin nicht *beleidigt*. Und schon gar nicht, weil du nicht zu Hause warst. Im Gegenteil. Du *warst* zu Hause, als ich gestern Abend bei dir vorbeigefahren bin. Mein Problem ist nur, dass du nicht allein warst."

Bestürzt sah Miriam ihn an. „Ach du Scheiße", murmelte sie. Was für ein unglückliches Timing! Warum hatte Sascha nicht fünf Minuten später in Beerfelden ankommen können? Wo war der Stau, wenn man mal einen brauchte? Sie schluckte bedrückt.

Sascha lehnte an der Wand, die Arme abwehrend vor der Brust verschränkt, das Gesicht eine einzige Gewitterwolke. Verflixt, wie erklärte man dem Mann, in den man dermaßen verliebt war, dass es schon wehtat, einen einmaligen „Ausrutscher" mit dem Ex?

Angst stieg in ihr auf. Wenn er ihr das nun nicht verzeihen konnte? „Das war nur Richard", stieß sie gepresst hervor. *Kein guter Anfang, Miriam.*

Sascha verzog angewidert das Gesicht. „Nur Richard?", echote er fassungslos. „Dein Ex, der dich betrogen und dein Leben ruiniert hat? An den du sieben Jahre deines Lebens verschwendet hast, was aber offenbar immer noch nicht gereicht hat, um endlich genug von ihm zu haben?" Er senkte den Kopf. „Was war ich doch für ein Idiot! Die nette Ablenkung von nebenan, bis der atemberaubende Richard sich wieder mal zu einem Besuch herablässt."

So bitter und sarkastisch hatte er noch nie geklungen. Miriam spürte, wie ihr die Tränen in die Augen stiegen. Verdammt, verdammt, warum hatte sie sich bloß zu diesem Kuss hinreißen lassen! Aber sie war nicht bereit, vor einem dummen Fehler zu kapitulieren, nicht jetzt, wo sie ihre Schutzwälle gerade heruntergelassen hatte. Sie würde sich das mit Sascha nicht von Richard kaputt machen lassen.

Sie atmete tief durch und zwang sich dazu, Ruhe zu bewahren. Jetzt bloß nicht ausflippen, dachte sie. *Wir können doch miteinander reden. Das Ganze ist nur ein Missverständnis. Missverständnisse kann man aufklären.* „Er hat plötzlich vor der Tür gestanden."

„Klar, und du konntest einfach nicht anders, als ihn zu küssen."

Dieser verfluchte Mistelzweig.

„Das war erst später. Zum Abschied." Irgendwie redete sie sich gerade um Kopf und Kragen. „Ich brauche dringend einen Kaffee", platzte sie heraus.

Für einen kurzen Moment schimmerte Belustigung in Saschas Augen. „Damit kann ich immerhin noch dienen." Er ging in die Küche, Miriam folgte ihm und machte die Tür hinter sich zu.

Sobald sie am Tisch saßen wie zivilisierte Menschen, jeder eine Tasse Kaffee vor sich, lief die Kommunikation besser.

„Ich weiß nicht, was er eigentlich genau wollte", beteuerte Miriam. „Aber ich war allein und frustriert und gelangweilt. Und sauer und ratlos, weil du dich nicht gemeldet hast." Er öffnete den Mund, um etwas zu erwidern, doch sie hob abwehrend die Hand. Dazu würden sie später kommen. Ein Thema nach dem anderen.

„Als er vorgeschlagen hat, eine Stunde oder so auf den Weihnachtsmarkt zu gehen, dachte ich, warum eigentlich nicht? Wir haben geredet – also hauptsächlich hat er geredet, wie üblich. Dann brachte er mich nach Hause, und vielleicht war ich ein bisschen beschwingt vom Glühwein. Jedenfalls standen wir plötzlich unter diesem Mistelzweig, den ich über der Ladentür angebracht habe. Es war ein flüchtiger Abschiedskuss, sonst nichts." Sie schaute ihn flehend an. „Drei Minuten später war Richard schon wieder weg. Ich habe ihn weggeschickt."

Sascha wirkte immer noch skeptisch, aber sein Zorn schien sich langsam zu legen. Vielleicht ist es ja sogar ein gutes Zeichen, dass er so gekränkt ist, dachte Miriam hoffnungsvoll. *Immerhin macht es ihm etwas aus, dass ich einen anderen geküsst habe. Ganz egal kann ich ihm also nicht sein.*

Sie schauten einander eine Weile schweigend an. Die Stimmung in der Küche veränderte sich, wurde friedlicher, empfänglicher. Miriam wollte gerade eine Hand ausstrecken, um Sascha zu berühren, als sie draußen im Flur Schritte hörte.

Womöglich hätte sie anders reagiert, wenn Saschas Miene einen Ticken weniger panisch gewesen wäre. Oder auch nicht. Die Küchentür flog auf, und Lisa kam rein. Ihr rotbraunes Haar war malerisch zerzaust, ihre Lippen wirkten leicht geschwollen, ganz so, als ob sie gerade nach einer wilden Liebesnacht wachgeküsst worden wäre. Sie trug ein aufgeknöpftes Hemd – *Saschas* Hemd. Darunter war sie, abgesehen von einem praktisch unsichtbaren Stringtanga, splitternackt.

Ohne Miriam auch nur eines Blickes zu würdigen, lief sie auf Sascha zu, schlang ihm die Arme um den Hals, setzte sich auf seinen Schoß und rieb sich aufreizend an seiner Brust.

Und das war's für Miriam. Bevor irgendwer irgendwas sagen konnte, sprang sie so heftig auf, dass der Stuhl hinter ihr umkippte, und stürmte nach draußen.

Vor dem Hoftor wäre sie, blind vor Tränen, beinahe schon wieder über Kaila gestolpert, die schnurrend und maunzend hinter ihr herrannte, als wollte sie sie trösten.

Aber Miriam war untröstlich.

Ihr tat die Brust so weh, dass sie kaum atmen konnte, und die Schmetterlinge in ihrem Bauch waren unter einem bleischweren Schmerz begraben. Warum hatte sie bloß begonnen, Sascha zu vertrauen, ihn an sich heranzulassen? Wie hatte sie zulassen können, dass sie sich nach dem Beziehungs-Desaster mit Richard erneut in jemanden verliebte, der nichts Besseres zu tun hatte, als ihr möglichst qualvoll das Herz zu brechen?

Doch diesmal würde es keinen Schrecken ohne Ende geben, keine verschwendete Lebenszeit, keine Wunden, die unheilbare Narben hinterließen. Diesmal würde sie die Reißleine ziehen, bevor es zu spät war.

Aber wem machte sie da eigentlich was vor? Es war doch längst zu spät. Die einzige mögliche Rettungsmaßnahme für ihr zerfetztes Herz war ein Ende mit Schrecken.

Am liebsten wäre sie sofort abgereist, aber das ging natürlich nicht. Sie hatte die Verantwortung für Tante Julianes Geschäft. Und für Kaila.

Verdammt. Verdammt. Verdammt.

Die nächsten Wochen würden die Hölle werden.

*

Kaila kauerte zusammengerollt in ihrer Essecke und starrte trübselig Richtung Tür. Das ganze Haus war getränkt mit Miriams Tränen. Ihr Kummer hatte sich in jede Ritze der alten Mauern gefressen, die schon so viel gesehen und gehört hatten.

Sie seufzte tief, was für Miriam wie ein trauriges Maunzen geklungen hätte, wenn sie tatsächlich wieder aus ihrer Höhle im oberen Stockwerk gekommen wäre. Seit gestern hatte sie sich dort verkrochen. Gleich nach ihrer Flucht aus Saschas Haus war sie die Treppe hochgerannt und hatte sich hier unten nicht mehr blicken lassen. Aber Kaila konnte das laute Schluchzen von oben hören, und es zerriss ihr die Katzenseele. Sie hätte so gern geholfen, doch zum ersten Mal hatte sie das Gefühl, dass ihr die Situation entglitten sein könnte.

Natürlich war sie immer mal wieder nach oben geschlichen, aber die Tür zu Miriams Schlafzimmer blieb verschlossen, und für ihren Trick mit der Klinke fühlte Kaila sich momentan zu schwach und verzweifelt. Sie kratzte auch nicht an der Tür wie sonst immer, denn sie spürte instinktiv, dass Miriam jetzt allein sein wollte.

Dabei hätte sie ihr so vieles erzählen können. Zum Beispiel, dass Sascha am Abend vorher furchtbar wütend auf das böse Mädchen gewesen war. Oder dass das böse Mädchen eine Weile vor der Tür herumgeschlichen war, hinter der Sascha und Miriam gerade redeten. Und dann nach oben rannte und kurz darauf ganz zerzaust und ohne viele Stoffe am Körper wieder die Treppe herunterkam und durch die Tür ging, aus der Miriam dann so schnell herausgerannt war, dass Kaila ihr kaum folgen konnte.

✳

Sonntagabend beschloss Miriam, dass nun Schluss war mit der Heulerei. Sie hatte vorerst alle Tränen geweint, die sie produzieren konnte, im Geiste jede fiese Todesart durchgespielt, die sie Lisa gönnte, und alle Gedanken an Sascha in die hinterste, ungemütlichste Ecke ihrer Seele verbannt. Sie war durch mit dem Thema „Männer", ein für alle Mal. Am besten würde sie sich, wenn sie wieder in Hamburg war, einfach eine Katze anschaffen.

Apropos, dachte sie mit schlechtem Gewissen. *Vielleicht sollte ich mich mal wieder um Kaila kümmern.* Die Arme hatte immer wieder vor ihrer Tür gestanden und leise gemaunzt. Aber Miriam wollte niemanden sehen, nicht mal ihre liebenswürdige, anschmiegsame, Trost spendende Katze. Sie hätte ihr sowieso nur das Fell vollgeheult.

Nach einem ausgiebigen Bad wickelte sie sich in Tante Julianes wohltuend weichen Morgenmantel und ging in die Küche, wo sie von einer vor Freude ganz aufgeregten Kaila praktisch angesprungen wurde.

„Komm her, meine Süße", sagte sie und drückte das kuschelige Bündel Fell an ihre Brust. „Auf deine Treue ist wenigstens Verlass. Tante Juliane hat recht: Katzen sind doch die besseren Menschen." *Oder wenigstens besser als die meisten Männer.*

Miriams Magen knurrte laut und vernehmlich; kein Wunder, sie hatte seit gestern nichts mehr gegessen. Sie schnitt sich eine große Scheibe Brot ab und schlug ein paar Eier in die Pfanne. Während sie darauf wartete, dass ihr Rührei gar wurde, füllte sie Kailas Napf. Zum Glück hatte sie ihr am Freitag, bevor sie zu diesem blöden Weihnachtsmarktausflug aufgebrochen war, ausreichend Wasser und Trockenfutter hingestellt. Ihre kleine Naschkatze war also nicht vom Hungertod bedroht gewesen.

Miriams Gewissen zwickte auch deshalb, weil sie den Laden am Samstag gar nicht geöffnet hatte. Aber sie war nicht in der Verfassung gewesen, anderen Menschen gegenüberzutreten. Wer wollte schon von einer heulenden, schniefenden Verkäuferin bedient werden, die einem die ganze Weihnachtsstimmung versaute? Kaum zu glauben, in achtzehn Tagen war tatsächlich Heiligabend. Den sie nun doch allein in Beerfelden verbringen würde.

Oder sollte sie doch lieber nach Hamburg fahren? Die Wohnung ihrer Eltern hüten, während die auf ihrer Kreuzfahrt dem Leben frönten? Immerhin wäre sie dann weit weg von Sascha und dem Schmerz, den seine Nähe immer wieder heraufbeschwören würde.

Miriam lachte freudlos auf. *Wer hätte gedacht, dass mein Hamburger Elend plötzlich die erfreulichere Alternative zu meinem Beerfeldener Elend ist?*

Das Brummen ihres Handys riss sie kurzzeitig aus ihren düsteren Gedanken. Sie schaute sich suchend um. Das Geräusch kam aus dem Flur, wo sie am Freitagabend achtlos ihre Tasche hatte fallen lassen. Erstaunlich, dass der Akku so lange hielt. Sie sprang auf, aber als es ihr endlich gelungen war, das Telefon zu orten, vibrierte es nicht mehr. Fünfzehn verpasste Anrufe, meldete das Gerät. Fünf Sprachnachrichten. Sieben SMS.

Sascha versuchte, sie seit gestern Morgen zu erreichen. Wahrscheinlich hatte er auch vor der geschlossenen Boutique gestanden. Ein Glück, dass sie in ihrem Schmerz immerhin noch zurechnungsfähig genug gewesen war, die Klingel abzuschalten.

Miriam löschte die SMS unbesehen – sie eliminierte gleich die gesamte Sascha-Konversation aus ihrer Nachrichtenliste. Ihre Mailbox hörte sie nicht ab, sie hatte keine Lust auf Ausflüchte und Lügen. Von beidem hatte sie für den Rest ihres Lebens genug abbekommen.

Dabei hatte Sascha ihr nie ewige Liebe geschworen. Warum war sie bloß so schockiert, dass sie nicht mehr für ihn gewesen war als eine flüchtige Affäre? War ja auch so schön bequem, die Nachbarin als Betthupferl. Und sie hatte ihren Spaß gehabt, das ließ sich nicht leugnen. Also war doch alles in Ordnung, oder …?

Plötzlich waren da doch noch ein paar Tränen, die sie verärgert wegwischte. *Scheiße.*

Miriam nahm ein Küchentuch, befeuchtete es mit kaltem

Wasser und rieb sich damit energisch übers Gesicht. Dann setzte sie sich an den Tisch und aß ihr viel zu trockenes Rührei. Kaila, die sie keinen Moment aus den Augen gelassen hatte, sprang auf ihren Schoß. Ausnahmsweise bekam sie ein Stück Rührei ab.

Wieder brummte ihr Handy. Ohne hinzugucken, drückte Miriam den „Ablehnen"-Button. „Wollen wir ein bisschen spazieren gehen, Kaila?", fragte sie. „Ich muss dringend mal an die frische Luft. Und wir waren schon lange nicht mehr zusammen unterwegs." Sie schob die Katze sanft von ihren Beinen und stand auf. „Ich ziehe mir nur schnell was Passendes an."

19. KAPITEL

Kaila hatte das grasfarbene Schlüpfding ganz vergessen. Es schien ihr eine Ewigkeit her zu sein, seit sie darin stolz durch die Gegend gelaufen war, während sie sicher sein konnte, dass Miriam nichts passierte, weil die ja mit der Schnur an ihr befestigt war.

Damals war Sascha noch ganz neu gewesen, ein interessant riechender Mensch, in dessen Nähe Miriam bald die allerglücklichste Aura entwickelte, die Kaila je an ihr wahrgenommen hatte. Damals war ihre Mission noch vielversprechend. Und sie war so zufrieden mit sich.

Gut, später hatte sie feststellen müssen, dass sich derlei Angelegenheiten bei Menschen nicht so unkompliziert gestalteten wie bei vernünftigeren Lebewesen. Katzen zum Beispiel. Aber im Großen und Ganzen hatten ihre beiden Schützlinge doch wunderbare Fortschritte gemacht.

Und dann hatte dieser dumme Zwischenfall in Saschas Küche alles zunichtegemacht.

Kaila war so entmutigt, dass sie ihre Bemühungen am liebsten eingestellt hätte, aber dann müsste sie einräumen, dass ihre Mission gescheitert war. Und das kam natürlich gar nicht infrage.

Das Zerwürfnis zwischen Sascha und Miriam war völlig abwegig. Sie kriegte ja mit, wie Miriam litt, und als sie zwischendurch auf dem Hof vorbeigeschaut hatte, war Sascha auch ein Häuflein Elend gewesen, fast verschluckt von der dunklen Wolke, die sich über seinem Kopf gebildet hatte.

Zum ersten Mal in ihrem Katzenleben wünschte Kaila sich, die Menschensprache zu beherrschen. Bislang war sie mit ihren weit überlegenen Kommunikationsformen immer zu den beiden durchgedrungen, aber diesmal stieß sie an ihre Grenzen. Miriam ließ sich partout nicht in Richtung des Hofs locken, sie zog Kaila stur in die entgegengesetzte Richtung.

In den nächsten Tagen versuchte Kaila mit allen Mitteln, Miriam zu Sascha zu bringen – sie legte sogar eine Spur aus toten Mäusen, eine Einladung, der keine Katze hätte widerstehen können. Und beim Spielen im Garten schaffte sie es immer wieder rein zufällig, ihren Ball auf den grauen Streifen vor dem Haus rollen zu lassen, und mit ein paarmal Anstupsen war sie dann schon fast vor Saschas Tor.

Allerdings allein, da Miriam ihren Plan jedes Mal durchschaute und das Spiel für beendet erklärte. Da konnte Kaila noch so mitleiderregend maunzen.

Es war, als ob Miriam eine unsichtbare Mauer zwischen Kailas Haus und Saschas Hof errichtet hatte, eine Absperrung, die sie nicht mehr überschritt. Lieber nahm sie die weitesten Umwege in Kauf, um auf die weiten, menschenleeren Wiesen zu kommen, zu denen sie Kaila manchmal mitnahm.

Ein bisschen gab Kaila sich ja selbst die Schuld. Weder war es ihr gelungen, das dünne Zeter-Mädchen von Saschas Hof zu vertreiben, noch hatte sie es geschafft, Miriam am nächsten Morgen von dort fernzuhalten, damit sie nicht mitbekam, dass das unangenehme Wesen bei Sascha war.

Wenn sie doch nur für einen einzigen Tag die Menschensprache beherrschen würde, dann könnte sie ihrem dickköpfigen Menschen erzählen, dass Sascha das dünne Zeter-Mädchen furchtbar angeschrien hatte, nachdem Miriam weinend weggelaufen war. Das wusste Kaila, weil sie, als Miriam sich in ihrer Höhle verschanzte, noch einmal zurückgelaufen war, um zu sehen, was diese ganze Aufregung eigentlich sollte.

Sie war ohne Schwierigkeiten ins Haus gekommen, weil Miriam die Tür bei ihrem hastigen Abgang nicht hinter sich zugezogen hatte, und konnte zu ihrer größten Genugtuung durch den Spalt der Küchentür beobachten, wie wütend Sascha auf das dünne Mädchen war. Er hatte sie sogar bei den Schultern gepackt und geschüttelt. Und sie hörte, wie er ihr ganz laut sagte, dass sie für immer aus seinem Leben verschwinden sollte. Ein Wunsch, den Kaila aus vollem Herzen unterstützte.

Das Zeter-Mädchen war kurz darauf heulend weggerannt, erst nach oben, dann durch die Haustür auf den Hof und hoffentlich auf Nimmerwiedersehen davon. Kaila hatte das nicht weiterverfolgt, weil sie sich Sorgen um Sascha machte.

Der saß nämlich ganz in sich zusammengesunken am Tisch und starrte seltsam verloren vor sich hin. Eine furchtbar lange Weile bewegte er sich überhaupt nicht. Sein Körper war noch stiller als Kailas, wenn sie vor einem Mäuseloch lauerte. Nicht mal seine Ohren zuckten.

Sie war zu ihm gegangen und hatte versucht, ihn mit Nasenstübern aus seiner Erstarrung zu wecken. Schließlich hatte er sehr langsam eine Hand auf ihren Kopf gelegt, und dann machte er etwas, was er noch nie getan hatte. Er beugte sich zu ihr herunter, nahm sie auf den Arm und vergrub sein Gesicht in ihrem Fell. Sie spürte bis in ihr Herz hinein, wie traurig er war, und litt mit ihm.

Wenn Katzen weinen könnten, wäre sie in diesem Moment in Tränen ausgebrochen.

*

Sascha war am Ende seiner Weisheit. Er wusste nicht, was er noch tun könnte, um zu Miriam durchzudringen. Sie beantwortete weder seine Anrufe noch seine Mails oder SMS. Sie hatte ihn auf Facebook entfreundet und sogar ihren Flickr-Zugang gesperrt. Sobald sie ihn auch nur aus der Ferne sah –

was sich nicht völlig vermeiden ließ, schließlich waren sie Nachbarn –, machte sie auf dem Absatz kehrt und stürmte in die entgegengesetzte Richtung davon.

Anfangs war er ein paarmal in die Boutique gekommen, in der Hoffnung, dort in Ruhe mit ihr reden zu können. Immerhin würde sie ihm wohl nicht vor Zeugen den Adventskranz über den Schädel hauen.

Stattdessen blickte sie eiskalt durch ihn hindurch. Als eine ältere Kundin einmal zaghaft anmerkte: „Ich glaube, der junge Mann war vor mir dran", sagte Miriam nur abfällig: „Der junge Mann hat seine Chance bereits verpasst." Da er vor der netten Dame keinen Streit vom Zaun brechen wollte, hatte er kapituliert und war nach Hause gestapft.

Er war wütend auf Miriam, weil sie ihm so wenig vertraute, dass eine missverständliche Situation ausreichte, um alles, was zwischen ihnen war, zu zerstören. Gleichzeitig war er noch viel wütender auf sich selbst, weil es ihm nicht gelungen war, diese Lisa-Angelegenheit zu bereinigen, bevor sie völlig aus dem Ruder lief. Und weil er durch dieses feige Warten darauf, dass das Problem einfach irgendwann von selbst verschwinden würde, nun möglicherweise die Liebe seines Lebens verloren hatte.

Das einzige Gute an dieser schrecklichen Situation war, dass ihm klar geworden war, was er für Miriam empfand. Nämlich mehr, als er jemals für jemanden empfunden hatte, abgesehen von Bennie, aber das war eine andere Herzens-Abteilung.

Er vermisste sie so sehr. Ihr Lachen, ihre honigblonden Locken, die nie dortblieben, wo sie sollten, was einfach hinreißend war. Ihre Intelligenz und ihren Humor. Ihren Ehrgeiz und die Leidenschaft, mit der sie ihre Ziele verfolgte. Überhaupt ihre Leidenschaft. Er vermisste den fantastischen Sex mit ihr. Und mehr als alles andere vermisste er ihre Freundschaft.

Schade, dass ihm das alles erst aufgefallen war, als sie zornig und verletzt aus seinem Leben stürmte, dachte er sarkastisch.

Er wusste, dass er durch sein Verhalten – oder vielmehr durch das Verhalten, das sie ihm unterstellte – ihre kaum verheilten Wunden wieder aufgerissen hatte. Ausgerechnet in dem Moment, in dem sie wagte, erneut Vertrauen zu fassen und sich auf einen anderen Menschen einzulassen.

Er selbst war sofort bereit gewesen, sie wegen eines harmlosen Kusses, den er beobachtet hatte, zu verurteilen und ihr seine Enttäuschung an den Kopf zu knallen. Der Gedanke, dass da ein anderer Mann in ihrem Leben war, hatte geschmerzt wie ein gut gezielter Tiefschlag. Da mochte er sich kaum ausmalen, wie tief diese lächerliche Lisa-Inszenierung sie getroffen haben musste. Schließlich konnte sie ja nicht wissen, wie die Dinge zwischen Lisa und ihm in Wahrheit standen.

Er hatte in der Nacht nach dieser ominösen Weihnachtsfeier nicht mit Lisa geschlafen. Er hatte überhaupt noch nie mit ihr geschlafen, sie war viel zu jung für ihn und außerdem nicht sein Typ. Himmel, er kannte sie seit ihrem zehnten Lebensjahr. Lisa war eine Schulfreundin seiner kleinen Schwester Vera und fast täglich bei ihnen zu Hause gewesen, und die beiden blieben auch nach dem Abi in engem Kontakt. Lisa war schon immer sehr zerbrechlich und extrem labil gewesen, aber Vera hielt große Stücke auf sie.

Natürlich hatte er irgendwann gemerkt, dass die Kleine Herzchen in den Augen hatte, wenn sie ihn ansah. Eine Teenie-Verknalltheit, dachte er damals und fühlte sich sogar ein wenig geschmeichelt, immerhin war Lisa ein hübsches Mädchen und er ein junger Draufgänger. Dann war er zum Studieren nach Berlin gegangen und hatte Lisa total vergessen.

Umgekehrt war das offenbar nicht so gewesen. Wann immer er bei seinen Eltern zu Besuch war, tauchte sie auf, sogar als Vera längst nicht mehr zu Hause wohnte. Er fand das ein bisschen merkwürdig, aber nicht weiter dramatisch. Die Alarmglocken begannen erst bei ihm zu schrillen, als seine Schwester ihn einmal am Telefon ziemlich verärgert zur Rede stellte: "Findest du es eigentlich in Ordnung, so mit Lisas Gefühlen zu spielen?"

Er fiel aus allen Wolken, da er seit Monaten nichts mehr von Lisa gehört und gesehen und ihre Existenz längst wieder verdrängt hatte. "Wie meinst du das, mit ihren Gefühlen spielen?", fragte er perplex zurück. Wie sich herausstellte, schwärmte Lisa überall von ihrem "Freund" Sascha und zeigte einen ziemlich verfänglichen SMS-Austausch herum, den es so nie gegeben hatte. Der Fake war so gekonnt, dass sogar Vera darauf hereinfiel.

Ohne den Hauch einer Ahnung davon zu haben, war er zu Lisas "unsichtbarem" Liebhaber geworden. Schließlich fing sie sogar an, ihn regelrecht zu stalken. Mehr als einmal hatte er sie morgens auf der Treppe vor seiner Studentenbude angetroffen. Als er mit Sylvia zusammenkam, spitzte die Lage sich dramatisch zu: Lisa, ihrer Illusionen beraubt, versuchte, sich die Pulsadern aufzuschlitzen – zum Glück so dilettantisch, dass keine Lebensgefahr bestand.

Danach machte sie eine Therapie, aus der sie wie verwandelt zurückkehrte: aufgeschlossen, vernünftig, voller Zukunftspläne. Irgendwann hatte sie sogar einen festen Freund, und Sascha hoffte, genau wie alle anderen auch, dass Lisa ein für alle Mal über ihre Obsession für ihn hinweg war. Auf Veras Bitte hin hatte er Lisa sogar das Praktikum im Architekten-Büro besorgt, und sie hatte sich engagiert in die Arbeit gestürzt und nebenbei ihre Model-Ambitionen verfolgt.

Dass sie außerdem auch ihn weiter verfolgte, wollte Sascha selbst dann nicht wahrhaben, als die Indizien sich verdichteten. Wenn er sie – sehr vorsichtig – darauf ansprach, schaute sie ihn nur mit großen Augen an und wies jeden Verdacht von sich. Was sollte er machen? Schon unter normalen Umständen war es schwierig, einer Kollegin vorzuwerfen, dass sie einem nachstellte. In Lisas Fall? Beinahe unmöglich. Er durfte sie nicht vor Frank, Thilo und den anderen bloßstellen. Es gab keinen fachlichen Grund, sie zu feuern, und er wollte auf keinen Fall, dass sie wieder einen psychischen Zusammenbruch erlitt.

Und dann lernte er Miriam kennen, die ihm von ihren Fotos erzählte, und wahrscheinlich war es eine blöde Idee gewesen, Lisa ins Spiel zu bringen. Aber er hatte wirklich geglaubt – gehofft –, dass die neue Herausforderung und berufliche Chance sie von ihrer Fixierung ablenken, vielleicht sogar endgültig davon befreien würden.

Als Miriam ihn dann immer öfter auf Lisa ansprach, merkte er zwar, dass sein Superplan nicht aufging, fürchtete aber die Konfrontation mit Lisa. Er hatte immer noch Angst, dass sie wieder total durchdrehen könnte, weil er sich irgendwie für sie verantwortlich fühlte.

Das hatte er nun von seiner Ritterlichkeit und Scheu vor Konflikten.

Wenigstens Kaila hielt noch zu ihm, was ihn noch immer überraschte, denn eine solche Loyalität hätte er einer Katze gar nicht zugetraut. Aber in den letzten Tagen hatte sie sich regelmäßiger als sonst bei ihm eingeladen, und er hatte den Eindruck – was natürlich völlig idiotisch war –, dass sie ihn immer wieder forschend ansah, fast ein bisschen besorgt.

Hatte diese verwöhnte kleine Katze etwa Mitleid mit ihm? Das traf sich gut, er hatte auch Mitleid mit sich.

Seufzend beugte er sich vor und hob sie auf seinen Schoß.

Wie selig sie sich unter seinen Händen rekelte, wie vertrauensvoll sie sich ihm hingab. Dass Miriams Katze ihm so nah sein wollte, dass sie immer wieder seine Nähe suchte, tröstete Sascha seltsamerweise. Offenbar fühlte sie sich bei ihm vollkommen sicher. Warum konnte Miriam ihm bloß nicht so bedingungslos vertrauen, wie Kaila das augenscheinlich tat?

Sascha wusste, dass er ihre Liebe nicht erzwingen konnte, genauso wenig, wie Lisa seine hatte erzwingen können. Liebe war immer freiwillig. Das Tragische war nur, dass er fast schon bereit gewesen war zu glauben, dass Miriam ihn liebte. Aber da hatte er sich wohl etwas vorgemacht. Wenn sie ihn lieben würde, hätte sie ihn nicht beim ersten Verdacht fallen gelassen wie ein heißes Eisen, an dem sie sich die Finger verbrannt hatte.

Er würde darüber hinwegkommen, irgendwann, irgendwie. Bald würde in der Boutique schräg gegenüber wieder eine exzentrische Dame residieren, und seine hübsche, kluge, anschmiegsame und wahnsinnig heiße Nachbarin Miriam wäre nur noch die bittersüße Erinnerung an eine verpasste Chance.

Immerhin Kaila würde ihm erhalten bleiben. Hoffentlich.

„Du weißt aber, dass ich Bennie einen Hund versprochen habe, nicht wahr?" Er zupfte sanft an ihrem linken Ohr. „Ich zähle auf deine Toleranz. Natürlich wird er dir weit unterlegen sein, und vermutlich wickelst du ihn binnen kürzester Zeit um deine Pfote." Kaila sah ihn mit ihren grünen Augen so aufmerksam an, als würde sie ihn tatsächlich verstehen.

In vier Tagen war Heiligabend. Er hatte davon geträumt,

die Feiertage mit Miriam in seinem neuen Zuhause zu verbringen, vor dem knisternden Kamin. Sie würden einander Geschenke unter die liebevoll geschmückte Tanne legen, kitschige Weihnachtslieder hören, zusammen ihre Lieblingsfilme anschauen, guten Rotwein trinken, Pläne schmieden.

Und natürlich würden sie sich auf dem riesigen Ecksofa, das er bis vor ein paar Tagen noch für die beste Investition seines Lebens gehalten hatte, so lange hemmungslos lieben, bis sie die Engel singen hörten.

Tja, daraus wurde wohl nichts.

Vielleicht würde er das mit dem Rotwein allein ausprobieren.

*

Miriam hatte sich entschieden. Sie würde am ersten Weihnachtstag nach Hamburg fahren, in die verwaiste Wohnung ihrer Eltern. Jana hatte, nachdem sie sich die ganze Geschichte in aller Ausführlichkeit und von diversen Tränenausbrüchen begleitet anhören musste, versprochen, den Feiertagsbesuch in Münster radikal abzukürzen. Sie stand also als Sparringspartner und Schulter zum Ausheulen zur Verfügung. Sie würden trinken und reden, viel zu viele Schokokugeln futtern und allen Männern die Pest an den Hals wünschen.

Vielleicht würde sie sogar bis Anfang Januar bleiben, um dem Jahresend-Blues hier in Beerfelden zu entkommen.

Vorsichtshalber hatte Miriam jedenfalls die Frau aus dem Ort angeheuert, die schon öfter für Tante Juliane eingesprungen war. Sie würde den Laden zwischen den Jahren am Laufen halten. Um Kaila, die sie natürlich schrecklich vermissen würde, wollte Frau Jäger von nebenan sich kümmern, das war schon abgemacht.

Mit wem die gesellige Katze sich in ihrer Freizeit abgab, war selbstverständlich ihre Sache, da mischte Miriam sich nicht ein. Auch wenn sie es fast ein bisschen illoyal von Kaila fand, dass sie Sascha nicht ebenfalls die kalte Schulter zeigte. Nun ja. Vermutlich bestach er sie mit den leckersten Leckerlis der Welt. Eine Frau reichte ihm ja offenbar nicht.

Miriam zählte die Tage, bis sie endgültig ihre Sachen packen konnte. Gleich im Januar wollte sie anfangen, in Hamburg nach einer bezahlbaren Wohnung zu suchen. Hier in Beerfelden hielt sie wirklich nichts mehr. Aber die paar Wochen, bis Tante Juliane wieder das Heft in die Hand nehmen konnte und Miriam aus der Pflicht entlassen wäre, würde sie auch noch irgendwie überstehen, das war Ehrensache.

Immerhin hatte sie es geschafft, Sascha während der letzten zwei Wochen komplett aus dem Weg zu gehen und sich konstruktiv in ihre Arbeit zu stürzen – erstens wurde die Zeit für ihr Buchprojekt langsam knapp, zweitens war es die beste Methode, sich von Liebeskummer abzulenken.

Auch im Laden war Sascha nicht mehr aufgetaucht. Offenbar hatte er kapiert, wie aussichtslos seine Bemühungen waren, ihr irgendwelche Lügen aufzutischen.

Lisa war nicht mehr zu den Fotosessions erschienen, so ein dickes Fell hatte offenbar nicht einmal sie, ihr nach *dem* Auftritt noch mal unter die Augen zu kommen. Miriam war anfangs versucht gewesen, alle Bilder, auf denen sie zu sehen war, von sämtlichen Datenträgern zu löschen, aber dazu waren die Aufnahmen einfach zu gut. Die Zeit reichte auch nicht mehr, um mit einem neuen Model noch mal ganz von vorn anzufangen. Und sie hatte sich schließlich geschworen, nie mehr Berufliches und Privates zu vermischen.

Heiligabend stand sie früh auf, um noch eine Runde zu joggen, bevor sie ein letztes Mal in diesem Jahr den Laden aufsperren würde. Seit sie sich mit Sascha überworfen hatte, konnte sie nicht mehr auf direktem Weg auf die Felder, sondern musste einen Riesenumweg durch den Ort laufen.

Aber den nahm sie gern auf sich, um das Risiko zu senken, ihrem untreuen Exlover zu begegnen. Außerdem wurden ihre Laufstrecken dadurch automatisch länger, was ihrer Kondition nur guttun konnte. Sie lief zügig eine Dreiviertelstunde und ließ sich vom kalten Wind alle Gedanken an Sascha aus dem Kopf blasen.

Nach einem gemütlichen Frühstück mit Kaila, die ihr ein bisschen geistesabwesend vorkam, öffnete sie „Lady J.s" für den typischen Last-minute-Ansturm vor Weihnachten, der nicht mal vor einem Nest wie Beerfelden haltmachte. Zur Feier des Tages ließ sie im Hintergrund sogar stimmungsvolle Musik laufen – nur nicht *Last Christmas*!

Die Kunden waren erstaunlich gut gelaunt für Leute, die immer noch nicht das richtige Geschenk für einen oder mehrere ihrer Lieben gefunden hatten. Immerhin konnte Miriam die meisten glücklich machen. Vor allem Schmuck und Seidenschals waren gefragt, etwas anprobieren wollten nur wenige Kundinnen, wofür Miriam dankbar war, denn so gab es hinterher nicht so viel aufzuräumen.

Um kurz nach zwei schloss sie hinter der letzten Kundin die Tür ab.

„So, jetzt ist Weihnachten", sagte sie laut in den Raum hinein. Kaila, die wieder mal unter den Chanel-Kostümen döste, blinzelte träge zu ihr auf.

„Ach, meine Süße, am liebsten würde ich dich morgen mitnehmen." Miriam hob Kaila hoch und drückte sie sanft an sich. Als sie die kleine raue Zunge an ihrer Wange spürte, musste sie heftig schlucken, um nicht schon wieder loszuheulen. Irgendwann musste auch mal Schluss mit dem Selbstmitleid sein. Dieses beschissene Jahr näherte sich rasant dem Ende, danach konnte es nur besser werden. Ganz bestimmt!

Den Rest des Nachmittags verbrachten sie und Kaila bei wildem Gerangel mit der Katzen-Angel und anschließender Siesta vor dem Fernseher.

Als Miriam wieder aufwachte, lief schon „Wir warten aufs Christkind", und es wurde langsam dunkel. Kaila war nicht da, sie drehte wohl draußen ihre Runden. Oder besuchte gerade ... egal. Sie konnte schließlich besuchen, wen sie wollte. Zwar hatte es den ganzen Tag über nach Schnee ausgesehen, aber richtig klirrend kalt war es nicht, und bislang war auch noch kein Flöckchen gefallen. Kaila würde problemlos und ohne allzu klamme Pfoten wieder nach Hause finden.

Ihre Sachen für Hamburg waren fast fertig gepackt, als Kaila kurz vor Mitternacht durch die Katzenklappe ins Haus preschte, die Stufen hochjagte und schreiend an Miriam hochsprang. Nicht maunzend, nicht fauchend, nicht schnurrend – nein *schreiend*, laut und angstvoll. Geradezu panisch. Kaum hatte sie Miriams Aufmerksamkeit, rannte sie wieder die Treppe hinunter und zur Haustür, an der sie verzweifelt kratzte. Und sie hörte gar nicht mehr auf zu schreien.

Miriam kannte Kaila inzwischen gut genug, um zu erkennen, dass das kein Spiel war. Was war bloß in sie gefahren? Hatte sie Schmerzen? War sie vielleicht vor ein Auto gelaufen oder sonst irgendwie verletzt worden?

Sie kniete sich neben die praktisch hyperventilierende Katze und versuchte, sie abzutasten, aber Kaila zappelte sich ungeduldig frei und sprang immer wieder gegen die Tür. Miriam, jetzt wirklich beunruhigt, öffnete die Haustür, denn das war es ja wohl, was Kaila von ihr wollte.

Sofort bemerkte sie den Brandgeruch in der Luft. Fackelte

da jemand alte Äste ab? War bereits der erste Weihnachtsbaum in Flammen aufgegangen? Woher kam dieser beißende Gestank überhaupt? Und warum flitzte Kaila, die sich sonst immer durch die hinteren Gärten fortbewegte, die Straße entlang? Sie rannte Richtung Ortsausgang. Richtung Felder. Richtung …

Miriam merkte erst, als sie rannte, dass offenbar ihr Unterbewusstsein die Kontrolle übernommen hatte. Das Tor von Saschas Hof stand weit offen. Über dem Haupthaus waberte dichter Rauch, und als Miriam näher kam, sah sie, dass auch der Nebentrakt, in dem Sascha sein Atelier einrichten wollte, lichterloh brannte.

Ein paar Sekunden später zerbarsten klirrend die Fenster im oberen Stock des Hauses, und zuckende Flammen warfen ihr gespenstisches Licht in die Dunkelheit. Da oben war das Schlafzimmer, in dem sie so viele Nächte …

Oh Gott, dachte Miriam. *Was, wenn er da drin ist? Wenn das Feuer ihn im Schlaf überrascht hat?*

Von der Kälte war nichts mehr zu spüren, die Flammen strahlten eine gewaltige Hitze ab. Unter der Haustür quoll schwarzer Rauch hervor, das Holz wölbte sich nach außen, die Türklinke schien zu glühen.

Aus weit aufgerissenen Augen starrte Miriam auf das knatternde, flackernde, qualmende Chaos. Der Rauch reizte ihre Lungen, und die Panik schnürte ihr ebenfalls die Luft ab.

Die Wahrheit packte sie plötzlich mit eisigem, gnadenlosem Griff. Miriam begriff schlagartig, dass sie nicht weiterleben könnte, wenn Sascha etwas passierte. Weil das genauso wäre, als ob es ihr selbst passierte. Und mit einem Mal war ihr völlig egal, ob er mit Lisa geschlafen hatte oder ob sie selbst nur eine flüchtige Affäre für ihn gewesen war. Was bitte konnte jetzt unwichtiger sein? Sie wünschte sich so inbrünstig, wie sie sich nie im Leben etwas gewünscht hatte, dass Sascha nicht in diesem flammenden Inferno gefangen war.

Sie wusste nur, dass sie ihn liebte und dass sie wollte, dass es ihm gut ging, ob er ihre Gefühle nun erwiderte oder nicht. Und dass sie vor Verzweiflung verrückt werden würde oder sterben, wenn er nicht mehr aus diesem verdammten Haus rauskam.

Sie war tatsächlich drauf und dran, sich in die Flammen zu stürzen, als Saschas dunkelblauer SUV mit quietschenden Reifen in die Einfahrt bog. Als Sascha die Tür aufriss und raussprang, wären sie vor Erleichterung fast zusammengesackt. So schnell ihre zitternden Beine sie trugen, lief sie zu ihm, schlang die Arme um seine Taille und hielt ihn ganz fest.

*

Sascha zog sie an sich und schaute über ihren Kopf hinweg hilflos zu, wie sein Traum in Rauch aufging.

Aus der Ferne hörte er Sirenen, die rasch näher kamen. Irgendwer musste die Feuerwehr gerufen haben, aber wie es aussah, konnte die nicht mehr viel ausrichten.

Der Löschzug hielt auf der Straße, wo sich inzwischen eine kleine Gruppe Schaulustiger zusammengefunden hatte. Die Feuerwehrleute rollten ihre Schläuche aus und attackierten das Inferno von allen Seiten. Die Flammen kriegten sie relativ schnell klein, dafür schwamm bald das ganze Anwesen in einem stinkenden Teich aus Ruß, Asche und Löschwasser.

Und Miriam hing zitternd an seinem Hals und heulte Rotz und Wasser.

Er hatte wohl einen Schock, jedenfalls kapierte er erst ganz allmählich, was passiert war. Und was noch alles hätte passieren können, wenn ihm heute Nachmittag nicht plötzlich die Decke auf den Kopf gefallen wäre – auch wenn das im Moment eine ganz, ganz schlechte Wortwahl war.

Sascha war nach Heidelberg gefahren, um Frank und Katharina mit seinem Kummer zu belästigen, und die beiden hatten sich auch alle Mühe gegeben, ihn etwas aufzuheitern. Aber als er sich gegen halb elf bei dem Versuch ertappt hatte, eine der Katzen mit Leckerlis auf seinen Schoß zu locken, um mit ihr zu kuscheln, beschloss er, dass es höchste Zeit war, das Feld zu räumen und sich auf den einsamen Heimweg zu machen.

Weihnachten war schließlich ein Familienfest. Das Fest der Liebe, da wollte er seine Freunde wirklich nicht länger stören. Außerdem versetzte es ihm einen Stich ins Herz, zu sehen, wie zärtlich Katharina sich an Frank schmiegte und wie dieser verstohlen – um Saschas Gefühle nicht zu verletzen – ihre Hand nahm und nicht wieder losließ.

Auf dem Heimweg war dann der ganze Schmerz wieder hochgekommen. Wie schön könnten er und Miriam es heute haben, wenn er nicht alles in den Sand gesetzt hätte ...

Dann hatte er von der Straße aus die verfluchten Flammen gesehen.

Und jetzt stand sein ausgebranntes Zuhause unter Wasser, und die Frau, die er liebte, klammerte sich so fest an ihn, als wollte sie ihn nie mehr loslassen. Was ihn so glücklich machte, dass er die aktuelle Situation auf keinen Fall gegen ein intaktes Haus eingetauscht hätte.

Er wusste zwar nicht genau, was Miriams unverhofften Sinneswandel herbeigeführt hatte, aber wie es aussah, lag ihr trotz des Vorfalls mit Lisa doch noch etwas an ihm.

Und jetzt fing es auch noch an zu schneien. Was konnte romantischer sein, als sich von weißen Flocken leise umrieseln zu lassen und die Frau, die man liebte, so lange enthusiastisch zu küssen, bis ihr Hören und Sehen verging?

Es war der schönste Heiligabend seines Lebens.

※

Kaila hatte von ihrem Beobachtungsposten auf dem Torpfeiler alles im Blick. Die brüllenden und blau blitzenden roten Rolldinger hatten so lange Wasser ins Feuer gespuckt, bis nichts mehr flackerte und zischte. Gegen den stinkenden schwarzen Nebel, der immer noch in der Luft lag, konnten sie offenbar nichts tun. Aber Kaila war geneigt, es ihnen nachzusehen.

Sie konnte sich nicht daran erinnern, jemals so viel Angst gehabt zu haben wie vorhin, als sie das Feuer gerochen hatte. Feuer war böse, das wusste jede Katze instinktiv. Tolerieren konnte man höchstens ein eingesperrtes Feuer, wie das in der Wand in Saschas Haus. Andererseits wollte sie nicht ausschließen, dass genau dieses Feuer aus seinem Käfig ausgebrochen war und dadurch die Katastrophe ausgelöst hatte.

Jedenfalls hatte sie erst wieder richtig durchatmen können, als sie gesehen hatte, dass Sascha nicht in Gefahr war. Ganz schwach war sie vor Erleichterung geworden. Miriam ging es wohl ähnlich, denn sie hielt sich seit einer kleinen Ewigkeit an Sascha fest. Wobei sie bei dem, was Sascha gerade mit ihr machte, bestimmt nicht zum Durchatmen kam.

Kaila betrachtete ihre beiden Schutzbefohlenen, um die jetzt die weißen kalten Flocken tanzten, die in der Luft immer so viel hübscher aussahen als auf dem Boden.

In ihr breitete sich ein ganz wunderbares Gefühl aus: das Gefühl tiefster Zufriedenheit. Sie hatte diese Angelegenheit in Ordnung gebracht.

Damit betrachtete sie ihre Mission als erfüllt.

EPILOG

Miriam lenkte ihren klapprigen Polo neben Saschas auf Hochglanz polierten SUV. Offenbar war es Schicksal ihres Autos, ständig neben glamouröseren Artgenossen zu landen. Dafür hielt er sich aber noch ganz gut, fand sie.

Sie nahm ihre Kameratasche vom Beifahrersitz, stieg aus und wischte sich den Schweiß von der Stirn. Die Sonne brannte hochsommerlich heiß vom knallblauen Himmel – so blau wie Saschas Augen –, obwohl es erst Anfang Juni war, und der Polo hatte getreu seinem schäbigen Äußeren natürlich auch keine Klimaanlage. Bevor sie ihr Atelier betrat, legte sie einen Zwischenstopp in Saschas Studio ein, das gleich nebenan lag.

Da der Nebentrakt bei dem Brand an Heiligabend komplett zerstört worden war, hatten sie die Gelegenheit (und das Geld von der Versicherung) genutzt, um eine Art Doppel-Atelier anzulegen. In dem einen arbeitete Sascha an seinen Entwürfen und Modellen, das andere war Miriams Arbeitsbereich für Studio-Aufnahmen. Nachdem das Buch mit ihren Fashion-Fotos mit Katzenmodel (und Lisa) erschienen war, hatte sie sich vor Aufträgen kaum retten können.

Mittlerweile inszenierte sie ihre tierischen Mode-Produktionen auch gern in freier Natur, schließlich lebte sie hier inmitten einer der lieblichsten Mittelgebirgslandschaften Deutschlands. Sie hatte zwei bis drei menschliche Models, auf die sie bei Bedarf zurückgreifen konnte. Zum Glück waren die Mädchen netter und vor allem normaler als Lisa.

Wie Sascha an dem Tag des Brandes schon vermutet, aber ihr natürlich nicht sofort erzählt hatte, war Lisa der Feuerteufel gewesen. Nachdem er sie wohl ziemlich rüde rausgeworfen hatte, verwandelte ihre eingebildete Liebe sich in echten Hass, und sie steigerte sich immer mehr hinein, bis ihr an Heiligabend dann alle Sicherungen durchknallten. Nach der Bescherung bei ihren Eltern fuhr sie nach Beerfelden, zu Saschas Hof. Angeblich wusste sie, dass Sascha nicht im Haus war, zumindest wollte sie das aus der Abwesenheit seines Autos geschlossen haben. Was sie gemacht hätte, wenn er da gewesen wäre, blieb ihr Geheimnis.

Den ersten zischelnd züngelnden Flammen folgte schnell die Reue, und am nächsten Morgen tauchte Lisa dann in aller Herrgottsfrühe und völlig aufgelöst bei Saschas Schwester Vera auf, die gerade mit Mann und Kind bei ihren Eltern zu Besuch war und der sie alles beichtete.

Vera rief natürlich als Erstes Sascha an, um sich zu vergewissern, dass ihr Bruder noch lebte. Um sieben Uhr morgens am ersten Weihnachtstag. Nachdem Miriam und Sascha in Tante Julianes Gästezimmer nach einer langen Nacht der Versöhnung gerade erst eingeschlafen waren. Was Miriam der besorgten Vera selbstverständlich nicht verübelte. Lisa allerdings schon.

Aber schließlich war Weihnachten und Nächstenliebe erste Bürgerpflicht. Sascha sah von einer Anzeige ab. Natürlich wurde trotzdem nach einem Täter gefahndet, aber da es keine Hinweise gab (jedenfalls keine, die Sascha bereit war, mit der Polizei zu teilen), blieb die Suche ohne Ergebnis. Da es auch mittelfristig nicht zu Folgetaten kam, legte die Staatsanwaltschaft den Fall ad acta.

Für Lisa war das Ganze womöglich wirklich ein heilsamer Schock gewesen, jedenfalls erklärte sie sich zu einer weiteren Therapie bereit und hatte, soweit Miriam wusste, seither auch niemanden mehr belästigt.

Als sie das Atelier betrat, hob Sascha den Kopf von dem

Modell, an dem er gerade arbeitete – es sollte den neuen S-Bahnhof von Hintertupfingen oder Kleinkleckersdorf oder so darstellen –, und drehte sich lächelnd zu ihr um. „Na, alles im Kasten?"

Miriam ließ die Schultern hängen. „Geht so. Vielleicht war es doch nicht die allerbeste Idee, mitten in der Heuschnupfensaison in einem Rapsfeld zu fotografieren. Meine Models haben alle geschnieft und geniest, und rote tränende Augen sehen zu einem original Mary-Quant-Mini-Dress nicht so toll aus."

Sie kam näher und streichelte die schwarz-weiße Katze, die sich neben dem Bahnhofs-Modell rekelte. „Ach Kaila, du bist doch noch immer mein Lieblings-Model." Sie seufzte. „Morgen arbeiten wir im Studio. Aber heute ..." Sie stellte ihre Kameratasche auf den Boden, ging zu Sascha und ließ sich rittlings auf seinen Schoß sinken, das Gesicht ihm zugewendet.

Er legte den Treppenaufgang zu Gleis vier und fünf zur Seite und umfasste Miriams Taille mit beiden Händen. Sie schlang ihm die Arme um den Hals und schmiegte ihr Gesicht an seine Wange. „Weißt du eigentlich, dass wir heute seit genau hundertsechzig Tagen zusammen sind?"

„Hmm." Er zog sie fester an sich und suchte mit den Lippen ihren Mund. Sie erwiderte seinen Kuss mit begeisterter Hingabe – er war einfach unwiderstehlich –, dann löste sie sich so weit von ihm, dass sie ihm in die Augen schauen konnte.

„Hmm ja oder hmm nein?", fragte sie etwas atemlos.

Er lachte leise. „Ich muss gestehen, dass ich die Tage nicht gezählt habe, ich war viel zu sehr damit beschäftigt, sie zu genießen." Er schob seine Hände unter ihr T-Shirt und ließ den Kopf an ihre Brust sinken. „Aber natürlich sollten wir dieses Jubiläum gebührend feiern."

Sie kuschelte sich an ihn, erschauderte unter seinen forschenden Fingern und fragte sich, wie es sein konnte, dass das prickelnde Glücksgefühl, das seine Nähe in ihr auslöste, täglich stärker wurde ... seit hundertsechzig Tagen. Noch nie hatte sie sich bei einem Mann so sicher gefühlt, und noch nie hatte sie jemanden derart leidenschaftlich begehrt. Es kam ihr wirklich so vor, als ob sie erst jetzt endlich komplett war – ganz bei sich und ganz bei Sascha.

Sie spürte eine Art Kribbeln im Nacken, hob den Kopf und sah, dass Kailas grün glänzende Augen direkt auf sie gerichtet waren.

„Meinst du, wir sollten uns vielleicht auch eine Katze zulegen?", fragte Miriam nachdenklich. „Oder einen Kater?" Sascha, der gerade hingebungsvoll ihren Hals küsste, schaute auf und folgte ihrem Blick.

„Warum nicht?" Er grinste. „Eine so hübsche Lady braucht eigentlich dringend einen ständigen Verehrer."

„Dann ist das unser neues Projekt", sagte Miriam. „Einen Freund für Kaila finden."

Sie hätte diese brillante Idee gern noch ein bisschen länger verfolgt, aber in dem Moment schob Sascha ihr T-Shirt hoch, und das Gefühl seiner weichen Lippen auf ihrer nackten Haut vertrieb für einen längeren Zeitraum jeden klaren Gedanken aus ihrem Kopf.

*

Kaila beobachtete hochzufrieden, wie innig Miriam und Sascha sich begrüßten. Das war erfreulich oft der Fall, davon hatte sie sich die letzten Tage immer wieder überzeugen können. Denn obwohl ihre Juliane inzwischen wieder bei Kaila eingezogen war, fühlte sie sich weiterhin auch für ihre anderen beiden Schützlinge verantwortlich.

Sie spielte manchmal immer noch gern dieses Blitzdings Spiel mit Miriam. Aber sie hatte auch nichts dagegen, einfach nur träge hier auf dem Tisch zu liegen und Sascha dabei zuzuschauen, wie er mit diesen Klötzchen und Scheiben spielte. Zumal er dabei oft ihren Schwanz ganz sanft durch seine Finger gleiten ließ, was ihr wirklich ausnehmend gut gefiel. Aber das musste sie ihn ja nicht unbedingt wissen lassen. Männliche Menschen bildeten sich immer gleich so viel auf ihre Streichelkompetenz ein.

Jedenfalls sah sie regelmäßig auf dem Hof, den sie mittlerweile als zweites Zuhause betrachtete, nach dem Rechten. Sicher war sicher. Sie wollte ja stark hoffen, dass nicht plötzlich wieder eine dieser anstrengenden Menschenkomplikationen auftauchte.

Aber falls das passieren sollte, würde sie die Sache selbstverständlich wieder in Ordnung bringen.

– ENDE –

Informationen zu unserem Verlagsprogramm, Anmeldung zum Newsletter und vieles mehr finden Sie unter:

www.harpercollins.de

Deutsche Erstveröffentlichung

Band-Nr. 25880
9,99 € (D)
ISBN: 978-3-95649-242-6
304 Seiten
Auch als eBook erhältlich!

Petra Schier –
Kleines Hundeherz
sucht großes Glück

Eine warme Küche und zwei Menschen, die ihn umsorgen – so stellt sich der kleine, weiße Mischlingshund Amor das Glück vor! Als er eines kalten Winterabends in der städtischen Sozialstation auftaucht, lässt er sich von der schüchternen Lidia und dem Sozialarbeiter Noah das Ohr kraulen. Glücklich erkundet Amor daraufhin die Küche, schnüffelt am köstlichen Schokokuchen – und stibitzt Lidias Geldbeutel. Noah und Lidia versuchen, ihn einzufangen, und scheinen sich dabei sogar näherzukommen … Amor sieht seine Chance, die Liebe in ihr Leben zu bringen und ein echtes Zuhause zu finden. Doch werden seine Weihnachtswünsche wahr? Ein wundervoller Weihnachtsroman, der voller Gefühl und Humor auf das Fest der Liebe einstimmt.

Deutsche Erstveröffentlichung

Band-Nr. 25976
9,99 € (D)
ISBN: 978-3-95649-654-7
304 Seiten
Auch als eBook erhältlich!

Tanja Janz –
Friesenherzen und Winterzauber

Die Hamburgerin Ellen muss vor ihrem Liebeskummer fliehen. Wie soll die Autorin da bloß für ihr neues Buch in Romantik schwelgen? Auf nach St. Peter Ording. Sofort ist sie verzaubert von den vereisten Salzwiesen, der Weite des Strandes und dem gemütlichsten Teeladen der Welt. Und von einem geheimnisvollen Briefkasten neben dem alten Leuchtturm. Ihm vertraut sie einen Brief mit ihren Gefühlen an. Was sie nie erwartet hätte: Am nächsten Tag erhält sie eine Antwort…

Deutsche Erstveröffentlichung

Sarah Morgan – Für immer und einen Weihnachtsmorgen

Band-Nr. 25961
9,99 € (D)
ISBN: 978-3-95649-602-8
400 Seiten
Auch als eBook und Hörbuch erhältlich!

Skylar Tempest hat noch nie verstanden, warum der Fernseh-Historiker Alec auf der ganzen Welt geliebt wird. Schließlich verhält er sich ziemlich abgehoben und hat es sich in den Kopf gesetzt, sie nicht zu mögen. Als das Schicksal ihr am Ende des Jahres dazwischenfunkt, muss sie Heiligabend ausgerechnet an seiner Seite verbringen. Und obwohl ihr diese Weihnachtszeit zunächst nicht sehr gnadenbringend erscheint, könnten die Glocken auf Puffin Island nicht süßer klingen. Denn bei ihm und seiner Familie herrscht das schiere Festtagschaos. Und das kann manchmal ganz schön liebenswürdig sein …

Deutsche Erstveröffentlichung

Band-Nr. 25966
9,99 € (D)
ISBN: 978-3-95649-600-4
368 Seiten
Auch als eBook erhältlich!

Carmel Harrington –
Ist die Liebe nicht schön?

Weihnachten war stets die schönste Zeit des Jahres für Belle. Die funkelnden Lichter Dublins, der knirschende Schnee unter den Schuhen, der Zauber, der in der Luft liegt. Doch dieses Jahr ist sie blind für all das und ihre Welt grau, nachdem sie alles verloren hat, was sie liebt. Aber Weihnachten hat auch dieses Jahr nicht seinen Zauber verloren … und schickt Belle jemanden, der ihr vor Augen führen soll, wie schön das Leben ist. Eine Geschichte, so wohlig und warm wie eine heiße Schokolade!